LAAT NIET LOS

VIJFTIEN JAAR GELEDEN RAAKTE NAP DUMAS ZIJN BROER KWIJT. DE GEHEIMEN VAN TOEN LIJKEN NU PAS BOVEN WATER TE KOMEN.

BOEKERIJ

Eerste druk 2017
Vierde druk 2018

ISBN 978-90-225-8520-7
ISBN 978-94-023-0991-1 (e-book)
NUR 330

Oorspronkelijke titel: *Don't Let Go*
Oorspronkelijke uitgever: Dutton, an imprint of Penguin Random House LLC
Vertaling: Martin Jansen in de Wal en Jan Pott
Omslagontwerp: DPS Design & Prepress Studio, Amsterdam
Omslagbeeld: Sally Mundy | Trevillion Images
Zetwerk: Mat-Zet, Soest

LAAT NIET LOS

Harlan Coben bij Boekerij:

Vals spel
Tegenwerking
Vermist
Ontwricht
Schijnbeweging
Schaduwleven
Laatste kans
Niemand vertellen
Spoorloos
Geen tweede kans
Momentopname
De onschuldigen
Eens beloofd
Geleende tijd
Houvast
Verloren
Verzoeking
Levenslijn
Blijf dichtbij
Schuilplaats (jeugdthriller)
Zes jaar
Nu of nooit (jeugdthriller)
Ik mis je
Gevonden (jeugdthriller)
De vreemde
De verbeelding
Naar huis
Laat niet los

www.boekerij.nl

Pour Anne
A ma vie de coeur entier

VOORWOORD VAN DE AUTEUR

Toen ik opgroeide in New Jersey, gingen er twee geruchten rond over mijn geboorteplaats.

Het ene ging over een beruchte maffiabaas die woonde in een statig landhuis dat werd afgeschermd met een smeedijzeren hek en gewapende bewakers, en dat er in een bijgebouw aan de achterkant een vuilverbrander stond die soms als crematorium werd gebruikt.

Het tweede gerucht – dat me tot het schrijven van dit boek heeft geïnspireerd – was dat er naast dit landgoed, vlak bij een basisschool en achter een prikkeldraadhek met officiële bordjes met VERBODEN TOEGANG, een controlecentrum was voor Nike-langeafstandsraketten die met kernkoppen konden worden uitgerust.

Jaren later kwam ik tot de ontdekking dat beide geruchten waar waren.

Daisy droeg een strakke zwarte jurk met een decolleté zo diep dat zelfs *De denker* van Rodin ervan zou opkijken.

Ze zag de man in het grijze krijtstreeppak aan het eind van de bar zitten. Hm. Hij was oud genoeg om haar vader te zijn. Dat zou het voor haar lastiger kunnen maken om hem in te pakken, alhoewel, misschien ook niet. Je wist het nooit met die oude gasten. Sommigen, vooral degenen die pas gescheiden waren, wilden maar al te graag bewijzen dat ze 'het' nog steeds hadden, ook al hadden ze het nooit gehad.

Vooral als ze het nooit hadden gehad.

Toen Daisy licht wiegend op hem af liep, voelde ze de blikken van de mannelijke klanten als slangen over haar blote benen kruipen. En toen ze aan het eind van de bar kwam, liet ze zich met enig vertoon op de kruk naast de zijne zakken.

De man staarde in zijn glas whisky alsof hij een zigeuner met een glazen bol was. Ze wachtte tot hij naar haar zou opkijken. Dat deed hij niet. Daisy bekeek hem eens goed van opzij. Hij had een volle, grijze baard. Zijn neus was gezwollen en er zaten putjes in, alsof hij door de afdeling Special Effects in Hollywood voor hem was gemaakt. Zijn haar was lang en vet, als de slierten van een vloermop.

Tweede huwelijk, schatte Daisy. Tweede scheiding, naar alle waarschijnlijkheid.

Dale Miller – zo heette de man – pakte met een bijna teder gebaar zijn whiskyglas op. Hij vouwde zijn handen eromheen alsof het een gewond vogeltje was.

'Hallo,' zei Daisy terwijl ze met een vaak geoefende beweging haar haar naar achteren wierp.

Millers blik bewoog zich langzaam haar kant op. Totdat hij haar recht in de ogen keek. Ze wachtte tot zijn blik zou afdalen langs haar decolleté – shit, zelfs vrouwen deden dat als ze deze jurk aanhad – maar hij bleef haar aankijken.

'Hallo,' antwoordde hij. Daarna richtte hij zijn aandacht weer op zijn whiskyglas.

Meestal liet Daisy de man het initiatief nemen. Dat was voor haar de aanpak die het best werkte. Ze zei hem gedag, glimlachte naar hem, en dan vroeg de man of ze iets van hem wilde drinken – je weet hoe dat werkt. Maar Miller leek niet in de stemming om te flirten. Hij nam een flinke slok uit zijn glas, en even later nog een.

Dat was goed. Veel drinken. Dat zou het gemakkelijker maken.

'Kan ik iets voor je doen?' vroeg hij haar.

Potig, dacht Daisy. Dat was het woord dat bij hem paste. Want ondanks dat nette pak had Miller iets van een biker of Vietnamveteraan, met die donkere, wat schorre stem van hem. Hij was zo'n oudere man die Daisy vreemd genoeg sexy vond, hoewel dat waarschijnlijk werd veroorzaakt door de aloude bewondering voor haar vader, die op willekeurige momenten de kop opstak. Maar Daisy hield van mannen die haar een veilig gevoel gaven.

Het was lang geleden dat ze er een had gekend.

Het was tijd voor een andere aanpak, besloot Daisy.

'Vind je het goed als ik hier gewoon naast je blijf zitten?' Daisy boog zich een stukje naar hem toe, toonde iets meer decolleté en fluisterde: 'Zie je, er is een man die…'

'Word je door iemand lastiggevallen?'

Lief. Hij zei het niet op de stoere machotoon die ze gewend was van de vele sukkels die ze in haar leven was tegengekomen. Dale Miller zei het op heel kalme, zakelijke en misschien zelfs hoffelijke toon, als de man die bereid was haar te beschermen.

‘Nee, nee… dat niet.’

Hij liet zijn blik door de bar gaan. ‘Wie is het?’

Daisy legde haar hand op zijn arm.

‘Zo erg is het ook weer niet. Echt niet. Maar ik… Ik voel me gewoon veilig bij je, oké?’

Miller keek haar weer aan. De aardbeienneus paste niet bij de rest van zijn gezicht, al viel hij nauwelijks op, want je aandacht werd afgeleid door zijn doordringende blauwe ogen. ‘Natuurlijk, blijf maar zitten,’ zei hij met iets van behoedzaamheid in zijn stem. ‘Wil je wat drinken?’

Dat was de opening waar Daisy op uit was geweest. Ze kon praten als de beste en mannen – getrouwd, alleenstaand of midden in een scheiding, het maakte niet uit – stortten maar al te graag hun hart bij haar uit. Dale Miller had er misschien iets langer voor nodig dan de meesten – vier whisky’s, voor zover ze had kunnen tellen – maar uiteindelijk vertelde hij haar over zijn aanstaande scheiding van Clara, zijn – jawel – tweede vrouw, achttien jaar jonger dan zijn eerste. ‘Ik had het kunnen weten. Wat een idioot ben ik toch.’ En nog een drankje later vertelde hij haar over zijn kinderen, Ryan en Simone, de strijd om de voogdij en zijn baan in het bankwezen.

Zij moest hem ook persoonlijke dingen vertellen. Zo werkte het. Voor wat hoort wat. Ze had een vast verhaal voor dit soort gelegenheden – van A tot Z verzonnen, natuurlijk – maar de openhartigheid van Miller had iets waardoor zij ook elementjes van zichzelf aan haar verhaal toevoegde. De waarheid zou ze hem natuurlijk nooit vertellen. Die kende niemand, afgezien van Rex. En zelfs Rex wist niet alles van haar.

Hij dronk whisky. Zij dronk wodka. Ze probeerde een laag tempo aan te houden. Twee keer, toen hij naar de heren was, ging zij naar de dames, waar ze haar glas leeggoot en vulde met water. Toch was ze al een beetje aangeschoten toen de sms van Rex binnenkwam.

K?

'K' stond voor 'klaar'.

'Alles oké?' vroeg Miller haar.

'Ja. Een berichtje van een vriendin.'

Ze sms'te *J* terug voor 'ja' en richtte haar aandacht weer op hem. Dit was normaliter het moment om voor te stellen naar een wat minder drukke plek te gaan. De meeste mannen hapten onmiddellijk – ze zijn zo voorspelbaar als wat op dat punt – maar met Dale Miller vroeg ze zich af of die directe aanpak wel zou werken. Het was niet zo dat hij niet geïnteresseerd in haar leek. Maar hij... Ze wist niet goed hoe ze het moest zeggen, maar op de een of andere manier leek hij erboven te staan.

'Mag ik je iets vragen?' begon ze.

Miller glimlachte. 'Je vraagt me de hele avond al van alles.'

Zijn stem klonk al een beetje onvast. Goed zo.

'Ben je met de auto?' vroeg ze.

'Ja. Hoezo?'

Ze liet haar blik door de bar gaan. 'Zou ik je... eh... om een lift naar huis mogen vragen? Ik woon niet ver weg.'

'Ja hoor, geen probleem.' En daarna: 'Misschien moet ik dan eerst een beetje ontnuchteren...'

Daisy wipte van haar kruk. 'O, laat dan maar. Dan ga ik wel lopen.'

Miller ging rechtop zitten. 'Hé, wacht. Vanwaar die haast?'

'Ik moet een beetje bijtijds thuis zijn, maar als je niet kunt rijden...'

'Nee, nee, geen probleem,' zei hij. 'Ik breng je nu naar huis.'

'Als het niet te veel moeite is...'

'Geen enkele moeite, Daisy.'

Hebbes. Op weg naar de deur stuurde Daisy een korte sms naar Rex.

BO.

Codetaal voor 'Ben onderweg'.

Sommigen zouden het zwendel of uitlokking noemen, maar Rex hield vol dat het 'gerechtvaardigd' geld was. Daisy was daar niet zo zeker van, maar ze voelde zich er evenmin erg schuldig over. Het plan was doodsimpel, zowel in theorie als in uitvoering. Een man en een vrouw gaan scheiden. De strijd om het voogdijschap wordt alsmaar smeriger. Beide partijen zijn ten einde raad. De vrouw – technisch gezien kon de man ook gebruikmaken van hun diensten, maar tot nu toe was het altijd de vrouw geweest – nam Rex in de arm om deze bloedigste aller oorlogen te winnen. Hoe deed Rex dat?

Door de man te pakken voor rijden onder invloed.

Hoe kon je beter aantonen dat de man een onverantwoordelijke ouder was?

Zo werkte het dus. Daisy's taak was tweeledig: zorg ervoor dat de man dronken genoeg is en dat hij achter het stuur van zijn auto plaatsneemt. Rex, die politieagent was, hield ze aan, arresteerde de man voor rijden onder invloed en hopla, de kansen van hun cliënt in de rechtszaal namen explosief toe. Op dit moment zat Rex twee straten verderop in zijn patrouillewagen te wachten. En voor de aanhouding koos hij altijd een afgelegen plek in de buurt van de bar waar de man die avond zat te drinken. Hoe minder getuigen, hoe beter. Ze wilden niet dat mensen vragen gingen stellen.

Dirigeer die gast naar de kant van de weg, arresteer hem en neem hem mee.

Wankelend liepen ze de bar uit en het parkeerterrein op.

'Deze kant op,' zei Miller. 'Mijn auto staat daar.'

Het parkeerterrein was bestrooid met schelpenzand. Miller schopte de schelpen voor zich uit terwijl hij haar voorging naar een grijze Toyota Corolla. Hij richtte de sleutel op de auto, die reageerde met een dubbele, gedempte claxonstoot. Toen Miller doorliep naar het portier aan de passagierskant, schrok Daisy. Wilde hij dat zij reed? God nee, dat hoopte ze niet. Was hij zwaarder beschonken dan ze had gedacht? Dat lag meer voor de hand. Maar ze merkte algauw dat het geen van beide was.

Dale Miller hield het portier voor haar open. Als een echte heer. Het was zo lang geleden dat Daisy een echte heer was tegengekomen dat ze zijn hoffelijke gebaar niet direct had weten te plaatsen.

Hij hield het portier open en wachtte. Daisy stapte in. Dale Miller wachtte tot ze helemaal was ingestapt en goed zat voordat hij voorzichtig het portier sloot.

Ze begon zich een beetje schuldig te voelen.

Rex had haar al vele keren uitgelegd dat het niet onwettig of zelfs maar ethisch dubieus was wat ze deden. Want om te beginnen slaagde het plan niet altijd. Sommige mannen gaan niet naar bars om te drinken. 'Als dat het geval is,' had Rex haar verteld, 'gaat hij vrijuit. Maar onze man drinkt al, waar of niet? Jij geeft hem alleen een duwtje in de goede richting, dat is alles. Maar hij hoeft niet dronken in zijn auto te stappen. Uiteindelijk kiest hij daar zelf voor. Je dwingt hem niet met een pistool op zijn hoofd.'

Daisy deed haar gordel om. Dale Miller deed de zijne om. Hij startte de auto en zette hem in de achteruit. De schelpen knarsten onder de banden. Toen hij de parkeerplek af was gereden, stopte hij en bleef hij Daisy lange tijd aankijken. Ze probeerde te glimlachen, maar lang hield ze het niet vol.

'Wat verberg je, Daisy?' vroeg hij.

Ze voelde een rilling over haar rug gaan maar zei niets.

'Er is jou iets overkomen. Ik zie het op je gezicht.'

Omdat Daisy niet wist hoe ze anders moest reageren, begon ze maar te lachen. 'Ik heb je binnen mijn hele levensverhaal al verteld, Dale.'

Miller bleef haar nog even aankijken, misschien twee seconden, hoewel het voor haar een uur leek. Uiteindelijk draaide hij zijn hoofd om en zette de auto in de versnelling. Zonder nog iets te zeggen reed hij het parkeerterrein af.

'Linksaf,' zei Daisy, en ze hoorde de stress in haar eigen stem. 'En dan de tweede rechts.'

Dale Miller nam de bocht overdreven zorgvuldig, zoals je dat doet wanneer je te veel hebt gedronken en niet wil worden aangehouden. De Toyota Corolla was schoon en onpersoonlijk, rook alleen iets te veel naar luchtverfrisser. Toen Miller bij de tweede straat rechts afsloeg, hield Daisy haar adem in terwijl ze wachtte op Rex' blauwe knipperlichten en sirene.

Dit was voor Daisy altijd het spannendste deel, want je wist nooit hoe iemand zou reageren. Eén man had gas gegeven en geprobeerd ervandoor te gaan, hoewel hij na de eerste de beste zijstraat al had ontdekt wat een stompzinnige actie het was. Sommige mannen begonnen te vloeken. Andere mannen – te veel – begonnen te snikken. Die waren het ergste. Volwassen mannen, even daarvoor nog zo cool, sommige zelfs nog met hun hand onder haar jurk, die opeens als puberende schooljongens beginnen te janken. Ze beseften onmiddellijk de ernst van de situatie. En dat besef kwam hard aan.

Daisy wist niet wat ze van Dale Miller moest verwachten.

Rex had zijn timing tot pure wetenschap geperfectioneerd, dus alsof het zo in het draaiboek stond, kwamen zijn blauwe knipperlichten tot leven en werden ze onmiddellijk gevolgd door de sirene van de patrouillewagen. Daisy draaide haar hoofd een kwartslag en keek naar Dale Millers gezicht om zijn reactie te peilen. Als Miller verbaasd was of er de pest in had, was dat aan zijn gezicht niet te zien. Wat ze zag was beheersing en vastberadenheid. Hij gaf zelfs richting aan voordat hij vaart minderde en keurig langs de stoeprand stopte terwijl Rex achter hem hetzelfde deed.

Hij had de sirene al uitgezet, maar de blauwe lichten knipperden nog.

Dale Miller zette de auto op de handrem en draaide zijn hoofd naar haar om. Daisy wist niet hoe ze hem moest aankijken. Verbaasd? Meelevend? Een moedeloze 'tja, wat doe je eraan'-blik?

'Wel, wel,' zei Miller. 'Zo te zien worden we ingehaald door het verleden, hè?'

Zijn woorden, de toon van zijn stem en de blik in zijn ogen brachten haar compleet van de wijs. Ze had naar Rex willen roepen dat hij moest opschieten, maar Rex nam de tijd voor zijn loopje naar de auto, zoals agenten dat nu eenmaal doen. Ondertussen bleef Miller haar aankijken, zelfs nadat Rex op zijn raampje had geklopt. Toen draaide hij zich langzaam om en liet het raampje zakken.

'Zijn er problemen, agent?'

'Uw rijbewijs en kentekenbewijs, alstublieft.'

Dale Miller gaf hem de papieren.

'Hebt u vanavond gedronken, meneer Miller?'

'Misschien eentje,' zei hij.

Met dat antwoord week hij in elk geval niet af van alle andere mannen naast wie ze in de auto had gezeten. Ze logen altijd.

'Zou u even uit de auto willen stappen?'

Miller draaide zich weer om naar Daisy. Ze moest haar best doen om niet ineen te krimpen. Ze bleef recht voor zich uit kijken, vermeed oogcontact met hem.

Rex zei: 'Meneer? Ik heb u gevraagd...'

'Natuurlijk, agent.'

Dale Miller greep de portierhendel vast. Toen de binnenverlichting aanging, sloot Daisy even haar ogen. Met een kreun stapte Miller uit. Hij liet het portier openstaan, maar Rex reikte langs hem heen en duwde het dicht. Het raampje stond nog open, dus Daisy kon alles horen.

'Meneer, ik zou u graag een paar tests afnemen om vast te stellen of u nuchter bent of niet.'

'Die kunnen we wel overslaan,' zei Dale Miller.

'Pardon?'

'Is het niet gemakkelijker als we meteen de blaastest doen?'

Dat voorstel verbaasde Rex. Hij keek langs Miller naar Daisy, die haar schouders ophaalde.

'Ik neem aan dat u een blaastest in de patrouillewagen hebt liggen?' zei Miller.

'Ja, natuurlijk.'

'Laten we dan uw tijd, de mijne en die van de aantrekkelijke dame niet verspillen, stel ik voor.'

Rex aarzelde. Toen zei hij: 'Oké, blijf hier wachten, alstublieft.'

'Natuurlijk.'

Zodra Rex zich omdraaide om terug te lopen naar de patrouillewagen, trok Dale Miller een pistool en schoot hij Rex twee keer in zijn achterhoofd. Rex zakte in elkaar op het wegdek.

Toen richtte Dale Miller het pistool op Daisy.

Ze zijn terug, dacht Daisy.

Na al die jaren hebben ze me gevonden.

1

Ik houd de honkbalknuppel achter mijn been, zodat Trey – tenminste, ik neem aan dat het Trey is – die niet ziet.

De veronderstelde Trey, met zijn zonnebankbruine kop, zijn vlechtjes en de betekenisloze tribal tattoos rondom zijn opgepompte biceps, komt op me af dansen. Ellie heeft Trey beschreven als 'een geboren nepfiguur'. Deze gast voldoet aan die beschrijving.

Maar ik moet het zeker weten.

Ik heb in de loop der jaren een handige methode ontwikkeld om vast te stellen of ik de juiste man tegenover me heb. Dus let op en doe er je voordeel mee.

'Trey?'

De halvezool blijft staan, plooit zijn neanderthalervoorhoofd in twee helften en vraagt: 'Wie wil dat weten?'

'En nu moet ik zeggen: "Ik"?'

'Huh?'

Ik zucht. Zie je met wat voor idioten ik te maken heb, Leo?

'Jij vraagt: "Wie wil dat weten?"' leg ik hem uit. 'Alsof je een slag om de arm houdt. Alsof je, als ik je Mike had genoemd, niet gezegd zou hebben: "Je hebt de verkeerde voor je, maat." Door te reageren met: "Wie wil dat weten?", heb je mij verteld dat je Trey bent.'

Je zou de verwarring op het gezicht van deze gast moeten zien.

Ik doe een stap naar hem toe, met de honkbalknuppel nog steeds uit het zicht.

Trey is hartstikke stoer, maar ik voel de angst die in golven van hem af walmt. Wat niet zo verrassend is. Ik ben een man met een flink postuur, geen anderhalve meter groot vrouwtje dat hij door de kamer kan meppen om zijn mannelijkheid te bewijzen.

'Wat wil je van me?' vraagt Trey.

Ik doe nog een stap naar hem toe. 'Ik wil praten.'

'Waarover?'

Ik zwaai de knuppel met één hand naar voren, want dat is het snelst. Het uiteinde raakt Treys knieschijf als een zweepslag. Hij slaakt een kreet, maar blijft overeind. Nu grijp ik de knuppel met beide handen vast. Weet je nog hoe coach Jauss ons in de Little League heeft leren slaan, Leo? Knuppel zo ver mogelijk achteruit, elleboog omhoog. Dat was heilig voor hem. Hoe oud waren we? Negen, tien? Niet echt belangrijk. Maar ik doe wat de coach ons heeft geleerd. Ik zwaai de knuppel helemaal achteruit, met mijn elleboog omhoog, en stap mee wanneer ik hem weer naar voren zwaai.

Het uiteinde raakt hem op dezelfde knie.

Trey slaat tegen de grond alsof ik hem heb neergeschoten. 'Alsjeblieft...'

Nu hef ik de knuppel hoog boven mijn hoofd, met twee handen, als een bijl, en zet mijn hele gewicht erachter als ik hem omlaag zwaai, weer met dezelfde knie als doelwit. Ik voel dat het bot versplintert als het hout hem raakt. Trey schreeuwt het uit. Ik hef de knuppel weer boven mijn hoofd. Inmiddels heeft Trey zijn knie vastgegrepen met zijn handen, om die te beschermen. Nou en? We moeten het netjes afwerken, nietwaar?

Dan maar zijn enkel. Als de knuppel die raakt, versplintert hij onder de huid. Met het geluid van droge twijgjes waar je met je voet op gaat staan.

'Je hebt mijn gezicht níét gezien,' zeg ik tegen hem. 'Eén woord en ik kom terug om je af te maken.'

Ik wacht niet op antwoord.

Weet je nog dat pa ons meenam naar onze eerste honkbalwedstrijd van de Major League, Leo? In Yankee Stadium? We zaten onderaan, bij het derde honk. We hadden de hele wedstrijd lang onze honkbalhandschoen aan, in de hoop dat een verdwaalde bal onze kant op zou komen. Wat natuurlijk niet gebeurde. Ik herinner me nog goed dat pa zijn gezicht naar de zon had gekeerd, met zijn Wayfarer op en die lome glimlach om zijn mond. Was pa cool of niet? Als Fransman had hij geen idee waar het om ging bij honkbal – het was ook zijn eerste wedstrijd – maar wat kon het hem schelen? Hij was een dagje uit met zijn tweelingzoons.

Dat was voor hem meer dan genoeg.

Drie blokken verderop dump ik de knuppel in de container van een 7-Eleven. Ik had handschoenen aan, dus vingerafdrukken staan er niet op. Ik had de knuppel jaren geleden op een *garage sale* in de buurt van Atlantic City gekocht. Het is uitgesloten dat die ooit met mij in verband wordt gebracht. Niet dat ik me daar zorgen om maak. De politie gaat heus geen container vol gebruikt maandverband doorzoeken om een idioot als Trey uit de brand te helpen. Misschien doen ze dat op tv. Maar in het echte leven doen ze het af als een plaatselijke ruzie, een uit de hand gelopen drugsdeal of gokschuld, of iets anders dat erop wijst dat hij er zelf om heeft gevraagd.

Ik loop in een boog over het parkeerterrein naar de plek waar ik mijn auto heb neergezet. Ik heb een zwarte Brooklyn Nets-pet op – anoniemer kan het bijna niet – en ik houd mijn hoofd gebogen. Nogmaals, ik geloof niet dat iemand de zaak serieus zal nemen, maar je zult maar te maken krijgen met een overijverig groentje dat de beelden van alle straatcamera's gaat bekijken.

Het kost me niks extra om zorgvuldig te zijn.

Ik stap in mijn auto, neem de Interstate 280 en rijd rechtstreeks terug naar Westbridge. Mijn mobiele telefoon gaat... het is Ellie. Alsof ze weet wat ik aan het doen ben. Ellie is mijn geweten. Maar ik heb nu even geen tijd voor haar.

Westbridge is zo'n stadje uit de Amerikaanse Droom, dat in de media 'gezinsvriendelijk' of 'gewild' of misschien zelfs 'upscale' wordt genoemd, maar trendy zal het nooit worden. Er zijn barbecues van de Rotary Club, optochten op de Vierde Juli, het carnaval van de Kiwanis Club en op zaterdagochtend is er markt waar de bioboeren hun waren verkopen. De kinderen gaan er nog gewoon op de fiets naar school. De wedstrijden van het American football van de highschool trekken genoeg publiek, zeker als we tegen onze rivaal Livingston spelen. De Little League van het honkbal is nog steeds heel populair. Coach Jauss is een paar jaar geleden overleden, maar ze hebben een van de velden naar hem genoemd.

Ik stop nog steeds bij dat veld, alleen nu in een politiewagen. Yep, die smeris ben ik. Ik denk aan je, Leo, daar rechts in het achterveld. Jij wilde eigenlijk niet op honkbal – dat weet ik nu – maar je wist dat ik waarschijnlijk niet in m'n eentje lid van het team zou worden. Sommige oude rotten hebben het nog steeds over die halve finale waarin ik als werper de tegenpartij geen enkel punt gunde. Jij was niet goed genoeg voor dat team, dus wezen de bazen van de Little League je aan om alle scores bij te houden. Ik denk dat ze dat deden om mij een plezier te doen. En dat ik dat toen niet inzag.

Jij was altijd de wijze en de meer volwassene van ons twee, Leo, dus jij begreep het waarschijnlijk wel.

Ik rijd de oprit van het huis op en stop. Mijn buren, Tammy en Ned – ik moet altijd aan Ned Flanders denken, door zijn pornosnor en zijn te amicale manier van doen – zijn de dakgoten aan het schoonmaken. Ze zwaaien naar me.

'Hallo, Nap,' zegt Ned.

'Hallo, Ned,' zeg ik. 'Hallo, Tammy.'

De vriendelijkheid zelve. De aardige buurman. Want zie je, in stadjes als dit ben ik een zeldzaam wezen – een alleenstaande hetero-man zonder kinderen is hier net zo bijzonder als een sigaret op een sportschool – dus ik doe mijn best om zo normaal, betrouwbaar en saai mogelijk over te komen.

Niet-bedreigend.

Pa is vijf jaar geleden overleden, dus ik vermoed dat sommige buurtbewoners me zien als 'die alleenstaande man' die in zijn ouderlijk huis is blijven wonen en daar een kluizenaarsbestaan leidt. Daarom zorg ik ervoor dat het huis er pico bello uitziet. En daarom zorg ik ervoor dat mijn vrouwelijke dates bij daglicht komen en gaan, zodat iedereen ze kan zien, ook al weet ik allang dat het niks zal worden.

Er was een tijd dat iemand als ik als excentriek maar charmant werd gezien, als de volhardende vrijgezel. Nu denk ik dat de buren bang zijn dat ik pedofiel of iets in die geest ben. Dus doe ik al het mogelijke om die angst weg te nemen.

Maar er zijn ook buurtbewoners die onze geschiedenis kennen, en die het normaal vinden dat ik hier ben blijven wonen.

Ik sta nog steeds naar Ned en Tammy te zwaaien.

'Hoe doet Brody's team het?' vraag ik.

Het kan me niks schelen, maar het gaat om het idee.

'Ze staan bovenaan,' zegt Tammy.

'Geweldig.'

'Misschien heb je zin om komende woensdag naar de wedstrijd te komen kijken.'

'Dat zou ik leuk vinden,' zeg ik.

Ik zou het ook leuk vinden als een van mijn nieren werd uitgesneden met een fruitmesje.

Ik blijf glimlachen, voel me een idioot, zwaai nog een keer en ga naar binnen. Ik slaap allang niet meer op onze oude kamer, Leo. Na die avond – ik noem het altijd 'die avond', want termen als 'dubbele zelfmoord', 'het dodelijke ongeluk' of zelfs 'de moord', hoewel niemand dat laatste gelooft, kan ik gewoon niet uit mijn mond krijgen – kan ik de aanblik van ons oude stapelbed niet meer verdragen. Eerst ben ik beneden gaan slapen, in de kamer die wij het 'zijkamertje' noemden. Dat had een van ons al jaren daarvoor moeten doen, Leo. Want onze slaapkamer was oké voor twee jongetjes, maar voor twee uit de kluiten gewassen tieners was hij veel te klein.

Hoewel ik het nooit erg heb gevonden. Jij volgens mij ook niet.

Toen pa overleed, ben ik weer naar boven verhuisd en in de grote slaapkamer gaan slapen. Ellie heeft me geholpen om onze oude kamer om te bouwen tot een kantoortje, met van die witte kubussen aan de wanden, in een stijl die zij 'Modern Urban Farmhouse' noemt. Ik weet nog steeds niet wat ze daarmee bedoelen.

Ik loop de trap op, ga de slaapkamer in en heb net mijn shirt uitgetrokken als de deurbel gaat. Ik neem aan dat het iemand van UPS of FedEx is. Dat zijn de enige mensen die langskomen zonder eerst te bellen. Dus vind ik het niet nodig om meteen naar beneden te rennen. Als er nog een keer wordt gebeld, vraag ik me af of ik misschien iets heb besteld waarvoor ik een handtekening moet zetten. Ik kan niks bedenken. Ik loop de kamer aan de voorkant in en kijk uit het raam.

Politie.

Ze zijn in burger, maar ik weet het altijd meteen. Ik weet niet of het de manier van doen is, de kleding of iets ontastbaars, en ik geloof ook niet dat ik het weet omdat ik er zelf een ben... De ene smeris herkent de andere, zoiets. De ene smeris is een man, de andere een vrouw. Heel even denk ik dat het misschien met Trey te maken heeft – een logische veronderstelling, nietwaar? – maar een korte blik op hun ongemarkeerde politiewagen, die zo overduidelijk een ongemarkeerde politiewagen is dat ze de woorden 'ongemarkeerde politiewagen' net zo goed met een spuitbus op de zijkant hadden kunnen spuiten, vertelt me dat het een nummerplaat uit de staat Pennsylvania is.

Ik trek snel een grijs sweatshirt aan en kijk in de spiegel. Het enige woord dat ik kan bedenken is 'geweldig'. Nou, dat was niet het enige woord, maar laten we het daarop houden. Ik ren de trap af en grijp de deurknop vast.

Ik had geen idee wat het openen van de deur voor me in gang zou zetten.

Ik had geen idee, Leo, dat het me terug bij jou zou brengen.

2

Zoals ik al zei, twee politiemensen... De ene een man, de andere een vrouw.

De vrouw is de oudste van de twee, zo te zien halverwege de vijftig. Ze is gekleed in een donkerblauwe blazer en een spijkerbroek, en ze heeft degelijke schoenen aan. Haar dienstwapen vormt op haar heup een bult, die de lijn van de blazer ontsiert, maar ze lijkt me niet het type dat daarmee zit. De man is een jaar of veertig en gaat gekleed in een pak in de kleur van dode bladeren, erg populair bij adjunct-hoofden van dorpsscholen.

De vrouw forceert een glimlach en zegt: 'Rechercheur Dumas?'

Ze spreekt mijn naam uit als *Doe-mes*. Maar het is *Du-mah*, op z'n Frans, net als de beroemde schrijver. Leo en ik zijn geboren in Marseille. Toen we op achtjarige leeftijd in de VS aankwamen en in Westbridge gingen wonen, dachten onze nieuwe 'vriendjes' dat ze buitengewoon grappig waren als ze Dumas als *Dumb Ass* uitspraken. Sommige volwassenen doen dat nog steeds, maar die zijn niet eh... van dezelfde politieke kleur, als je begrijpt wat ik bedoel.

Ik neem niet de moeite haar te corrigeren.

'Wat kan ik voor jullie doen?'

'Ik ben inspecteur Stacy Reynolds,' zegt ze. 'En dit is rechercheur Bates.'

Ik pik een signaal op dat me niet bevalt. Ik neem aan dat ze hier zijn om me slecht nieuws te brengen, me te vertellen dat iemand die me dierbaar was is overleden. Ik heb dit soort condoleancegesprekken zelf vaak genoeg voor mijn werk moeten doen. Ik ben er niet goed in. Maar hoe meelijwekkend het misschien ook klinkt, ik zou niet weten wie er op deze wereld genoeg voor me zou betekenen om een politiewagen met slecht nieuws naar mijn huis te sturen. De enige is Ellie, en die woont hier in Westbridge, New Jersey, niet in Pennsylvania.

Ik sla het 'aangenaam met jullie kennis te maken' over en vraag meteen: 'Waar gaat het over?'

'Mogen we even binnenkomen?' vraagt Reynolds met een bezorgde glimlach. 'Het is een lange rit geweest.'

'Ik zou graag je badkamer even willen gebruiken,' voegt Bates eraan toe.

'Straks,' zeg ik. 'Ik wil eerst weten waarom jullie hier zijn.'

'Je hoeft niet zo vijandig te doen,' zegt Bates.

'En jullie hoeven er niet omheen te draaien. Ik ben zelf een smeris, jullie komen van ver, dus vertel op.'

Bates kijkt me met een vuile blik aan. Ik word er niet warm of koud van. Reynolds legt haar hand op zijn arm om de gemoederen te sussen. Ook dat kan me geen barst schelen.

'Je hebt gelijk,' zegt Reynolds tegen me. 'Ik ben bang dat we met slecht nieuws komen.'

Ik wacht af.

'Er is in ons district een moord gepleegd,' vervolgt ze.

'Op een politieman,' voegt Bates eraan toe.

Nu hebben ze mijn aandacht. Je hebt moord. En je hebt moord op een politieman. Je wil niet dat die twee van elkaar verschillen, dat het één erger is dan het ander, maar er zijn wel meer dingen die je niet wil.

'Wie is het?' vraag ik.

‘Rex Canton.’

Ze wachten om te zien of ik iets laat blijken. Dat gebeurt niet, maar de naam roept wel vragen op.

‘Kende je brigadier Canton?’ vraagt Reynolds.

‘Ja,’ zeg ik. ‘Van lang geleden.’

‘Wanneer heb je hem voor het laatst gezien?’

Ik sta me nog steeds af te vragen waarom ze hier zijn. ‘Dat weet ik niet meer. Op de diploma-uitreiking van school, denk ik.’

‘Sindsdien niet meer?’

‘Niet dat ik weet.’

‘Maar het zou kunnen?’

Ik haal mijn schouders op. ‘Misschien is hij een keer op een reünie of zoiets geweest.’

‘Maar dat weet je niet zeker.’

‘Nee, dat weet ik niet zeker.’

‘Je schijnt niet erg aangeslagen te zijn door zijn dood,’ zegt Bates.

‘Inwendig huil ik bittere tranen,’ zeg ik. ‘Alleen de buitenkant vertoont geen barstje.’

‘Je hoeft niet sarcastisch te worden,’ zei Bates. ‘Een van onze collega’s is gedood.’

‘We hoeven ook onze tijd niet te verspillen. Ik kende hem van school. Dat is alles. Ik heb hem sindsdien niet meer gezien. Ik wist niet dat hij in Pennsylvania woonde. Ik wist niet eens dat hij bij de politie zat. Hoe hebben ze hem vermoord?’

‘Hij is doodgeschoten bij een aanhouding,’ zegt Reynolds.

Rex Canton. Natuurlijk kende ik hem destijds, maar hij was meer jouw vriend, Leo. Van je vriendenclub op school. Ik herinner me die maffe foto waarop jullie een of andere rockband moesten voorstellen, voor de talentenjacht op school. Rex zat achter het drumstel. Hij had een spleetje tussen zijn voortanden. Het leek me een aardige jongen.

‘Krijg ik het nog te horen?’ vraag ik.

'Wat?'

Ik ben hier echt niet voor in de stemming. 'Wat willen jullie van me?'

Reynolds kijkt naar me op en er verschijnt een heel flauwe glimlach om haar mond. 'Heb je echt geen idee?'

'Nee.'

'Laat me even je toilet gebruiken voordat ik het op je stoep doe. Daarna praten we.'

Ik doe een stap opzij om ze binnen te laten. Reynolds gaat als eerste naar de badkamer. Bates moet wachten, staat te draaien tot hij mag. Mijn mobiel gaat. Het is Ellie weer. Ik tik op NEGEREN en sms dat ik haar z.s.m. zal bellen. Ik hoor de kraan in de badkamer als Reynolds haar handen wast. Ze komt naar buiten en Bates gaat naar binnen. Hij... eh, maakt nogal veel lawaai. Hij moest, zoals men dat vroeger zei, pissen als een paard.

We gaan naar de woonkamer en nemen plaats. Ook deze kamer heeft Ellie ingericht. Haar doel was een vrouwvriendelijk mannenhol, met houten lambriseringen en een reusachtige flatscreen, maar de bar is van plexiglas en de kunstleren bekleding van de fauteuils heeft een donkere, zalmroze tint.

'Dus?' zeg ik.

Reynolds kijkt Bates aan. Hij knikt. Ze wendt zich weer tot mij. 'We hebben vingerafdrukken gevonden.'

'Waar?'

'Sorry?'

'Je zei dat Rex was doodgeschoten tijdens een aanhouding.'

'Dat is juist.'

'Waar is het stoffelijk overschot gevonden? In zijn dienstauto? Op straat?'

'Op straat.'

'Maar waar zijn die vingerafdrukken dan precies gevonden? Op het wegdek?'

'Het "waar" is niet belangrijk,' zegt Reynolds tegen me. 'Het "wie", daar gaat het om.'

Ik wacht. Geen van beiden zegt iets. Dus ik vraag: 'Van wie zijn ze?'

'Nou, dat is juist het probleem,' zegt ze. 'Want we hebben ze door de databases gehaald, maar dat heeft geen enkele hit opgeleverd. Dus die persoon heeft geen strafblad. Maar het rare is, de afdrukken zitten wel in het systeem.'

Ik ken natuurlijk de uitdrukking 'mijn nekhaartjes gingen overeind staan', maar zo letterlijk als nu heb ik dat volgens mij nooit ervaren. Reynolds wacht op mijn reactie, maar die lol gun ik haar niet. Zij heeft de bal veroverd, dus zij mag hem naar de achterlijn brengen.

'De afdrukken zijn herkend,' vervolgt ze, 'omdat jij, rechercheur Dumas, die tien jaar geleden in de database hebt gestopt, met de beschrijving "persoon die onze belangstelling waard is". En met het verzoek, ook van tien jaar geleden, toen je net bij de politie was, om ingelicht te worden als ze werden opgevraagd.'

Ik probeer mijn schrik te verbergen, maar ik geloof niet dat ik daarin slaag. Mijn gedachten gaan terug, Leo. Ze gaan terug naar vijftien jaar geleden. Naar de zomeravonden toen zij en ik in het licht van de maan naar die open plek op Riker Hill wandelden en daar op een plaid gingen liggen. Natuurlijk denk ik aan de seks, aan de hitte, het bijzondere en de puurheid van onze lust, maar meer nog dan dat denk ik aan het 'erna', wanneer ik op mijn rug op adem lag te komen, starend naar de nachtelijke hemel, met haar hoofd op mijn borst en haar hand op mijn buik, wanneer we de eerste paar minuten niets zeiden en daarna met elkaar begonnen te praten op een manier waarvan ik wist – absoluut zeker wist – dat ik er nooit genoeg van zou krijgen.

Jij zou mijn getuige worden op ons huwelijk.

Je kent me. Ik heb nooit veel vrienden gehad; daar had ik geen behoefte aan. Ik had jou, Leo. En ik had haar. Toen raakte ik jou kwijt. En daarna haar.

Reynolds en Bates zitten me aan te kijken. 'Rechercheur Dumas?'

Ik ruk me los uit mijn gedachten. 'Willen jullie me vertellen dat die vingerafdrukken van Maura zijn?'

'Ja, dat klopt.'

'Maar jullie hebben haar nog niet gevonden.'

'Nee, nog niet,' zegt Reynolds. 'Ga je het ons uitleggen?'

Ik gris mijn portefeuille en sleutels van tafel. 'Dat doe ik onderweg. Kom op, we gaan.'

3

Reynolds en Bates willen me natuurlijk eerst uithoren.

'In de auto,' dring ik aan. 'Ik wil de plaats delict zien.'

We lopen op de bakstenen oprit die mijn vader twintig jaar geleden zelf heeft aangelegd. Ik loop voorop. Zij haasten zich achter me aan.

'Stel dat we niet willen dat je met ons meegaat,' zegt Reynolds.

Ik blijf staan, steek mijn hand op en beweeg mijn vingers. 'In dat geval, toedeloe en wel thuis.'

Bates mag me echt niet. 'We kunnen je dwingen onze vragen te beantwoorden.'

'Denk je dat? Best.' Ik draai me om, maak aanstalten om weer naar binnen te gaan. 'Laat het me maar weten als het zover is.'

Reynolds verspert me de weg. 'We proberen de moordenaar van een politieagent te vinden.'

'Ik ook.'

Ik ben een heel goede rechercheur – dat is gewoon zo, dus er is geen reden voor valse bescheidenheid – maar ik moet de plaats delict zelf zien. Ik ken de betrokkenen. Misschien kan ik ze helpen. Hoe dan ook, als Maura terug is, is het uitgesloten dat ik dit laat lopen.

Maar dat hoeven Reynolds en Bates niet allemaal te weten.

'Hoelang is het rijden?' vraag ik.

'Twee uur, als we opschieten.'

Ik spreid mijn armen, een en al bereidwilligheid. 'En al die tijd zit ik bij jullie in de auto. Stel je voor hoeveel vragen je me in twee uur kunt stellen.'

Bates fronst zijn wenkbrauwen. Het idee staat hem niet aan, of misschien is hij zo gewend geraakt aan zijn rol van *bad cop*, met Reynolds als de redelijke, dat hij niet anders kan. Uiteindelijk zullen ze toegeven. Dat weten we alle drie. De vraag is alleen hoe en wanneer.

Reynolds vraagt: 'Hoe kom je dan terug?'

'Want we zijn Uber niet,' voegt Bates eraan toe.

'Ah, de terugreis,' zeg ik. 'Laten we ons vooral daarop concentreren.'

Er worden nog wat wenkbrauwen gefronst, maar de kogel is door de kerk. Reynolds stapt aan de bestuurderskant in, Bates aan de passagierskant.

'Houdt geen van jullie het achterportier voor me open?' vraag ik.

Onnodig getreiter, maar wat kan het me schelen. Voordat ik instap, haal ik mijn telefoon uit mijn zak en roep ik de Favorieten op. Reynolds, achter het stuur, kijkt me aan met een blik van 'wat nou weer?'. Ik steek mijn wijsvinger op om haar duidelijk te maken dat ik zal opschieten.

Ellie neemt op. 'Hoi.'

'Ik moet afzeggen voor vanavond.'

Ik werk elke zondagavond als vrijwilliger in Ellies opvanghuis voor mishandelde vrouwen.

'Wat is er gebeurd?' vraagt ze.

'Herinner je je Rex Canton?'

'Van school? Ja, natuurlijk.'

Ellie is gelukkig getrouwd en heeft twee dochters. Ik ben peetvader van allebei, wat misschien raar lijkt, maar het werkt. Ellie is de beste persoon die ik ken.

‘Hij werkte bij de politie in Pennsylvania,’ zeg ik.

‘Daar heb ik wel eens iemand over horen praten.’

‘Dat heb je me nooit verteld.’

‘Waarom zou ik?’

‘Dat is waar.’

‘Maar wat is er met Rex?’

‘Rex is omgekomen tijdens zijn dienst. Iemand heeft hem doodgeschoten bij een aanhouding.’

‘Ah, wat afschuwelijk. Dat vind ik echt erg.’

Voor sommige mensen zijn het maar woorden. Bij Ellie voelde je oprechte empathie.

‘Maar wat heeft dat met jou te maken?’ vraagt ze.

‘Dat vertel ik je later.’

Ellie verspilt geen tijd met te vragen waarom. Ze weet dat als ik er meer over had willen zeggen, ik dat wel gedaan zou hebben.

‘Oké. Bel me als ik iets voor je kan doen.’

‘Pas goed op Brenda voor me,’ zeg ik.

Het blijft even stil aan de andere kant van de lijn. Brenda is moeder van twee kinderen en een van de mishandelde vrouwen in het opvanghuis. Haar leven is tot een constante nachtmerrie gemaakt door een gewelddadige minkukel. Twee weken geleden is Brenda in het holst van de nacht naar Ellies opvanghuis gevlucht, met een hersenschudding en een paar gebroken ribben. Sindsdien is Brenda te bang om naar buiten te gaan; ze durft niet eens een luchtje te scheppen op de ommuurde binnenplaats van het opvanghuis. Afgezien van haar kinderen heeft ze alles achtergelaten. Ze beeft vaak. Ze krimpt ineen of deinst achteruit alsof ze elk moment een klap kan krijgen.

Ik zou Ellie willen vertellen dat Brenda vanavond veilig naar huis kan gaan om haar spullen te pakken, en dat haar belager, een laffe hond die de naam Trey draagt, de eerstkomende dagen niet thuis zal komen, maar Ellie en ik hanteren een zekere discretie op dit punt.

Ze komen er zelf wel achter. Dat doen ze altijd.

'Zeg Brenda dat ik er volgende week weer ben,' zeg ik.

'Zal ik doen,' zegt Ellie, en ze hangt op.

Ik zit alleen op de achterbank van de politiewagen. Je ruikt dat het een politiewagen is, de wanhoop en het angstzweet. Reynolds en Bates zitten voorin, alsof ze mijn ouders zijn. Ze zijn nog niet begonnen me vragen te stellen. Ze zeggen helemaal niets. Ik hef mijn ogen ten hemel. Dit menen ze toch niet? Zijn ze vergeten dat ik ook een smeris ben? Denken ze nu echt dat ik vanzelf wel begin te praten en dingen zal prijsgeven als ze lang genoeg zwijgen? Dit is het mobiele equivalent van een verdachte opsluiten in een verhoorkamer om hem een paar uur te laten zweten.

Ik weiger het spel mee te spelen. Ik sluit mijn ogen en probeer een dutje te doen.

Reynolds wekt me. 'Is je voornaam echt Napoleon?'

'Ja,' zeg ik.

Mijn Franse vader vond het een afschuwelijke naam, maar mijn moeder, de Amerikaanse in Parijs, stond erop.

'Napoleon Dumas?'

'Iedereen noemt me Nap.'

'Wat een rare nichtennaam,' zegt Bates.

'Bates,' zeg ik. 'Noemen ze jou mister Bates of master Bates?'

'Huh?'

Reynolds onderdrukt haar gegrinnik. Ik kan bijna niet geloven dat Bates deze nooit eerder heeft gehoord. Hij zegt het zelfs een paar keer, zachtjes voor zichzelf: 'Master Bates, Master Bates', voordat hij het eindelijk doorheeft.

'Je denkt zeker dat je leuk bent, Dumas.'

Hij spreekt mijn achternaam deze keer correct uit.

'Zullen we beginnen, Nap?' vraagt Reynolds.

'Ja. Kom maar op met je vragen.'

'Dus jij bent degene die Maura Wells in AFIS heeft ingevoerd, is dat juist?'

AFIS. Automated Fingerprint Identification System.

'Laten we doen alsof het antwoord ja is.'

'Wanneer?'

Dat weten ze al. 'Tien jaar geleden.'

'Waarom?'

'Omdat ze was verdwenen.'

'Dat hebben we gecheckt,' zegt Bates. 'Haar familie heeft haar nooit als vermist opgegeven.'

Ik zeg niets. We laten de stilte even voortduren. Reynolds maakt er een eind aan.

'Nap?'

Het ziet er niet goed voor me uit. Ik weet het, maar ik kan er niets aan veranderen. 'Maura Wells was mijn vriendin op school. Toen we in het laatste jaar zaten, stuurde ze me een sms waarin ze het uitmaakte. Al het contact werd verbroken. Ze verhuisde. Ik ben naar haar op zoek gegaan, maar ik heb haar nooit kunnen vinden.'

Reynolds en Bates kijken elkaar even aan.

'Heb je haar ouders gesproken?' vraagt Reynolds.

'Haar moeder, ja.'

'En?'

'Ze zei dat het me niet aanging waar Maura was en dat ik maar beter met mijn eigen leven kon doorgaan.'

'Een nuttig advies,' zegt Bates.

Ik laat me niet uit de tent lokken.

Reynolds vraagt: 'Hoe oud was je?'

'Achttien.'

'Dus je had Maura gezocht maar had haar niet kunnen vinden...'

'Ja.'

'Wat heb je toen gedaan?'

Ik houd dit liever voor mezelf, maar nu is Rex dood en verschijnt

Maura misschien weer in beeld, en soms moet je eerst iets geven om iets terug te krijgen. 'Toen ik bij de politie ging, heb ik haar vingerafdrukken in AFIS ingevoerd. En ik heb een vermissingsrapport geschreven.'

'Je was niet gerechtigd om dat te doen,' zegt Bates.

'Daar valt over te discussiëren,' zeg ik. 'Of zijn jullie naar me toe gekomen om me te arresteren voor een ambtsovertreding?'

'Nee,' zegt Reynolds. 'Dat zijn we niet van plan.'

'Nou, dat weet ik nog zo net niet,' zegt Bates, zogenaamd twijfelend. 'Je wordt gedumpt door een meisje en vijf jaar later overtreed je het politieprotocol om – wat? – te proberen haar terug te krijgen?' Hij haalt zijn schouders op. 'Dat klinkt tamelijk stalkerachtig, als je het mij vraagt.'

'Ja, helemaal fris is dat niet, Nap,' voegt Reynolds eraan toe.

Ze weten het een en ander over mijn verleden, durf ik te wedden. Maar ze weten niet alles.

'Ik neem aan dat je destijds op eigen houtje naar Maura Wells op zoek bent gegaan,' zegt Reynolds.

'Ja, af en toe.'

'En dat je haar niet hebt gevonden.'

'Dat klopt.'

'Heb je enig idee waar Maura de afgelopen vijftien jaar uitgehangen kan hebben?'

We rijden inmiddels op de snelweg naar het westen. Ik probeer nog steeds te begrijpen wat er aan de hand kan zijn. Ik probeer Rex in verband te brengen met mijn herinneringen aan Maura. Ik denk nu aan jou, Leo. Jij was met allebei bevriend. Had dat iets te betekenen? Misschien wel, misschien niet. We zaten allemaal in dezelfde examenklas, dus iedereen kende elkaar. Maar hoe close was Maura met Rex? Had Rex haar misschien bij toeval herkend? En als dat zo was, had zij hem dan daarom vermoord?

'Nee,' zeg ik. 'Ik heb geen idee.'

'Het is vreemd,' zegt Reynolds. 'We hebben geen recente activiteiten van Maura Wells kunnen ontdekken. Geen betalingen met een creditcard, geen bankoverschrijvingen, geen belastingaangiftes. We zijn nog bezig met het papieren spoor...'

'Jullie zullen niks vinden,' zeg ik.

'Jij hebt het al gecheckt.'

Het is geen vraag.

'Wanneer is Maura Wells van de radar verdwenen?' vraagt Reynolds me.

'Voor zover ik het heb kunnen nagaan,' zeg ik, 'vijftien jaar geleden.'

4

De plaats delict is een stuk van een stille weg zoals je die in de buurt van een vliegveld of spoorwegemplacement kunt aantreffen. Geen woonhuizen in de buurt. Een industriegebied dat betere tijden heeft gekend. Een paar groepjes pakhuizen die of al leegstaan of binnenkort afgedankt gaan worden.

We stappen uit de dienstauto. Het stuk weg is afgezet met een paar houten zaagbokken, waar je met een auto omheen zou kunnen rijden. Sinds we zijn aangekomen heb ik dat nog geen enkele auto zien doen. Ik houd dat in gedachten: de afwezigheid van verkeer. Het bloed is nog niet weggespoten. Iemand heeft met wit krijt de contouren van Rex' lichaam op de weg getekend. Ik kan me niet herinneren wanneer ik dat voor het laatst heb gezien... zo'n omtrek van een lijk in wit krijt.

'Neem het rapport met me door,' zeg ik.

'Je bent hier niet als rechercheur,' zegt Bates kortaf.

'Wil je een wedstrijdje ver pissen doen,' vraag ik, 'of wil je een politiemoordenaar pakken?'

Bates kijkt me aan en knijpt zijn ogen tot spleetjes. 'Zelfs als de dader een oude vlam van je is?'

Vooral als dat zo is. Maar dat zeg ik niet hardop.

Ze nemen nog een minuutje de tijd om moeilijk te doen, maar

uiteindelijk doet Reynolds haar verslag. 'Agent Rex Canton dirigeert om ongeveer 1.15 uur een Toyota Corolla naar de kant van de weg, hoogstwaarschijnlijk vanwege rijden onder invloed.'

'Rex heeft dat via zijn radio gemeld, neem ik aan?'

'Ja, dat heeft hij gedaan.'

Dat is het protocol. Als je een auto aanhoudt, meld je dat aan het bureau, of je vraagt het kentekennummer op om te zien of de auto gestolen is, of er eerdere delicten zijn gepleegd, dat soort dingen. En je krijgt te horen wie de eigenaar van de auto is.

'Wie was de eigenaar?' vraag ik.

'Het was een huurauto.'

Dat zit me al meteen dwars, maar er zijn meer dingen in deze zaak die me dwarszitten.

Ik zeg: 'Maar niet van een van de grote verhuurders, hè?'

'Pardon?'

'Het verhuurbedrijf. Dat was niet Hertz of Avis.'

'Nee, een kleiner bedrijfje, dat Sal's heet.'

'Laat me raden,' zeg ik. 'Gevestigd vlak bij het vliegveld. En de auto is niet gereserveerd.'

Reynolds en Bates kijken elkaar aan. Bates vraagt: 'Hoe weet jij dat?'

Ik negeer hem en keek Reynolds weer aan.

'De auto was gehuurd door ene Dale Miller uit Portland, Maine,' zegt Reynolds.

'De identiteit,' vraag ik. 'Was die vals of gestolen?'

Ze kijken elkaar weer aan. 'Gestolen.'

Ik buk en raak het bloed aan. Het is opgedroogd. 'Bewakingscamera's bij het verhuurbedrijf?'

'We moeten de beelden nog binnenkrijgen, maar de jongen achter de balie zegt dat Dale Miller een oudere man was, van ver in de zestig, misschien wel begin zeventig.'

'Waar is de huurauto gevonden?' vraag ik.

'Driekwart kilometer van Philadelphia Airport.'

'Hoeveel series vingerafdrukken?'

'Voorin? Alleen die van Maura Wells. De verhuurder zegt dat ze de auto's heel grondig schoonmaken als ze zijn teruggebracht.'

Ik knik. Een pick-up komt de hoek om en rijdt langzaam langs de afzetting. Het is de eerste auto die ik hier zie.

'Voorin,' herhaal ik.

'Pardon?'

'Je zei "de vingerafdrukken voorin". Aan welke kant? Bestuurder of passagier?'

Weer kijken ze elkaar even aan.

'Allebei.'

Ik kijk naar het wegdek, de krijtlijn die de positie van het gevallen lichaam aangeeft, en probeer voor me te zien hoe het is gebeurd. Uiteindelijk draai ik me om en kijk ze aan. 'Theorieën?' vraag ik.

'Twee mensen, een man en jouw ex Maura, zitten in de auto,' zegt Reynolds. 'Agent Canton houdt ze aan omdat hij vermoedt dat de bestuurder heeft gedronken. Om de een of andere reden schrikken ze daarvan. Ze raken in paniek, schieten agent Canton twee keer in zijn achterhoofd en gaan ervandoor.'

'Het is waarschijnlijk de man die schiet,' voegt Bates eraan toe. 'Hij is uit de auto gestapt. Hij vuurt, jouw ex schuift achter het stuur en hij stapt weer in aan de passagierskant. Dat zou ook haar vingerafdrukken aan zowel de passagierskant als de bestuurderskant verklaren.'

'Zoals ik al zei was de auto gehuurd met een gestolen ID,' vervolgt Reynolds. 'Dus we kunnen ervan uitgaan dat de man op z'n minst iets te verbergen had. Canton houdt ze aan, stelt vast dat er iets niet in orde is... en dat kost hem zijn leven.'

Ik knik alsof ik hun denkwerk bewonder. Hun theorie klopt niet, maar aangezien ik nog geen betere weet te bedenken, heeft het geen zin om ze nog meer tegen me in het harnas te jagen. Ze verzwijgen iets voor me. Dat zou ik waarschijnlijk ook doen als de rollen omgedraaid waren. Ik moet te weten zien te komen wát ze precies voor me achterhouden, en dat zal alleen lukken als ik aardig tegen ze ben.

Ik dwing mijn mond in mijn allercharmantste glimlach en vraag: 'Mag ik de beelden van de dashcam zien?'

Die vormen natuurlijk de sleutel. Ze laten meestal niet alles zien, maar in dit geval zou het genoeg moeten zijn. Ik wacht op antwoord – het is hun goed recht om te weigeren nog verder mee te werken – maar als ze elkaar deze keer aankijken, voel ik dat er iets anders aan de hand is.

Ik krijg de indruk dat ze zich onbehaaglijk voelen.

Bates zegt: 'Waarom ben jij eerst niet gewoon eens eerlijk tegen ons?'

Tot zover de charmante glimlach.

'Ik was achttien,' zeg ik. 'Het laatste jaar op de highschool. Maura was mijn vriendin.'

'En ze maakte het uit met je,' zegt Bates. 'Dat heb je al verteld.'

Reynolds maant hem met een handgebaar tot kalmte. 'Wat is er gebeurd, Nap?'

'Maura's moeder,' zeg ik. 'Ik neem aan dat jullie haar hebben benaderd. Wat had zij te zeggen?'

'Wij stellen hier de vragen, Dumas,' zegt Bates.

Maar ook nu begrijpt Reynolds dat ik wil helpen. 'We hebben de moeder gevonden, ja.'

'En?'

'Ze beweert dat ze haar dochter al jaren niet heeft gesproken. Dat ze geen idee heeft waar ze is.'

'Hebben jullie mevrouw Wells zelf gesproken?'

Reynolds schudt haar hoofd. 'Ze weigerde ons te woord te staan. Haar advocaat heeft namens haar een verklaring afgelegd.'

Dus mevrouw Wells had een advocaat in de arm genomen. 'Geloven jullie haar?' vraag ik.

'Jij?'

'Nee.'

Ik ben nog niet zo ver dat ik hun dit deel van het verhaal kan vertellen. Nadat Maura me aan de kant had gezet, heb ik ingebroken in haar huis. Yep, dom, onnadenkend. Of misschien ook niet. Ik was in de war, voelde me eenzaam en verlaten toen ik eerst mijn broer en daarna mijn grote liefde was kwijtgeraakt. Misschien verklaart dat het.

Waarom ik heb ingebroken? Ik zocht naar aanwijzingen om te weten te komen waar Maura uithing. Ik, een jongen van achttien, die de speurneus uithangt. Ik vond niet veel, maar ik heb twee dingen uit haar badkamer gestolen: een tandenborstel en een waterglas. Ik wist toen nog niet dat ik bij de politie zou gaan, maar ik heb beide voorwerpen bewaard, voor het geval dat. Vraag me niet waarom. Maar zo ben ik aan Maura's vingerafdrukken en DNA gekomen, die ik in de database heb opgeslagen zodra ik de kans kreeg.

O, en ik werd gepakt.

Door de politie weliswaar. Door hoofdinspecteur Augie Styles, om precies te zijn.

Jij mocht Augie graag, hè, Leo?

Na die avond werd Augie een soort voorbeeld voor me. Hij is de reden dat ik nu politieman ben. Hij en pa raakten ook bevriend. Werden drinkmaten, zoals men dat noemt. We raakten met elkaar verbonden door de tragedie. Die brengt je dichter bij elkaar – iemand anders die weet wat je doormaakt – en toch is de pijn er altijd. Jeugdliefdes en -vriendschappen, de zuivere definitie van bitterzoet.

'Waarom geloof je de moeder niet?' vraagt Reynolds.

'Ik ben haar gangen nagegaan.'

'Van de moeder van je ex?' Bates klinkt verbijsterd. 'Jezus, Dumas, je bent echt een schaamteloze fulltime stalker, hè?'

Ik doe alsof Bates er niet is. 'De moeder wordt gebeld met niet-geregistreerde telefoons. Tenminste, destijds.'

‘En hoe ben je dat te weten gekomen?’ vraagt Bates.

Ik geef geen antwoord op zijn vraag.

‘Had je een gerechtelijk bevel om haar telefoongegevens op te vragen?’

Ik zeg niets en kijk Reynolds aan.

Reynolds vraagt: ‘Ga je ervan uit dat Maura haar belt?’

Ik haal mijn schouders op.

‘Maar waarom doet je ex zo haar best om spoorloos te blijven?’

Ik haal nog een keer mijn schouders op.

‘Daar moet je je toch een mening over hebben gevormd,’ zegt Reynolds.

Dat is zo. Maar ik ben nog niet bereid die uit te spreken. Ten eerste omdat wat ik heb bedacht zowel voor de hand liggend als onmogelijk is. Het heeft lang geduurd voordat ik het zelf kon geloven. Ik heb mijn theorie aan twee mensen voorgelegd – Augie en Ellie – en ze denken allebei dat ik gek ben.

‘Laat me de beelden van de dashcam zien,’ zeg ik tegen Reynolds.

‘Wij zijn het nog steeds die de vragen stellen,’ zegt Bates.

‘Laat me de beelden zien,’ dring ik aan. ‘Ik denk dat ik op grond daarvan voor een doorbraak kan zorgen.’

Reynolds en Bates kijken elkaar weer met een ongemakkelijke blik aan.

Reynolds doet een stap naar me toe. ‘Er zijn geen beelden.’

Dat verbaast me. Ik heb de indruk dat het hen ook verbaast.

‘De dashcam stond niet aan,’ zegt Bates, alsof dat alles verklaart. ‘Canton had geen dienst meer.’

‘We gaan ervan uit dat agent Canton de cam heeft uitgezet,’ zegt Reynolds, ‘want hij was op weg naar het bureau.’

‘Hoe laat liep zijn dienst af?’ vraag ik.

‘Om middernacht.’

‘Hoe ver is het van hier naar het bureau?’

‘Een kleine vijf kilometer.’

'Wat heeft Rex dan tussen middernacht en kwart over één gedaan?'

'We zijn nog aan het uitzoeken wat hij gedurende zijn laatste uren heeft gedaan,' zegt Reynolds. 'Voor zover we kunnen zeggen heeft hij de patrouillewagen na diensttijd nog even bij zich gehouden.'

'Dat is niet ongebruikelijk,' voegt Bates er snel aan toe. 'Je weet hoe het werkt. Als je de volgende dag dagdienst hebt, neem je de patrouillewagen mee naar huis.'

'En hoewel het niet de regel is dat je de dashcam uitzet,' zegt Reynolds, 'wordt het wel gedaan.'

Ik geloof er niets van, maar ze doen ook niet erg hun best me te overtuigen.

De telefoon aan Bates' riem gaat. Hij trekt hem eraf en loopt van ons weg. Twee seconden later vraagt hij: 'Waar?' Hij luistert. Dan beëindigt hij het gesprek en wendt zich tot Reynolds. 'We moeten gaan,' zegt hij, en zijn stem klinkt gespannen.

Ze zetten me af bij een busstation zo verlaten dat een voorbij rollende kluwen buitelkruid me niet had verbaasd. Achter de balie staat niemand en een kaartjesautomaat zie ik ook niet.

Twee blokken verderop is een No-Tell Motel, met de glamour en uitstraling van een herpesbesmetting, die je hier waarschijnlijk kosteloos kunt oplopen. Ze hebben themakamers met kleuren-tv – bestaan er dan nog motels met zwart-wit-tv? – die je per uur kunt huren.

'Geef mij de Gonorroea Suite maar,' zeg ik.

De beweging waarmee de man achter de balie me de sleutel toewerpt is zo snel dat ik bang ben dat hij mijn verzoek letterlijk heeft genomen. De kamer is uitgevoerd in een kleur die je – als je in een heel inschikkelijke bui bent – zachtgeel zou kunnen noemen, maar die verdacht dicht in de buurt komt van een tint uit de urinefamilie. Ik trek de sprei van het bed, ga na hoelang het geleden is dat ik mijn tetanusprik heb gekregen en ga heel voorzichtig liggen.

Hoofdinspecteur Augie kwam me niet thuis opzoeken nadat ik in Maura's huis had ingebroken.

Volgens mij was hij bang dat pa een beroerte zou krijgen als hij weer een politiewagen op de oprit zag stoppen. Ik raak dat beeld nooit meer kwijt: de politiewagen die vanaf de straat in slow motion de oprit op draait, Augie die uitstapt en met pijnlijk moeizame passen naar de voordeur komt lopen. Augies eigen leven was een paar uur daarvoor geruïneerd en nu was hij hier, in het volle besef dat hij hetzelfde met ons leven zou doen.

Maar goed, daarom wachtte Augie me op toen ik naar school ging om me aan te spreken over mijn inbraak in Maura's huis, in plaats van naar mijn pa te gaan.

'Ik wil je niet in de problemen brengen,' zei Augie tegen me, 'maar je kunt dat soort dingen niet doen.'

'Ze weet iets,' zei ik.

'Nee, ze weet niks,' zei Augie tegen me. 'Maura is gewoon bang, meer niet.'

'Heb je haar gesproken?'

'Vertrouw me, knul. Je zult haar moeten loslaten.'

Ik vertrouwde hem; dat doe ik nog steeds. En ik kon haar niet loslaten; dat kan ik nog steeds niet.

Ik leg mijn handen achter mijn hoofd en staar naar de vlekken op het plafond. Ik denk liever niet aan hoe die erop zijn gekomen. Augie ligt nu op het strand van het Sea Pine Resort in Hilton Head, met een vrouw die hij via een datingsite voor senioren heeft leren kennen. Ik ga hem daar niet storen. Augie en Audrey – Diana's moeder – zijn acht jaar geleden gescheiden. Hun huwelijk heeft op 'die avond' de doodsklap gekregen, hoewel het in de zeven jaar daarvoor al wankelde. Het heeft lang geduurd voordat Augie weer ging daten, dus waarom zou ik hem storen met mijn theorieën?

Over een paar dagen is Augie weer thuis. Zo lang kan het wel wachten.

Ik overweeg wel Ellie te bellen om haar mijn gestoorde hypotheses voor te leggen, maar dan wordt er opeens hard op de deur geklopt. Ik zwaai mijn benen van het bed. Er staan twee agenten in uniform voor de deur. Ze kijken allebei boos. Er wordt wel gezegd dat je uiteindelijk op je huwelijkspartner gaat lijken. Ik denk dat hetzelfde voor politiepartners geldt. In dit geval zijn ze allebei blank, meer gespierd dan nodig is en hebben ze allebei een voorhoofd dat iets vooruitsteekt. Als ik ze over een paar dagen weer zou ontmoeten, zou ik niet kunnen zeggen wie wie was.

'Heb je er bezwaar tegen als we binnenkomen?' sneert smeris Een.

'Heb je een huiszoekingsbevel?' vraag ik.

'Nee.'

'Ja,' zeg ik.

'Wat ja?'

'Ja, ik heb er bezwaar tegen dat jullie binnenkomen.'

'Dat is dan jammer voor je.'

Smeris Twee wringt zich langs me heen. Ik bied geen weerstand. Ze komen allebei binnen en doen de deur dicht.

Smeris Een kijkt me weer snerend aan. 'Je woont hier leuk.'

Dat moet een bijdehante grap voorstellen, neem ik aan. Alsof ik de kamer zelf heb ingericht.

'We horen dat je informatie voor ons achterhoudt,' zegt smeris Een.

'Rex was een vriend van ons.'

'En een politieman,' zeg ik.

'En jij houdt informatie voor ons achter.'

Ik heb hier nu echt het geduld niet voor, dus ik trek mijn pistool en richt tussen de twee in. Beide monden vormen een o van verbazing.

'Wat krijgen we verdomme...'

'Jullie dringen zonder huiszoekings- of arrestatiebevel mijn motelkamer binnen,' zeg ik.

Ik richt het pistool eerst op de een, dan op de ander en daarna weer tussen hen in.

'Ik kan jullie zo neerschieten. Dan stop ik jullie dienstwapen in je hand en zeg dat ik uit zelfverdediging handelde.'

'Ben je niet goed snik?' vraagt smeris Een.

Maar ik hoor de angst in zijn stem, dus ik doe een stap naar hem toe. Ik kijk hem aan met mijn waanzinnigste blik. Daar ben ik goed in, mijn waanzinnige blik. Dat weet jij nog wel, Leo.

'Zullen we een potje oorvechten?' vraag ik hem.

'Een potje wat?'

'Je broer…' Ik knik naar smeris Twee. '… gaat de kamer uit. We leggen onze wapens af, doen de deur op slot en gaan net zo lang door tot de een het oor van de ander heeft afgebeten. Nou, wat denk je ervan?'

Ik buig me naar hem toe en bijt mijn tanden een paar keer op elkaar.

'Je bent hartstikke gek,' zegt smeris Een.

'Je moest eens weten.' Nu ik het eenmaal heb voorgesteld, hoop ik dat hij de uitdaging aanneemt. 'Nou, stoere jongen, doe je mee of niet?'

Er wordt weer op de deur geklopt. Smeris Een duikt er bijna naartoe om open te doen.

Het is Stacy Reynolds. Ik houd het pistool achter mijn been. Reynolds is duidelijk niet blij dat ze haar collega's hier ziet. Ze kijkt ze boos aan. Ze buigen allebei hun hoofd als twee schooljongens die een standje krijgen.

'Wat doen jullie idioten hier, verdomme?'

Smeris Twee zegt: 'We…' en haalt dan zijn schouders op.

'Hij weet dingen,' zegt smeris Een. 'We wilden u alleen maar helpen.'

'Wegwezen. Nu meteen.'

Ze gehoorzamen. Reynolds ziet nu dat ik mijn pistool naast mijn been houd. 'Wat moet dat verdomme voorstellen, Nap?'

Ik doe het pistool terug in de holster. 'Niks. Maak je geen zorgen.'

Ze schudt haar hoofd. 'Smerissen zouden beter in hun werk zijn als God ze een grotere piemel had gegeven.'

'Jij bent ook een smeris,' herinner ik haar.

'Vooral mij. Kom mee. Ik moet je iets laten zien.'

5

Hal, de barkeeper van Larry and Craig's Bar and Grille, heeft een smachtende blik in zijn ogen.

'Ze was bloedmooi,' zegt Hal. Er verschijnt een denkrimpel in zijn voorhoofd. 'Veel te mooi voor die ouwe gast in elk geval.'

Larry and Craig's Bar and Grille is absoluut een bar, maar de grill is ver te zoeken. Een kroeg zonder pretenties, vanaf de kleverige vloer, die bedekt is met zaagsel en pindadoppen, walmt de gecombineerde geur van gemorst bier en braaksel je tegemoet. Ik hoef nu niet te plassen, maar als ik zou moeten, weet ik nu al dat het urinoir niet doorspoelt en dat het er een uur in de wind stinkt.

Reynolds geeft met een hoofdknik aan dat ik de leiding moet nemen.

'Hoe zag ze eruit?'

Hal kijkt geërgerd. 'Bloedmooi, dat zeg ik toch?'

'Maar... rood haar, blondje, brunette?'

'Brunette is bruin, hè?'

Ik kijk Reynolds aan. 'Ja, Hal. Brunette is bruin.'

'Brunette.'

'En verder?'

'Bloedmooi.'

'Ja, dat hebben we al begrepen.'

'Bloedmooi lijf ook,' zegt Hal.

Reynolds zucht. 'En ze was met een man, hè?'

'Ze was veel te mooi voor die gast, dat kan ik jullie wel vertellen.'

'En dat heb je net gedaan,' herinner ik hem. 'Kwamen ze samen binnen?'

'Nee.'

'Wie kwam het eerst binnen?' vraagt Reynolds.

'Die gast.' Hal knikt naar me. 'Hij zat waar jij nu zit.'

'Hoe zag hij eruit?' vraag ik.

'Ongeveer vijfenzestig, lang haar, onverzorgde baard, grote neus. Een beetje als een biker, maar dan in een grijs pak met een wit overhemd en een blauwe das.'

'Van hem weet je het wel,' zeg ik.

'Huh?'

'Van hem heb je onthouden hoe hij eruitzag. Maar van haar?'

'Als jij had gezien hoe die zwarte jurk haar als gegoten zat, zou je de rest ook vergeten zijn.'

'Dus hij zit hier alleen aan de bar,' zegt Reynolds, om ons weer bij de les te krijgen. 'Hoelang voordat de vrouw binnenkomt?'

'Dat weet ik niet precies meer. Twintig minuten, een half uur?'

'Dus ze komt binnen en...'

'Ze komt niet gewoon binnen, ze maakt haar entree. Begrijpen jullie wat ik bedoel?'

'Ja, dat doen we,' zeg ik.

'En ze loopt door en gaat naast hem zitten.' Hal zegt het met grote ogen van ongeloof, alsof hij de landing van een ufo beschrijft. 'Ze begint tegen hem te praten.'

'Is het mogelijk dat ze elkaar al kenden?'

'Dat denk ik niet. Die indruk kreeg ik niet.'

'Wat voor indruk kreeg je wel?'

Hal haalt zijn schouders op. 'Dat ze een beroeps was. Dat idee had ik, als je de waarheid wil weten.'

‘Komen er hier veel beroeps?’ vraag ik.

Hal is onmiddellijk op zijn hoede. Reynolds zegt: ‘Het maakt ons geen barst uit als dat zo is, Hal. We zoeken een politiemoordenaar.’

‘Ja, af en toe. Ik bedoel, er zijn twee striptenten binnen een straal van anderhalve kilometer. Soms komen de meisjes hier om wat bij te verdienen.’

Ik kijk Reynolds aan, maar ze zit al naar me te knikken. ‘Daar is Bates al mee bezig.’

‘Was ze hier eerder geweest?’ vraag ik aan Hal.

‘Twee keer.’

‘Dat weet je nog?’

Hal houdt zijn handen op. ‘Hoe vaak moet ik het nog zeggen?’

‘Bloedmooi,’ vul ik voor hem in. Ik ben goed in ontkennen. Het gaat misschien niet over Maura, maar de omschrijving – hoe vaag ook – klopt wel degelijk.

‘Die andere twee keren,’ vervolg ik, ‘is ze toen ook met een man weggegaan?’

‘Yep.’

Ik zie het voor me. Ze komt drie keer in deze gribustent. Gaat drie keer weg met een man. Maura. Ik slik de pijn weg.

Hal wrijft over zijn kin. ‘Weet je, misschien is ze toch geen beroeps.’

‘Waarom denk je dat?’

‘Ze is het type niet.’

‘En wat is dat, het type?’

‘Dat je het weet zodra je ze ziet. Ik bedoel, ze zou het kunnen zijn. Waarschijnlijk is ze het. Maar het kan ook iets anders zijn. Zo een die af en toe wild wil doen, begrijp je? We krijgen ze hier wel eens binnen, al wat ouder, gelukkig getrouwd, drie kinderen thuis... Dan komen ze hier, pikken een vent op en gaan met hem naar bed, of weet ik wat ze verder doen. Misschien is ze er zo een.’

Wat geruststellend.

Reynolds tikt met haar voet op de vloer. Ze heeft me met een reden hiernaartoe gebracht, niet alleen voor dit vraaggesprek.

We hebben het lang genoeg uitgesteld. Ik knik naar haar. Doe het maar.

'Oké,' zegt Reynolds tegen Hal. 'Laat hem de videotape zien.'

De tv is een ouderwetse, met een beeldbuis. Hal haalt hem onder de bar vandaan en zet hem erop. Er zitten twee mannen aan de bar, maar die hebben alleen interesse in het glas voor hun neus, verder nergens in. Hal drukt op de knop. Het beeldscherm komt tot leven, eerst in de vorm van een blauwe punt en daarna, een halve minuut later, als een wilde sneeuwbui.

Hal checkt de achterkant van het toestel. 'De kabel was losgeraakt,' zegt Hal. Hij stopt hem er weer in. De kabel leidt naar een Zenith-videorecorder. Het klepje ontbreekt en ik zie dat er een oude videocassette in zit.

Hij drukt op de startknop, die een hoorbare klik produceert. De beeldkwaliteit is ronduit beroerd… geel, vlekkerig en onscherp. De camera bevindt zich hoog boven het parkeerterrein, om zo veel mogelijk in beeld te brengen, maar zo hoog dat er vrijwel niets te herkennen is. Sommige automodellen en kleuren kan ik nog wel onderscheiden, maar de nummerplaten zijn niet te lezen.

'De baas gebruikt de tape alsmaar opnieuw, totdat die breekt,' legt Hal uit.

Ik weet hoe het werkt. De verzekering eist dat er buiten een camera hangt, dus de eigenaar van de bar voldoet op een zo goedkoop mogelijke manier aan die eis. De tape loopt. Reynolds wijst naar een auto rechtsboven. 'We denken dat het een huurauto is.'

Ik knik. 'Kunnen we versneld vooruit?'

Hal drukt op de knop. Het gaat op de ouderwetse manier, zodat alles zes keer zo snel gebeurt. Hij laat de knop los als er twee mensen naar buiten komen. We zien ze op de rug. De afstand is te groot, ze lopen weg van de camera en het beeld is onscherp.

Maar dan zie ik de manier van lopen van de vrouw.

De tijd komt tot stilstand. Mijn hartslag, tot nu toe licht en regelmatig, wordt een dreun die mijn hart in duizend stukken doet springen.

Ik denk terug aan de eerste keer dat ik dat loopje zag. Er was dat oude liedje dat pa zo leuk vond, 'Castanets' heette het, van Alejandro Escovedo. Weet je nog, Leo? Natuurlijk weet je dat nog. Het gaat over een heel sexy vrouw en op een zeker moment zingt Alejandro: 'I like it better when she walks away.' Ik was het niet met hem eens – ik had liever dat Maura naar me toe kwam lopen, met haar schouders achteruit en haar ogen recht in de mijne kijkend – maar ik begreep heel goed wat hij bedoelde.

In ons laatste jaar op school werd de Dumas-tweeling verliefd, jij en ik, bijna tegelijkertijd. Ik stelde jou voor aan Diana Styles en een week later bracht jij me in contact met Maura Wells. Zelfs op dit punt – meisjes, daten, verliefd worden – moesten we synchroon lopen, nietwaar, Leo? Maura was dat mooie, stille meisje dat bijna onopgemerkt in jouw vriendenclub rondhing. Diana was de altijd vrolijke cheerleader en voorzitter van de studentenraad. Haar vader Augie was hoofdinspecteur van politie en mijn footballcoach. Ik herinner me de grap die hij een keer tijdens de training maakte, dat zijn dochter met de 'betere' Dumas ging.

Tenminste, ik dacht destijds dat het een grap was.

Het is dom, ik weet het, maar ik vraag me nog steeds af hoe anders alles had kunnen gaan. We hebben het eigenlijk nooit over het leven na school gehad, hè? Zouden jij en ik aan dezelfde universiteit gestudeerd hebben? Zou ik bij Maura zijn gebleven? Zouden Diana en jij...

Dom.

Reynolds zegt: 'En?'

'Dat is Maura,' zeg ik.

'Weet je het zeker?'

Ik vind het niet nodig om het nog eens te zeggen. Ik staar nog steeds naar het scherm. De man met het grijze haar opent het portier en Maura stapt in aan de passagierskant. Ik zie de man om de auto heen lopen en aan de andere kant instappen. De auto rijdt achteruit van de parkeerplek en daarna langzaam naar de uitgang. Ik blijf kijken tot de auto uit beeld is verdwenen.

'Hoeveel hadden ze gedronken?' vraag ik Hal.

Hal is meteen weer op zijn hoede.

Reynolds herinnert hem op dezelfde manier aan de ernst van de zaak. 'Het kan ons geen bal schelen dat je je klanten meer schenkt dan goed voor ze is, Hal. Het gaat om een politiemoord.'

'Nou, ze hebben flink zitten pimpelen.'

Ik denk hierover na, probeer het te begrijpen.

'O, nog één ding,' zegt Hal. 'Ze heette niet Maura. Ik bedoel, dat was niet de naam die ze gebruikte.'

'Hoe noemde ze zich dan?' vraagt Reynolds.

'Daisy.'

Reynolds kijkt me aan met een bezorgdheid die ik roerend vind. 'Alles oké met je?' vraagt ze.

Ik weet wat ze denkt. Mijn grote liefde, door wie ik de afgelopen vijftien jaar geobsedeerd ben geweest, zit in deze gribustent te drinken, gebruikt een valse naam en gaat weg met een vreemde man. De stank in de bar begint me te benauwen. Ik sta op, bedank Hal en haast me naar de uitgang. Ik open de deur en sta op het parkeerterrein dat ik zonet op de videobeelden heb gezien. Ik adem een paar keer diep in. Maar dat is niet de reden dat ik naar buiten ben gegaan.

Ik kijk naar de plek waar de huurauto heeft gestaan.

Reynolds komt ook naar buiten. 'Ideeën?'

'Die gast opende het portier voor haar.'

'Ja. En?'

'Hij wankelde niet. Liet zijn sleutels niet vallen. Vergat zijn manieren niet.'

'Dan zeg ik weer: ja, en?'

'Heb je gezien hoe hij wegreed?'

'Ja.'

'Zonder te slingeren, zonder horten en stoten.'

'Dat hoeft niks te betekenen.'

Ik loop het parkeerterrein af en de straat in.

'Waar ga je naartoe?' vraagt Reynolds.

Ik loop door. Reynolds komt me achterna. 'Hoe ver is het?'

Ze aarzelt, want ik denk dat ze begint te begrijpen waar ik naartoe wil. 'Tweede rechts.'

Zoiets vermoedde ik al. De hele wandeling van de bar naar de plaats delict kost ons nog geen vijf minuten. Als ik daar aankom, kijk ik om naar de bar en omlaag naar de plek waar Rex is neergevallen.

Ik kan er nog niets van maken. Nog niet. Maar ik begin dichter in de buurt te komen.

'Rex heeft ze wel heel snel aangehouden,' zeg ik.

'Waarschijnlijk hield hij de bar in de gaten.'

'Ik durf te wedden dat als we de rest van de video bekijken, we klanten naar buiten zien komen die veel zwaarder beschonken zijn,' zeg ik. 'Dus waarom zij?'

Reynolds haalt haar schouders op. 'Omdat de rest van hier is? Hij had de nummerplaat van een autoverhuur.'

'Melk de toerist uit?'

'Zoiets.'

'Die toevallig in de auto zit met een meisje dat Rex van school kent?'

De wind is toegenomen. Er hangen een paar lokken haar voor Reynolds' gezicht. Ze strijkt ze weg. 'Ik heb sterkere gevallen van toeval meegemaakt.'

'Ik ook,' zeg ik.

Maar dit is er niet een van. Ik probeer het voor me te zien. Ik begin met wat ik weet... Maura en de oudere man in de bar, ze komen naar buiten, hij houdt het portier voor haar open, ze rijden weg en Rex houdt ze aan.

'Nap?'

'Wil je iets voor me opzoeken?' vraag ik.

6

De beveiligingsbeelden van Sal's Rent-A-Vehicle zijn van betere kwaliteit. Ik bekijk ze in stilte. Zoals vaak het geval is met dit soort beelden zijn ze afkomstig van een camera die te hoog hangt. Wie kwaad in de zin heeft, weet dit en hoeft maar weinig te doen om de camera te misleiden. Ik zie een man met een gestolen identiteitsbewijs op naam van Dale Miller en een honkbalpet met de klep ver over zijn ogen getrokken. Hij houdt zijn hoofd gebogen, waardoor het onmogelijk is om zijn gelaatstrekken goed te onderscheiden. Mogelijk is het de aanzet van een baard die ik zie. Hij hinkt.

'Een prof,' zeg ik tegen Reynolds.

'Hoe weet je dat?'

'Klep van de pet over zijn ogen getrokken, gebogen hoofd, doet alsof hij hinkt.'

'Hoe weet je dat hij doet alsof?'

'Net zoals ik Maura's manier van lopen herkende. De manier van lopen kan heel kenmerkend voor iemand zijn. Dus hoe verberg je die en stuur je de aandacht naar iets wat geen betekenis heeft?'

'Door te doen alsof je hinkt,' zegt Reynolds.

We lopen het kantoortje van Sals autoverhuur uit, de koele avondlucht in. Een eindje verderop steekt een man een sigaret op. Hij kantelt zijn hoofd achterover en blaast een lange rookpluim uit, zoals pa vroeger deed. Ik ben gaan roken nadat pa was overleden en heb dat een jaar gedaan. Ja, ik weet hoe stompzinnig dat is. Pa was overleden aan longkanker na een leven lang roken, en als reactie op zijn afschuwelijke dood ben ik zelf gaan roken. Ik hield ervan om alleen met een sigaret buiten te staan, net zoals deze man doet. Misschien was dat het wel wat me aantrok... dat de mensen uit mijn buurt bleven zodra ik een sigaret opstak.

'Van de leeftijd kunnen we ook niet uitgaan,' zeg ik. 'Het lange haar, de baard... het kan een vermomming zijn. Dat soort jongens doen vaker alsof ze oud zijn, waardoor je de neiging hebt ze te onderschatten. Rex houdt hem aan voor rijden onder invloed, ziet een oudere man en is misschien minder alert dan hij zou moeten zijn.'

Reynolds knikt. 'Ik heb een expert op de beelden van de beveiligingscamera gezet, die ze beeld voor beeld bekijkt. Misschien komt hij iets tegen waar we meer aan hebben.'

'Ja, misschien.'

'Heb je een theorie, Nap?'

'Niet echt.'

'Maar?'

Ik zie hoe de man een trek van zijn sigaret neemt en de rook door zijn neusgaten uitblaast. Ik ben een francofiel; ik hou van de wijn en de kaas, spreek de taal vloeiend, enzovoort, wat misschien ook verklaart waarom ik korte tijd heb gerookt. Want de Fransen roken. Roken heel veel. Natuurlijk is mijn francofilisme – om maar eens een woord te verzinnen – een gevolg van het feit dat ik in Marseille ben geboren en de eerste acht jaar van mijn leven in Lyon heb gewoond. Voor mij is het geen show, zoals voor die pretentieuze sukkels die niets van wijn maar alles van de rituelen eromheen weten, en die een half uur lang aan een kurk kunnen ruiken.

'Nap?'

'Geloof jij in onderbuikgevoel, Reynolds? In smeris-intuïtie?'

'Shit, nee,' zegt Reynolds. 'Alle domme fouten die ik smerissen heb zien maken, waren het gevolg van...' Ze steekt haar handen op en vormt aanhalingstekens met haar vingers. '... intuïtie en onderbuikgevoel.'

Ik mag Reynolds wel. Heel erg zelfs. 'Dat bedoel ik.'

Het is een lange dag geweest. Het lijkt een maand geleden dat ik Trey met de honkbalknuppel heb bewerkt. Ik heb op pure adrenaline gefunctioneerd en ben nu op. Maar zoals ik al zei, ik mag Reynolds. Misschien ben ik haar ook wel iets schuldig. Dus ik denk: waarom niet?

'Ik had een tweelingbroer. Hij heette Leo.'

Ze wacht op het vervolg.

'Weet jij daar iets van?' vraag ik.

'Nee, zou ik dat moeten?'

Ik schud mijn hoofd. 'Leo's vriendin heette Diana Styles. We groeiden op in Westbridge, waar jullie me hebben opgehaald.'

'Leuk stadje,' zegt Reynolds.

'Ja, dat is het ook.' Ik weet niet goed hoe ik het moet vertellen. Het slaat ook nergens op, dus ik gooi het er maar gewoon uit. 'In ons laatste jaar op de highschool heeft Leo verkering met Diana. Op een avond gaan ze uit. Ik ben er niet bij. Ik heb een ijshockeywedstrijd buiten de stad. We spelen tegen Parsippany Hills. Grappig dat je zulke details onthoudt. Ik scoor twee goals en geef twee assists.'

'Indrukwekkend.'

Ik glimlach als ik eraan terugdenk. Als ik mijn ogen sluit, zie ik de hele wedstrijd weer voor me. Mijn tweede is de matchwinner. Een backhand. Ik krijg de puck te pakken bij de blauwe lijn, zwenk naar links, ben de keeper dan al voorbij en scoor met een backhand over zijn schouder. Het leven ervoor, het leven erna.

Er komt een shuttlebusje met de woorden SAL'S RENT-A-VEHICLE op de zijkant aanrijden, dat voor het kantoortje stopt. Vermoeide reizigers stappen uit en gaan naar binnen.

'Dus je had een ijshockeywedstrijd buiten de stad,' herinnert Reynolds me.

'Ja. En die avond worden Leo en Diana overreden door een trein. Ze zijn op slag dood.'

Reynolds slaat haar hand voor haar mond. 'Wat afschuwelijk!'

Ik zeg niets.

'Was het een ongeluk? Zelfmoord?'

Ik haal mijn schouders op. 'Dat weet niemand. Ik in elk geval niet.'

De laatste man die uit het busje stapt is een dikke zakenman met een enorme koffer waarvan een van de wieltjes kapot is. Zijn gezicht is hardroze van de inspanning.

'Wat was de officiële lezing?' vraagt Reynolds.

'Een dodelijk ongeluk,' zeg ik. 'Twee laatstejaars met een hoop drank en ook wat drugs in hun systeem. We liepen wel vaker op de spoorbaan, deden soms domme, levensgevaarlijke dingen. In de jaren zeventig was er al een keer een jongen doodgereden. Hoe dan ook, de hele school is er kapot van en gaat in de rouw. Hun dood krijgt een hoop media-aandacht, maar vooral belerend, om anderen te waarschuwen: jonge, mooie mensen die drinken en drugs gebruiken, wat is er toch mis met onze samenleving, je kent het wel.'

'Ja,' zegt Reynolds. En daarna: 'Jullie waren laatstejaars, zei je.'

Ik knik.

'Toen jij met Maura Wells omging.'

Ze is goed.

'Wanneer is Maura precies uit je leven verdwenen?'

Ik knik weer. Reynolds weet genoeg.

'Shit,' zegt ze. 'Hoe kort erna?'

'Een paar dagen later. Haar moeder zei dat ik een slechte invloed op haar had. Ze wilde haar dochter weg hebben uit deze vreselijke stad waar tieners dronken en stoned op spoorbanen liepen. Ze had Maura op een kostschool gedaan, zei ze.'

'Zou kunnen,' zegt Reynolds.

'Yep.'

'Maar jij gelooft dat niet.'

'Nee.'

'Waar was Maura op de avond dat je broer en zijn vriendin omkwamen?'

'Dat weet ik niet.'

Reynolds begrijpt het nu. 'Daarom ben je nog steeds naar haar op zoek. Niet alleen vanwege haar oogverblindende decolleté.'

'Hoewel we dat ook niet moeten uitvlakken.'

'Mannen,' zegt Reynolds. Ze komt dichter bij me staan. 'Dus jij denkt – wat? – dat Maura iets met de dood van je broer te maken heeft?'

Ik zeg niets.

'Waarom denk je dat, Nap?'

Ik steek mijn handen op en krul mijn vingers. 'Onderbuikgevoel,' zeg ik. 'Intuïtie.'

7

Ik heb zelf ook een leven en een baan, dus ik neem een taxi naar huis.

Ellie belt als we onderweg zijn en vraagt naar het laatste nieuws, maar ik zeg dat het kan wachten. We gaan de volgende ochtend ontbijten in de Armstrong Diner. Ik zet mijn telefoon uit, sluit mijn ogen en slaap de rest van de rit. Ik betaal de chauffeur en bied hem extra geld aan om een motelkamer te nemen.

'Nee, ik moet terug,' zegt de chauffeur.

Ik geef hem een te grote fooi. Voor een politieman ben ik redelijk rijk. Hoe kan het ook anders? Ik was pa's enige erfgenaam. Er zijn mensen die zeggen dat geld de wortel van alle kwaad is. Dat kan. Andere mensen zeggen dat je met geld geen geluk kunt kopen. Ook dat kan waar zijn. Maar als je het goed aanpakt, kun je met geld wel vrijheid en tijd kopen, en dat zijn tastbaarder zaken dan geluk.

Het is al na middernacht, maar toch stap ik in mijn auto en rijd naar Clara Maass Medical Center in Belleville. Ik laat mijn legitimatie zien en vraag naar Treys kamer. Ik kijk naar binnen. Trey slaapt. Zijn ene been steekt schuin omhoog en er zit een enorme zuil van gips omheen. Hij heeft verder geen bezoek. Ik laat de verpleegster mijn legitimatie zien en zeg dat ik onderzoek doe naar zijn mishandeling. Ze vertelt me dat Trey minstens een half jaar niet zelfstandig zal kunnen lopen. Ik bedank haar en vertrek.

Ik kom thuis in een leeg huis, ga naar bed en staar naar het plafond. Soms vergeet ik hoe raar het is om als alleenstaande man in een buurt als deze te wonen, want ik ben er inmiddels aan gewend. Ik denk weer aan de avond die zo hoopvol begon. Na die overwinning op Parsippany Hills was ik helemaal in de wolken. Er waren scouts van de Ivy League bij de wedstrijd aanwezig geweest. Na de wedstrijd was me door twee van hen een contract aangeboden. Ik kon nauwelijks wachten om het je te vertellen, Leo. Ik zat met pa in de keuken te wachten tot je thuiskwam. Goed nieuws was pas goed nieuws als ik het met jou had gedeeld. Dus zaten pa en ik te praten en ondertussen te luisteren of we je auto al op de oprit hoorden. De meeste kinderen moesten 's avonds voor een bepaalde tijd thuis zijn, maar van pa hoefde dat niet. Sommige ouders in de buurt vonden dat onverantwoordelijk van hem, maar dan haalde pa zijn schouders op en zei dat hij ons vertrouwde.

Maar om tien uur was je nog niet thuis, Leo, en om elf uur en middernacht ook nog niet. En toen er eindelijk een auto de oprit op draaide, was het bijna twee uur en rende ik naar de deur.

Alleen was het jouw auto niet. Het was Augie in een patrouillewagen.

Als ik de volgende ochtend ben opgestaan, neem ik een lange, hete douche. Ik wil fris zijn en mijn hoofd erbij houden. Er zijn de afgelopen nacht geen nieuwe feiten over Rex binnengekomen, en ik wil geen tijd meer verspillen aan speculeren. Ik stap in de auto en rijd naar de Armstrong Diner. Als je wil weten waar je in een stad het best kunt eten, moet je dat aan een smeris vragen. De Armstrong is een soort hybride. Het uiterlijk is in New Jersey-retrostijl, met veel chroom en neon en DINER in grote rode letters op het dak, een frisdrankfontein, een schoolbord met de specialiteiten van de dag en met skai beklede boxen. De keuken is echter hip en sociaal bewust. De koffie is fair trade. Het eten is 'van boerderij tot bord', hoewel ik, als je eieren bestelt, niet zou weten welke andere route ze zouden moeten afleggen.

Ellie zit al op me te wachten in de box in de hoek. Het maakt niet uit hoe laat we afspreken, zij is er altijd eerder dan ik. Ik schuif op de bank tegenover haar.

'Goeiemorgen!' zegt Ellie op haar gebruikelijke, overdreven opgewekte manier.

Ik krimp ineen. Ellie vindt dat prachtig.

Ze vouwt haar onderbeen op onder haar achterwerk zodat ze wat hoger zit. Ze is één brok energie. Zelfs als ze stilzit lijkt ze te bewegen. Ik heb haar hartslag nooit opgenomen, maar ik durf te wedden dat die zelfs in rust boven de honderd is.

'Met wie zullen we beginnen?' vraagt Ellie. 'Met Rex of met Trey?'

'Wie?'

Ellie fronst haar wenkbrauwen. 'Trey.'

Ik kijk haar onbewogen aan.

'Trey is Brenda's gewelddadige vriend.'

'Ah, die. Wat is er met hem?'

'Iemand heeft hem afgetuigd met een honkbalknuppel. Hij zal lange tijd niet kunnen lopen.'

'Dat is niet zo leuk voor hem,' zeg ik.

'Ik zie dat je er kapot van bent.'

Net zo kapot als Treys knie, zeg ik bijna, maar ik houd me in.

'Aan de andere kant,' vervolgt Ellie, 'heeft het Brenda in staat gesteld om naar huis te gaan om haar spullen en die van haar kinderen op te halen. En ze slaapt 's nachts beter. Dus daar zijn we allemaal heel blij mee.'

Ellie blijft me iets te lang aankijken.

Ik knik. Daarna zeg ik: 'Rex.'

'Wat?'

'Je vroeg of ik met Rex of met Trey wilde beginnen.'

'Trey hebben we gehad,' zegt ze.

Nu kijk ik haar aan. 'Zijn we uitgepraat over Trey?'

'Ja.'

'Mooi.'

Bunny, de ouderwetse serveerster met een potlood in haar geblondeerde haar, komt naar onze box en schenkt ons allebei een kop koffie in.

'Hetzelfde als altijd, schattebouten?' vraagt Bunny.

Ik knik. Ellie ook. We komen hier vaak. Ellie neemt altijd een sandwich ei met hele dooier, van zuurdesembrood met cheddar en avocado. Ik neem hetzelfde, maar met bacon erbij.

'Vertel me over Rex,' zegt Ellie.

'Ze hebben vingerafdrukken op de plaats delict gevonden,' zeg ik. 'Vingerafdrukken van Maura.'

Ellies ogen worden groot. Ik heb de nodige pech in mijn leven gehad, kan ik wel zeggen. Ik heb geen familie meer, geen vriendin, geen goede vooruitzichten en niet veel vrienden. Maar dit prachtmens, deze vrouw wier pure goedheid zelfs de zwartste nachten oogverblindend licht maakt, is mijn beste vriendin. En Ellie heeft mij gekozen als haar beste vriend, wat inhoudt dat ik, ongeacht de puinhoop die mijn leven soms is, toch iets goed doe.

Ik vertel haar alles.

Als ik bij het deel over Maura en de mannen in de bar kom, betrekt Ellies gezicht. 'O, Nap.'

'Ik kan er wel tegen.'

Ze kijkt me aan met de scepsis die ik verdien.

'Ik denk namelijk niet dat ze daar was om mannen op te pikken en te hoereren,' zeg ik.

'Waarvoor dan wel?'

'Voor iets wat misschien wel erger is.'

'Op welke manier?'

Ik steek mijn hand op. Het heeft geen zin om te speculeren totdat ik de informatie van Reynolds heb.

'Toen we elkaar gisteren spraken,' zegt Ellie, 'wist je het al van Maura's vingerafdrukken, hè?'

Ik knik.

'Ik hoorde het aan je stem. Ik bedoel, een van onze oude schoolvrienden wordt vermoord en dat is natuurlijk niet niks, maar je klonk... Hoe dan ook, daarom heb ik iets uitgezocht.' Ellie steekt haar hand in een tas zo groot als een plunjezak uit het leger en haalt er een groot boek uit. 'Ik heb iets gevonden.'

'Wat is dat?'

'Je jaarboek van de highschool.'

Ze legt het op het formica tafeltje.

'Je had er een besteld aan het begin van ons laatste jaar, maar je hebt het om voor de hand liggende redenen nooit opgehaald. Dus heb ik het voor je bewaard.'

'Vijftien jaar lang?' vraag ik.

Ellie haalt haar schouders op. 'Ik was het hoofd van het jaarboekcomité.'

'Natuurlijk, wie anders?'

Ellie was op school een keurig, ijverig meisje dat altijd sweaters en parelkettinkjes droeg. Ze was de woordvoerder van onze klas, het meisje dat altijd klaagde dat ze niet genoeg had geleerd voor haar proefwerk, om vervolgens als eerste klaar te zijn, een tien te scoren en alvast haar huiswerk te doen terwijl de rest van de klas nog zat te ploeteren. Ze had altijd twee scherp geslepen HB-potloden in haar etui, voor het geval dat, en haar aantekenboek zag er het hele jaar door uit zoals het jouwe op je eerste schooldag.

'Waarom geef je het me nu?' vraag ik.

'Ik moet je iets laten zien.'

Ik zie nu dat ze bepaalde pagina's met roze post-its heeft gemarkeerd.

Ellie likt aan haar vinger en bladert door naar een pagina achter in het boek. 'Heb je ooit nagedacht over hoe we met Leo en Diana zijn omgegaan?'

'Hoe bedoel je, "zijn omgegaan"?'

'In het jaarboek. Het comité was verdeeld. Moesten we hun foto's op de gewone plek zetten, op alfabetische volgorde met de rest van de klas, of achterin, in een speciaal in memoriam?'

Ik neem een slok koffie. 'Hebben jullie dat echt besproken?'

'Je weet het waarschijnlijk niet meer – zo goed kenden we elkaar toen niet – maar ik heb je gevraagd wat jij ervan vond.'

'Dat herinner ik me,' zeg ik.

Ik had haar toegesnauwd dat het me niet kon schelen, hoewel het mogelijk is dat mijn woordkeus wat kleurrijker was. Leo was dood. Wat maakte het verdomme uit hoe het jaarboek daarmee omging?

'Uiteindelijk heeft het comité gekozen voor het speciale in memoriam achterin. Maar de klassenadministratrice... Herinner je je Cindy Monroe?'

'Ja.'

'Ze kon soms wat dwars zijn.'

'Een vervelende trut, bedoel je.'

Ellie kijkt me aan. 'Ja, dat ook. Maar goed, Cindy Monroe stelde dat het jaarboek officieel een opsomming was van laatstejaars die hun diploma hadden behaald.'

'En Leo en Diana waren omgekomen voordat ze examen hadden kunnen doen.'

'Precies.'

'Ellie?'

'Ja?'

'Waar wil je naartoe?'

'Twee sandwiches ei met hele dooier,' zegt Bunny, en ze kwakt de borden voor ons neer. 'Eet smakelijk.'

De geur stijgt ervan op, dringt mijn neusgaten binnen en veroorzaakt een zacht gerommel in mijn maag. Ik buig me over mijn bord, pak de sandwich met beide handen vast, breng hem naar mijn mond en zet mijn tanden erin. De dooier breekt en het eigeel dringt in het brood.

Ambrozijn. Manna. Nectar van de goden. Noem het zoals je wil.

'Ik wil je ontbijt niet verknoeien,' zegt ze.

'Ellie...'

'Goed dan.' Ze opent het jaarboek bij een van de pagina's achterin.

En ik zie jou, Leo.

Je hebt mijn afgedankte blazer aan, want ondanks het feit dat we een tweeling waren, ben ik altijd groter geweest dan jij. Ik kreeg die blazer toen we in groep acht zaten, geloof ik. De das was van pa. Een das knopen kon je niet. Dat deed pa voor je, met flair. Iemand had geprobeerd je weerbarstige haar plat te kammen, maar het kwam weer net zo snel overeind. Je glimlacht, Leo, en als vanzelf glimlach ik naar je terug.

Ik ben niet de eerste persoon die in zijn jeugd een broer of zus verliest. Ik ben ook niet de eerste die een tweelingbroer of -zus verliest. Jouw dood was een catastrofe, dat staat vast, maar niet het eind van míjn leven. Ik heb me hersteld. Twee weken na 'die avond' ging ik weer naar school. De zaterdag erna heb ik zelfs in een ijshockeywedstrijd tegen Morris Knolls gespeeld, want afleiding was goed voor me, zeiden ze, hoewel ik misschien met iets te veel woede speelde. Ik kreeg een straf van tien minuten omdat ik een van de jongens bijna door het glas had gegooid. Jij zou het prachtig hebben gevonden. Natuurlijk was ik zwaar aangeslagen op school. De eerste paar weken was iedereen heel aardig voor me, maar dat ging langzaamaan over. Toen ik onvoldoendes voor Geschiedenis ging halen, zei mevrouw Freedman tegen me dat jouw dood geen excuus was om er met de pet naar te gooien. Ze had gelijk. Het leven gaat door, zoals het hoort, ook al is het een beproeving. Als je je verdriet hebt, heb je tenminste nog iets. Maar als het wegebt, wat heb je dan nog? Je moet doorgaan, en dat wilde ik niet.

Augie zegt dat ik daarom door details word geobsedeerd en weiger te accepteren wat voor anderen vanzelfsprekend is.

Ik staar naar je gezicht. Als ik weer iets zeg, klinkt mijn stem raar. 'Waarom laat je me dit zien?'

'Kijk naar de revers van Leo's blazer.'

Ellie buigt zich over het tafeltje en wijst met haar nagel naar het zilveren speldje. Ik glimlach weer.

'Dat is de dubbele c,' zeg ik.

'De wat?'

Ik glimlach nog steeds, herinner me hoe lacherig je erover deed. 'De dubbele c, van de Conspiratie Club.'

'Dat soort clubs hadden we toch niet op Westbridge High?'

'Officieel niet, nee, maar het moest een soort geheim genootschap voorstellen.'

'Dus je wist ervan?'

'Ja, natuurlijk.'

Ellie trekt het jaarboek weer terug. Ze bladert naar voren en draait het weer om. Wat ik zie is mijn eigen foto. Ik sta stijf rechtop en glimlach gespannen naar de camera. God, wat zie ik eruit. Ellie wijst naar mijn revers, waar niets op zit.

'Ik was geen lid van de club,' zeg ik.

'Wie waren er nog meer lid?'

'Zoals ik al zei was het een geheim genootschap, dus niemand mocht ervan weten. Een soort onzinclubje van gelijkgestemde nerds...'

Mijn stem sterft weg als ze de bladzijde omslaat.

Het is de foto van Rex Canton. Hij heeft gemillimeterd haar en zijn glimlach toont het spleetje tussen zijn tanden. Hij heeft zijn hoofd iets gedraaid, alsof iemand hem van opzij roept.

'Het gaat hierom,' zegt Ellie. 'Toen jij me over Rex vertelde, heb ik eerst hem in het jaarboek opgezocht. En toen zag ik dit.'

Ze wijst weer. Op de revers van Rex' jasje zit hetzelfde speldje.

'Wist je dat hij lid van die club was?'

Ik schud mijn hoofd. 'Maar ik heb het hem nooit gevraagd. Het was hun geheime genootschap. Ik heb me er nooit echt mee beziggehouden.'

'Maar je kende de andere leden wel?'

'Het was de bedoeling dat ze er niet over praatten, maar...' Ik kijk haar aan. 'Staat Maura in het boek?'

'Nee. Toen ze naar een andere school ging, hebben we haar foto eruit gehaald. Was zij lid...'

Ik knik. Maura kwam aan het eind van ons eerste jaar in Westbridge wonen. Ze was voor ons allemaal een mysterie, dit stille, beeldschone meisje dat totaal niet geïntresseerd leek in het leven op school. In de weekenden ging ze naar Manhattan. Ze trok met een rugzak heel Europa door. Ze was donker en mysterieus, werd aangetrokken door gevaar, het soort meisje dat je eerder zou koppelen aan universiteitsstudenten, of zelfs docenten. Wij waren veel te kinderlijk voor haar. Hoe ben jij ooit bevriend met haar geraakt, Leo? Dat heb je me nooit verteld. Ik herinner me dat ik op een dag thuiskwam en dat jullie samen aan de keukentafel huiswerk zaten te maken. Ik kon mijn ogen niet geloven. Jij met Maura Wells.

'Ik, eh... heb Diana's foto ook bekeken,' zegt Ellie. Ze schraapt haar keel. Diana was Ellies beste vriendin sinds groep 2. Ook dat vormt een band tussen Ellie en mij... ons verdriet. Ik was jou kwijtgeraakt, Leo. Zij was Diana kwijtgeraakt. 'Diana draagt geen speldje. En ik denk dat ze me wel over die club had verteld als ze er lid van was geweest.'

'Ik geloof ook niet dat ze er lid van was,' zeg ik, 'of misschien is ze het later geworden, toen ze met Leo omging.'

Ellie pakt haar sandwich van het bord. 'Maar goed, wat hield die club precies in?'

'Heb je nog even tijd als we klaar zijn met eten?'

'Ja.'

'Laten we dan een eindje gaan lopen. Dat praat gemakkelijker.'

Ellie neemt een hap van haar sandwich en het eigeel loopt over haar vingers. Ze veegt haar handen en haar mond af met het servet. 'Denk je dat er een verband bestaat tussen dit en...'

'... en wat er met Leo en Diana is gebeurd? Misschien wel. Jij?'

Ellie pakt haar vork en prikt het restant van haar sandwich eraan. 'Ik heb altijd geloofd dat Leo en Diana bij een ongeluk zijn omgekomen.' Ze kijkt naar me op. 'En ik heb altijd gedacht dat jouw andere verklaringen nogal, eh... vergezocht waren.'

'Dat heb je me nooit verteld.'

Ze haalt haar schouders op. 'Omdat ik dacht dat je meer behoefte had aan een bondgenoot dan aan nog iemand die zei dat je niet goed bij je hoofd was.'

Ik weet niet goed hoe ik hierop moet reageren, dus zeg ik alleen: 'Dank je.'

'Maar nu...' Ellies gezicht trekt samen als ze heel diep nadenkt.

'Nu wat?'

'We kennen nu het lot van ten minste drie leden van de club.'

Ik knik. 'Leo en Rex zijn dood.'

'En Maura, die vijftien jaar geleden van de aardbodem is verdwenen, duikt opeens op op de plaats waar Rex is vermoord.'

'Daar komt nog bij,' voeg ik eraan toe, 'dat Diana misschien lid van de club is geworden nadat de foto was genomen. Wie zal het zeggen?'

'Dan komen we op drie doden. Hoe dan ook, om te geloven dat dit toeval zou zijn – te geloven dat het lot van deze drie niet op de een of andere manier met elkaar verweven is – nou, dát is pas vergezocht.'

Ik pak mijn sandwich en neem nog een hap. Ik kijk naar mijn bord maar weet dat Ellie me observeert.

'Nap?'

'Ja?'

'Ik heb het hele jaarboek doorgenomen met een vergrootglas. Ik heb elke revers gecheckt op dat speldje.'

'En heb je er meer gevonden?' vraag ik.

Ellie knikt. 'Nog twee. Twee van onze klasgenoten dragen dat speldje op de foto.'

8

We lopen het oude voetpad achter de Benjamin Franklin Middle School op. Toen we hier op school zaten, noemden we dit 'het Pad'. Toepasselijk, hè?

'Niet te geloven dat het pad er nog steeds is,' zegt Ellie.

Ik trek een wenkbrauw op. 'Kwam je hier vaak?'

'Ik? Nooit. Dit was meer voor de avonturiers.'

'Avonturiers?'

'Ik wilde ze niet "slecht" of "rebels" noemen.' Ze legt haar hand op mijn onderarm. 'Jij kwam hier wel, hè?'

'Als laatstejaars vooral.'

'Om te drinken? Drugs? Seks?'

'Alle drie,' zeg ik. En met een bedroefde glimlach voeg ik er iets aan toe dat ik alleen tegen haar durf te zeggen. 'Maar ik ben nooit zo van de drank en de drugs geweest.'

'Maura.'

Ik hoef het niet te bevestigen.

Het beboste gedeelte achter de school is de plek waar pubers naartoe gingen om te roken, te drinken, high te worden en te vrijen. Elke stad heeft zo'n plek. Westbridge is niet anders dan de rest van de wereld. We wandelen de heuvel op. Het bos is meer langwerpig dan diep. Je waant je kilometers van de bewoonde wereld, maar je bent nooit meer dan een paar honderd meter van een van de straten.

'Ons eigen rommelbos,' zegt Ellie.

'Yep.'

'Behalve dat er meer werd gedaan dan alleen aan elkaar zitten.'

Ik zeg niets. Ik kom hier niet graag. Ik ben hier niet meer geweest sinds 'die avond', Leo. Dat heeft niets met jou te maken. Niet echt. Jij kwam om het leven op de spoorbaan aan de andere kant van de stad. Westbridge is best groot. Het heeft dertigduizend inwoners. Zes basisscholen leveren leerlingen aan twee middle schools, die leerlingen aan één highschool leveren. De stad heeft een oppervlakte van bijna veertig vierkante kilometer. Het kost me minstens tien minuten om van hier naar de plek te rijden waar jij en Diana zijn omgekomen, en dan moeten de verkeerslichten ook nog meezitten.

Maar dit bos doet me denken aan Maura. Het doet me denken aan het gevoel dat ze me gaf. En aan het feit dat niemand me sindsdien – ja, ik weet hoe dit klinkt – dat gevoel heeft kunnen geven.

Heb ik het dan over het lichamelijke?

Ja.

Noem me hitsig, of oversekst, het kan me niets schelen. Het enige wat ik ter verdediging kan aanvoeren is dat ik geloof dat lichamelijke en gevoelsmatige zaken nauw met elkaar verweven zijn, en dat de ongeëvenaarde seksuele hoogtepunten die deze achttienjarige jongen met haar bereikte niets met techniek of onbekendheid of inventiviteit of nostalgie te maken hadden en alles met diepere, wezenlijker gevoelens.

Maar ik ben ook sportief genoeg om toe te geven dat ik misschien uit mijn nek klets.

'Ik heb Maura eigenlijk niet zo goed gekend,' zegt Ellie. 'Wanneer kwam ze hier wonen? Aan het eind van het eerste schooljaar?'

'Ja. Die zomer.'

'Ik vond haar een beetje... intimiderend.'

Ik knik. Zoals ik al zei was Ellie de woordvoerder van onze klas. In het jaarboek staat een foto van haar en mij, gekozen tot de 'leerlingen van wie in de toekomst het meest wordt verwacht'. Grappig, nietwaar? We kenden elkaar amper toen die foto werd genomen, maar ik had haar altijd al gezien als een strebertje. Misschien kan ik, kijkend vanuit mijn jongere zelf, een lijn naar de toekomst trekken en er de punten op aangeven die ertoe hebben geleid dat Ellie en ik bevriend raakten, dat we dichter naar elkaar toe groeiden nadat we Leo en Diana hadden verloren, en dat we zelfs bevriend bleven toen zij aan Princeton ging studeren en ik in Westbridge bleef. Maar eigenlijk herinner ik me al die details niet, wat we in elkaar zagen afgezien van ons verdriet, en wat de overeenkomsten waren. Ik ben alleen maar dankbaar dat we bevriend zíjn.

'Ze leek ouder dan wij,' zegt Ellie. 'Maura, bedoel ik. Meer ervaren. En op een bepaalde manier – hoe zal ik het zeggen? – sexy.'

Geen speld tussen te krijgen.

'Sommige meisjes hebben dat, weet je? Alsof alles wat ze doen, of we het leuk vinden of niet, onze speciale aandacht moet krijgen. Klinkt seksistisch, vind je niet?'

'Een beetje wel.'

'Maar je begrijpt wat ik bedoel.'

'Absoluut.'

'Maar goed, de twee andere leden van de Conspiratie Club waren Beth Lashley en Hank Stroud,' zegt ze. 'Weet je nog wie dat zijn?'

Ja, dat weet ik. 'Ze waren bevriend met Leo. Kende jij ze?'

'Hank was een wiskundegenie,' zegt ze. 'Hij zat het eerste jaar bij me in de klas. Ze moesten toen al speciale opdrachten voor hem verzinnen. Hij is aan het MIT gaan studeren, geloof ik.'

'Dat klopt,' zeg ik.

Ellies stem krijgt een sombere klank. 'Weet jij wat er van hem geworden is?'

'Voor een deel. Ik heb gehoord dat hij hier nog steeds woont. Hij speelt basketbal op het plein, in zijn eentje.'

'Ik zag hem een half jaar geleden in de buurt van het station,' zegt Ellie hoofdschuddend. 'Hij liep in zichzelf te praten, te schelden. Zo naar om te zien. Triest verhaal, vind je niet?'

'Ja.'

Ze blijft staan en leunt tegen een boom. 'Laten we de leden van de club eens stuk voor stuk doornemen. En laten we even aannemen dat Diana ook lid was geworden, oké?'

'Oké,' zeg ik.

'Dan hebben we in totaal zes leden. Leo, Diana, Maura, Rex, Hank en Beth.'

Ik loop door. Ellie komt me al pratend achterna.

'Leo is dood. Diana is dood. Rex is dood. Maura is spoorloos. Hank is… tja, hoe zullen we het noemen? Dakloos?'

'Nee,' zeg ik. 'Hij is buitenpatiënt van Essex Pines.'

'Dus hij is – wat? – geestesziek?'

'Laten we het daar voorlopig op houden.'

'Dan blijft alleen Beth over.'

'Wat weet jij van haar?'

'Niks. Ze is ergens gaan studeren en nooit meer teruggekomen. Ik heb via de school geprobeerd een e-mailadres van haar te krijgen, om haar uit te nodigen voor reünies en dat soort dingen, maar dat hadden ze niet.'

'En haar ouders?'

'Het laatste wat ik heb gehoord is dat ze naar Florida zijn verhuisd. Ik heb ze geschreven, maar geen antwoord gekregen.'

Hank en Beth. Ik moest met ze gaan praten. Maar wat moest ik dan precies zeggen?

'Waar gaan we naartoe, Nap?'

'Het is niet ver meer,' zeg ik.

Ik wil haar iets laten zien… of misschien wil ik het zelf nog eens zien. Ik ga op bezoek bij oude geesten. De geur van dennenappels hangt in de lucht. We zien hier en daar gebroken drankflessen en lege sigarettendoosjes liggen.

We beginnen in de buurt te komen. Ik verbeeld het me, dat weet ik, maar het lijkt opeens stiller te worden. Het voelt alsof er mensen zijn, alsof we met ingehouden adem worden bekeken. Ik blijf staan bij een boom en laat mijn hand over de bast gaan. Ik voel de oude, verroeste spijker. Ik loop naar de volgende boom, laat mijn hand weer over de bast gaan en voel weer een verroeste spijker. Ik aarzel.

'Wat is er?' vraagt Ellie.

'Ik ben nooit verder dan hier geweest.'

'Waarom niet?'

'Het was overheidsterrein. Zie je deze spijkers? Er hingen bordjes aan de bomen.'

'Met VERBODEN TOEGANG, bedoel je?'

'Ja, maar dan dreigender,' zeg ik. 'WAARSCHUWING – STRENG VERBODEN OVERHEIDSTERREIN, stond er in grote rode letters. En daaronder, in veel kleinere letters, een hele lap tekst. Dat je bij betreding die en die wet overtrad, dat je bezittingen in beslag konden worden genomen, dat je niet mocht fotograferen, dat ze je mochten fouilleren, enzovoort. En het eindigde met de waarschuwing, in cursieve letters, dat ze op je mochten schieten.'

'Echt? Stond dat er echt?'

Ik knik.

'Je hebt een goed geheugen,' zegt ze.

Ik glimlach. 'Maura had een van die bordjes gestolen en in haar slaapkamer opgehangen.'

'Dat meen je niet.'

Ik haal mijn schouders op.

Ellie stoot me aan. 'Je hield van stoute meisjes.'

'Misschien wel.'

'Jouw probleem is dat je dat nog steeds doet.'

We lopen door. Het voelt vreemd om de plek waar de bordjes hebben gehangen voorbij te lopen, alsof er een of ander krachtveld is opgeheven en we niet langer worden tegengehouden. Vijftig meter verderop zullen we de overblijfselen van het prikkeldraadhek zien. En als we nog dichterbij komen, zullen we de met groen overgroeide ruïnes van de hangar, de barakken en de bunkers kunnen onderscheiden.

'Ik heb er in ons eerste jaar een opstel over geschreven,' zegt Ellie.

'Waarover?'

'Je weet wat er hier is geweest, toch?'

Ja, dat weet ik, maar ik wil dat zij het vertelt.

'Een Nike-raketlanceerbasis,' zegt ze. 'Veel mensen geloven het niet, maar dat is het hier vroeger geweest. Tijdens de Koude Oorlog – dan heb ik het over de jaren vijftig – had het leger geheime bases in stadjes als het onze. Tussen de boerderijen of in bebost gebied zoals dit. Veel mensen dachten dat het kletskoek was, maar ze waren er echt.'

Er hangt een zacht ruisend geluid in de lucht. We komen dichterbij. Ik zie de ruïnes van wat ooit de barakken zijn geweest. Ik probeer me de rest van het beeld voor te stellen: de soldaten, de voertuigen, de lanceerplatforms.

'Vijftien meter hoge Nike-raketten met kernkoppen konden vanaf deze plek gelanceerd worden.' Ellie houdt haar hand boven haar ogen en kijkt omhoog alsof ze er nog steeds staan. 'Deze plek bevindt zich minder dan honderd meter van het huis van de Carlino's aan Downing Road. De Nikes moesten New York beschermen tegen een raketaanval of vliegtuigbombardement van de Russen.'

Het is goed om deze andere versie van haar te horen. 'Weet je wanneer het Nike-raketproject is beëindigd?' vraag ik.

'Begin jaren zeventig, geloof ik.'

Ik knik. 'Deze basis is in 1974 gesloten.'

'Een kwart eeuw voordat wij op de highschool zaten.'

'Ja.'

'Dus?'

'Dus de meeste mensen, tenminste als je het de oldtimers vraagt, zullen je vertellen dat als deze bases geheim waren, ze wel het slechtst bewaarde geheim van New Jersey waren. Want iedereen wist van het bestaan. Iemand vertelde me dat ze zelfs een van de raketten op een wagen door de stad hebben gereden tijdens de optocht op Onafhankelijkheidsdag. Maar ik weet niet of dat wel waar is.'

We lopen weer door. Ik wil in de basis kijken – ik weet niet precies waarom – maar het verroeste hek houdt stand als een oude soldaat die zich weigert over te geven. We blijven staan en kijken erdoorheen.

'De raketbasis in Livingston,' zegt Ellie, 'is nu een park. Voor kunstenaars. Ze hebben de oude legerbarakken omgebouwd tot ateliers. De basis in East Hanover is gesloopt om ruimte te maken voor een woonproject. En op een vierde basis, in Sandy Hook, kun je een Koude Oorlog-rondleiding krijgen.'

We leunen tegen het hek. Het is doodstil in het bos. Geen vogel laat zich horen. Geen blad ritselt. Het enige wat ik hoor, is mijn eigen ademhaling. Het verleden verdwijnt niet zomaar. Wat er hier is gebeurd, hangt op de een of andere manier nog steeds in de lucht. Soms kun je het voelen, als je oude ruïnes of kastelen bezoekt, of als je alleen in een bos als dit bent. De echo's zijn wel steeds zachter geworden, maar helemaal stil vallen ze nooit.

'Wat is er hier gebeurd nadat de raketbasis was gesloten?' vraagt Ellie me.

'Dat,' zeg ik, 'is wat de Conspiratie Club te weten wilde komen.'

9

We lopen terug naar Ellies auto. Ze blijft staan bij het portier aan de bestuurderskant en neemt mijn gezicht in haar beide handen. Het is een moederlijk gebaar, iets wat alleen Ellie en nooit iemand anders bij me heeft gedaan, en ja, ik weet hoe raar dat klinkt. Ze kijkt me met een oprecht bezorgde blik aan.

'Ik weet niet wat ik moet zeggen, Nap.'

'Ik red me wel.'

'Misschien is dit wel het beste voor je.'

'Hoe bedoel je?'

'Ik wil niet melodramatisch doen, maar de geesten van die avond achtervolgen je nog steeds. Misschien is dit wel de manier om ze voor altijd te verjagen.'

Ik knik en sluit het portier voor haar. Ze rijdt weg en ik kijk haar na. Als ik terugloop naar mijn auto gaat mijn mobiele telefoon. Het is Reynolds.

'Hoe wist je het?' vraagt ze.

Ik zeg niets en wacht.

'Agent Rex Canton heeft drie keer eerder een dronken automobilist op diezelfde plek aangehouden.'

Ik wacht nog wat langer. Reynolds heeft deze gegevens in een paar minuten op kunnen vragen. Ze is meer te weten gekomen, en ik denk dat ik weet wat dat is.

'Nap?'

Ze wil het blijkbaar op haar manier doen, dus ik vraag: 'Alle bestuurders onder invloed waren mannen, correct?'

'Correct.'

'En ze waren allemaal in een echtscheiding of een voogdijzaak verwikkeld?'

'Een voogdijzaak,' zegt Reynolds. 'Alle drie.'

'Ik betwijfel of het er maar drie zijn,' zeg ik. 'Hij kan het vanaf meer plekken hebben gedaan.'

'Ik ben al Rex' aanhoudingen van rijden onder invloed aan het doornemen. Maar dat kost tijd.'

Ik stap in mijn auto en start de motor.

'Hoe wist je het?' vraagt Reynolds. 'En zeg me niet dat het onderbuikgevoel of intuïtie was.'

'Ik wist het niet zeker, maar Rex hield die auto wel heel snel aan nadat hij bij de bar was weggereden.'

'Hij had daar gewoon kunnen surveilleren.'

'Maar we hebben de videobeelden gezien. Hoe beroerd de beeldkwaliteit ook is, het is duidelijk te zien dat de bestuurder niet slingert of schokkerig rijdt. Dus waarom moest Rex per se hem aanhouden? En toevallig heeft de vrouw in de auto bij Rex op school gezeten... Voor mij was dat een beetje te veel van het goede. Het moest wel afgesproken werk zijn.'

'Maar ik begrijp het nog steeds niet,' zegt Reynolds. 'Is die man speciaal hiernaartoe gekomen om Rex te executeren?'

'Waarschijnlijk wel.'

'En jouw ex heeft hem daarmee geholpen?'

'Dat denk ik niet,' zeg ik.

'Is het de liefde die ik hier hoor spreken?'

'Nee, de logica.'

'Leg uit.'

'Je hebt gehoord wat de barkeeper zei,' zeg ik. 'Ze komt binnen, drinkt wat van hem, spoort hem aan om meer te drinken en krijgt hem zo ver dat hij in zijn auto stapt. Ze had al die stadia niet hoeven doorlopen als zij en de moordenaar hadden samengewerkt.'

'Het kan een onderdeel van hun act geweest zijn.'

'Ja, dat kan,' zeg ik.

'Maar je hebt gelijk. Dus jij denkt dat Maura met Rex samenwerkte.'

'Ja.'

'Maar indirect heeft ze Rex ook in de val gelokt.'

'Ja.'

'Maar als zij niet bij de moord betrokken is geweest, waar is ze nu dan?'

'Dat weet ik niet.'

'Misschien heeft de moordenaar haar bedreigd. Heeft hij haar gedwongen achter het stuur te gaan zitten en hem naar het vliegveld of ergens anders naartoe te brengen.'

'Dat is een mogelijkheid.'

'En toen?'

'We lopen op de zaak vooruit,' zeg ik tegen haar. 'We moeten eerst feiten verzamelen. Ik betwijfel of de vrouwen in deze voogdijzaken zelf naar Rex zijn gestapt met de vraag: "Hallo, kun jij even de reputatie van mijn man om zeep helpen?"'

'Oké, maar hoe zijn ze dan bij hem terechtgekomen?'

'Via een echtscheidingsadvocaat, gok ik. Dat moet onze eerste stap worden, Reynolds. De drie vrouwen hebben waarschijnlijk dezelfde advocaat. Zoek uit wie dat is, en dan kunnen we hem naar Rex en Maura vragen.'

'Dan kan hij – of zij, laten we niet seksistisch zijn – stellen dat het om vertrouwelijke informatie gaat.'

'Dat zien we dan wel weer.'

'Oké,' zegt Reynolds. 'Dus misschien is de moordenaar een van de benadeelde mannen die wraak heeft genomen?'

Dat lijkt inderdaad het meest logische, maar ik herinner haar eraan dat we gewoon nog te weinig weten voor een dergelijke theorie. Ik zeg nog niets over de Conspiratie Club, want haar bevindingen tot nu toe spreken die invalshoek tegen. Ik blijf echter hopen, hoe stompzinnig het misschien ook is, dat de moord op Rex me op de een of andere manier naar jou zal voeren, Leo. Waarom zou ik dat niet doen? Reynolds neemt de invalshoek van het rijden onder invloed, en in de tussentijd kan ik doorgaan met die van de Conspiratie Club. Dat betekent wel dat ik Hank Stroud en Beth Lashley moet opsporen.

En nog belangrijker, dat ik Augie erbij moet betrekken.

Daar zou ik nog even mee kunnen wachten. Er is geen reden om die oude wond open te rijten, zeker niet nu Augies privéleven net een nieuwe, hoopvolle wending heeft genomen. Maar iets achterhouden voor Augie is mijn stijl niet. Ik zou ook niet willen dat hij voor mij besliste wat ik wel of niet aankan. Ik moet hem hetzelfde respect tonen.

Maar Augie is wel Diana's vader. Dit zal niet gemakkelijk worden.

Als ik op Route 80 rijd, druk ik op het knopje op mijn stuur en zeg tegen mijn telefoon dat hij Augie moet bellen. Hij antwoordt als zijn telefoon drie keer is overgegaan.

'Hé, Nap.'

Augie is een grote kerel met een tonvormige borstkas en een geruststellend zware stem. 'Ben je terug van Hilton Head?' vraag ik.

'We zijn gisteravond laat teruggekomen.'

'Dus je bent nu thuis?'

'Ja, ik ben thuis. Wat is er?'

'Is het goed als ik na mijn dienst bij je langskom?'

Hij aarzelt even. 'Ja, natuurlijk.'

'Oké. Maar… hoe was je reis?'

'Ik spreek je later,' zegt Augie.

Hij beëindigt het gesprek. Ik vraag me af of hij alleen was toen ik hem belde, of dat zijn nieuwe vriendin nog bij hem is. Dat zou leuk voor hem zijn, bedenk ik, en op hetzelfde moment bedenk ik dat het me geen barst aangaat.

Augie woont in een bakstenen tuinappartement in Oak Street, in een buurt waar uitsluitend gescheiden vaders lijken te wonen. Hij is daar acht jaar geleden 'tijdelijk' ingetrokken, zodat Audrey, Diana's moeder, kon blijven wonen in het huis waar ze hun enige kind hadden grootgebracht. Maar al na een paar maanden had Audrey het huis verkocht, zonder Augie daarover te informeren.

Audrey had dat meer voor Augies bestwil dan haar eigen bestwil gedaan, had ze me een keer toevertrouwd.

Als Augie opendoet, zie ik zijn tas met golfclubs achter hem in de gang staan.

'En hoe was het op Hilton Head?' vraag ik.

'Leuk.'

Ik wijs achter hem. 'Had je je clubs meegenomen?'

'Tjonge, er ontgaat jou ook niks.'

'Ik weet het, maar ik houd het voor mezelf.'

'Ik heb ze wel meegenomen,' zegt Augie, 'maar ik heb niet gegolft.'

Dat brengt een glimlach op mijn gezicht. 'Dus het is goed gegaan met...'

'Yvonne.'

'Yvonne,' herhaal ik, en ik trek mijn ene wenkbrauw op. 'Leuke naam.'

Hij doet een stap opzij, zodat ik binnen kan komen, en zegt: 'Maar ik geloof niet dat het wat gaat worden met ons.'

Dat valt me tegen. Ik heb Yvonne nooit ontmoet, maar om de een of andere reden zie ik haar voor me als een zelfbewuste vrouw met een luide, diepe lach en een hartelijke, ontspannen manier van doen. Zo'n vrouw die van het leven geniet en die Augie een arm geeft als ze van het strand naar hun hotel lopen. Ik ervaar een gevoel van verlies voor iemand die ik nooit heb ontmoet.

Ik kijk hem aan. Hij haalt zijn schouders op.

'Er komt wel weer een ander,' zegt hij.

'Er zwemt meer vis in de zee,' beaam ik.

Je verwacht een praktisch, basic interieur, maar dan heb je het mis. Augie gaat graag naar kunstveilingen, waar hij schilderijen koopt, die hij nooit langer dan twee maanden op dezelfde plek laat hangen. Op de eiken boekenplanken aan de wanden is geen plekje meer vrij. Augie is de hongerigste lezer die ik ooit heb ontmoet. Hij heeft zijn boeken in twee simpele categorieën verdeeld – fictie en non-fictie – maar ze staan niet alfabetisch op auteursnaam of zoiets.

Ik ga zitten.

'Zit je dienst erop?' vraagt Augie.

'Ja. De jouwe ook?'

'Ik heb vrij.'

Augie is nog steeds hoofdinspecteur van de politie van Westbridge. Over een jaar gaat hij met pensioen. Ik ben bij de politie gegaan om wat er met jou is gebeurd, Leo, maar ik geloof niet dat het me zonder de hulp van Augie gelukt zou zijn. Ik zit in dezelfde pluchen fauteuil waarin ik altijd zit als ik hier ben. Augie gebruikt de beker van het kampioenschap van New Jersey – van het team waarin ik speelde en waarvan hij de coach was – als boekensteun. Verder zijn er geen persoonlijke dingen in de kamer te vinden... geen foto's, geen diploma's, geen prijzen of wat ook.

Hij geeft me een fles wijn aan. Het is een Château Haut-Bailly 2009. In de winkel te koop voor om en nabij de tweehonderd dollar.

'Een mooie,' zeg ik.

'Maak hem open.'

'Moet je deze niet voor een speciale gelegenheid bewaren?'

Augie neemt me de fles uit handen en ramt de kurkentrekker erin. 'Zou je vader dat tegen ons gezegd hebben?'

Ik glimlach. 'Nee.'

Mijn overgrootvader, vertelde pa ons vaak, was degene die zijn beste wijnen voor speciale gelegenheden bewaarde. Hij kwam om het leven toen de Duitsers Parijs binnenvielen en de nazi's dronken al zijn wijn op. De les: je wacht niet met dat soort dingen. Toen ik jong was, aten we altijd van het mooie servies. De tafel werd gedekt met het mooiste linnen. We dronken uit glazen van Waterford-kristal. Toen mijn vader overleed, was zijn wijnkelder vrijwel leeg.

'Je vader zei het met meer zwier,' zegt Augie tegen me. 'Ik geef de voorkeur aan het citaat van Groucho Marx.'

'En dat is?'

'Ik drink goeie wijn niet voor zijn tijd. Oké, het is tijd.'

Augie schenkt de wijn in twee glazen. Hij geeft het ene aan mij. We tikken onze glazen heel licht tegen elkaar. Ik wals de wijn rond en steek mijn neus in het glas. Zonder te veel vertoon. Ik snuif het bouquet op. Zwarte bessen, pruim, crème de cassis en – geloof me – potloodslijpsel. Ik neem een slokje – sappig, rijp fruit, fris, levendig, je snapt het wel. Een afdronk van een volle minuut. Spectaculair.

Augie wacht op mijn reactie. Een hoofdknik volstaat. We kijken beiden naar de plek waar pa zou hebben gezeten als hij erbij was geweest. Het verlangen trilt diep in mijn borst. Hij zou hebben genoten van dit moment. Hij zou zowel de wijn als het gezelschap fantastisch hebben gevonden.

Pa was het toonbeeld van wat de Fransen *joie de vivre* noemen, wat je kunt vertalen als 'levensvreugde'. Maar ik weet niet of dat de lading wel dekt. Het is mijn ervaring dat de Fransen vooral graag voelen. Grote liefdes en grote tragedies worden volledig en zonder enige beperking of weerstand ervaren. Als het leven hun een dreun in het gezicht wil geven, steken ze hun kin vooruit en genieten ten volle van het moment. Dat is pas echt leven.

Zo was pa.

En daarom zou hij waarschijnlijk erg teleurgesteld in me zijn, Leo.

Want als het om belangrijke zaken gaat, ben ik helemaal niet zo'n francofiel.

'Wat heb je op je lever, Nap?'

Ik begin met de moord op Rex en laat de bom vallen met Maura's vingerafdrukken. Augie nipt met iets te zorgvuldige bewegingen van zijn wijn. Ik maak het verhaal af.

Ik wacht. Hij wacht. Smerissen weten hoe ze moeten wachten.

Uiteindelijk vraag ik: 'Wat maak jij hiervan?'

Augie staat op uit zijn stoel. 'Het is mijn zaak niet. Kortom, ik hoef er niks van te maken. Maar je weet het nu tenminste.'

'Ik weet wat?'

'Iets over Maura.'

'Het is niet veel,' zeg ik.

'Nee, het is niet veel.'

Ik zeg niets en neem een slokje wijn.

'Laat me raden,' zegt Augie tegen me. 'Jij denkt dat deze moord op de een of andere manier in verband staat met de dood van Diana en Leo.'

'Ik weet niet of ik wel zo ver wil gaan,' zeg ik.

Augie zucht. 'Wat ben je tot nu toe te weten gekomen?'

'Rex kende Leo.'

'Hij kende Diana waarschijnlijk ook. Jullie zaten allemaal in dezelfde klas. En zo groot is Westbridge niet.'

'Er is meer.'

Ik steek mijn hand in de boodschappentas die ik heb meegebracht en haal het jaarboek eruit. Augie pakt het van me aan.

'Roze post-its?'

'Van Ellie,' zeg ik.

'Dat had ik kunnen weten. En waarom laat je dit aan me zien?'

Als ik hem vertel over de speldjes en de Conspiratie Club verschijnt er een geamuseerde glimlach om zijn lippen. Als ik uitgepraat ben, vraagt hij: 'Wat is je theorie, Nap?'

Ik zeg niets. Zijn glimlach wordt breder.

'Dus jij denkt dat deze Conspiratie Club een of ander groots, beangstigend geheim over een geheime legerbasis had ontdekt?' vraagt Augie, en hij zwaait met zijn handen om zich heen alsof hij een vloek probeert te bezweren. 'Een geheim zo afschuwelijk, dat Diana en Leo tot zwijgen moesten worden gebracht? Wijst jouw theorie die kant op, Nap?'

Ik neem nog een slokje wijn. Hij pakt het jaarboek weer op, begint door de kamer te ijsberen en bladert ongeduldig van de ene post-it naar de volgende.

'En nu, vijftien jaar later, moest Rex om de een of andere merkwaardige reden ook tot zwijgen worden gebracht. Destijds was het blijkbaar niet nodig dat ze dat deden. Maar ineens zijn ze van gedachten veranderd en hebben ze hun geheim agenten op pad gestuurd om hem alsnog te elimineren.'

Augie blijft staan en kijkt me recht aan.

'Jij geniet hiervan, hè?' vraag ik.

'Een beetje wel, moet ik toegeven.'

Hij slaat de volgende bladzijde met de roze post-it open. 'Beth Lashley. Is zij ook dood?'

'Nee, dat geloof ik niet. Ik ben nog niks over haar te weten gekomen.'

Hij slaat de bladzijde om en verstrakt. Het is nu doodstil in de kamer. Ik kijk hem aan en vraag me af of het wel verstandig is geweest om hiernaartoe te komen. Ik kan niet zien welke bladzijde hij voor zich heeft, maar wel dat het achter in het boek is. Dus weet ik genoeg. Zijn gezichtsuitdrukking verandert niet, maar toch ook wel. Er wordt pijn zichtbaar op zijn gezicht. Zijn ene hand begint licht te trillen. Ik wil een paar troostende woorden zeggen, maar ik weet dat dit een van die momenten is dat woorden hopeloos tekortschieten, of het zelfs nog erger maken.

Dus zeg ik niets.

Ik wacht terwijl Augie staart naar de foto van zijn zeventienjarige dochter die die avond niet, en nooit meer, is thuisgekomen. Als hij weer iets zegt, klinkt zijn stem alsof er een zwaar gewicht op zijn borst rust.

'Het waren nog maar kinderen, Nap.'

Ik voel dat mijn vingers harder in de steel van het glas knijpen.

'Domme, onervaren kinderen. Ze dronken te veel. Ze slikten pillen terwijl ze dronken. Het was donker. Het was laat. Stonden ze gewoon op de spoorbaan? Renden ze eroverheen, lachend en high en zich van niks anders bewust? Of sprongen ze over de rails als er een trein aankwam, speelden ze hetzelfde spel waarbij Jimmy Riccio in 1973 om het leven is gekomen? Ik weet het niet, Nap. Ik wou dat ik het wist. Dat ik precies wist wat er is gebeurd. Ik wil weten of Diana heeft geleden… Of gebeurde het allemaal heel snel? Ik wil weten of ze het allerlaatste moment heeft omgekeken en wist dat haar leven ten einde was, of dat ze zich van niets bewust was toen ze stierf. Want zie je, het was mijn taak, mijn enige taak, om haar te beschermen, en ik heb haar die avond uit laten gaan, dus vraag ik me af of ze bang is geweest. Of ze wist dat ze ging sterven, en als ze het wist, of ze mijn naam nog heeft geroepen. Heeft ze om haar vader geroepen? Hoopte ze dat ik op de een of andere manier in staat was haar nog te redden?'

Ik verroer me niet. Dat kan ik niet.

'Jij gaat dit allemaal uitzoeken, hè?'

Uiteindelijk lukt het me om naar hem te knikken. En daarna zeg ik: 'Ja.'

Hij geeft me het jaarboek terug en loopt naar de deur van de kamer. 'Ik denk dat je dit alleen zult moeten doen.'

10

Dus begin ik alleen aan mijn onderzoek.

Ik bel Essex Pines Medical Center, en het verbaast me hoe snel ik een van Hanks artsen aan de lijn krijg. Hij zegt: 'U bent bekend met de wet Bescherming Patiëntenprivacy, neem ik aan?'

'Ja.'

'Nou, dat houdt dus in dat ik u niets over zijn huidige toestand kan vertellen.'

'Ik wil alleen met hem praten,' zeg ik.

'Hij is een buitenpatiënt.'

'Dat weet ik.'

'Dan weet u ook dat hij hier niet woont.'

Wijsneus. 'Dokter... sorry, ik heb uw naam niet goed verstaan.'

'Bauer. Waarom vraagt u dat?'

'Ik wil weten wie het nodig vindt om me dwars te zitten.'

Stilte.

'Ik ben politierechercheur en ik probeer Hank te vinden. Hebt u enig idee waar hij kan uithangen?'

'Nee.'

'Hebt u geen adres van hem?'

'Alleen een postbusnummer in Westbridge. En voordat u het gaat vragen, we hebben hier regels die me verbieden om u te vertellen dat

Hank normaliter drie tot vijf dagen per week naar Essex Pines komt, maar dat hij al twee weken niet is geweest.'

Twee weken. Dr. Bauer hangt op. Ik laat hem verder met rust. Ik heb een ander plan.

Ik sta bij de basketbalcourts aan het grote plein voor Westbridge Highschool, de schemer is gevallen en ik luister naar de lieflijke echo van de bal op het asfalt. Waar ik naar kijk is een fenomeen dat 'straatbasketbal' wordt genoemd. Geen tenues, geen coaches, geen vaste teams, geen scheidsrechter. Soms wordt het speelveld begrensd door de witte lijnen op het asfalt, soms door het hek van draadgaas. Je begint met het afspreken van de spelregels. Winnaars gaan door, verliezers maken plaats voor de volgende groep. Sommige van deze mensen zijn vrienden van elkaar, anderen kennen elkaar niet. Er zijn mensen met belangrijke banen en mensen die nauwelijks kunnen rondkomen. Lang, kort, dik, dun, alle rassen en geloven. Eén jongen draagt een tulband. Dat soort dingen maakt hier niet uit. Het gaat om hoe je speelt. Sommigen vloeken, anderen zeggen niets. Je weet hoe het gaat met geplande wedstrijden. Je weet dat er competities voor volwassenen bestaan. Straatbasketbal is het heerlijk anarchistische en archaïsche tegenovergestelde daarvan.

Ik hoor het gekreun, jongens die elkaar uitdagen, het piepen van rubberzolen op het asfalt. Tien jongens spelen vijf tegen vijf. Langs de zijlijn staan drie jongens te wachten. Een vierde komt aanlopen en vraagt: 'Wij straks?' De jongens knikken.

Ongeveer de helft van de spelers ken ik. Sommigen ken ik van school. Sommigen zijn buren. De man van de lacrossebond van Westbridge is er. Veel van deze gasten werken in de financiële sector, maar ik zie ook twee schooldocenten.

Hank zie ik niet.

Als de game ten einde is – ze spelen tot tien punten – zie ik een auto stoppen en er een grote man uit stappen. Een van de vier wachtende jongens wijst naar hem en roept: 'Wij hebben Myron!' De andere drie beginnen te joelen en roepen dingen naar Myron. Myron lacht schaapachtig terug.

'Kijk eens wie terug is,' roept een van de jongens.

'Hoe was je huwelijksreis, Romeo?' roept een van de anderen. 'Die bruine kop kan echt niet, man. Je hoort lijkbleek te zijn.' Waar een derde aan toevoegt: 'Ja, alsof je je kamer niet af bent geweest, als je begrijpt wat ik bedoel.'

'Nou, goed dat je dat erbij zegt, anders had ik het inderdaad niet begrepen,' zegt Myron.

Iedereen lacht en feliciteert de kersverse bruidegom.

Herinner je je Myron Bolitar, Leo? Weet je nog dat pa ons meenam naar Livingston om hem te zien spelen, en om ons te laten zien wat topkwaliteit was? Myron stond bekend als de eeuwige vrijgezel. Tenminste, dat was zo. Maar hij is onlangs getrouwd met die presentatrice van het tv-nieuws. Ik hoor het pa nog zeggen toen we op de tribune zaten. 'Kwaliteit is altijd de moeite van het bekijken waard,' zei hij dan tegen ons. Dat was pa's filosofie. Myron werd de beste... een superster op Duke University en op het punt om door te breken bij de NBA. En toen, *kaboem*, raakte hij geblesseerd en kon hij zijn profcarrière op zijn buik schrijven.

Ook daaruit kan een les worden geleerd, neem ik aan.

Maar hier op de courts wordt hij nog steeds als een held gezien. Of dat om nostalgische redenen is weet ik niet, maar ik begrijp het wel. Voor mij is hij ook nog steeds een bijzonder mens. We zijn nu allebei volwassen, maar op de een of andere manier voel ik me nog steeds een beetje geïntimideerd door hem, of soms ook uitverkoren, als hij aandacht aan me schenkt.

Ik loop de groep in om hem te begroeten. Als ik tegenover hem sta, schud ik hem de hand en zeg: 'Gefeliciteerd met je huwelijk.'

'Dank je, Nap.'

'Maar je hebt me wel in de steek gelaten.'

'Wees blij, nu ben jij de begeerlijkste vrijgezel van Westbridge.' Dan ziet Myron iets in mijn blik en hij neemt me apart. 'Wat is er aan de hand?'

'Ik ben op zoek naar Hank.'

'Heeft hij iets misdaan?'

'Nee, dat geloof ik niet. Ik wil hem alleen spreken. Hank speelt hier meestal op dinsdag, toch?'

'Altijd,' vertelt Myron me. 'Maar met Hank weet je het nooit, natuurlijk.'

'Hoe bedoel je?'

'Ik bedoel dat Hanks gedrag, eh… fluctueert.'

'Medicijnen?'

'Medicijnen, chemische onbalans, wat dan ook. Maar hoor eens, ik ben niet degene aan wie je dat moet vragen. Ik ben meer dan een maand weg geweest.'

'Verlengde huwelijksreis?'

Myron schudt zijn hoofd. 'Was het maar waar.'

Zo te zien wil hij niet dat ik er meer vragen over stel, en bovendien heb ik daar geen tijd voor.

'Wie kent Hank het best?'

Myron knikt naar een aantrekkelijke man op de court. 'David Rainiv.'

'Echt?'

Myron haalt zijn schouders op en loopt de court op.

Als twee levens zich in een tegengestelde richting hebben bewogen, zijn het wel die van Hank en van David Rainiv. David was onze klassenvertegenwoordiger op school en is nu directeur van een van de grootste investeringsmaatschappijen van de county. Misschien heb je hem een paar jaar geleden op tv gezien, toen bankiers met te veel macht door het Congres onder vuur werden genomen. David heeft een penthouse in Manhattan, maar hij en zijn highschoolliefje en latere vrouw Jill hebben hun kinderen hier in Westbridge grootgebracht. We hebben hier geen echte celebrity's – meer dan *keeping up with the Joneses* hebben we niet te bieden – maar als er iemand voor die titel in aanmerking zou komen, zouden het David en Jill Rainiv zijn.

Als Davids team uitgespeeld is, gaan David en ik op een bankje aan de andere kant van de court zitten. David is fit en ziet eruit als het liefdeskind van een vrouwelijke Kennedy en Ken van Barbie. Als je een acteur moet casten die de senator met het spleetje in zijn kin moet spelen, kun je slechtere kiezen dan David Rainiv.

'Ik heb Hank al drie weken niet gezien,' zegt hij tegen me.

'Is dat ongebruikelijk?'

'Ja. Hij komt vrijwel elke dinsdag en donderdag.'

'Hoe gaat het met hem?'

'Best goed, volgens mij,' zegt David. 'Ik bedoel, echt goed gaat het natuurlijk nooit met hem. Sommige van de jongens...' Hij knikt naar de court. '... zien Hank hier liever niet. Hij misdraagt zich. Hij doucht niet vaak genoeg. Als hij aan de zijlijn moet wachten tot hij zijn game kan spelen, begint hij te ijsberen en allerlei onzin te roepen.'

'Wat voor onzin?'

'Dingen die nergens op slaan. Hij liep een keer te schelden op Himmler, omdat die geen tonijnsteak zou lusten.'

'Himmler de oude nazi?'

David haalt zijn schouders op. Hij blijft naar de court kijken en het spel volgen. 'Hij scheldt, hij ijsbeert en hij jaagt sommige jongens de stuipen op het lijf. Maar eenmaal op de court...' Er verschijnt een glimlach om zijn mond. '... dan transformeert hij zich tot de oude Hank. Even zien we dan weer de Hank die hij ooit was.' David kijkt me van opzij aan. 'Herinner je je Hank op school?'

Ik knik.

'Leuke, lieve jongen, toch?' zegt David.

'Ja.'

‘Ik bedoel, hij was wel een absolute nerd, maar herinner je je die keer dat hij het kerstfeestje van de docenten had gesaboteerd?’

‘Had iets met de zoutjes te maken, hè?’

‘Ja. De docenten hadden allemaal te veel gedronken. Hank was de keuken in geslopen en had M&M’s en Skittles door hun zoutjes gemengd.’

‘Gadver…’

‘Dus de docenten, hartstikke lam, propten handenvol zoutjes in hun mond en wisten niet wat ze proefden.’ David begint te lachen. ‘Hank heeft het gefilmd. Het was hilarisch.’

‘Nu herinner ik het me.’

‘Het was heel onschuldig. Typisch Hank. Hij zag het meer als een scheikundig experiment dan als een kwajongensstreek.’ David blijft even zwijgen. Ik volg zijn blik. Hij kijkt naar Myron, die hoog opspringt en scoort. Absoluut geruisloos.

‘Hank is niet in orde, Nap. Daar kan hij niks aan doen. Dat zeg ik steeds tegen de jongens die hem hier liever niet hebben. Hij is ziek. Als iemand kanker heeft, zeg je toch ook niet dat hij niet mag meespelen?’

‘Goed punt,’ zeg ik.

David blijft met een wel heel strakke blik naar de court staren. ‘Ik heb veel aan Hank te danken.’

‘Hoe dat zo?’

‘Toen we van school kwamen, is Hank naar het MIT gegaan. Dat weet je, hè?’

‘Ja.’

‘Ik werd aangenomen op Harvard, nog geen tien kilometer verderop. Was dat mooi of niet, zo dicht bij elkaar? Dus als eerstejaars gingen Hank en ik heel veel met elkaar om. Dan ging ik hem ophalen om ergens een hamburger te eten, of we gingen naar feestjes, meestal bij mij op de campus, maar soms ook bij hem. Je kon heel erg lachen met Hank.’ De glimlach keert terug op zijn gezicht. ‘Hij was geen drinker; hij stond liever in de hoek om de rest te observeren. Dat vond hij leuk. En hij viel in de smaak bij de meisjes. Er waren van die types die zich tot hem aangetrokken voelden.'

Inmiddels is de avond gevallen. Het enige geluid is de geconcentreerde kakofonie op de court.

De glimlach glijdt als een sluier van Davids gezicht. 'Maar op een zeker moment begon hij te veranderen,' vervolgt David. 'Heel langzaam en subtiel, zodat ik het eerst niet in de gaten had.'

'Veranderen op welke manier?'

'Als ik hem bijvoorbeeld kwam ophalen, dan was hij nog niet klaar. Of als we weggingen, keek hij wel twee of drie keer of zijn deur op slot zat. Dat werd steeds erger. Dan kwam ik hem halen en liep hij nog in zijn badjas. Hij kon urenlang onder de douche staan. En hij bleef de deuren maar op slot en van het slot draaien. Niet twee of drie keer, maar twintig of dertig keer. Ik heb geprobeerd er met hem over te praten. Dan zei ik: "Hank, je hebt alles al gecontroleerd, dus je hoeft het niet nog eens te doen. Trouwens, die oude rommel op jouw kamer wil geen mens hebben." Daarna begon hij bang te worden dat het studentenhuis zou afbranden. Er was een openbare ruimte waar een gasfornuis stond. We moesten er altijd langs om te kijken of het gas wel uit was. Het kostte me een uur om hem naar buiten te krijgen.'

David stopt met praten. We kijken enige tijd naar de basketballers. Ik wacht af. Hij wil het verhaal op zijn eigen manier vertellen.

'Dus op een avond hebben we een dubbele date in dat dure steakhouse in Cambridge. Hank zegt tegen me: "Je hoeft me niet op te halen, ik kom met de bus." Best, zeg ik tegen hem. Ik ga de meisjes halen. We zitten daar op hem te wachten. Nee, ik vergeet iets. Het ene meisje, Kristen Megargee, ik wist dat Hank smoorverliefd op haar was. Een heel leuk meisje... én een wiskundenerd. Dus hij was in de wolken. Hoe dan ook, je kunt waarschijnlijk wel raden wat er gebeurde.'

'Hij kwam niet opdagen.'

'Precies. Dus ik verzin een excuus voor de meisjes en breng ze thuis. Daarna rijd ik naar zijn studentenhuis. Hank is nog steeds bezig zijn sloten te checken. Hij blijft er maar mee doorgaan. Vervolgens begint hij mij verwijten te maken. "Jij hebt gezegd dat het pas volgende week was," roept hij naar me.'

Ik wacht weer af. David buigt zijn hoofd, laat het op zijn handen rusten, haalt een keer diep adem en kijkt weer op.

'Ik zit op de universiteit,' vervolgt hij. 'Ik ben jong, het is opwindend, ik maak nieuwe vrienden. Ik heb mijn studie, ik heb een nieuw leven, en Hank, hij is niet mijn verplichting, of wel soms? Hem afhalen bij zijn studentenhuis begint alsmaar moeilijker te worden. Dus ik begin minder vaak naar hem toe te gaan. Je weet hoe het gaat. Hij stuurt me een sms, ik antwoord niet meteen. Langzaam maar zeker drijven we van elkaar weg. Eerst een week, dan een maand, en opeens een heel semester. En daarna...'

Ik zeg niets. Ik voel hoe schuldig hij zich voelt.

'Dus deze jongens...' Hij knikt naar de court. '... zij denken dat Hank een weirdo is. Ze willen hem hier niet.' David gaat rechtop zitten. 'Nou, dan hebben ze pech gehad. Hank komt hier spelen wanneer hij dat wil. Hij doet met ons mee en ik zal er persoonlijk voor zorgen dat hij zich welkom voelt.'

Ik wacht nog even. Dan vraag ik: 'Heb je enig idee waar hij kan zijn?'

'Nee. We... hebben eigenlijk geen contact meer, spreken elkaar niet meer, alleen hier, op de court. Hank en ik, bedoel ik. We gaan vaak naar McMurphy's nadat we hebben gespeeld, voor een paar biertjes en een pizza. Ik heb Hank wel eens gevraagd of hij zin had om mee te gaan, maar dan rende hij opeens weg. Je hebt hem door de stad zien lopen, hè?'

'Ja,' zeg ik.

'Elke dag dezelfde route, weet je? Dezelfde tijd. Hij is een gewoontedier. Misschien is dat goed voor hem. De routine, bedoel ik. We houden er hier meestal om een uur of negen mee op. Maar als het iets uitloopt, gaat Hank toch precies om negen uur weg. Zonder uitleg, zonder iemand gedag te zeggen. Hij heeft een oude Timex met een alarm. Om negen uur laat dat ding een piepje horen en weg is Hank, ook al zitten we midden in een game.'

'En zijn familie? Kan hij daar verblijven?'

'Zijn moeder is vorig jaar overleden. Ze woonde in een van die oude koopflats in West Orange. Cross Creek Point. Misschien woont zijn vader daar nog.'

'Ik dacht dat zijn ouders waren gescheiden toen we jong waren,' zeg ik.

Op de court slaakt iemand een kreet en valt op de grond. Hij wil een strafworp, maar de anderen zeggen dat hij zich aanstelt.

'Ze zijn gescheiden toen wij in groep vijf zaten,' zegt David. 'Zijn pa is toen naar het westen gegaan. Naar Colorado, geloof ik. Maar ik heb gehoord dat ze het hebben bijgelegd toen mevrouw Stroud ziek werd. Ik weet niet meer wie me dat heeft verteld.'

De game op de court komt ten einde als Myron met een effectshot het backboard raakt en de bal door het net glijdt.

David staat op. 'Ik ben weer aan de beurt,' zegt hij.

'Heb je wel eens van de Conspiratie Club gehoord?' vraag ik hem.

'Nee, wat is dat?'

'Een paar leerlingen uit onze klas op school hadden die opgericht. Hank was er lid van. Mijn broer ook.'

'Leo,' zegt Rainiv, en hij schudt bedroefd zijn hoofd. 'Een goeie jongen ook. Zo erg dat hij er niet meer is.'

Ik ga er niet op in. 'Heeft Hank het met jou wel eens over samenzweringen gehad?'

'Ja, dat zal best. Maar niks specifieks. Hij was altijd moeilijk te volgen.'

'En over het Pad, of het bos daar, heeft hij het daar wel eens over gehad?'

David blijft staan en kijkt me aan. 'De oude legerbasis, bedoel je?'

Ik zeg niets.

'Toen we op school zaten, was Hank geobsedeerd door dat gebied. Hij had het er voortdurend over.'

'Wat zei hij dan?'

'Onzin vooral. Dat de overheid er proeven met lsd en experimenten met gedachtelezen deed, dat soort dingen.'

Jij hebt je die dingen ook wel eens afgevraagd, is dat niet zo, Leo? Maar ik zou jou niet geobsedeerd willen noemen. Je hebt het een paar keer gezegd, maar altijd met een glimlach, dus ik had de indruk dat je er niet echt in geloofde. Volgens mij was het voor jou een soort spel, maar het kan zijn dat ik je interesse verkeerd heb ingeschat. Of misschien zat je wel om heel andere redenen in de club. Voor Hank waren het de grote samenzweringen door de overheid. Maura werd aangetrokken door het mysterieuze en het gevaar, het opzoeken van de grens. En jij, Leo, hield volgens mij van het kameraadschap, als je met je vrienden door het bos sloop in een avontuur uit een boek van Stephen King.

'Yo, David, we gaan weer beginnen,' roept een van de jongens.

Myron zegt: 'Geef hem een minuutje. We wachten wel.'

Maar iedereen staat al klaar en er is een ongeschreven wet die zegt: je laat de groep niet wachten. David kijkt me aan alsof hij om toestemming vraagt. Ik knik om aan te geven dat we klaar zijn. Hij loopt de court op, maar draait zich toch nog een keer om.

'Weet je, Hank is nog steeds geobsedeerd door die oude legerbasis.'

'Waarom denk je dat?'

'De route die Hank elke ochtend loopt? Die begint altijd bij het Pad.'

11

Reynolds belt me de volgende ochtend. 'Ik heb de advocaat gevonden die Rex erbij heeft betrokken.'

'Geweldig.'

'Niet echt. Hij heet Simon Fraser. Hij is een of andere *bigshot* bij Elbe, Baroche & Fraser.'

'Heb je hem benaderd?'

'Jazeker.'

'Hij was vast erg coöperatief.'

'En jij bent vast sarcastisch. Meneer Fraser beroept zich ontegenzeglijk op het advocaat-cliëntprivilege en weigert me te woord te staan.'

Ik frons mijn wenkbrauwen. 'Zei hij dat echt, "ontegenzeglijk"?'

'Ja.'

'Dat alleen is al genoeg om hem te arresteren.'

'Ja, als wij de wet mochten maken,' zegt Reynolds. 'Ik denk dat ik een praatje ga maken met zijn cliënten, om te kijken of we het privilege kunnen overrulen.'

'Bedoel je de echtgenotes die hij vertegenwoordigt?'

'Ja.'

'Dat is tijdverspilling,' zeg ik. Deze vrouwen hadden hun voogdijzaak gebaseerd op Rex' aanhouding voor rijden onder invloed. Die zouden dat natuurlijk nooit toegeven. Hun ex-mannen zouden de onrechtmatige aanpak kunnen gebruiken om in hoger beroep te gaan.

'Heb jij een beter idee?' vraagt Reynolds.

'Misschien kunnen we bij Simon Fraser zelf op bezoek gaan.'

'Volgens mij is dat ook tijdverspilling.'

'Of ik kan alleen naar hem toe gaan,' zeg ik.

'Nee, dat lijkt me geen goed idee.'

'Laten we dan samen gaan. Het is jouw jurisdictie, dus jij kunt hem aanspreken als ambtenaar van het openbaar gezag...'

'... en jij speelt de rol van de geïnteresseerde burger?'

'Die is me op het lijf geschreven.'

'Goed dan. Hoe laat?'

'Ik moet hier nog een paar dingen doen, maar ik ben voor lunchtijd bij je.'

'Stuur me een sms als je eraan komt.'

Ik hang op, neem een douche, kleed me aan en kijk op mijn horloge. Volgens David Rainiv begon Hank elke ochtend om precies half negen aan zijn wandeling op het Pad. Ik zet mijn auto op het parkeerterrein voor docenten, waar ik een onbelemmerd uitzicht heb op het begin van het Pad. Het is kwart over acht. Ik zet de autoradio aan en luister een tijdje naar Howard Stern. Dan is het half negen. Mijn blik is nog steeds op het Pad gericht. Ik zie niemand aankomen.

Waar blijft Hank?

Om negen uur geef ik het op en rijd naar mijn tweede tussenstop.

Het opvanghuis dat Ellie runt biedt voornamelijk onderdak aan verscheurde gezinnen. Ik spreek haar in een van de dependances, een oud, victoriaans huis in een stille straat in Morristown. In dit huis kunnen mishandelde vrouwen en hun kinderen zich verschuilen voor hun gewelddadige echtgenoten, totdat we hebben bedacht wat de volgende stap moet zijn. Die moet de slachtoffers voeren naar een situatie die beter is dan hoe die was, maar in de meeste gevallen is dat nog verre van wenselijk.

Grote overwinningen worden zelden behaald. Dat is het tragische. Wat Ellie doet, is dweilen met de kraan open. Toch blijft Ellie het doen, onverzettelijk en elke dag weer, en hoewel ze geen partij is voor het kwaad dat de gewelddadige mannen beheerst, is haar strijd absoluut de moeite waard.

'Beth Lashley heeft de naam van haar echtgenoot aangenomen,' vertelt Ellie me. 'Ze heet nu dr. Beth Fletcher en ze is cardioloog in Ann Arbor.'

'Hoe ben je dat te weten gekomen?'

'Het heeft me meer moeite gekost dan zou moeten.'

'Hoe dat zo?'

'Ik heb al haar beste vriendinnen en vrienden van school benaderd. Niemand had contact met haar gehouden, wat me verbaasde. Ik bedoel, ze was toch een leuke, sociale meid. Daarna heb ik haar ouders benaderd. Ik heb ze om Beths adres gevraagd, om haar uitnodigingen voor reünies en dat soort dingen te kunnen sturen.'

'Hoe reageerden ze?'

'Ze wilden het niet geven. Ze zeiden dat als ik iets belangrijks had, ik het maar naar hen moest mailen.'

Ik weet niet wat ik daarvan moet denken. Maar het klinkt niet goed. 'Hoe heb je haar uiteindelijk gevonden?'

'Via Ellen Mager. Herinner je je haar?'

'Ze zat een jaar achter ons,' zeg ik. 'Maar met wiskunde zat ze bij mij in de klas.'

'Ja, die Ellen. Hoe dan ook, Ellen is na de highschool naar Rice University in Houston gegaan.'

'Oké.'

'Ik wist dat Beth Lashley daar ook studeerde. Dus heb ik Ellen gevraagd de administratie van Rice te bellen en te vragen of zij als oud-klasgenoot van Beth een e-mailadres van haar kon krijgen.'

Dat, denk ik bij mezelf, is ronduit briljant.

'Maar goed, Ellen kreeg het e-mailadres met Fletcher als achternaam op het University of Michigan Medical Center. Met een beetje googelen heb ik de rest gevonden. Hier heb je haar nummer in het ziekenhuis.' Ellie geeft me een strookje papier. 'Het is een uur vroeger in Ann Arbor, dus waarschijnlijk is ze er nog niet.'

Ik kijk naar het strookje papier alsof het nummer me een aanwijzing zal opleveren.

Ellie leunt achterover. 'Hoe gaat het met Hank? Heb je hem al gevonden?'

'Nee.'

'De zaak wordt steeds mysterieuzer.'

'Ja.'

'O, voordat je gaat, Marsha wil je even spreken.'

'Ik ben al onderweg.'

Ik kus Ellie op haar wang. Voordat ik naar Ellies collega Marsha Stein ga, sla ik links af en loop de trap naar de eerste op. Daar is een geïmproviseerde dagopvang voor kinderen. Ik kijk naar binnen en zie Brenda's jongste, kleurend in een kleurboek. Ik loop verder de gang in. De deur van hun kamer staat open. Ik klop zachtjes op de deurpost en kijk naar binnen. Op het bed liggen twee geopende koffers. Als Brenda me ziet, komt ze naar me toe rennen en slaat haar armen om me heen. Dat heeft ze niet eerder gedaan.

Brenda zegt niets. Ik zeg ook niets.

Als ze me heeft losgelaten, kijkt ze naar me op en knikt net zichtbaar. Ik knik terug.

Als ik terugloop door de gang, staat Marsha Stein al op me te wachten.

'Hallo, Nap.'

Toen we acht of negen waren, was Marsha een tiener en was ze onze oppas. Weet je nog, Leo? Ze was rank en beeldschoon, een ballerina, zangeres, de ster van elk toneelstuk op school. We waren smoorverliefd op haar, natuurlijk, maar dat was iedereen. Wat we het leukste vonden als ze kwam oppassen, was dat we haar hielpen met het repeteren van haar teksten voor haar nieuwste stuk. Dan speelde zij zichzelf en waren wij haar tegenspelers. Toen ze in het voorlaatste jaar op school zat, nam pa ons mee naar de uitvoering van *Fiddler on the Roof*, waarin zij Hodel, de mooie dochter, speelde. En in het laatste jaar bekroonde Marsha haar toneelcarrière met de titelrol in *Mame*. En jij, mijn broer, speelde de rol van Mames neefje, in het programma vermeld als 'de jonge Patrick'. Pa en ik zijn vier keer komen kijken, en Marsha kreeg elke keer een staande ovatie.

Marsha had in die tijd al een vriend, Dean, een knappe jongen – op een ruige manier – die in een zwarte Trans-Am reed en die altijd, hoe warm of koud het ook was, zijn groene highschooljack met de witte mouwen droeg. Marsha en Dean stonden in het jaarboek van Westbridge High als 'het mooiste stel van de klas'. Ze trouwden een jaar nadat ze van school waren gekomen. Niet zo lang daarna begon Dean haar te slaan. Hard te slaan. Haar ene oogkas is aan de rechterkant nog steeds een beetje ingevallen. Haar gezicht ziet er een beetje scheef, asymmetrisch uit. En haar neus is te plat na al die mishandelingen.

Tien jaar later vond Marsha eindelijk de moed om op de vlucht te slaan. Zoals ze altijd tegen de mishandelde vrouwen hier zegt: 'Als je de moed eindelijk vindt, is het altijd te laat, maar het is nooit té laat. En ja, ik weet dat die twee dingen elkaar tegenspreken.' Ze sloeg de handen ineen met een ander 'kind' op wie ze destijds paste, Ellie, en samen hebben ze deze opvanghuizen van de grond gekregen.

Ellie is de algemeen directeur. Marsha blijft liever achter de schermen. Ze hebben één opvanghuis en vier dependances zoals deze. Daarnaast hebben ze nog drie locaties met adressen die om voor de hand liggende redenen niet openbaar bekend zijn. Ze hebben een vrij goed beveiligingssysteem, maar soms steek ik een handje toe.

Ik kus Marsha op haar wang. Ze is niet echt mooi meer. Ze is niet zo oud, begin veertig, maar als iemand die zo veel licht uitstraalde jarenlang lens wordt geslagen, ontdek je soms dat dat licht nooit meer in volle sterkte terugkeert. Ze houdt nog steeds van toneel, trouwens. De Westbridge Community Players voert in mei *Fiddler on the Roof* op. Marsha speelt grootmoeder Tzeitel.

Ze neemt me apart en zegt: 'Er is iets grappigs gebeurd.'

'O ja?'

'Ik vertel jou wat een beest Trey is en opeens ligt hij in het ziekenhuis.'

Ik zeg niets.

'Een paar maanden geleden vertel ik je dat Wanda's vriend haar dochtertje van vier misbruikt en opeens...'

'Ik heb niet veel tijd, Marsha,' zeg ik om haar te stoppen.

Ze kijkt me aan.

'Je kunt ervoor kiezen me die dingen niet te vertellen,' zeg ik. 'Dat is aan jou.'

'Ik probeer het eerst met bidden.'

'Goed zo.'

'Maar bidden helpt niet. Dus dan kom ik bij jou terecht.'

'Misschien zie je dat verkeerd,' zeg ik.

'Hoe bedoel je?'

'Misschien ben ik wel het antwoord op die gebeden.'

Ik neem haar gezicht in mijn beide handen en kus haar weer op haar wang. Voordat ze meer kan zeggen, maak ik me snel uit de voeten. Je vraagt je waarschijnlijk af hoe ik, als de smeris die heeft gezworen de wet te eerbiedigen, kan rechtvaardigen wat ik met Trey heb gedaan. Ik niet. Ik ben een hypocriet. We zijn allemaal hypocrieten. Ik geloof in de regels van de wet en ben geen groot fan van burgerwachten. Maar wat ik af en toe doe, zie ik ook niet als zoiets. Ik zie het alsof de wereld een bar is waar iemand een vrouw aftuigt, waar hij haar uitdaagt en uitlacht, net doet alsof hij het weer goed met haar wil maken – zoals Lucy die Charlie Brown de bal voorhoudt –

en haar, als ze net weer wat hoop begint te krijgen, opnieuw boven op haar gezicht slaat. Ik zie het alsof ik langsga bij het huis van een vriendin en zie dat haar vriend haar dochtertje van vier seksueel misbruikt.

Moet ik dan afstand nemen? Wachten tot mijn bloed is afgekoeld?

Dus sla ik erop los. Ik grijp in en maak er een eind aan. Ik maak mezelf geen illusies. Ik kies ervoor de wet te overtreden en als ik word gepakt, zal ik de prijs betalen.

Ik geef toe dat het geen waterdichte rechtvaardiging is, maar dat kan me niet zo veel schelen.

Ik stap in mijn auto en rijd naar het westen, naar de grens met Pennsylvania. Er is natuurlijk een kans dat Simon Fraser niet op kantoor is. Als dat zo is, ga ik naar zijn huis of waar hij ook uithangt. Misschien loop ik hem mis. Misschien weigert hij me te woord te staan. Maar dat is inherent aan politiewerk. Je blijft doorgaan, ook al heeft het er alle schijn van dat je je tijd en je energie aan het verspillen bent.

Ik denk aan jou tijdens de rit. Mijn probleem is het volgende: van de eerste achttien jaar van mijn leven heb ik nul herinneringen waar jij niet in voorkomt. We hebben een baarmoeder gedeeld en we hebben een kamer gedeeld. Er is niets wat we niet hebben gedeeld. Ik heb je altijd alles verteld. Alles. Er is niets wat ik voor je heb achtergehouden. Niets waarvoor ik me schaamde of wat ik je niet durfde te vertellen, omdat ik wist dat je van me zou blijven houden. Met anderen geldt er altijd wel een soort drempel, hoe laag ook. Dat moet wel. Maar met jou en mij was die er niet.

Ik heb nooit iets voor je achtergehouden. Maar soms vraag ik me af: heb jij dat wel voor mij gedaan?

Heb je dingen voor me geheimgehouden, Leo?

Een uur later, nog onderweg, bel ik het nummer van dr. Beth Fletcher-Lashley. Ik geef de receptioniste mijn naam en vraag of ik dr.

Fletcher kan spreken. De receptioniste antwoordt dat de dokter er nog niet is. En op die professioneel bezorgde toon die uitsluitend door receptionistes van artsen wordt gebezigd, vraagt ze waar het over gaat.

'Ik ben een oude vriend van school.' Ik geef haar mijn naam en mijn mobiele nummer. En daarna, op zo urgent mogelijke toon, zeg ik: 'Het is heel belangrijk dat ik haar spreek.'

De receptioniste is niet onder de indruk. 'Ik zal het doorgeven.'

'Én ik ben van de politie.'

Geen reactie.

'Dus piep dokter Fletcher op en zeg dat het belangrijk is, alsjeblieft.'

De receptioniste hangt op zonder te beloven dat ze dat zal doen.

Daarna bel ik Augie. Hij neemt meteen op en zegt: 'Ja?'

'Ik weet dat je wil dat ik dit laat rusten,' zeg ik.

Geen antwoord.

'Maar zou je je patrouillejongens willen vragen of ze hun ogen open willen houden voor Hank?'

'Dat zal geen probleem zijn,' zegt Augie. 'Hij loopt elke dag dezelfde route.'

'Vanochtend niet.'

Ik vertel Augie dat ik Hank eerder vandaag zonder succes bij het Pad heb opgewacht. En dat ik gisteravond bij het straatbasketbal ben gaan kijken. Augie blijft enige tijd zwijgen. Dan zegt hij: 'Je weet dat Hank, eh... niet in orde is, hè?'

'Ja.'

'Wat denk je dat hij je precies kan vertellen?'

'Ik mag doodvallen als ik het weet,' zeg ik.

Weer een stilte. Even heb ik de neiging die te gebruiken om me bij Augie te excuseren voor het oprakelen van iets wat hij al zo lang probeert te vergeten, maar ik ben niet in de stemming voor platitudes en ik betwijfel of Augie die wil horen.

‘Ik zal de jongens vragen of ze me een seintje geven als ze hem zien.’

‘Bedankt,’ zeg ik, maar hij heeft al opgehangen.

Het advocatenkantoor van Elbe, Baroche & Fraser is gevestigd in een anonieme glazen kantoorkolos te midden van een hele reeks anonieme glazen kantoorkolossen in een wijk die hoogstwaarschijnlijk niet de Country Club Campus zal heten. Ik parkeer op een terrein zo groot als een Europees vorstendom en word bij de ingang opgewacht door Reynolds. Ze draagt een blazer en een groene coltrui.

‘Simon Fraser is er,’ zegt ze.

‘Hoe weet je dat?’

‘Ik ben hiernaartoe gereden nadat ik je had gebeld. Ik heb hem naar binnen zien gaan, hem niet zien weggaan, en zijn auto staat er ook nog. Uit die drie observaties deduceer ik dat Simon Fraser nog binnen moet zijn.’

‘Je bent echt goed,’ zeg ik.

‘Laat je niet te veel intimideren door mijn techniek.’

De lobby is kleurloos en kil als het interieur van een koelkast. Er zijn diverse advocatenkantoren, investeringsmaatschappijen en zelfs zo’n zogenaamd opleidingsinstituut dat veel te veel winst maakt in het gebouw gevestigd. We nemen de lift naar de zesde verdieping. Achter de receptiebalie zit een magere jongen met een stoppelbaard van twee dagen, een modieuze bril en een headset met een microfoon. Hij steekt zijn vinger op om ons duidelijk te maken dat we even moeten wachten.

Dan vraagt hij: ‘Wat kan ik voor jullie doen?’

Reynolds haalt haar politiepenning tevoorschijn. ‘We komen voor Simon Fraser.’

‘Hebben jullie een afspraak?’

Even ben ik bang dat Reynolds zal snauwen: ‘Deze penning is mijn afspraak!’, wat me teleur zou stellen, moet ik bekennen. Maar ze schudt haar hoofd en zegt dat ze het erg op prijs zou stellen als meneer Fraser ons een paar minuten van zijn tijd zou gunnen. De magere jongen drukt op een knop en fluistert iets in zijn microfoontje. Daarna vraagt hij ons even plaats te nemen. Dat doen we. Er liggen geen tijdschriften, alleen luxueus uitgevoerde brochures van het advocatenkantoor. Ik blader er een door en vind een foto en bio van Simon Fraser. Een 'Pennsylvaniër in hart en nieren'. Hij bezocht de plaatselijke highschool, reisde eerst naar het uiterste westen van de staat om zijn bachelor aan de Universiteit van Pittsburgh te halen en daarna naar het uiterste oosten van de staat voor zijn rechtenstudie aan de Universiteit van Pennsylvania in Philadelphia. Hij is een 'alom gewaardeerd jurist familierecht'. Mijn blik wordt onscherp van verveling als ik lees in welke commissies hij allemaal zit, welke wetsvoorstellen hij heeft gepromoot en hoe vaak hij is bekroond voor bijzondere wapenfeiten op zijn vakgebied.

Een lange vrouw in een grijze kokerrok komt naar ons toe lopen. 'Deze kant op, alstublieft.'

We volgen haar door een gang naar een conferentiezaal met één wand van uitsluitend ramen die een 'adembenemend' uitzicht biedt op het parkeerterrein en – als je in de verte tuurt – een Wendy's en een Olive Garden. Er staat een lange conferentietafel met zo'n speakertelefoon die eruitziet als een grijze tarantula in het midden.

Reynolds en ik zitten een kwartier aan de tafel te wachten voordat de vrouw terugkomt.

'Inspecteur Reynolds?'

'Ja?'

'Er is telefoon voor u op lijn drie.'

De vrouw loopt de conferentiezaal uit. Reynolds kijkt me aan en fronst haar wenkbrauwen. Ze legt haar vinger op haar lippen om aan te geven dat ik me stil moet houden en drukt op de knop van de speakertelefoon.

'Reynolds hier,' zegt ze.

Een mannenstem vraagt: 'Stacy?'

'Ja.'

'Wat doe je verdomme bij Elbe, Baroche & Fraser, Stacy?'

'Ik werk aan een zaak, hoofdinspecteur.'

'Welke zaak mag dat zijn?'

'De moord op agent Rex Canton.'

'Die door de county is overgenomen en wij niet meer doen.'

Dat wist ik niet.

'Ik volg een spoor, dat is alles,' zegt Reynolds tegen hem.

'Nee, Stacy, jij volgt geen spoor. Jij valt een vooraanstaand burger lastig, iemand die bevriend is met minstens twee plaatselijke rechters. Die me allebei hebben gebeld om zich te beklagen over een van mijn mensen, die een praktiserend advocaat, die zich al heeft beroepen op het advocaat-cliëntprivilege, probeert te intimideren.'

Reynolds kijkt me aan alsof ze wil zeggen: zie je nou waar ik mee te maken heb? Ik knik.

'Moet ik nog doorgaan, Stacy?'

'Nee, hoofdinspecteur, ik heb de boodschap begrepen. Ik ben al weg.'

'O, en ze zeiden dat je met iemand was. Wie is...'

'Dag, meneer.'

Reynolds verbreekt de verbinding. Alsof het zo is afgesproken gaat de deur van de conferentiezaal open en komt de lange vrouw binnen om ons naar de lift te escorteren. We staan op en lopen haar achterna. Als we in de lift staan zegt Reynolds: 'Sorry dat ik je helemaal hiernaartoe heb laten komen.'

'Ja,' zeg ik tegen haar. 'Jammer.'

Als we buiten zijn zegt Reynolds: 'Ik kan beter teruggaan naar het bureau. Het goedmaken met mijn baas.'

'Goed idee.'

We geven elkaar een hand. Ze draait zich om, wil weglopen maar blijft staan.

'Ga je meteen terug naar Westbridge?' vraagt ze me.

Ik haal mijn schouders op. 'Misschien ga ik eerst lunchen. Hoe is de Olive Garden?'

'Hoe denk je?'

Ik ga niet naar de Olive Garden.

Een deel van het parkeerterrein is gereserveerd voor het personeel. Ik vind het bordje met de tekst: GERESERVEERD VOOR SIMON FRASER, JURIST, waar een gloednieuwe rode Tesla staat. Ik frons mijn wenkbrauwen maar probeer niet bevooroordeeld te zijn. De parkeerplek links ervan, normaliter gereserveerd voor ene Benjamin Baroche, jurist, is vrij.

Mooi.

Ik loop terug naar mijn auto. Ik passeer een man van ongeveer vijfenveertig die een sigaret rookt. Hij is gekleed in een pak, heeft een trouwring om zijn vinger, en om de een of andere reden raakt die ring me.

'Rook alsjeblieft niet,' zeg ik tegen hem.

De man kijkt me aan met dezelfde blik – een mengeling van verbazing en ergernis – waarmee ik altijd word aangekeken als ik dit doe. 'Huh?'

'Er zijn mensen die om je geven,' zeg ik. 'Ik wil gewoon niet dat je ziek wordt of doodgaat.'

'Bemoei je verdomme met je eigen zaken,' snauwt de man, waarna hij zijn peuk op de grond gooit en naar binnen beent.

Maar ergens in mijn achterhoofd denk ik: wie weet... misschien was dit zijn allerlaatste sigaret wel.

En dan zeggen ze dat ik geen optimist ben.

Ik kijk naar de ingang. Geen spoor van Simon Fraser. Ik stap snel in mijn auto, rijd naar de plek van Baroche en parkeer de rechterkant zo dicht mogelijk bij het portier aan de bestuurderskant van de Tesla. Het is uitgesloten dat Simon Fraser tussen de auto's door kan lopen, laat staan dat hij zijn portier kan openen.

Ik wacht. Ik ben goed in wachten. Ik vind wachten niet erg. Het is niet eens echt surveilleren wat ik doe, want het zal hem niet lukken om snel in zijn auto te stappen en ervandoor te gaan. Dus pak ik het boek dat ik heb meegebracht, zet mijn stoel zo ver mogelijk achteruit en begin te lezen.

Lang hoef ik niet te wachten.

Om 12.15 uur zie ik Simon Fraser in mijn achteruitkijkspiegel naar buiten komen. Ik stop de bladwijzer tussen bladzijde 312 en 313 en leg het boek op de passagiersstoel. Ik wacht af. Simon loopt geanimeerd in zijn telefoon te praten. Hij nadert de auto. Met zijn vrije hand haalt hij de infrarode sleutel uit de zak van zijn jasje. Ik hoor het korte *bliep-bliep* als zijn portier wordt ontgrendeld. Ik wacht weer af.

Als hij abrupt blijft staan, weet ik dat hij heeft gezien dat zijn auto klem staat. Ik hoor zijn binnensmondse: 'Wat krijgen we verdomme nou?'

Ik houd mijn telefoon tegen mijn oor en doe alsof ik met iemand in gesprek ben. Mijn andere hand ligt op de portierhendel.

'Hé! Jij daar!'

Ik negeer Simon Fraser en blijf in mijn telefoon praten. Dat maakt hem boos. Hij komt om mijn auto heen lopen en tikt een paar keer op het ruitje, zo te zien met een zegelring van de universiteit.

'Hé, je mag hier niet parkeren.'

Ik kijk naar hem op en gebaar met mijn telefoon dat ik bezig ben. Zijn gezicht wordt rood. Simon Fraser tikt harder met de ring op mijn ruitje. Ik grijp de deurhendel vast.

'Luister, kloot...'

Ik open het portier zo snel dat het hem midden in zijn gezicht raakt. Simon Fraser valt achterover. Zijn telefoon vliegt uit zijn hand en klettert op het asfalt. Ik weet niet of het toestel het overleeft. Voordat hij tijd heeft om zich te herstellen stap ik uit en zeg: 'Ik heb op je gewacht, Simon.'

Simon Fraser voelt aan zijn gezicht en kijkt naar zijn hand.

'Geen bloed,' zeg ik. 'Nog niet.'

'Is dat een dreigement?'

'Ja, dat zou kunnen.' Ik steek mijn hand naar hem uit. 'Kom, dan help ik je overeind.'

Hij kijkt naar mijn hand alsof er stront op zit. Ik glimlach naar hem. Ik heb die waanzinnige 'het maakt mij allemaal niks meer uit'-blik in mijn ogen. Hij deinst een stukje verder achteruit.

'Ik ben hier om je carrière te redden, Simon.'

'Wie ben je?'

'Nap Dumas.'

Mijn bedoeling met dit hele toneelstuk is niet hem pijn te doen, maar hem aan het schrikken te maken en te ontregelen. Want dit is iemand die gewend is alles onder controle te hebben, aan nette regels en omgangsvormen, iemand die zijn problemen kan oplossen door een paar telefoontjes naar de juiste mensen. Waar hij absoluut niet aan gewend is, zijn conflicten die buiten zijn routine vallen, aan gebrek aan controle, en als ik het goed speel kan ik daar gebruik van maken.

'Ik... ik bel de politie.'

'Niet nodig,' zeg ik, en ik spreid mijn armen. 'Ik bén de politie. Wat kan ik voor je doen?'

'Ben jij politieman?'

'Yep.'

Zijn gezicht wordt een tintje roder. 'Ik zorg ervoor dat je je penning kwijtraakt.'

'Voor een parkeerovertreding?'

'Voor mishandeling.'

'Door mijn portier? Dat was een ongelukje, sorry. Maar als jij dat wil, laten we de politie komen. Dan zullen we zien of ik mijn penning moet inleveren voor het openen van een autoportier.' Ik wijs naar mezelf met mijn duim en zeg: 'En dan zorg ik ervoor dat jij uit de Orde van Advocaten wordt gezet.'

Simon Fraser ligt nog steeds op de grond. Ik buig me zo ver over hem heen dat hij de ruimte niet heeft om zonder mijn hulp op te staan. Niet ongebruikelijk als machtsvertoon. Ik reik hem de hand weer. Als hij iets probeert – een mogelijkheid in deze setting – ben ik er klaar voor. Hij pakt mijn hand vast en ik trek hem overeind.

Simon Fraser slaat het stof van zijn pak. 'En nu ga ik weg,' kondigt hij aan.

Hij loopt naar zijn telefoon, raapt hem op en veegt hem voorzichtig af, alsof het een hondje is. Er zit een barst in het scherm, zie ik vanaf de plek waar ik sta. Nu er wat ruimte tussen ons is, krijgt hij weer lef.

'Jij gaat de schade betalen.'

Ik glimlach naar hem. 'Dat denk ik niet.'

Hij kijkt naar zijn auto, maar het portier aan de bestuurderskant wordt nog steeds geblokkeerd door mijn auto. Ik kan zien dat hij overweegt om aan de andere kant in te stappen, over de passagiersstoel heen achter het stuur te kruipen en weg te rijden.

'Als je me vertelt wat ik wil weten,' zeg ik, 'houden we dit tussen ons.'

'En als ik dat weiger?'

Ik haal mijn schouders op. 'Dan maak ik je carrière kapot.'

Hij snuift. 'Denk je dat je dat kunt?'

'Dat weet ik niet zeker, eerlijk gezegd. Maar ik zal niet rusten tot het me is gelukt. Ik heb niks te verliezen. Het kan me niet eens schelen als het jou, Simon...' Ik richt mijn wijsvinger op hem. '... lukt om mijn penning te laten innemen. Ik ben vrijgezel. Ik heb geen sociale standing of verplichtingen. Kortom en nogmaals: ik heb niks te verliezen.'

Ik doe een stap naar hem toe. 'Maar in tegenstelling tot mij heb jij dat wel. Je hebt een gezin, een reputatie en, zoals de kranten dat noemen...' Ik maak dubbele aanhalingstekens met mijn vingers. '... een plek in de gemeenschap.'

'Je kunt me niet bedreigen.'

'Jawel, want dat heb ik zojuist gedaan. O, en als het me om de een of andere reden niet lukt om je carrière kapot te maken, dan zoek ik je op en sla ik je helemaal verrot. Heel simpel. Op de ouderwetse manier.'

Hij kijkt me aan met een blik vol afschuw.

'Mijn broer is dood, Simon. Er is een kans dat jij in de weg staat bij het vinden van zijn moordenaar.' Ik doe nog een stap naar hem toe. 'Zie ik eruit als iemand die dat laat gebeuren?'

Hij schraapt zijn keel. 'Als dit iets te maken heeft met het werk dat agent Rex Canton voor ons kantoor heeft gedaan...'

'Dat heeft het inderdaad.'

'... dan kan ik je niet helpen. Zoals ik al heb uitgelegd, valt dat onder het advocaat-cliëntprivilege.'

'Niet als het werk dat je hem hebt laten doen onwettig is, Simon.'

Stilte.

'Heb je wel eens van uitlokking gehoord?'

Hij schraapt zijn keel weer, aarzelend deze keer. 'Waar heb je het in hemelsnaam over?'

'Jij hebt agent Rex Canton in de arm genomen om de ex-echtgenoten in een kwaad daglicht te stellen zodat jouw cliënten daar hun voordeel mee konden doen.'

Simon schakelt meteen naar de advocatenstand. 'Ten eerste: zo zou ik het werk van agent Canton niet willen karakteriseren. Ten tweede: iemand de achtergrond van de tegenpartij laten checken is noch onwettig, noch onethisch.'

'Wat hij deed waren geen achtergrondchecks, Simon.'

'Je hebt geen bewijs...'

'Ja hoor, dat heb ik wel. Pete Corwick, Randy O'Toole en Nick Weiss. Zeggen die namen je iets?'

Stilte.

'Ben je je tong verloren, raadsman?'

Nog meer stilte.

'Het toeval wil dat agent Rex Canton juist deze drie mannen heeft gearresteerd voor rijden onder invloed. Het toeval wil ook dat de echtgenotes van deze drie mannen ten tijde van de arrestaties door jouw kantoor werden vertegenwoordigd in voogdijzaken.'

Ik grijns.

Hij probeert: 'Dat is geen bewijs van een misdaad.'

'Hm. Maar zullen de media er ook zo over denken?'

'Als je één woord over deze ongefundeerde beschuldigingen naar de pers laat uitlekken...'

'Ja, ja, dan zorg je ervoor dat ik mijn penning kwijtraak, ik weet het. Maar luister, ik ga je twee vragen stellen. Als je die eerlijk beantwoordt, laten we het hierbij. Dan is je korte nachtmerrie met deze jongen hier voorbij. Beantwoord je mijn vragen echter niet, dan stap ik naar de pers en de Orde van Advocaten, en zet ik het hele verhaal op Twitter en Facebook en weet ik veel wat jongeren tegenwoordig nog meer gebruiken. Klinkt dat redelijk of niet?'

Simon Fraser zegt het niet, maar ik zie aan zijn hangende schouders dat ik hem in de tang heb.

'Dus hier is vraag één: wat weet je van de vrouw met wie Rex samenwerkte in deze aanhoudingszwendel?'

'Niks.'

Een snel antwoord.

'Je weet dat hij een vrouw gebruikte om de mannen tot meer drankgebruik aan te zetten, toch?'

'Mannen flirten met vrouwen in bars.' Simon Fraser haalt zijn schouders op en probeert weer wat van zijn gebruikelijke bravoure uit te stralen. 'Het maakt de wet niet uit waarom ze drinken, alleen hoeveel ze drinken.'

'Maar wie is die vrouw?'

'Ik heb geen idee,' zegt hij, en het klinkt alsof hij de waarheid spreekt. 'Denk je nu echt dat iemand van ons kantoor, en met name ikzelf, dat soort details wil weten?'

Nee. Het was een slag in het duister, maar het proberen waard. 'Goed, dan vraag twee.'

'De laatste vraag,' pareert hij.

'Wie had jullie kantoor in de arm genomen voor de aanhouding wegens rijden onder invloed op de avond dat Rex Canton is vermoord?'

Simon Fraser aarzelt. Hij maakt afwegingen. Ik geef hem de tijd. Het rood is uit zijn gezicht verdwenen en heeft plaatsgemaakt voor een asgrijze tint.

'Suggereer je dat agent Cantons, eh... werk voor ons kantoor tot zijn dood heeft geleid?'

'Het is meer dan alleen suggereren wat ik doe.'

'Kun je het bewijzen?'

'Er is voor dat doel een huurmoordenaar ingevlogen. Hij heeft bij het vliegveld een auto gehuurd en is rechtstreeks naar die bar gereden. Vervolgens heeft hij Rex' vrouwelijke medeplichtige wijsgemaakt dat hij meer had gedronken dan het geval was. Hij heeft gewacht tot agent Canton hem aanhield en heeft hem toen doodgeschoten.'

Dat schijnt indruk op hem te maken.

'Het was een valstrik, Simon. Een doodsimpele, duidelijke valstrik.'

We hadden dit niet hoeven doen... dat ik hem opwachtte en bedreigde op een parkeerterrein. Ik denk dat Simon Fraser dat nu beseft. Hij is nu meer aangeslagen dan toen hij mijn autoportier tegen zijn hoofd kreeg.

'Ik zal de naam voor je opzoeken.'

'Oké.'

'Ik zal na de lunch mijn facturen checken,' zegt hij, en hij kijkt op zijn horloge. 'Maar ik moet opschieten, anders kom ik te laat.'

'Simon?'

Hij kijkt me aan.

'Stel je lunch maar even uit. Geef me de naam eerst.'

Ik blokkeer Maura.

Ik doe dat om diverse redenen. De meest voor de hand liggende is natuurlijk dat ik me op de zaak moet concentreren. Emoties leiden af. Het is duidelijk dat ik in deze zaak extra gedreven ben vanwege mijn persoonlijke belangen – jij, Maura – maar die mogen mijn manier van denken niet bepalen of zelfs maar beïnvloeden.

Kortom, ik kan alleen maar hopen.

Er is een kans, hoe klein misschien ook, dat er een verklaring bestaat voor alles wat er is gebeurd, en dat Maura en ik elkaar weer zullen zien... maar als ik aan dat moment denk, neemt mijn geest me mee naar plekken waar ik voorlopig beter nog even kan wegblijven. Dan denk ik aan een toekomst van lange wandelingen hand in hand, aan nog langere nachten, samen onder de lakens, en zelfs aan kinderen, het schilderen van de kinderkamers aan de achterkant van het huis, aan het coachen van de Westbridge Little League. Ja, natuurlijk weet ik hoe stompzinnig dit allemaal klinkt, en ik zou het ook nooit tegen iemand uitspreken, maar misschien weet je het wel, misschien heb je wel van een afstand gezien wat ik zonder jou mis in het leven.

Het is al krankzinnig genoeg dat ik met mijn dode broer praat, nietwaar?

We zitten in Simon Frasers kantoor. De lange vrouw geeft Simon een dossier. Hij slaat het open en er verandert iets op zijn gezicht.

'Wat is er?' vraag ik.

'Rex Canton heeft al een maand niet voor ons gewerkt.' Fraser kijkt me aan en ik zie opluchting op zijn gezicht. 'Ik weet niet in wiens opdracht hij die avond werkte, maar ik ben het niet geweest.'

'Misschien iemand anders van hier?'

Simon kijkt licht beledigd. 'Dat betwijfel ik.'

'Werkte Rex alleen voor jou?'

'Dat kan ik niet met zekerheid zeggen, maar hier op kantoor, met mij als een van de partners en de enige die familierecht doet...'

Hij maakt de zin niet af, maar ik weet genoeg. Rex was zíjn man hier. Geen van de andere advocaten zou het in zijn hoofd halen om Rex zonder Frasers toestemming een klusje te laten doen.

Mijn mobiele telefoon gaat. POLITIEBUREAU WESTBRIDGE, lees ik op het schermpje. Ik verontschuldig me, sta op en loop naar de andere kant van het kantoor.

'Hallo?'

Het is Augies stem aan de andere kant van de lijn. 'Ik denk dat ik weet waarom we Hank niet kunnen vinden.'

12

Als ik het politiebureau binnenkom, word ik opgewacht door Augie en een jonge agente die Jill Stevens heet. Ik ben ooit begonnen bij de patrouilledienst van Westbridge en werk nu als rechercheur zowel voor de stad als de county. Augie heeft me erbij gehaald en me de ladder op geduwd. De combinatie bevalt me goed: bigshot rechercheur voor de county met een vleugje stadssmeris. Ik heb geen enkele interesse in geld of roem. Dat is geen valse bescheidenheid. Ik ben tevreden met wat ik heb. Ik los zaken op en schuif alle lof door naar de mensen die het verdienen. Ik wil niet verder stijgen op de ladder, maar ik wil ook niet zakken. Ik word het merendeel van de tijd met rust gelaten en loop met een boog om het politieke drijfzand dat al zo veel collega's de diepte in heeft gezogen.

Ik zit in mijn beroepsmatige knollentuin.

Het politiebureau van Westbridge is gevestigd in een oud bankgebouw halverwege Old Westbridge Road. Acht jaar geleden was het nieuwe, hightech bureau aan North Elm Street bijna ingestort na een zware overstroming. Aangezien we tijdens het herstel toch ergens moesten werken, hadden ze het gebouw van de opgeheven Westbridge Savings Bank gehuurd, een oud pand in Grieks-Romeinse stijl, daterend uit 1924. Het had nog steeds de flair van toen: marmeren vloeren, hoge plafonds en balies van donker eiken. De ouderwetse kluis was omgebouwd tot cel. Het stadsbestuur blijft volhouden dat we ooit weer naar North Elm Street zullen verhuizen, maar nu, acht jaar later, moet nog steeds met de herstelwerkzaamheden worden begonnen.

We zitten met z'n drieën in Augies kantoor op de eerste verdieping, waar vroeger de bankmanager zetelde. Aan de muur achter hem hangt niets... geen kunst, geen vlaggen, geen onderscheidingen, diploma's of eervolle vermeldingen zoals je die in de kantoren van andere korpschefs ziet. Er staan geen foto's op zijn bureau. Voor een buitenstaander ziet het er misschien uit alsof Augie al aan het inpakken is voor zijn pensionering, maar Augie is mijn mentor en ik weet wel beter. Onderscheidingen en eervolle vermeldingen vindt hij opschepperij. Kunst geeft misschien meer van hem prijs dan hij wil. En foto's... zelfs als Augie nog familie had, zou hij ze niet naar zijn werk meenemen.

Augie zit achter zijn bureau. Jill zit rechts van me, met een laptop op schoot en een dossier in haar hand.

Augie zegt: 'Hank is drie weken geleden naar het bureau gekomen om een klacht in te dienen. Jill heeft zijn verklaring opgenomen.'

We kijken allebei naar Jill. Ze schraapt haar keel en opent het dossier. 'De klager maakte een heel geagiteerde indruk toen hij het bureau betrad.'

Augie zegt: 'Jill?'

Ze kijkt op.

'Laat die formele taal maar zitten. We zijn hier vrienden onder elkaar.'

Jill knikt en sluit het dossier. 'Ik heb Hank in de stad zien lopen. We kennen zijn reputatie. Maar ik heb de rapporten gecheckt. Hank is nooit eerder naar het bureau gekomen. Of wacht, ik moet het anders zeggen. Hij is nooit uit zichzelf naar het bureau gekomen, bedoel ik. We hebben hem vaak genoeg opgepakt, als hij zich weer eens misdroeg, en hem dan een paar uur hier gehouden tot hij gekalmeerd was. Niet in de cel. Gewoon op een stoel in de gang. Wat ik wil zeggen is dat hij nooit hier is geweest om een klacht in te dienen.'

Ik probeer er wat meer vaart in te krijgen. 'Hij was geagiteerd, zei je?'

'Ik was al vaker getuige geweest van zijn uitbarstingen, dus ik liet hem eerst maar even zijn gang gaan. Ik ging ervan uit dat hij stoom moest afblazen en dat hij daarna wel zou kalmeren. Maar dat gebeurde niet. Hij zei dat mensen hem bedreigden en dat ze dingen naar hem riepen.'

'Wat voor dingen?'

'Daar was hij niet duidelijk over, maar hij was echt bang. Hij zei dat de mensen leugens over hem vertelden. En dan begon hij opeens weer op zo'n rare, plechtige toon te praten, over laster en smaad. Alsof hij zijn eigen advocaat was. Een heel bizarre toestand. Totdat hij me de video liet zien.'

Jill schuift haar stoel dichter naar me toe en klapt de laptop open.

'Het duurde even voordat ik begreep wat hij wilde, maar uiteindelijk heeft hij me dit laten zien.' Ze geeft me de laptop aan. Ik zie een stilstaand beeld van een Facebookvideo. Ik kan er nog niet veel uit opmaken. Een bos, zo te zien. Groene boombladeren. Mijn blik gaat omhoog. In het kadertje zie ik de naam van de website waarop de video is geplaatst.

'Digitale-schandpaal punt com?' zeg ik hardop.

'Tja, internet,' zegt Augie, alsof dat alles verklaart. Hij leunt achterover en legt zijn handen op zijn buik.

Jill klikt op PLAY.

De video begint trillend. De bewegende beelden zijn smal, met onscherpe randen, zo te zien gemaakt met een smartphone die rechtop wordt gehouden. In de verte zie ik een man, die alleen achter de slagplaat van een honkbalveldje staat.

'Dit is Sloane Park,' zegt Jill.

Ik had het park al herkend. Het grenst aan de Benjamin Franklin Middle School.

De video zoomt schokkend in op de man. Het is – geen verrassing – Hank. Hij ziet eruit als wat men vroeger een landloper noemde. Hij is ongeschoren. Zijn spijkerbroek is te groot en bijna wit van de slijtage. Hij draagt een flanellen shirt met de knoopjes los en daaronder een door de motten aangevreten hemd dat ooit wit is geweest.

Een paar seconden lang gebeurt er niets. Het schokken houdt op en het beeld wordt scherper. Dan fluistert een vrouw, die hoogstwaarschijnlijk het filmpje maakt: 'Dit is de smeerlap die zijn vieze lijf aan mijn dochter heeft laten zien.'

Ik kijk naar Augie, die zich niet verroert. Ik richt mijn aandacht weer op het beeldscherm.

Uit de op- en neergaande bewegingen en het feit dat Hank groter in beeld komt, maak ik op dat de vrouw met de telefoon naar hem toe loopt.

'Wat doe je hier?' roept de vrouw. 'Waarom doe je dit?'

Hank Stroud ziet haar nu. Zijn ogen worden groot.

'Waarom laat je jezelf aan kinderen zien?'

Hanks blik schiet in het rond als een vogeltje dat niet weet waar het moet landen.

'Waarom laat de politie toe dat viezeriken als jij onze gemeenschap bedreigen?'

Even houdt Hank zijn handen voor zijn ogen, alsof hij ze wil beschermen tegen een fel licht dat er niet is.

'Geef antwoord!'

Hank rent weg.

De vrouw met de telefoon gaat hem achterna. Hanks broek begint af te zakken. Hij trekt hem met zijn ene hand op terwijl hij richting bos blijft rennen.

'Als jullie iets over deze smeerlap weten,' zegt de vrouw van de video, 'post het dan hier, alsjeblieft. We moeten onze kinderen beschermen.'

De video eindigt met deze oproep.

Ik kijk naar Augie. 'Heeft iemand zich al beklaagd over Hank?'

'Mensen beklagen zich voortdurend over Hank.'

'Over dat hij zijn broek laat zakken, bedoel ik.'

Augie schudt zijn hoofd. 'Over hoe hij eruitziet en als een landloper door de stad slentert, dat hij stinkt en in zichzelf loopt te praten. Je weet hoe het is.'

Dat is waar. 'Maar niet dat hij de exhibitionist uithangt?'

'Nee, nooit.' Augie knikt naar de laptop. 'Kijk naar het aantal views onder de video.'

Mijn mond valt open. 3.789.452 views. 'Wauw.'

'Hij is viral gegaan,' zegt Jill. 'Hank was hier een dag nadat hij was geüpload. Hij had toen al een half miljoen views.'

'Wat wilde hij dat je eraan deed?'

Jill opent haar mond, bedenkt zich en sluit hem weer. 'Hij kwam alleen zeggen dat hij bang was.'

'Wilde hij bescherming?'

'Ja, ik denk het.'

'En wat heb je gedaan?'

Augie zegt: 'Nap...'

Jill schuift heen en weer op haar stoel. 'Wat kon ik doen? Hij was er zo vaag over. Ik heb tegen hem gezegd dat hij moest terugkomen als er een specifieke dreiging was.'

'Heb je onderzocht wie de video op het net heeft gezet?'

'Eh... nee.' Jill kijkt met grote ogen naar Augie. 'Ik heb het dossier op uw bureau gelegd, hoofdinspecteur. Had ik meer moeten doen?'

'Nee, je hebt het goed gedaan, Jill. Ik neem het vanaf hier wel over. Laat de laptop maar hier. Dank je wel.'

Jill kijkt me aan alsof ik haar de absolutie zou moeten geven. Ik neem haar niets kwalijk voor de manier waarop ze het heeft aangepakt, maar ik ben niet in de stemming voor ongemeende platitudes. Ik blijf zwijgen als ze naar de deur loopt.

Als we alleen zijn, kijkt Augie me fronsend aan. 'Jezus, man, ze is nog maar een groentje.'

'Iemand op die video beschuldigt Hank van een serieus vergrijp.'

'Reken het mij dan maar aan,' zegt Augie.

Ik trek een gezicht en maak een wegwerpgebaar.

'Ik ben de korpschef. Mijn ondergeschikte heeft het dossier op mijn bureau gelegd. Ik had er meer aandacht aan moeten besteden. Dus als je iemand de schuld wil geven, moet je bij mij zijn.'

Dit is nu niet de discussie die ik wil voeren. 'Ik geef niemand de schuld.'

Ik klik weer op PLAY en bekijk de video nog een keer. En daarna een derde keer.

'Zijn broek is te groot,' zeg ik tegen Augie.

'Denk je dat die per ongeluk is afgezakt?'

Nee, dat denk ik niet. Hij ook niet.

'Lees de reacties onder de video,' zegt Augie.

Ik beweeg de cursor omlaag. 'Het zijn er meer dan vijftigduizend.'

'Lees de belangrijkste, die bovenaan staan.'

Ik doe wat hij zegt. En zoals altijd als ik dit soort reacties lees, loopt mijn vertrouwen in de mensheid een diepe deuk op.

Iemand zou die gast met een roestige spijker moeten castreren…

Wat zou ik die viezerik graag aan een ketting achter mijn truck hangen en een eindje met hem gaan rijden…

Dit is wat er fout zit in Amerika. Die pedo loopt gewoon vrij rond en…

Waarom mijn belastingdollars uitgeven aan een gevangeniscel voor die gast? Maak die Hank af als een dolle hond...

Ik hoop dat ik die freak een keer op mijn land zie lopen. Ik heb een nieuw geweer dat ik dolgraag wil uitproberen...

Iemand zou die gast de broek van zijn reet moeten trekken, hem voorover moeten buigen en...

De rest laat zich raden. Te veel reacties beginnen met 'iemand zou', wat wordt gevolgd door een variëteit aan martelingen van een sadistisch vernuft waarbij Caligula zou verbleken.

'Leuk, hè?' zegt Augie.

'We moeten hem zien te vinden.'

'Ik heb al een opsporingsbevel voor New Jersey uitgegeven.'

'Misschien moeten we het bij zijn vader proberen.'

'Tom?' Augie klinkt verbaasd. 'Tom Stroud is al eeuwen geleden uit New Jersey vertrokken.'

'Het gerucht gaat dat hij terug is,' zeg ik.

'Echt?'

'Iemand vertelde me dat hij in het huis van zijn ex in Cross Creek Point is gaan wonen.'

'Huh,' zegt Augie.

'Wat huh?'

'We waren best goed bevriend destijds. Tom en ik. Na de scheiding is hij naar Wyoming verhuisd. Cheyenne. We zijn hem daar wel eens gaan opzoeken, maar dat moet een jaar of twintig geleden zijn. Je kon daar goed vissen.'

'Wanneer heb je hem voor het laatst gezien?'

'Toen. Je weet hoe het gaat. Iemand verhuist en je verliest elkaar uit het oog.'

'Maar toch,' zeg ik. 'Je zei dat jullie best goed bevriend waren.'

Ik kijk hem aan. Augie weet wat ik daarmee wil zeggen. Hij kijkt uit het raam naar de begane grond van het bureau. Het is niet druk. Het is zelden druk.

'Goed dan,' zegt hij met een zucht, en hij staat op uit zijn stoel. 'Jij rijdt.'

13

We rijden de eerste paar minuten in stilte.

Ik wil iets tegen Augie zeggen. Ik wil zeggen dat het me spijt dat ik dingen overhoop heb gehaald die hij juist wil laten rusten. Ik wil tegen hem zeggen dat ik hier ga omkeren, dat ik hem afzet bij het bureau en dat ik het verder alleen wel afkan. Ik wil tegen hem zeggen dat hij Yvonne moet bellen, om het misschien nog eens met haar te proberen, en dat hij moet vergeten wat ik over zijn omgekomen dochter heb gezegd.

Maar ik doe het niet.

In plaats daarvan zeg ik: 'Mijn theorie klopt niet meer.'

'Hoe dat zo?'

'Mijn theorie – als we die überhaupt een theorie kunnen noemen – was dat dit allemaal verband houdt met wat er destijds met Leo en Diana is gebeurd.'

Vanuit mijn ooghoek zie ik Augie leeglopen. Ik zet door.

'Ik ging ervan uit dat het iets te maken moest hebben met die Conspiratie Club. De zes vermeende leden die we kennen: Leo en Diana...'

'We weten niet of Diana lid was.' Zijn stem heeft een scherp randje, wat ik volledig begrijp. 'Op de foto in het jaarboek draagt ze niet zo'n raar speldje.'

'Precies,' zeg ik behoedzaam. 'Daarom zei ik "vermeende leden".'

'Best. Wat jij wil.'

'Als je er liever niet over wil praten...'

'Doe me een lol, Nap. Vertel me nou maar gewoon wat er mis is met je theorie, oké?'

Ik knik. Naarmate we allebei ouder worden, zijn we meer gelijken van elkaar geworden. Maar Augie is nog steeds mijn mentor en ik ben zijn pupil. 'Van de zes vermeende leden,' zeg ik weer, 'zijn Diana en Leo...'

'... dood,' zegt Augie. 'Rex is ook dood. Dus wie blijven er over? Maura, die op de plaats delict van Rex' moord was, die cardioloog in West...'

'Beth Fletcher-Lashley.'

'En Hank,' zegt Augie.

'En Hank is het probleem voor mijn theorie,' zeg ik.

'Waarom?'

'Drie weken geleden, voordat Rex werd vermoord, heeft iemand die video van Hank op het net gezet. Vervolgens raakt Hank spoorloos. Daarna wordt Rex doodgeschoten. Hoe ik ook mijn best doe, ik zie geen verband tussen die twee dingen. Degene die die video op het net heeft gezet, is de moeder van een schoolmeisje, daar kunnen we wel van uitgaan, toch? Maar een verband met de oude legerbasis of de Conspiratie Club zie ik echt niet, jij wel?'

'Nee.' Hij wrijft met zijn hand over zijn kin. 'Mag ik iets opmerken?'

'Natuurlijk.'

'Jij wil dit te graag, Nap.'

'En jij wil dit niet graag genoeg,' zeg ik terug, en ik besef onmiddellijk wat een domme opmerking dit is.

Ik verwacht een reprimande, verdien die ook. Maar in plaats daarvan begint Augie te lachen. 'Weet je, als iemand anders dat tegen me had gezegd, had ik hem op zijn gezicht geslagen.'

'Dat had ik niet mogen zeggen,' zeg ik. 'Sorry.'

'Ik begrijp het, Nap. Beter dan jij.'

'Hoe bedoel je?'

'Jij doet dit niet alleen vanwege Leo en Diana,' zegt hij. 'Jij doet dit vanwege Maura.'

Ik kijk voor me uit en laat de woorden hun werk doen.

'Als Maura er niet vandoor was gegaan, zou je beter in staat zijn geweest om Leo's dood te verwerken. Je zou vragen hebben gehouden, natuurlijk, net als ik. Maar het grote verschil is het volgende: welke antwoorden we ook vinden, zelfs als die een ander licht werpen op wat er met Leo en Diana is gebeurd, voor mij veranderen ze niet echt iets. Mijn dochters lijk ligt dan nog steeds weg te rotten op het kerkhof. Maar voor jou...' Er klinkt een diepe droefenis door in Augies stem, alsof hij medelijden met mij heeft. '... het kan jou terugbrengen bij Maura.'

We stoppen bij de slagboom van het woonproject. Ik schud mijn gedachten van me af. Hou je hoofd erbij. Concentreer je.

Het is niet zo moeilijk om dit soort woonprojecten belachelijk te maken – de onderlinge gelijkenis van de bungalows, het totale gebrek aan persoonlijkheid, de goedkope bouw, de onechte tuinarchitectuur – maar zodra ik volwassen was heb ik serieus overwogen er een te kopen. Het idee van een vast maandelijks bedrag voor het onderhoud van zowel huis als tuin spreekt me nog steeds aan. Ik haat grasmaaien. Ik hou ook niet van tuinieren of barbecueën of al die andere dingen die je huizenbezitters altijd ziet doen. Het zou me geen barst kunnen schelen als mijn huis er hetzelfde uitziet als dat van de buren. Ik heb niet eens een speciale band met het huis – als fysiek bouwwerk – waarin we zijn opgegroeid.

Jij, Leo, blijft altijd bij me, waar ik ook ga wonen.

Waarom verhuis ik dan niet?

Ik weet zeker dat een psychiater er een flinke klus aan heeft om het antwoord hierop boven water te krijgen, maar zelf denk ik dat het minder diepgaand is. Misschien is het gemakkelijker om te blijven waar je bent. Verhuizen kost moeite. Klassieke wetenschap: een lichaam in rust blijft in rust. Niet dat ik dat echt geloof, maar ik weet niets beters te verzinnen.

De bewaker van het woonproject is alleen gewapend met een wapenstok. Ik laat hem mijn penning zien en zeg: 'We komen voor Tom Stroud.'

Hij bestudeert mijn penning en geeft die aan me terug. 'Verwacht meneer Stroud jullie?'

'Nee.'

'Vinden jullie het goed als ik hem bel om jullie komst aan te kondigen? Ik bedoel, dat is hier gebruikelijk.'

Ik kijk naar Augie. Augie knikt. 'Best,' zeg ik.

De bewaker belt. Hij hangt op, zegt hoe we moeten rijden – de tweede links achter de tennisbanen – en plakt een parkeersticker op de voorruit. Ik bedank hem en rijd door.

Tom Stroud staat voor de open voordeur als we komen aanrijden. Het is best vreemd als je de echo van de zoon in de vader ziet. Er bestaat geen twijfel over dat hij Hanks vader is, terwijl hij er toch heel anders uitziet. Natuurlijk, hij is ouder, maar hij is ook netjes gekleed, gladgeschoren en beter verzorgd. Hanks haar steekt alle kanten op, alsof hij onder stroom heeft gestaan. Het grijze haar van zijn vader is door een kaarsrechte scheiding in tweeën gedeeld en keurig gekamd.

Als we onze portieren openen, kijkt Tom Stroud handenwringend toe. Hij wiegt net zichtbaar voor- en achteruit. Zijn ogen zijn te wijd open. Ik kijk Augie aan. Hij ziet het ook. Dit is iemand die slecht nieuws verwacht, het slechtst mogelijke nieuws. We hebben het allebei al vaak genoeg moeten brengen, en natuurlijk hebben we het allebei ook een keer ontvangen.

Tom Stroud doet een angstige stap vooruit. 'Augie?'

'We weten niet waar Hank is,' zegt Augie. 'Daarom zijn we hier.'

Opluchting druipt van Toms gezicht. Zijn zoon is niet dood. Tom Stroud schenkt geen aandacht aan mij en loopt op Augie af. Hij spreidt zijn armen en omhelst zijn oude vriend. Augie aarzelt, deinst even terug alsof Tom Stroud hem pijn doet, maar ontspant zich dan en beantwoordt de omhelzing.

'Goed je weer te zien, Augie,' zegt Tom Stroud.

'Jou ook, Tom.'

Als ze elkaar hebben losgelaten vraagt Augie: 'Weet jij waar Hank is?'

Tom Stroud schudt zijn hoofd en zegt: 'Zullen we naar binnen gaan?'

Tom Stroud zet koffie voor ons in een Franse cafetière.

'Doris gebruikte altijd zo'n apparaat met capsules, maar ik hou niet van koffie die naar plastic smaakt.' Hij geeft eerst mij en dan Augie een kop. Ik proef. De koffie smaakt uitstekend, maar misschien is het mijn Franse achtergrond die weer de kop opsteekt. Augie en ik zitten op barkrukken in de kleine keuken. Tom Stroud blijft staan. Hij kijkt uit het raam naar een huis dat er precies hetzelfde uitziet als het zijne.

'Doris en ik zijn gescheiden toen Hank tien was. We, Doris en ik, kregen al verkering toen we vijftien waren. Dat is te jong. We trouwden toen we nog op school zaten. Na school ging ik voor mijn vader werken. Hij had een fabriek in spijkers en nietjes. Ik was de derde generatie die er werkte. De fabriek was in Newark toen ik jong was, totdat de rellen uitbraken. Toen zijn we verhuisd. Mijn werk, het was de saaiste baan die je kon bedenken. Tenminste, dat vond ik destijds.'

Ik kijk naar Augie. Ik verwacht dat hij zijn ogen ten hemel heft, maar óf Augie doet net alsof, óf hij is oprecht geïnteresseerd in het levensverhaal van zijn oude vriend.

'Hoe dan ook, ik heb een bloedhekel aan mijn werk, we doen het financieel niet al te best, ik begin voortijdig oud te worden, voel me ellendig en... het is allemaal mijn schuld. De scheiding, bedoel ik. Het is net koorddansen, je doet één stap verkeerd en je tuimelt naar beneden. Doris en ik hadden voortdurend ruzie. We begonnen een hekel aan elkaar te krijgen. Hank, mijn ondankbare zoon, begon een hekel aan mij te krijgen. Dus ik dacht: nou, dan ga ik toch? Ik ben ergens ver weg gaan wonen. Ik ben een winkeltje in vistuig begonnen, met een schietbaan achter het huis. Ik ben een paar keer teruggekomen om Hank op te zoeken. Maar die zei geen stom woord als ik er was. Dus ik dacht: waarom zou ik de moeite nog doen? Ik ben weer getrouwd, maar dat hield niet lang stand. Ze ging bij me weg, geen kinderen, het stelde niet veel voor. Volgens mij geloofden we er geen van beiden in.'

Zijn stem sterft weg.

'Tom?'

'Ja, Augie?'

'Waarom ben je teruggekomen?'

'Ik woon in Cheyenne. Ik leef mijn eigen leven, heb het redelijk naar mijn zin. Op een dag belt Doris en zegt dat ze kanker heeft.'

De tranen staan nu in zijn ogen. Ik kijk naar Augie. Ook hij zit ertegenaan.

'Ik neem de eerstvolgende vlucht hiernaartoe. Doris en ik maken geen ruzie meer als ik terug ben. We praten niet over het verleden. Over hoe het allemaal mis is gelopen. Zelfs niet over waarom ik ben teruggekomen. Ik ben gewoon terug, dat is alles. Ik weet dat het raar klinkt.'

'Nee,' zegt Augie. 'Dat klinkt niet raar.'

Tom schudt zijn hoofd. 'Wat een verspilling. Al die jaren.'

Daarna blijft het enige tijd stil. Ik wil doorgaan, maar Augie heeft nu de leiding.

'We hebben zes gezonde en zes minder gezonde maanden gehad. Ik wil ze niet goed of slecht noemen. Ze zijn allemaal goed, als je je best doet. Begrijp je wat ik bedoel?'

'Ja,' zegt Augie. 'Helemaal.'

'Ik zorgde ervoor dat Hank hier was toen Doris overleed. We zijn allebei bij haar gebleven tot het zover was.'

Augie schuift heen en weer op zijn kruk. Ik verroer me niet. Tom Stroud, die weer bij het raam is gaan staan, draait zich om.

'Ik had je moeten bellen, Augie.'

Augie wuift het weg.

'Ik wilde het. Echt waar. Ik was van plan je te bellen, maar...'

'Je hoeft het niet uit te leggen, Tom.' Augie schraapt zijn keel. 'Komt Hank nog wel eens langs?'

'Ja, af en toe. Ik heb erover gedacht dit huis te verkopen. Het geld in een trustfonds voor Hank te zetten. Maar dit is ook een soort thuisbasis voor hem. Ik moet hulp voor hem zoeken. Soms... soms is er niks met hem aan de hand. Wat het alleen maar erger maakt. Dan wordt hem een blik gegund op hoe zijn leven zou kunnen zijn, en even later wordt die blik hem weer afgenomen.'

Voor het eerst kijkt Tom Stroud mij aan. 'Jij hebt met Hank op school gezeten, hè?'

'Ja, dat klopt.'

'Dan weet je het al. Hank is ziek.'

Ik knik net zichtbaar naar hem.

'Mensen begrijpen niet dat het een ziekte is. Ze verwachten een bepaald gedrag van Hank, dat hij gewoon eens ophoudt met die uitbarstingen en zo, maar dat is hetzelfde als van iemand met twee gebroken benen te verlangen dat hij een sprintje trekt. Hij kan het gewoon niet.'

'Wanneer heb je Hank voor het laatst gezien?' vraag ik.

'Dat moet een paar weken geleden geweest zijn. Niet dat er enige regelmaat in zijn bezoeken zit.'

'Dus je maakte je niet echt zorgen?'

Daar moet Tom Stroud even over nadenken. 'Ja en nee.'

'Hoe bedoel je?'

'Nou, zelfs als ik me zorgen zou maken, zou ik niet weten wat ik eraan zou moeten doen. Hank is volwassen. Hij heeft niks strafbaars gedaan. Als ik jullie had gebeld, wat zouden jullie dan hebben gedaan?'

Hij heeft gelijk. Het antwoord is duidelijk.

'Heeft Hank je de video laten zien die iemand van hem in het park heeft gemaakt?' vraag ik.

'Wat voor video?'

Ik haal mijn telefoon tevoorschijn en speel de video voor hem af.

Als die afgelopen is, slaat Tom zijn hand voor zijn mond. 'Mijn god... wie heeft die op het net gezet?'

'Dat weten we niet.'

'Kan ik – hoe heet dat? – Hank als vermiste persoon bij jullie melden... dat jullie naar hem op zoek gaan?'

'Ja, dat kun je,' zeg ik.

'Doe dat dan voor me. Augie?'

Augie kijkt naar hem op.

'Vind mijn jongen voor me, oké?'

Augie knikt langzaam. 'We gaan ons best doen.'

Voordat we vertrekken, neemt Tom Stroud ons mee naar de kamer die zijn overleden vrouw voor Hank had vrijgehouden.

'Hij maakt er nooit gebruik van. Ik geloof niet dat Hank hier binnen is geweest sinds ik terug ben.'

Als hij de deur voor ons opent, ruik ik de bedompte lucht. We gaan naar binnen, kijken naar de achterwand en ik kijk opzij om Augies reactie te zien.

De hele wand is behangen met foto's, krantenknipsels en luchtopnamen van de oude raketbasis en de omgeving. Het is allemaal oud materiaal, foto's met omgekrulde hoeken en het krantenpapier vergeeld als de tanden van een oude man. Ik kijk of er iets van meer recente datum tussen hangt, of iets wat niet zomaar op het net te vinden is, maar ik kan niets afwijkends ontdekken.

Tom ziet ons staren. 'Ja, we kunnen wel zeggen dat Hank geobsedeerd was door die oude legerbasis.'

Ik kijk Augie weer aan. Maar opnieuw wil Augie er niets van weten.

'Heeft Hank er tegen jou wel eens iets over gezegd?'

'Zoals?'

Ik haal mijn schouders op. 'Wat dan ook.'

'Niks wat houtsneed in elk geval.'

'En iets wat geen houtsneed?'

Tom Stroud kijkt naar Augie. 'Denk je dat die oude legerbasis iets met...'

'Nee,' zegt Augie.

Tom Stroud wendt zich weer tot mij. 'Hank liep er alleen maar op te mopperen. Je weet wel, beschuldigingen... dat ze dingen deden die het daglicht niet konden verdragen, dat ze kwaad in de zin hadden en experimenten op mensen deden...' Er verschijnt een bedroefde glimlach op zijn gezicht. 'Grappig.'

'Wat?' vraag ik.

'Of nee, niet grappig maar ironisch. Ik zei dat hij geobsedeerd was door die basis, maar dat was hij als kind al.'

Hij aarzelt. Augie en ik zeggen niets.

'Doris zei wel eens, bij wijze van grap, dat Hank misschien wel gelijk had, dat ze op die basis echt een laboratorium hadden waar ze experimenten op mensen deden. En dat Hank, toen hij jong was en op een avond op dat pad liep, door de mensen van die basis was ontvoerd en dat ze in dat lab iets in zijn hoofd hadden gedaan, en hij daarom is zoals hij nu is.'

Het blijft even doodstil in de kamer. Dan probeert Tom het weg te lachen.

'Doris maakte maar een grap,' zegt hij. 'Galgenhumor. Als er iets aan je kind mankeert, grijp je elke strohalm vast, nietwaar?'

14

Schooldirectrice Deborah Keren is zwanger.

Ik weet dat het niet netjes is om dat te constateren, maar ze is een tengere vrouw met een enorme buik, die bovendien geheel in het oranje is gekleed, wat een merkwaardige kleurkeuze is, tenzij ze voor pompoen wil doorgaan. Ze perst zich omhoog met haar handen op de armleuningen van haar stoel. Het kost haar nogal wat moeite om overeind te komen. Ik wil tegen haar zeggen dat het niet nodig is om op te staan, maar ze is al verder dan halverwege, en zo te zien is er een hijskraan nodig om haar weer veilig in haar stoel te laten zakken.

'Ik ben in mijn achtste maand,' zegt Keren. 'Ik zeg het maar, want mensen durven vaak niet te vragen of je zwanger bent, uit vrees dat het antwoord "nee" is en ze je dan hebben beledigd.'

'Goh,' zeg ik. 'Ben je zwanger?'

Keren werpt me een scheve glimlach toe. 'Nee, ik heb een bowlingbal ingeslikt.'

'Ik wilde strandbal zeggen.'

'Je bent een grapjas, Nap.'

'Je eerste kind?'

'Ja.'

'Geweldig. Gefeliciteerd.'

‘Dank je.’ Ze komt naast me staan. ‘Probeer je de charmeur uit te hangen?’

‘Yep. Hoe vond je het?’

‘Als ik al niet zwanger zou zijn, dan zou ik het spontaan worden. Maar… wat kan ik voor je doen, Nap?’

We kennen elkaar niet echt goed, maar we wonen allebei in Westbridge, en als je het plaatselijke schoolhoofd en de plaatselijke smeris bent, kom je elkaar vaak genoeg tegen. We lopen de gang in, zij licht waggelend. Ik doe mijn best haar manier van lopen niet onbewust na te doen. De gangen zijn verlaten zoals alleen schoolgangen dat tijdens de les kunnen zijn. Er is nauwelijks iets veranderd sinds wij hier op school zaten, Leo… De tegelvloeren, de kastjes aan weerszijden, het warme geel van de muren erboven. De enige verandering, die geen verandering is, is het perspectief. Ze zeggen dat scholen kleiner lijken als je volwassen bent. Dat is waar. Ik denk dat het dat perspectief is dat de oude geesten op afstand houdt.

‘Het gaat over Hank Stroud,’ zeg ik tegen haar.

‘Interessant.’

‘Waarom zeg je dat?’

‘Je zult vast wel weten dat er voortdurend ouders naar school komen om zich over Hank te beklagen.’

Ik knik.

‘Maar ik heb hem al in geen weken gezien. Ik denk dat die video hem flink aan het schrikken heeft gemaakt.’

‘Je weet van die video?’

‘Ik probeer bij te houden wat er op mijn school gebeurt.’ Ze gluurt door een rechthoekig raampje een klas in, loopt naar de volgende deur en doet daar hetzelfde. ‘Maar kom op, half New Jersey weet van die video.’

‘Heb je zelf ooit gezien dat Hank zijn broek liet zakken?’

‘Denk je dat ik jullie niet gebeld zou hebben als dat zo was?’

‘Je bedoelt: nee.’

'Dat is juist.'

'Geloof je dat hij het heeft gedaan?'

'Dat hij zich blootgeeft om kinderen te laten schrikken?'

'Ja.'

We lopen door. Ze kijkt weer een klaslokaal in. Iemand ziet dat blijkbaar, want ze zwaait. 'Ik hink op twee gedachten als het om Hank gaat.' Een leerling komt de hoek om lopen, ziet ons en blijft abrupt staan. 'Waar ga je naartoe, Cathy?' vraagt Keren.

Cathy's blik schiet alle kanten op. 'Naar u.'

'Oké. Ga maar naar mijn kantoor en wacht daar op me. Ik kom zo.'

Cathy speelt het slaafse dienstmeisje en maakt zich uit de voeten. Ik kijk Keren aan, maar het is mijn zaak niet. Ze loopt alweer door.

'Je hinkte op twee gedachten, zei je,' zeg ik om ons terug te voeren naar ons gespreksonderwerp.

'Het is daar openbaar terrein,' zegt ze. 'Mensen mogen daar komen. Zo staat het in de wet. Hank heeft het recht om daar te zijn, net zo goed als ieder ander. Er komen daar dagelijks joggers voorbij. Kimmy Konisberg, onder anderen. Jij hebt haar daar vast wel eens gezien, hè?'

Kimmy Konisberg is, bij gebrek aan een betere term, onze stadsmilf. Ze heeft het allemaal, en ze laat het zien ook. 'Wie?'

'Ja, die. Elke ochtend komt Kimmy hier door de straat joggen in de strakst mogelijke lycra pakjes die absoluut niets aan de verbeelding overlaten. Als ik een bepaald type mens zou zijn, zou ik zeggen dat ze graag nagekeken wil worden door jonge mannen.'

'Zou dat type mens dan gelijk hebben?'

'Touché. En dit stadje is toch al zo hypocriet en beschermend. Ik begrijp dat wel. Daarom komen mensen hier wonen om hun kinderen groot te brengen. In een veilige omgeving.' Ze legt haar hand op haar buik. 'Ik wil dat verdorie ook voor mijn kinderen. Maar je kunt ook te beschermend zijn. Dat is niet gezond. Ik ben in Brooklyn opgegroeid. Ik ga je niet vertellen hoe ruig het er daar aan toeging. Maar we kwamen elke dag wel zes Hanks tegen. Dus misschien moeten we onze kinderen wat meer compassie bijbrengen. Hank is een mens, geen beest dat je uitjoelt en opjaagt. Een paar maanden geleden kwamen de leerlingen erachter dat Hank hier op school heeft gezeten. Een van de jongens… ken je Cory Mistysyn?'

'Ik ken ze, prima mensen.'

'Juist, ze wonen hier al heel lang. Hoe dan ook, Cory heeft het jaarboek van Hanks laatste jaar op de middle school ergens opgeduikeld.' Ze blijft staan en draait zich naar me om. 'Jij en Hank zaten hier toch tegelijk op school?'

'Ja.'

'Dus dan weet je het. De leerlingen waren geschokt. Want Hank was vroeger net als zij… hij zat in het koor, had de prijs voor natuurkunde gewonnen, was zelfs klassenvertegenwoordiger. Het heeft de leerlingen aan het denken gezet.'

'Dat het lot zomaar kan toeslaan.'

'Precies.' Ze doet nog twee stappen en blijft dan staan. 'God, ik heb voortdurend honger, en als ik wat eet word ik misselijk. Die achtste maand is echt vreselijk. Zo erg dat ik een gruwelijke hekel aan mannen heb gekregen.'

'Ik zal er rekening mee houden.' En daarna zeg ik: 'Twee gedachten, zei je.'

'Sorry?'

'Met betrekking tot Hank. Je zei dat je op twee gedachten hinkte. Wat is de tweede?'

'O.' Ze komt weer in beweging, met haar buik vooruit. 'Kijk, ik hou niet van het stigma dat op geestesziekten rust – dat spreekt vanzelf – maar ik vind het ook niet prettig dat Hank hier rondloopt. Niet omdat ik denk dat hij gevaarlijk is, maar ik kan ook niet zeggen dat hij dat niet is. Wat mij dwarszit is dat ik zó politiek correct ben dat ik mijn leerlingen niet voldoende bescherm. Begrijp je wat ik bedoel?'

Ik laat haar weten dat dat zo is.

'Dus het bevalt me niet dat Hank hier rondhangt. Maar zal ik je eens wat zeggen? Het bevalt me ook niet dat Mike Inga's moeder hem altijd buiten de afzetzone afzet. Net zoals het me niet bevalt dat Lisa Vance' vader haar duidelijk helpt met haar kunstprojecten. Of dat Andrew McDades ouders hier elke keer komen binnenstormen als zijn rapport tegenvalt. Er zijn een hoop dingen die me niet bevallen.' Ze blijft staan en legt haar hand op mijn onderarm. 'Maar weet je wat ik het allerergst vind?'

Ik kijk haar aan.

'Internetpesten. De ergste en lafste manier van het recht in eigen hand nemen. Hank is maar een van de vele voorbeelden. Vorig jaar stond er een foto van een jongen op Twitter met het onderschrift: "Deze klojo heeft mijn iPhone gestolen maar is blijkbaar vergeten dat alle foto's die hij ermee neemt naar mijn cloud gaan. Tweet me als je hem herkent." De veronderstelde klojo was Evan Ober, die hier op school zat. Ken je hem?'

'De naam zegt me niks.'

'Daar is ook geen reden voor. Evan is een doodgoeie jongen.'

'Maar had hij die iPhone gestolen?'

'Natuurlijk niet. Daar gaat het nu juist om. Hij was uit geweest met Carrie Mills. Carries ex Danny Turner was daar woedend over.'

'Dus Turner heeft die foto op Twitter gezet.'

'Ja, maar ik kan het niet bewijzen. Omdat internetpesten anoniem en daarom zo verdomde laf is. Dat meisje dat we zonet tegenkwamen?'

'Die je naar je kantoor hebt gestuurd?'

'Ja. Cathy Garrett heet ze. Ze zit in groep zes. Ze is pas twaalf, Nap. Een paar weken geleden laat Cathy haar telefoon per ongeluk in de toiletten liggen. Een ander meisje vindt hem. Ze pakt het toestel, maakt een close-up van haar, eh... edele delen en stuurt de foto naar iedereen op Cathy's contactenlijst, ook haar ouders, haar grootouders, iedereen.'

Ik trek een gezicht. 'Wat een misselijke streek.'

'Vertel mij wat.' Haar gezicht vertrekt van de pijn en ze zet haar beide handen in haar onderrug.

'Gaat het?'

'Ik ben acht maanden zwanger, weet je nog?'

'Ja.'

'Ik voel me alsof er een schoolbus op mijn blaas staat.'

'Hebben jullie het meisje van die foto ooit gepakt?'

'Nee. We hebben vijf of zes verdachten, allemaal meisjes van twaalf, maar de enige manier om zekerheid te krijgen…'

Ik steek mijn hand op. 'Zeg maar niets meer.'

'Cathy is zo getraumatiseerd door het gebeuren dat ze me elke dag wel een keer in mijn kantoor komt opzoeken. Dan praten we even, tot ze weer gekalmeerd is, en gaat ze terug naar haar klas.' Keren blijft staan en kijkt over haar schouder. 'Ik moet nu naar Cathy toe.'

We beginnen terug te lopen.

'Je had het over de anonimiteit van internetpesten,' zeg ik. 'Is dat jouw manier om me te vertellen dat je niet gelooft dat Hank een exhibitionist is?'

'Nee, maar ik kan je wel iets anders vertellen.'

'En dat is?'

'Ik weet niet of de geruchten waar zijn omdat ik het niet kán weten. Dat is juist het probleem met dit soort laster. Je wil het ontzenuwen. Maar soms kun je dat niet. Misschien heeft Hank het wel en misschien heeft hij het niet gedaan. Maar je kunt zo'n gerucht niet meer ongedaan maken, en dat spijt me, want ik weet hoe verkeerd het is.'

'Je hebt die video van Hank gezien, hè?'

'Ja.'

'Enig idee wie het heeft gefilmd?'

'Ook hiervan heb ik geen bewijs.'

'Ik heb geen bewijs nodig.'

‘Ik ga geen beschuldigingen uiten zonder bewijs, Nap. Dat is hetzelfde als internetpesten.’

We komen bij haar kantoor. Ze kijkt me aan. Ik kijk haar aan. Dan slaakt ze een lange, diepe zucht.

‘Maar ik kan je wel vertellen dat er in groep acht een meisje zit dat Maria Hanson heet. Mijn secretaresse kan je haar adres geven. Maria’s moeder, Suzanne, is al een paar keer bij me geweest om zich over Hank te beklagen. Als ik haar dan vertel dat er volgens de wet niets aan te doen is, raakt ze buitengewoon geagiteerd.’

Schooldirectrice Keren kijkt door het raampje in haar deur naar Cathy. Haar ogen worden vochtig.

‘Ik kan maar beter naar haar toe gaan,’ zegt ze.

‘Oké.’

‘Verdomme.’ Ze veegt met haar vingertoppen de tranen uit haar ogen en kijkt me aan. ‘Zijn ze droog?’

‘Ja.’

‘Maand acht,’ zegt ze. ‘Mijn hormonen staan op springen.’

Ik knik. ‘Wordt het een meisje?’

Ze glimlacht naar me. ‘Hoe weet je dat?’

Ze waggelt naar binnen. Ik kijk door het raampje als ze Cathy omhelst en het meisje laat uithuilen op haar schouder.

Dan ga ik weg om Suzanne Hanson op te zoeken.

15

Westbridge heeft eigenlijk geen achterbuurten. Hooguit één of twee straten.

Er staan wat oudere drie-etagewoningen tussen de Ford-dealer en Dick's Sportartikelen in het centrum. Maura en haar moeder zijn er gaan wonen in de zomer voor ons laatste jaar op school. Ze huurden twee kamers van een Vietnamese familie nadat Maura's vader er met hun geld vandoor was gegaan. Maura's moeder had een paar parttimebaantjes en ze dronk te veel.

De familie Hanson woont op de begane grond van zo'n huis van roestbruine baksteen. Het houten stoepje kraakt als ik voor de deur sta. Als ik aanbel, wordt er opengedaan door een grote man in een blauwe overall vol olievlekken. Op de borstzak staat dat hij Joe heet. Joe lijkt niet blij met mijn komst.

'Wie ben jij?' vraagt Joe.

Ik laat hem mijn penning zien. Achter hem verschijnt een vrouw van wie ik aanneem dat ze Suzanne Hanson is. Als zij mijn penning ziet, worden haar ogen groot, waarschijnlijk van ouderlijke bezorgdheid. Ik stel ze gerust.

'Er is niks aan de hand,' zeg ik.

Joe blijft argwanend. Hij gaat voor zijn vrouw staan en knijpt zijn ogen tot spleetjes. 'Wat kom je dan doen?'

Ik berg mijn penning weer op. 'Diverse bezorgde burgers hebben zich bij ons beklaagd over ene Hank Stroud. Ik onderzoek die klachten.'

'Zie je wel, Joe?' zegt de vermeende Suzanne. Ze wringt zich langs haar man en doet de deur verder open. 'Kom binnen, agent.'

We lopen door de voorkamer naar de keuken. Ze biedt me een stoel aan de keukentafel aan. Ik ga zitten. Er liggen vinyltegels op de vloer. De tafel is rond en van nephout. De keukenstoelen zijn ooit wit geschilderd, maar er zit niet veel verf meer op. Boven de deur hangt een klok met rode dobbelstenen als cijfers. De inscriptie erboven luidt FABULOUS LAS VEGAS. Er liggen broodkruimels op tafel. Suzanne veegt ze met haar ene hand naar de rand en vangt ze op in de andere. Vervolgens gooit ze ze in de spoelbak van het aanrecht en spoelt haar hand af onder de kraan.

Voor de show leg ik een blocnote en een pen op tafel. 'Jullie weten wie Hank Stroud is, neem ik aan?'

Suzanne gaat tegenover me zitten. Joe blijft achter zijn vrouw staan, met zijn hand op haar schouder en nog steeds die argwanende blik in zijn ogen, alsof ik haar wil beroven of met haar naar bed wil. 'Dat is die smeerlap die bij de school rondhangt.'

'Ik neem aan dat u hem meer dan eens hebt gezien,' zeg ik.

'Bijna elke dag. Hij loert naar de meisjes, ook naar mijn dochter Maria. Ze is pas veertien!'

Ik knik en probeer mijn vriendelijke glimlach. 'Hebt u dat zelf gezien?'

'Ja. Het is te gek voor woorden. Het wordt trouwens tijd dat jullie er iets aan doen. We werken ons uit de naad, hebben al ons geld bij elkaar geschraapt om in een vreedzaam stadje als Westbridge te gaan wonen, ik bedoel, dan wil je dat je kinderen in veiligheid zijn, waar of niet?'

'Helemaal,' zeg ik.

'En wat krijg je? Een of andere landloper... Noemen ze dat nog zo, een landloper?'

Ik glimlach en spreid mijn armen. 'Waarom niet?'

'Goed dan. Een of andere landloper die je kinderen lastigvalt. Je verhuist naar een stadje als dit en dan sta je elke dag oog in oog met die zwerver – want dat is het, een zwerver, ook al mogen we dat niet zeggen – die zich aan je kinderen verlekkert. Een afschuwelijk stuk onkruid dat deze prachtige bloementuin bederft.'

Ik knik. 'Dat met wortel en al uit de grond gerukt moet worden.'

'Zo is het maar net!'

Ik doe alsof ik een aantekening maak. 'Hebt u meneer Stroud wel eens meer zien doen dan alleen gluren?'

Ze wil doorgaan met haar beklag, maar ik zie nu dat Joe, die nog steeds achter haar staat, zachtjes in haar schouder knijpt om haar de mond te snoeren. Ik kijk op naar Joe. Hij kijkt me aan. Hij heeft begrepen waarom ik hier ben. Ik weet dat hij dat weet en hij weet dat ik dat weet.

Kortom, het spel is afgelopen. Of het gaat nu beginnen.

'U hebt die video van Hank Stroud op het net gezet, is dat niet zo, mevrouw Hanson?'

Haar ogen schieten vuur. Ze schudt Joes hand van haar schouder. 'Dat weten jullie niet.'

'Ja hoor, dat weten we wel,' zeg ik. 'We hebben een stemanalyse laten doen. En we hebben het IP-adres van de afzender van de video achterhaald.' Ik zwijg even om dat te laten bezinken. 'Beide bevestigen dat u de video hebt gefilmd en op het net hebt gezet.'

Wat natuurlijk gelogen is. Ik heb helemaal geen stemanalyse of IP-check laten doen.

'En als dat zo is?' vraagt Joe. 'Ik zeg niet dat ze het heeft gedaan, maar stel dat ze het heeft gedaan, dan is dat toch niet onwettig of zo?'

'Ik ben op dit punt niet geïnteresseerd in de wet,' zeg ik. 'Ik wil gewoon weten wat er is gebeurd, dat is alles.' Ik kijk haar recht in de ogen. Ze slaat even haar ogen neer, maar kijkt me dan weer aan. 'U hebt Hank gefilmd. Als u het blijft ontkennen, maakt u me alleen maar boos. Vertel me nou maar wat u hebt gezien.'

'Hij... hij liet zijn broek zakken,' zegt ze.

'Wanneer was dat?'

'Wil je een datum?'

'Ja, graag, om te beginnen.'

'Het was ongeveer een maand geleden.'

'Voor schooltijd, na schooltijd, wanneer precies?'

'Voor schooltijd. Ik zag hem staan. Ik zet mijn dochter altijd om kwart voor acht af. Dan blijf ik wachten tot ze naar binnen is gelopen, want... nou ja, dat zou jij toch ook doen? Je zet je dochter van veertien af bij die keurige school, en dan hangt daar zo'n viezerik rond. Ik begrijp niet dat de politie daar niks aan doet.'

'Vertel me wat er precies is gebeurd.'

'Dat heb ik al gedaan. Hij liet zijn broek zakken.'

'Uw dochter loopt naar school. En op dat moment laat hij zijn broek zakken.'

'Ja.'

'Op de video heeft hij zijn broek gewoon aan.'

'Hij heeft hem weer opgetrokken.'

'Ah, ik begrijp het. Hij laat hem eerst zakken en trekt hem daarna weer op.'

'Ja.' Ze kijkt schuin omhoog naar links. Ik ben vergeten of dat betekent dat ze nu gaat liegen, of dat ze zich iets herinnert. Het maakt niet uit. Ik hecht niet al te veel waarde aan dat soort theorieën. 'Hij zag me met mijn telefoon in de weer, raakte in paniek en trok zijn broek weer op.'

'Hoelang zou u zeggen dat hij zijn broek omlaag heeft gehad?'

'Dat weet ik niet. Hoe moet ik dat weten?'

Joe zegt: 'Denk je dat ze een stopwatch bij zich had?'

'Lang genoeg in elk geval.'

Dat biedt de opening voor een grap, maar ik houd me in. 'Ga door.'

Suzanne kijkt me verbaasd aan. 'Hoe bedoel je, ga door?'

'Hij laat zijn broek zakken en trekt hem weer op.' Ik kijk haar aan alsof ik daar niet erg van onder de indruk ben. 'Dat is alles?'

Joe protesteert. 'Hoezo? Is het niet genoeg voor je?'

'Hoe weet u dat zijn broek niet gewoon is afgezakt?' vraag ik.

Opnieuw gaat Suzannes blik naar het tafelblad voordat ze naar me opkijkt. Ik weet dat er een leugen in aankomst is. Ik word niet teleurgesteld. 'Hij laat zijn broek zakken,' zegt ze weer. 'Dan roept hij naar mijn dochter dat ze naar zijn... ding moet kijken en begint hij ermee te spelen en alles.'

Ah, de menselijke natuur. Zo voorspelbaar soms. Ik maak het vaak mee, Leo. Een getuige vertelt je iets en hoopt dat je geschokt zult reageren. Maar ik, als de verhoorder, reageer juist heel blasé. Iemand die de waarheid spreekt zal dan niet verder aandringen. Maar iemand die liegt zal zijn verhaal steeds verder gaan overdrijven, totdat ik zijn woede deel. Ik noem het 'overdrijven', maar eigenlijk is het gewoon liegen. Ze kunnen het niet laten.

Ik weet nu genoeg en heb geen zin om hier nog langer mijn tijd te verdoen. Dus het is tijd om de bom te laten vallen.

Let op en leer, Leo.

'Je liegt, Suzanne,' zeg ik.

Suzannes mond wordt een volmaakt ronde o van schrik.

Joes gezicht wordt rood. 'Maak je mijn vrouw nu uit voor leugenaar?'

'Welk deel van "je liegt" is je niet helemaal duidelijk, Joe?'

Als Suzanne een parelketting had gedragen, zou ze die nu vastgrijpen. 'Hoe durf je!'

Ik glimlach. 'Ik weet dat je liegt,' zeg ik, 'omdat ik Maria al heb gesproken.'

Hun woede neemt verder toe.

'Wát heb je gedaan?' roept Suzanne.

'Het duurde even voordat je dochter het toegaf,' zeg ik, 'maar uiteindelijk heeft Maria me bekend dat er nooit iets dergelijks is gebeurd.'

Ze staan allebei op springen. Ik doe mijn best er niet van te genieten.

'Je had dat niet mogen doen!'

'Wat?'

'Met onze dochter praten zonder onze toestemming,' zegt ze. 'Ik zorg ervoor dat je je penning kwijtraakt.'

Ik frons mijn wenkbrauwen. 'Waarom zegt iedereen dat steeds?'

'Wat?'

'Die dreigende taal over mijn penning. Dat heb je op tv gezien, hè?'

Joe doet een stap naar me toe. 'Het bevalt me niet hoe je tegen mijn vrouw praat.'

'En dat interesseert me geen barst. Ga zitten, Joe.'

'Stoere jongen,' gromt hij naar me. 'Alleen omdat je die penning hebt.'

'Begin jij ook al over mijn penning?' Ik slaak een zucht, haal hem tevoorschijn en gooi het mapje op tafel. 'Wil je mijn penning? Hier, pak hem maar.' Ik sta op en ga recht tegenover Joe staan. 'Ben je nu bereid achteruit te gaan?'

Joe doet een stap achteruit. Ik doe een stap vooruit. Hij probeert me recht in de ogen te kijken maar houdt het niet vol.

'Je bent het niet waard,' mompelt hij.

'Wat zei je?'

Joe zegt niets. Hij loopt om de tafel heen, pakt een stoel en gaat naast zijn vrouw zitten.

Ik kijk Suzanne Hanson strak aan. 'Als je me de waarheid niet vertelt, start ik een onderzoek en stel ik je in staat van beschuldiging wegens een dubbele overtreding van de federale internetwet artikel 418, wat bij veroordeling kan leiden tot een boete van honderdduizend dollar en een maximum van vier jaar gevangenisstraf.'

Ik zuig dit uit mijn duim. Voor zover ik weet bestaat er geen federale internetwet. Maar dat artikelnummer klinkt best goed, of niet soms?

'Die zwerver hoort hier niet,' houdt Suzanne vol. 'En jullie doen er niks aan.'

'Dus heb je er zelf wat aan gedaan,' zeg ik.

'Hij zou niet zo dicht bij de school mogen komen.'

'Hij heeft een naam. Hij heet Hank Stroud. En hij wordt vermist.'

'Wat?'

'Sinds jij die video op het net hebt gezet, heeft niemand hem meer gezien.'

'Mooi zo,' zegt ze.

'Vind je?'

'Misschien heeft de video hem weggejaagd.'

'En daar ben je wel trots op?'

Suzanne opent haar mond en doet hem weer dicht. 'Ik heb geprobeerd mijn kind te beschermen, meer niet. Om alle kinderen van de school te beschermen, in feite.'

'Ik stel voor dat je me alles vertelt.'

Dat deed ze.

Suzanne gaf toe dat ze bepaalde dingen had 'overdreven', maar tot een punt dat het pure verzinsels waren geworden. Hank had nooit zijn geslachtsdeel laten zien. Moe en gefrustreerd door wat zij als gebrek aan actie door de schoolleiding en de politie beschouwde, had Suzanne Hanson gedaan wat ze dacht dat het beste was.

'Het was alleen een kwestie van tijd voordat hij iemand iets zou aandoen. Ik heb alleen geprobeerd dat te voorkomen.'

'Wat nobel van je,' zeg ik met alle afkeer die ik in mijn stem kan leggen.

Suzanne had 'ingegrepen' omdat Westbridge niet had voldaan aan het beeld – van de idyllische, veilige haven – dat zij ervan had. Hank

Stroud paste niet in dat beeld. Dus moest hij aan de stoeprand worden gezet en op de vuilnisbelt worden gedumpt, als hij maar uit het zicht was. Ik zou Suzanne Hanson kunnen wijzen op haar gebrek aan empathie, maar wat heeft het voor zin? We waren een jaar of tien, herinner ik me, toen pa met ons door een van de slechtste buurten van Newark reed. Ouders zeggen altijd tegen hun kinderen dat ze goed uit het raampje moeten kijken en dankbaar moeten zijn voor wat ze hebben. Maar onze pa pakte dat anders aan. Hij zei iets wat me altijd is bijgebleven:

'Ieder mens heeft hoop en dromen.'

Het is iets wat ik me probeer te herinneren als ik weer eens een aanvaring met een medemens heb. Geldt dat ook voor laag-bij-degronds tuig als Trey? Ja, natuurlijk. Ook hij heeft hoop en dromen. Prima. Maar als jouw hoop en dromen de hoop en dromen van anderen rücksichtslos verpulveren…

Ik ben weer aan het rationaliseren. De Treys van deze wereld kunnen me niet schelen. Zo simpel is het. Misschien zouden ze me dat wel moeten doen. Maar ze doen het niet. Of misschien stel ik me te dwars op.

Hoe denk jij daarover, Leo?

Als ik eindelijk hun bedompte huis verlaat – en Joe de deur achter me dichtsmijt om toch nog het laatste woord te hebben – haal ik een paar keer diep adem. Ik kijk naar het huis waar Maura heeft gewoond. Ze had me nooit mee naar huis genomen, maar ik ben er wel een keer binnen geweest. Dat was twee weken nadat Diana en jij waren omgekomen. Ik draai me om en kijk naar de boom aan de overkant. Daarachter had ik me verstopt terwijl ik wachtte tot de kust veilig was. Eerst zag ik het Vietnamese gezin weggaan. Een kwartier later kwam Maura's moeder naar buiten, licht wankelend, in een slecht passende zomerjurk. Het lukte haar om de bushalte verderop in de straat te bereiken.

Zodra ze was ingestapt, heb ik ingebroken in het huis.

Waarom is denk ik wel duidelijk. Ik zocht naar aanwijzingen van waar Maura zou kunnen zijn. Toen ik haar moeder er eerder naar had gevraagd, had ze gezegd dat ze Maura op een kostschool had gedaan. Toen ik haar vroeg waar die school was, wilde ze dat niet zeggen.

'Het is afgelopen, Nap,' had mevrouw Wells me verteld, en haar adem had naar drank gestonken. 'Maura is aan een nieuw hoofdstuk in haar leven begonnen. Dat zou jij ook moeten doen.'

Maar ik had haar niet geloofd. Dus had ik ingebroken in het huis. Ik had alle kasten en laden doorzocht. Ik was Maura's kamer in gegaan. Haar kleren en rugzak lagen er nog. Had ze dan niets meegenomen? Daar zag het niet naar uit.

Ik had ook naar mijn sportjack gezocht.

Want Maura mocht dan zuchtend haar ogen ten hemel heffen over het feit dat ik een soort sportheld was in dit sportgekke stadje, iets wat ze anti-hip en quasi-seksistisch vond, ze kreeg er wel een kick van als ze mijn sportjack mocht dragen. Ja, dat klinkt retro. Of ironisch, ik weet het niet. Of misschien was het helemaal niet zo onlogisch. Diep in haar hart was Maura best een beetje ouderwets.

Dus zocht ik naar mijn sportjack, het groene met de witte mouwen, de gekruiste ijshockeysticks op de rug en mijn naam en de eretitel 'aanvoerder' op de voorkant.

Maar ik had het nergens kunnen vinden.

Had Maura het meegenomen? Ik heb het me altijd afgevraagd. Anders had het toch op haar kamer moeten liggen?

Ik draai me weg van het huis en tuur in de verte. Ik heb een paar minuten de tijd. Ik weet waar ik naartoe wil. Ik steek de weg over en kom bij de spoorbaan. Je mag er niet langs lopen, dat weet ik, maar ik doe het toch. Ik volg de spoorlijn naar het centrum van de stad, loop langs Downing Road en Coddington Terrace, langs de oude opslagloods en het fabriekscomplex waarin nu een partycentrum en een fitnessstudio zijn gevestigd.

Daarna loop ik de heuvel tussen de stations van Westbridge en Kasselton op, laat de beschaving achter me. Ik loop door, langs de gebroken bierflesjes, tot ik boven ben. Ik kijk omlaag en zie de torenspits van Westbridge Presbyterian. De lampjes van het kruis gingen elke avond om zeven uur aan, dus dat zou je gezien moeten hebben. Of was je daar te dronken of te high voor? Je was toen al een iets te groot liefhebber van softdrugs en drank. Achteraf gezien had ik misschien moeten ingrijpen, maar toentertijd stelde het allemaal niet zo veel voor. Iedereen deed het... jij, Maura, bijna al onze vrienden. De enige reden dat ik er niet aan meedeed, was mijn sporttraining.

Ik haal nog eens diep adem.

Hoe is het nu eigenlijk gebeurd, Leo? Waarom waren jullie hier en niet in het bos bij de oude raketbasis? Wilden jij en Diana alleen zijn? Probeerden jullie je vrienden van de Conspiratie Club te ontlopen? Bleven jullie expres uit de buurt van de oude raketbasis?

Waarom was je hier? Waarom op deze spoorbaan?

Ik wacht tot je antwoord geeft. Dat doe je niet.

Ik moet de tijd in de gaten houden, want ik weet dat het niet lang meer zal duren. De Main Line komt hier op dit moment van de dag eens per uur langs. Ik wacht tot ik het vertreksein op het station van Westbridge hoor. Zo ver is dat hier niet vandaan. Misschien moet ik wel op de spoorbaan blijven staan. Nee, zo mag het niet eindigen. Ik heb geen zelfmoordneigingen. Maar ik wil weten hoe het voor jou was. Ik wil die avond reconstrueren om precies te weten te komen wat je hebt gevoeld. Ik kan de trein in de verte al zien. De rails en de bielzen beginnen te trillen, zo erg dat het me verbaast dat ze niet van elkaar springen. Heb je die vibratie onder je voeten gevoeld? Heeft Diana die gevoeld? Of stonden jullie naast de spoorbaan, net als ik nu? Stonden jullie naar het kruis op de kerktoren te staren, om je op het allerlaatste moment om te draaien en van de rails te springen?

Ik zie de trein aankomen. Hij komt nu snel dichterbij. Hebben jullie die avond hetzelfde gezien? Hebben jullie hem gehoord? Gevoeld? Dat moet wel. De snelheid en kracht waarmee de trein over deze rails schiet zijn onvoorstelbaar. Ik doe nog een paar stappen achteruit. Als de trein voorbijraast, sta ik ruim tien meter van de spoorbaan, en toch knijp ik mijn ogen dicht en steek ik mijn hand op om mijn gezicht te beschermen. De luchtstroom is sterk genoeg om me omver te blazen. De pure kracht van de locomotief – massa maal snelheid – is ontzagwekkend, verwoestend en onmogelijk te stoppen.

Net als het hart maakt de geest soms rare uitstapjes, dus stel ik me voor hoe de stalen stootbumpers een mensenlichaam uiteenrijten, hoe die draaiende wielen botten tot gruis vermalen.

Ik dwing mezelf mijn ogen te openen en naar de voorbijrijdende trein te kijken. Dat schijnt een eeuwigheid te duren, want die trein, met al zijn draaiende, verwoestende en vermalende wielen, is eindeloos lang. Ik kijk recht vooruit, kan niet scherp zien en laat het zo. Mijn ogen tranen.

Ik heb de gruwelijke, bloederige plaats-delictfoto's van die avond gezien, maar vreemd genoeg deden ze me niets. De verwoesting die was aangericht was zo totaal en de verminking zo immens, dat de hompen vlees onmogelijk nog als van jou of van Diana te herkennen waren, of, wat waarschijnlijker is, dat mijn geest dat weigerde te doen.

Als de trein voorbij is en de rust langzaam maar zeker terugkeert, richt mijn blik zich als vanzelf op de spoorbaan. Zelfs nu nog, na al die jaren, zoek ik naar aanwijzingen, bewijs, iets wat misschien over het hoofd is gezien. Het is vreemd om hier te zijn. Dat het gruwelijk is, ligt voor de hand, maar deze plek, waar jij je laatste adem hebt uitgeblazen, heeft ook iets heiligs, iets waardoor het goed is dat ik hier ben.

Als ik de heuvel af loop, check ik mijn telefoon of er berichten zijn. Niets van onze oude klasgenoot Beth Lashley, thans dr. Fletcher. Ik bel haar kantoor in Ann Arbor weer. Ik word weer een paar keer doorverbonden. Uiteindelijk kom ik terecht bij een vrouw die zich voorstelt als Cassie en die zichzelf de 'officemanager' noemt.

'Dr. Fletcher kan u op dit moment niet te woord staan.'

'Hoor eens, Cassie, ik ben het zat om afgepoeierd te worden. Ik ben van de politie en ik moet haar dringend spreken.'

'Ik kan die boodschap aan haar doorgeven, meer niet.'

'Waar is ze?'

'Ik heb geen idee.'

'Wat? Weet je niet waar ze is?'

'Het gaat me niet aan waar ze is. Ik heb uw naam en nummer. Hebt u nog een andere boodschap die ik aan haar moet doorgeven?'

Wie A zegt, moet ook B zeggen. 'Heb je pen en papier bij de hand, Cassie?'

'Ja.'

'Zeg tegen dr. Fletcher dat onze vriend Rex Canton is vermoord. Zeg tegen haar dat Hank Stroud wordt vermist. Zeg tegen haar dat Maura Wells ergens is opgedoken en dat ze nu weer spoorloos is. Zeg tegen de goede dokter dat al deze dingen te maken hebben met de Conspiratie Club van vroeger. En tot slot zeg je tegen haar dat ze me moet bellen.'

Stilte. En dan: 'Is dat Laura met een L of Maura met een M?'

Compleet onaangedaan.

'Maura met een M.'

'Ik geef het door aan dr. Fletcher.'

Ze hangt op.

Ik vertrouw het nog steeds niet. Misschien moet ik de politie van Ann Arbor bellen en vragen of ze een van hun mensen naar Beths huis of werk sturen. Ik loop door. Ik denk aan alle verschillende lijnen, die van het 'ongeluk' van jou en Diana, van de moord op Rex, van Maura die op de plaats delict was geweest, van Hank en zijn video, en van de Conspiratie Club. Ik zoek naar verbanden, trek lijnen van de een naar de ander en maak schema's in mijn hoofd. Maar ik zie nergens een link of overlapping.

Misschien is die er gewoon niet. Dat houdt Augie me steeds voor. Waarschijnlijk heeft hij gelijk, maar als ik dat accepteer, kom ik helemaal niet verder.

Als ik een eind verderop Westbridge Memorial Library zie, krijg ik een idee. De voorgevel, van rode baksteen, dateert van een eeuw geleden. Daarachter is alles modern en gestroomlijnd. Ik heb altijd van bibliotheken gehouden. Van de dubbelfunctie: de nieuwe computerafdeling en de boeken met hun vergeelde bladzijden. Voor mij hebben bibliotheken altijd iets kerkelijks gehad, waren ze een soort heiligdom waar werd gezwegen en geleerd, waar het uitkiezen en lezen van boeken bijna iets religieus kreeg. Toen we jong waren, nam pa ons elke zaterdagochtend mee naar de bibliotheek. Hij bracht ons naar de afdeling Jeugd & Jongvolwassenen en drukte ons op het hart dat we ons moesten gedragen. Ik bladerde er altijd tientallen boeken door. Jij koos er altijd maar een, meestal een boek voor een wat oudere lezer, plofte neer op de zitzak in de hoek en las het helemaal uit.

Ik loop de twee trappen naar de kelder af. Hier is alles 'oldskool': plaatstalen stellingen met boeken waarvan de meeste de gemiddelde bibliotheekbezoeker niet meer interesseren. En er staan een paar logge bureaus voor de diehards die hier hun huiswerk willen maken. En in de hoek is de deur van het 'oude kantoor'. STADSHISTORIE, staat er op de plaquette naast de deur. Ik steek mijn hoofd om de deurpost en klop op het hout.

Als dr. Jeff Kaufman naar me opkijkt, glijdt zijn leesbril van zijn neus. Gelukkig zit er een kettinkje aan, dus de bril valt op zijn borst. Hij draagt een dik, gebreid vest dat tot bovenaan is dichtgeknoopt. Zijn schedel is bovenop kaal en alleen boven zijn oren steken nog wat zilvergrijze plukken haar opzij.

'Hallo, Nap.'

'Hallo, doctor Kaufman.'

Hij kijkt me fronsend aan. Dr. Kaufman was hier al bibliothecaris en stadshistoricus lang voordat wij in Westbridge kwamen wonen, in de tijd dat je iemand als hij 'doctor' of zelfs 'professor' noemde. Hoewel het in de jaren daarna mode werd om volwassenen bij de voornaam te noemen, was het mij met dr. Kaufman nooit gelukt. Ik ga de volgepakte kamer binnen en vraag dr. Kaufman wat hij me kan vertellen over de oude raketbasis in het bos achter de middle school.

Kaufmans ogen lichten op. Het duurt een paar tellen voordat hij zijn gedachten op een rij heeft, maar dan nodigt hij me uit op de stoel aan de andere kant van de tafel te gaan zitten. De tafel ligt bezaaid met zwart-witfoto's uit vroeger tijden. Ik kijk of er een van de oude raketbasis bij is. Dat is niet zo.

Kaufman schraapt zijn keel en begint te vertellen. 'De Nike-raketbases zijn halverwege de jaren vijftig in heel New Jersey aangelegd. Tijdens het hoogtepunt van de Koude Oorlog. We werden destijds op school getraind om onder onze banken te duiken in geval van een nucleaire aanval, geloof het of niet. Alsof dat zou helpen. De basis hier in Westbridge dateert van 1954.'

'Ze kozen voor die bases gewoon een plek midden in de stad?'

'Ja, overal. In steden en op het platteland. Er waren destijds veel farms in New Jersey.'

'En waar waren die raketten precies voor bedoeld?' vraag ik.

'Voor luchtafweer. Om Russische raketten uit de lucht te schieten, simpeler gezegd. Dan hebben we het met name over hun TU-95, die zonder brandstof te tanken een afstand van 10.000 kilometer kon overbruggen. Er waren destijds tien tot twaalf bases in het noorden van New Jersey. Die van Sandy Hook is nog te bezichtigen. Die van Livingston is nu een kunstcentrum, nota bene. En dan had je nog bases in Franklin Lakes, East Hanover, Morristown...'

Ik kan het bijna niet geloven. 'Raketbases in al deze steden?'

'Ja. Ze zijn begonnen met de kleinere Nike Ajax-raketten, die toch nog tien meter lang waren. Ze lagen ondergronds opgeslagen en werden pas naar boven gebracht als ze gelanceerd zouden moeten worden, ongeveer net zoals je een auto op een brug rijdt in een garage.'

'Ik begrijp het niet,' zeg ik. 'Hoe heeft de regering iets als dit geheim kunnen houden?'

'Ze hebben het niet geheimgehouden,' zegt Kaufman. 'Of in het begin in elk geval niet.'

Hij stopt met praten, leunt achterover en legt zijn handen gevouwen op zijn buik.

'Ze pronkten zelfs met die bases. Toen ik zeven was – in 1960 – hebben we er met mijn padvindersclubje een rondleiding gehad, geloof het of niet. Het idee dat het leger je vriend was en dat de raketten je zouden beschermen tegen atoomaanvallen van de Russen moest ervoor zorgen dat we allemaal beter zouden slapen.'

'Maar dat veranderde?' vraag ik.

'Ja.'

'Wanneer?'

'Begin jaren zestig.' Jeff Kaufman slaakt een zucht en staat op van zijn stoel. Hij opent de deur van de hoge archiefkast achter hem. 'Want zie je, toen werd de Nike Ajax vervangen door de grotere Nike Hercules.'

Hij trekt twee foto's uit de kast, geeft ze aan mij en ik zie een beangstigend grote witte raket met US ARMY in grote letters op de zijkant.

'Veertien meter hoog. Maximumsnelheid mach 3,65... dat is ruim 4450 kilometer per uur. Een bereik van 140 kilometer.'

Hij gaat weer zitten en legt zijn handen op tafel. 'Maar het echte verschil tussen de Ajax en de Hercules – de reden dat er ineens geen woord meer over het programma werd gezegd – zat hem in de lading.'

'Op welke manier?'

'De raketten waren uitgerust met een W31-kernkop.'

Ik kan mijn oren niet geloven. 'Het waren atoomwapens?'

'Ja, hier in de stad. Atoomwapens. Het ging ook wel eens mis, daar bestaan rapporten van. Er is eens een raket van de oplegger gegleden toen ze hem de heuvel op reden. Hij kwam op het asfalt terecht en de kernkop raakte beschadigd. Er kwam zelfs rook uit. Destijds wist niemand daarvan, natuurlijk. Alles werd stilgehouden. Hoe dan ook, het Nike-programma heeft tot het begin van de jaren zeventig doorgelopen. De basis hier in Westbridge was een van de laatste die werden gesloten. Dat zal in 1974 geweest zijn.'

'En toen?' vraag ik. 'Ik bedoel, wat is er met het terrein gebeurd nadat de basis was gesloten?'

'Er was weinig animo voor militaire zaken in de jaren zeventig. De oorlog in Vietnam was net afgelopen. Dus ze vertrokken gewoon. De meeste bases raakten in verval. Uiteindelijk is het merendeel van de grond verkocht. In East Hanover, bijvoorbeeld, hebben ze er koopflats gebouwd. Ze hebben daar zelfs een weg die Nike Drive heet.'

'En de basis hier in Westbridge?'

Jeff Kaufman glimlacht naar me. 'Wat er met onze basis is gebeurd,' zegt hij, 'is minder fris.'

Ik wacht af.

Hij buigt zich naar me toe en stelt me de vraag die ik veel eerder had verwacht. 'Mag ik je vragen waar jouw interesse hierin opeens vandaan komt?'

Ik was van plan geweest een smoes te verzinnen, of te zeggen dat ik de reden liever voor mezelf houd, maar ik besluit dat het geen kwaad kan om hem de waarheid te vertellen. 'Het heeft te maken met een zaak die ik onderzoek.'

'Wat voor zaak is dat, als ik het vragen mag?'

'Niks concreets,' zeg ik. 'Iets van jaren geleden.'

Jeff Kaufman kijkt me recht aan. 'Heb je het over de dood van je broer?'

Kaboem!

Ik zeg niets... deels omdat ik heb geleerd te zwijgen tot de ander de stilte verbreekt, en deels omdat ik gewoon niet tot praten in staat ben.

'Je vader en ik waren vrienden,' zegt hij. 'Dat wist je, hè?'

Het lukt me te knikken.

'En Leo...' Kaufman schudt zijn hoofd en gaat rechtop zitten. Zijn gezicht is wat bleker geworden. 'Hij was ook geïnteresseerd in de geschiedenis van de basis.'

'Is Leo bij u geweest?'

'Ja.'

'Wanneer was dat?'

'Dat kan ik niet met zekerheid zeggen. Hij is hier een paar keer geweest, waarschijnlijk in het jaar voor zijn dood. Leo was gefascineerd door de basis. Soms bracht hij vrienden mee.'

'Herinnert u zich de namen van die vrienden?'

'Nee, sorry.'

'Wat hebt u hun verteld?'

Hij haalt zijn schouders op. 'Hetzelfde wat ik jou nu vertel.'

Mijn hoofd tolt. Ik tast weer in het duister.

'Op Leo's begrafenis heb ik je de hand geschud. Dat weet je vast niet meer. Er waren zo veel mensen en jij was compleet van de kaart. Ik heb het je vader verteld.'

Dat brengt me weer terug in het heden. 'Wat hebt u mijn vader verteld?'

'Dat Leo een paar keer bij me was geweest om vragen over de basis te stellen.'

'Dat hebt u hem verteld?'

'Ja, natuurlijk.'

'Wat zei hij daarop?'

'Hij bedankte me. Leo was heel scherpzinnig en onderzoekend. Ik dacht dat je vader zou willen weten wat hem zoal bezighield, dat is alles. Ik had nooit gedacht dat er een verband met zijn dood zou kunnen zijn. Ik bedoel, dat denk ik nog steeds niet. Maar nu ben jij hier, Nap. En jij bent ook niet van gisteren.' Hij kijkt me recht aan. 'Dus vertel op. Denk jij dat er een verband bestaat?'

In plaats van de vraag te beantwoorden zeg ik: 'Ik wil eerst de rest van het verhaal horen.'

'Oké.'

'Wat is er met de basis in Westbridge gebeurd nadat het Nike-programma was beëindigd?'

'Officieel? Die is overgenomen door het ministerie van Landbouw.'

'En officieus?'

'Ben je er wel eens naartoe gegaan toen je jong was?'

'Ja.'

'Wij ook, in mijn tijd. Er zat een opening in het hek, waardoor je het terrein op kon. We zijn er een keer zo dronken geworden dat een van de soldaten ons met een jeep thuis heeft moeten brengen. Mijn vader heeft me drie weken huisarrest gegeven.' De herinnering brengt een halve glimlach op zijn gezicht. 'Hoe dicht ben je bij de basis geweest?'

'Nooit zo heel dicht.'

'Precies.'

'Ik kan u niet volgen.'

'De beveiliging van het ministerie van Landbouw was strenger dan die van de raketbasis in de jaren daarvoor.' Kaufman houdt zijn hoofd schuin. 'Waarom was dat, denk je?'

Ik geef geen antwoord.

'Denk na. Je hebt een stel verlaten legerbases. Die zijn al beveiligd. Als jij een overheidsdienst was die van de radar wilde blijven om iets te doen wat niemand mag weten... Een of ander agentschap, afgekort met drie letters, dat uit het zicht van de gemeenschap wil blijven. Het zal de eerste keer niet zijn. Over de luchtmachtbasis in Montauk gingen destijds tientallen geruchten.'

‘Wat voor geruchten?’

‘Naziwetenschappers, gedachtemanipulatie, lsd-experimenten, ufo’s, dat soort gestoorde onzin.’

‘En u geloofde die geruchten? Dat de Amerikaanse overheid nazi’s en aliens in Westbridge verborgen hield?’

‘Jezus, Nap, ze hebben daar jarenlang kernwapens gehad!’ Er zit nu een fonkeling in dr. Kaufmans ogen. ‘Is het zo vergezocht dat ze er later iets anders verborgen hielden?’

Ik zeg niets.

‘Het hoeven geen nazi’s of aliens te zijn. Maar misschien deden ze er wel experimenten met geavanceerde technologieën… DARPA, lasers, drones, weerbeïnvloeding, internethacking, dat soort dingen. Klinkt dat echt zo vergezocht met al die beveiliging daar?’

Nee, dat doet het niet.

Jeff Kaufman staat op en begint door het vertrek te ijsberen. ‘Ik ben altijd een verdomd goede researcher geweest,’ zegt hij. ‘Ik ben er toentertijd heel diep in gedoken. Ik ben zelfs naar Washington geweest om de archieven door te spitten. Maar het enige wat ik heb kunnen vinden was een stel onbetekenende studies naar de opbrengst van landbouw en veeteelt.’

‘En dat hebt u allemaal aan mijn broer verteld?’

‘Aan hem en zijn vrienden, ja.’

‘Met hoeveel waren ze?’

‘Wat?’

‘Hoeveel vrienden had Leo meegebracht?’

‘Vijf of zes, dat weet ik niet precies meer.’

‘Jongens, meisjes?’

Hij denkt er even over na. ‘Ik geloof dat er twee meisjes bij waren, maar helemaal zeker weet ik het niet. Het kan er ook één geweest zijn.’

‘U weet dat Leo niet alleen was toen hij omkwam.’

Hij knikt. ‘Ja, natuurlijk. Diana Styles was bij hem. De dochter van de korpschef.’

‘Was Diana een van de meisjes die toen met Leo meekwamen?’

‘Nee.’

Ik weet niet wat ik daarvan moet denken, en of het wel iets te betekenen heeft. ‘Kunt u me nog iets anders vertellen wat me zou kunnen helpen?’

‘Je helpen waarmee, Nap?’

‘Laten we zeggen dat u gelijk hebt. Dat ze op de basis iets deden wat topgeheim was. En dat Leo en zijn vrienden dat op de een of andere manier te weten waren gekomen. Wat zou er dan met hen gebeuren?’

Nu is het zijn beurt om het antwoord schuldig te blijven. Zijn mond zakt open, maar er komt geen geluid uit.

‘Wat bent u nog meer te weten gekomen, doctor Kaufman?’

‘Twee dingen.’ Hij schraapt zijn keel en gaat weer zitten. ‘Ik heb de naam van een van de commandanten gevonden. Andy Reeves. Ze zeggen dat hij een landbouwdeskundige van Michigan State is, maar toen ik zijn achtergrond ging checken, liep het spoor al snel dood.’

‘CIA?’

‘Hij past in het patroon. En hij woont nog hier in de omgeving.’

‘Heb u hem er wel eens over aangesproken?’

‘Dat heb ik geprobeerd.’

‘En?’

‘Hij zei toen dat er op de basis alleen maar saai agrarisch onderzoek wordt gedaan. Koeien en maiskolven tellen, zoals hij het omschreef.’

‘En het tweede ding?’

‘Het sluiten van de basis.’

‘Aha. Wanneer was dat?’

‘Vijftien jaar geleden,’ zegt Kaufman. ‘Drie maanden nadat je broer en Augies dochter dood waren gevonden.’

Op weg naar de auto bel ik Augie.

'Ik heb Jeff Kaufman zonet gesproken.'

Ik meen te horen dat hij een zucht slaakt. 'Geweldig.'

'Hij had een paar interessante dingen te vertellen over de oude legerbasis.'

'Dat zal best.'

'Ken jij Andy Reeves?'

'Die heb ik gekend.'

Ik loop door het centrum. 'Waarvan?'

'Ik ben al bijna dertig jaar hoofd van de politie hier. Hij had de leiding op de basis toen ze daar agrarisch-wetenschappelijk onderzoek gingen doen.'

Ik passeer een nieuwe tent waar ze kipvleugeltjes in allerlei smaken verkopen. Alleen al de geur is genoeg om de wanden van mijn aderen te verharden.

'En jij trapte daarin?' vraag ik.

'Waarin?'

'Dat ze alleen wetenschappelijk onderzoek deden.'

'Ja,' zegt Augie. 'Dat geloof ik eerder dan dat ze met de hersens van mensen rotzooiden. Als politiebaas kende ik alle commandanten van de basis. En mijn voorganger kende de commandanten van daarvoor.'

'Kaufman zei dat de basis destijds werd gebruikt voor de opslag van kernwapens.'

'Dat heb ik ook gehoord.'

'En dat de beveiliging, toen de basis in andere handen kwam, verder werd verscherpt en niemand nog wist wat ze daar deden.'

'Kaufman is een beste kerel, maar hij overdrijft.'

'Op welke manier?'

'Die Nike-raketbases waren eerst vrij toegankelijk. Dat heeft Kaufman je ook verteld, hè?'

'Ja.'

'Dus toen ze op atoomwapens overschakelden, zou het argwaan hebben gewekt als ze de zaak ineens hadden dichtgetimmerd en ondergronds waren gegaan. De beveiliging werd wel verscherpt, maar op een heel onopvallende manier.'

'En toen ze als raketbasis werden gesloten?'

'Misschien is de beveiliging toen verder verscherpt, maar dat kan een kwestie van normale updating en verbeterde technologie geweest zijn. Er komen nieuwe bewoners en die zetten dan een nieuwe schutting om het huis.'

Ik loop Oak Street in, Westbridge' eigen restaurantzone. Ik passeer achtereenvolgens een Japans, Thais, Frans, Italiaans restaurant, een dimsumrestaurant, en een tent die California Fusion heet. Daarna volgt een hele reeks bankfilialen. Ik begrijp niet dat het er zo veel zijn. Ik zie nooit klanten binnen, alleen mensen die gebruikmaken van de pinautomaten.

'Ik wil die Andy Reeves graag spreken,' zeg ik tegen Augie. 'Kun jij dat voor me regelen?'

Ik verwacht dat hij protesteert. Dat doet hij niet. 'Oké. Ik zal hem voor je bellen.'

'Ga je niet proberen me tegen te houden?'

'Nee,' zegt Augie. 'Jij schijnt dit allemaal nodig te vinden.'

Daarna hangt hij op. Als ik bij mijn auto kom, gaat mijn telefoon weer. Ik zie op het schermpje dat het Ellie is.

'Hoi,' zegt ik.

'We hebben je nodig in het opvanghuis.'

De toon van haar stem bevalt me niet. 'Wat is er mis?'

'Niks. Kom zo snel mogelijk hiernaartoe, oké?'

'Oké.'

Ze hangt op. Ik stap in de auto en pak het portable zwaailicht. Ik maak er zelden gebruik van, maar dit lijkt me een goede gelegenheid. Ik zet hem op het dak en trap het gaspedaal in.

Binnen twaalf minuten ben ik bij het opvanghuis. Ik haast me naar binnen, sla links af en loop half rennend de gang in. Ellie wacht me op voor haar kantoor. Ik zie aan haar gezichtsuitdrukking dat er iets belangrijks is gebeurd.

'Wat is er aan de hand?' vraag ik.

Ellie zegt niets maar knikt naar de deur van haar kantoor. Ik pak de knop vast, open de deur en kijk naar binnen.

Er zitten twee vrouwen in het kantoor.

De ene, aan de linkerkant, ken ik niet. De andere... Het duurt even voordat ik haar wel herken. Ze is mooi ouder geworden, beter dan ik had verwacht. De afgelopen vijftien jaar zijn goed voor haar geweest. Ik vraag me af of ze in die jaren aan onthouding en yoga of iets in die geest heeft gedaan. Zo ziet het er in elk geval uit.

Onze blikken ontmoeten elkaar. Ik zeg niets. Ik sta daar en kijk naar haar.

'Ik wist dat het weer bij jou terug zou komen,' zegt ze.

In gedachten sta ik weer achter die boom, zie ik haar in die slecht passende zomerjurk het huis uit komen en kijk ik haar na als ze op onvaste benen naar de bushalte loopt. Het is Lynn Wells.

Maura's moeder.

16

Ik ga recht op mijn doel af. 'Waar is Maura?'

'Doe de deur dicht,' zegt de andere vrouw. Haar haar en lipstick hebben de kleur van wortelen. Ze draagt een goed passend grijs mantelpakje en een blouse met ruches. Ik ben geen modekenner, maar het ziet er duur uit.

'En wie ben jij?'

Ik draai me om en pak de deurknop vast. Ellie knikt en ik sluit de deur.

'Mijn naam is Bernadette Hamilton. Ik ben een vriendin van Lynn.'

Ik heb het gevoel dat ze meer zijn dan alleen vriendinnen, maar wat kan mij dat schelen? Mijn hart gaat zo tekeer dat ik zeker weet dat mijn shirt op en neer gaat. Ik wend me weer tot mevrouw Wells en sta op het punt mijn vraag met meer kracht te herhalen, als iets in mezelf me tot de orde roept.

Rustig aan, zeg ik tegen mezelf.

Ik heb natuurlijk een miljoen vragen die ik haar wil stellen, maar ik weet ook dat een goed verhoor een bijna onmenselijk geduld vereist. Mevrouw Wells is naar mij toe gekomen, ik niet naar haar. Zij heeft mij opgezocht. Ze is zelfs zo ver gegaan dat ze Ellie als tussenpersoon heeft gebruikt, zodat ze niet naar mijn huis of het bureau hoefde te komen, of een telefoonnummer hoefde achter te laten. Dat heeft haar moeite gekost.

Conclusie?

Ze wil iets van me.

Dus moet ik haar laten praten. Haar iets laten prijsgeven zonder ernaar te vragen. Zelf niets zeggen. Dat doe ik normaliter ook. Geen reden om van routine te veranderen omdat het nu persoonlijk is. Dus ik blijf kalm, stel haar geen vragen en dring niet aan.

Nog niet. Neem de tijd. Maak een plan.

Maar één ding is zeker, Leo: mevrouw Wells gaat deze kamer niet uit voordat ze me heeft verteld waar Maura is.

Ik verroer me niet en wacht tot zij van wal steekt.

Uiteindelijk doet mevrouw Wells dat. 'Er is iemand van de politie bij me geweest,' zegt ze.

Ik zeg niets.

'Ze zei dat Maura waarschijnlijk betrokken is geweest bij de moord op een politieman.' Als ik nog steeds niet reageer, vraagt ze: 'Is dat waar?'

Ik knik. Ik zie dat haar vriendin Bernadette haar hand uitsteekt en op mevrouw Wells' onderarm legt.

'Denken jullie echt dat Maura bij een moord betrokken geweest kan zijn?' vraagt Lynn Wells me.

'Ja,' zeg ik. 'Waarschijnlijk is dat zo.'

Haar ogen worden iets groter. Ik zie dat de hand in haar arm knijpt.

'Maura zou nooit iemand vermoorden. Dat weet je.'

Ik slik een sarcastische opmerking in en blijf zwijgen.

'De rechercheur die me kwam opzoeken... Ze heet Reynolds. Uit een of ander stadje in Pennsylvania. Ze zei dat jij haar helpt met het onderzoek?'

Mevrouw Wells maakt een vraag van haar laatste zin. Maar ik trap er niet in.

‘Ik begrijp het niet, Nap. Waarom zou jij aan een moordonderzoek in een andere staat meewerken?’

‘Heeft inspecteur Reynolds u verteld wie het slachtoffer is?’

‘Volgens mij niet. Alleen dat het een politieman was.’

‘Het slachtoffer heet Rex Canton.’ Ik let op haar gezichtsuitdrukking. Niets. ‘Zegt die naam u iets?’

Ze denkt na. ‘Nee, dat geloof ik niet.’

‘Rex zat bij ons in de klas op school.’

‘Op Westbridge High?’

‘Ja.’

De kleur trekt weg uit haar gezicht.

Mijn geduld kan de boom in. Soms moet je ze overvallen met een onverwachte vraag. ‘Waar is Maura?’

‘Dat weet ik niet,’ zegt Lynn Wells.

Ik trek mijn rechterwenkbrauw op, wat mijn meest ongelovige gezichtsuitdrukking moet opleveren.

‘Echt niet. Daarom ben ik naar jou toe gekomen.’ Ze kijkt naar me op. ‘Ik hoopte dat jij me daarmee kon helpen.’

‘Om Maura te vinden?’

‘Ja.’

Mijn stem krijgt een holle klank. ‘Ik heb Maura niet meer gezien sinds ik achttien was.’

De telefoon op het bureau gaat over. We reageren er geen van drieën op. Ik kijk naar Bernadette, maar die heeft alleen oog voor Lynn Wells.

‘Als u wilt dat ik u help om Maura te vinden,’ zeg ik, in een poging doodkalm, professioneel en zakelijk te klinken terwijl mijn hartslag nieuwe records bereikt, ‘zult u me moeten vertellen wat u weet.’

Stilte.

Lynn Wells kijkt haar vriendin aan. Bernadette schudt haar hoofd. ‘Hij kan ons niet verder helpen,’ zegt ze.

Lynn Wells knikt. 'Het was een vergissing.' Beide vrouwen staan op. 'We hadden niet hiernaartoe moeten komen.'

Ze beginnen naar de deur te lopen.

'Waar gaat u naartoe?' vraag ik.

Lynn Wells stem klinkt vastbesloten. 'We gaan weg.'

'Nee,' zeg ik.

Bernadette negeert me en wil om me heen naar de deur lopen. Ik ga ervoor staan.

'Ga opzij,' zegt ze.

Ik kijk naar Lynn Wells. 'Maura zit diep in de problemen.'

'Je hebt geen idee.'

Als Bernadette langs me heen de deurknop wil pakken, sla ik haar hand weg. Ik blijf voor de deur staan.

'Wou je ons met geweld hier houden?'

'Ja.'

Ik bluf niet. Ik ben al mijn hele volwassen leven op zoek naar antwoorden en nu die hier voor me staan, ben ik niet van plan ze de deur uit te laten lopen. Absoluut uitgesloten. Ik houd Lynn Wells hier tot ik weet wat zij weet. Wat ik er ook voor moet doen. Of het onethisch of onwettig is, interesseert me niet.

Lynn Wells gaat deze kamer niet uit voordat ze me alles heeft verteld.

Ik wijk niet.

Ik probeer de waanzinnige blik, maar die lukt vandaag niet. Inwendig kook en beef ik, en ik denk dat ze dat kunnen zien.

'We kunnen hem niet vertrouwen,' zegt Bernadette.

Ik negeer haar en concentreer me op mevrouw Wells. 'Vijftien jaar geleden,' begin ik, 'kwam ik thuis van een ijshockeywedstrijd. Ik was achttien jaar oud. Ik zat in het laatste jaar van de highschool. Mijn tweelingbroer was mijn beste vriend. En ik had een vriendin, mijn zielsverwant, dacht ik. Ik zat aan de keukentafel te wachten tot mijn broer thuiskwam…'

Lynn Wells kijkt me aan. Ik zie iets wat ik niet helemaal kan bevatten. Haar ogen worden vochtig. 'Ik weet het,' zegt ze. 'Niet alleen jouw leven is die avond voor altijd veranderd. Het mijne ook.'

'Lynn...'

Lynn gebaart Bernadette dat ze stil moet zijn.

'Wat is er gebeurd?' vraag ik. 'Waarom is Maura van huis weggelopen?'

Bernadette snauwt: 'Dat kun jíj ons beter vertellen.'

Die reactie verbaast me, maar dan legt Lynn haar hand op Bernadettes schouder. 'Wacht op de gang op me.'

'Ik laat je niet alleen.'

'Jawel. Ik moet Nap even onder vier ogen spreken.'

Bernadette protesteert, maar deze keer krijgt ze haar zin niet. Ik doe een half stapje opzij bij de deur. Ik neem nog steeds geen risico's. Ik open de deur net ver genoeg om Bernadette het kantoor uit te laten. Ik ga zelfs zo ver dat ik naar Maura's moeder blijf kijken terwijl ik dat doe, bang dat zij zal proberen het kantoor uit te vluchten. Dat doet ze niet. Uiteindelijk wringt Bernadette, nadat ze me met een vuile blik heeft aangekeken, zich door de opening naar buiten.

Maura's moeder en ik zijn nu alleen.

'Laten we gaan zitten,' zegt ze.

'Je weet dat het toentertijd niet zo goed ging tussen Maura en mij.'

Lynn Wells en ik hebben de stoelen bij Ellies bureau een kwartslag gedraaid en we zitten tegenover elkaar. Ik zie nu dat ze aan haar linkerhand een trouwring draagt. Ze draait hem rond terwijl ze praat.

Ze wacht op mijn reactie, dus ik zeg: 'Ja, ik weet het.'

'Het was moeilijk. Dat kwam door mij. Voor het merendeel in elk geval. Ik dronk te veel. Ik kon het niet verkroppen dat ik als alleenstaande moeder niet... Ik weet niet eens meer wat ik niet kon. Niet nog meer drinken, neem ik aan. De timing zat ook niet mee, met Maura als tiener en alles wat daarbij hoort. En ze was van nature al opstandig. Dat weet jij als geen ander. Dat was een deel van de reden dat je je tot haar aangetrokken voelde, is dat niet zo? Maar goed, gooi al die dingen bij elkaar, en dan...'

Ze balt haar handen tot vuisten en strekt al haar vingers, om een explosie na te doen.

'We konden moeilijk rondkomen. Ik had twee banen. Een bij Kohl's. En 's avonds bij Bennigan's, als serveerster. Maura heeft een tijdje parttime bij de Jenson Pet Store gewerkt. Dat weet je nog wel, hè?'

'Ja.'

'Weet je waarom ze daar is weggegaan?'

'Ze zei dat ze allergisch was voor de honden.'

Er verschijnt een vreugdeloze glimlach om haar mond. 'Omdat Mike Jenson zijn handen niet thuis kon houden.'

Zelfs nu nog, al die jaren later, voel ik de woede in me oplaaien. 'Meent u dat?'

Maar natuurlijk meent ze dat. 'Maura zei altijd dat jij nogal een heethoofd was. Daarom heeft ze het je niet verteld, ze was bang dat je... Maar goed, het doet er niet meer toe. We woonden toen nog in Irvington, maar toen ze in de dierenwinkel ging werken, kregen we de smaak van Westbridge te pakken. Kort daarna bracht een vrouw met wie ik bij Kohl's werkte me op een idee. Ze zei dat er in Westbridge niet alleen heel goede scholen waren, maar ook goedkopere huizen. Zo krijgt je dochter de best mogelijke opleiding, zei ze tegen me. Ik vond dat een goed idee. Want je kon van Maura zeggen wat je wilde, ze was intelligent genoeg. Dus kwamen we hier in Westbridge wonen. Kort daarna leerden jullie elkaar kennen...'

Lynn Wells' stem sterft weg.

'Ik draai eromheen,' zegt ze.

'Ga door naar die bewuste avond,' zeg ik tegen haar.

Ze knikt. 'Maura kwam niet thuis.'

Ik houd me doodstil.

'Ik had het niet meteen in de gaten. Ik werkte die avond tot sluitingstijd en ging daarna nog met vrienden uit. Om te drinken, natuurlijk. Ik kwam pas om vier uur in de ochtend thuis. Tenminste, dat denk ik. Ik weet het echt niet meer. Ik weet ook niet meer of ik in haar kamer ben gaan kijken. Goeie moeder, hè? Ik weet trouwens niet of het veel verschil gemaakt zou hebben. Als ik had gezien dat Maura er niet was, wat zou ik dan anders hebben gedaan? Waarschijnlijk niks. Ik zou ervan uitgaan dat ze bij jou was blijven slapen. Of dat ze naar de stad was gegaan. Ze ging vaak bij vrienden in Manhattan op bezoek, hoewel minder vaak toen jullie met elkaar om begonnen te gaan. En toen ik de volgende ochtend wakker werd en Maura er niet was, was het bijna middag. Ik nam aan dat ze de deur al uit was gegaan. Dat lag het meest voor de hand, nietwaar? Dus ik maakte me er niet echt zorgen over. Ik ben 's middags gewoon naar mijn werk gedaan. Ik had een dubbele dienst bij Bennigan's. Het was tegen sluitingstijd toen de barkeeper zei dat er telefoon voor me was. Ik werd daar nooit gebeld. Ik kreeg ervoor op mijn donder van de bedrijfsleider. Hoe dan ook, het was Maura.'

Mijn telefoon begint te trillen in mijn broekzak. Ik negeer het.

'Wat zei ze?' vraag ik.

'Toen maakte ik me wel zorgen. Want ze belde me nooit op mijn werk. Dus ik haastte me naar het toestel en vroeg: "Alles oké met je, schat?" Maar ze zei alleen: "Mam, ik moet een tijdje weg. Als iemand naar me vraagt, ben ik kapot van wat er is gebeurd en zit ik nu op een andere school." En daarna zegt ze: "Zeg niks tegen de politie."' Lynn Wells slaakt een zucht. 'En weet je hoe ik reageerde?'

'Nee.'

De vreugdeloze glimlach keert terug. 'Ik heb haar gevraagd of ze stoned was. Mijn dochter belt me om te zeggen dat ze in de problemen zit en dat is het eerste wat er in me opkomt. Ik vroeg: "Heb je drugs gebruikt?"'

'Wat zei ze toen?'

'Niks. Ze hing op. Ik wist niet eens of ze me wel had gehoord. Ik wist ook niet wat ze bedoelde met dat ze kapot was van wat er was gebeurd. Zie je, zo ver was ik heen, Nap. Ik wist het nog niet eens van je broer en dat meisje van Styles. Dus ben ik weer aan het werk gegaan, in de bediening. Ik had al klachten van twee tafels. En ik sta bij tafel drie, tegenover de bar, een bestelling op te nemen, en je weet dat ze tegenwoordig overal een tv op de bar hebben staan?'

Ik knik.

'Nou, die stond bijna altijd op sport, maar iemand had hem op de nieuwszender gezet. Pas toen zag ik...' Ze schudt haar hoofd. 'God, wat afschuwelijk. Ze noemden geen namen. Dus ik wist niet dat het om jouw broer ging. Alleen dat er twee scholieren uit Westbridge door een trein waren overreden. Op dat moment begreep ik Maura's telefoontje ook beter. Ik nam aan dat ze zwaar aangeslagen was en dat ze een paar dagen tijd nodig had om tot zichzelf te komen. Ik wist niet wat ik moest doen, maar ik heb een paar dingen geleerd in het leven. Je moet nooit te snel reageren. Ik ben misschien niet hyperintelligent, maar soms, als je niet weet of je weg A of weg B moet kiezen, moet je blijven waar je bent totdat je weet waar ze naartoe leiden. Dus ik maak gewoon mijn dienst af. Zoals ik al zei dacht ik het nu beter te begrijpen. Nou, alleen die laatste opmerking, dat ik niks tegen de politie mocht zeggen. Die zat me wel dwars, maar algauw was ik weer zo druk aan het werk dat ik geen tijd had om eraan te denken. Hoe dan ook, uiteindelijk zat mijn dienst erop en loop ik naar buiten, naar mijn auto op het parkeerterrein. Ik had afgesproken met een man die ik had leren kennen, maar dat kon ik die avond niet opbrengen. Ik wilde naar huis, naar mijn bed. Dus ik loop het parkeerterrein op. Het is laat en er staan bijna geen auto's meer. Maar dan word ik daar opgewacht door die mannen.'

Ze wendt haar blik af en knippert met haar ogen.

'Mannen?' herhaal ik.

'Ja. Vier mannen.'

'Van de politie, bedoelt u?'

'Dat zeiden ze. Ze legitimeerden zich.'

'Wat wilden ze?'

'Ze wilden weten waar Maura was.'

Ik zie het voor me. Bennigan's bestaat al jaren niet meer en is overgenomen door een filiaal van de Macaroni Grill, maar het parkeerterrein ken ik wel.

'Wat hebt u tegen ze gezegd?'

'Dat ik niet wist waar ze was.'

'Oké.'

'Ze waren heel beleefd. De leider, degene die het woord deed, had een heel bleke huid en een fluisterstem. Ik kreeg meteen de rillingen van die man. De nagels van zijn vingers waren te lang. Dat staat een man niet. Hij zei dat Maura niet in de problemen zat. Dat, als ze zich gewoon zou melden, alles goed zou komen. Hij bleef maar aandringen.'

'Maar u wist niet waar ze was.'

'Nee.'

'En toen?'

'Toen...' Ik zie dat de tranen in haar ogen springen. Ze brengt haar hand naar haar hals. 'Ik weet niet hoe ik het moet zeggen.'

Ik buig me naar voren en pak haar andere hand vast. 'Probeer het.'

Er is iets veranderd in het kantoor. Het is voelbaar, als een elektrische stroom.

'Wat gebeurde er toen, mevrouw Wells?'

'Toen...' Ze aarzelt, haalt haar schouders op. 'Toen was het opeens een week later.'

Ik ben sprakeloos. Uiteindelijk zeg ik: 'Dat begrijp ik niet.'

'Ik ook niet. Het eerstvolgende wat ik me herinner, is dat er iemand op de achterdeur bonst. Ik open mijn ogen, lig in mijn eigen bed. Ik doe het gordijn opzij om te kijken wie het is.'

Ze kijkt me aan.

‘Jij was het, Nap.’

Dat herinner ik me, natuurlijk. Ik was naar hun huis gegaan en had op de achterdeur gebonsd. Ik was op zoek naar Maura, van wie ik sinds de dood van mijn broer niets meer had gehoord, afgezien van de mededeling dat ze het nieuws over mijn broer niet aankon en dat ze een tijdje wegging.

Dat het uit was tussen ons.

‘Ik heb niet opengedaan,’ zegt Maura’s moeder.

‘Nee.’

‘Dat spijt me.’

Ik wuif het weg. ‘U zei iets over dat het een week later was.’

‘Ja, dat klopt. Want zie je, ik dacht dat het de volgende ochtend was, maar er was een hele week voorbijgegaan. Ik heb geprobeerd me te herinneren wat er was gebeurd. Het meest voor de hand liggende was dat ik me een stuk in de kraag had gedronken en een extra lange black-out had gehad. Ik ging ervan uit dat de bleke man met de fluisterstem me had bedankt voor mijn tijd, me had gevraagd of ik contact met hem wilde opnemen als ik iets van Maura hoorde, en daarna was weggegaan. Dat ik daarna in mijn auto ben gestapt en naar de eerste de beste kroeg ben gereden.’ Ze houdt haar hoofd schuin. ‘Klinkt dat niet als de meest voor de hand liggende verklaring, Nap?’

Het is vijf graden kouder geworden in het kantoor.

‘Maar ik geloof niet dat het zo is gebeurd.’

‘Wat denkt u dat er is gebeurd?’ vraag ik.

‘Ik denk dat de bleke man met de fluisterstem iets met me heeft gedaan.’

Ik hoor mijn eigen ademhaling, alsof ik twee schelpen tegen mijn oren houd. ‘Zoals wat?’

‘Ik denk dat ze me ergens naartoe hebben gebracht om me uit te horen over waar Maura was. Die herinneringen had ik toen ik net wakker werd. Heel nare herinneringen. Maar ze vervlogen, net als dromen. Ken je dat? Je wordt wakker uit een nachtmerrie, herinnert je alles, en even later zijn alle beelden verdwenen.'

'Ja,' hoor ik mezelf zeggen.

'Zoiets was het. Ik wist dat het heel slecht was, als de ergste droom die ik ooit had gehad. Maar toen ik me probeerde te herinneren wat het was geweest, was het weg, vervlogen als rook.'

Ik knik omdat ik niet weet wat ik anders moet doen, om te verwerken wat ik heb gehoord. 'Wat hebt u toen gedaan?'

'Ik ben...' Lynn Wells haalt haar schouders op. 'Ik ben naar mijn werk bij Kohl's gegaan. Ik had verwacht dat ik op mijn donder zou krijgen omdat ik een hele week niet was geweest, maar ze zeiden dat ik me ziek had gemeld.'

'En dat herinnert u zich niet?'

'Nee. Bij Bennigan's ging het net zo. Ook daar zeiden ze dat ik me ziek had gemeld.'

Ik ga rechtop zitten en denk na over wat ik heb gehoord.

'Ik... ik begon ook paranoïde te worden. Ik was ervan overtuigd dat ik werd gevolgd. Als ik iemand op straat een krant zag lezen, wist ik zeker dat ik in de gaten werd gehouden. Jij bent ook een paar keer naar mijn huis toe gekomen, Nap. Ik weet dat ik niet al te vriendelijk tegen je ben geweest toen ik je vroeg om weg te gaan, maar ik wist dat ik dat niet lang zou kunnen volhouden. Ik moest iets doen totdat Maura me had verteld wat er precies aan de hand was. Dus heb ik gedaan wat ze me had gevraagd. Ik heb je die leugen over die andere school verteld. Ik heb ook contact opgenomen met Westbridge High. Ik heb gezegd dat we naar een andere stad gingen verhuizen en dat ik ze nog zou laten weten waar ze Maura's gegevens naartoe moesten sturen. De school stelde niet al te veel vragen. Ik denk dat veel van jullie klasgenoten zwaar aangeslagen waren en een tijdje thuisbleven.'

Lynn Wells brengt haar hand naar haar hals – opnieuw. 'Mag ik een glaasje water?'

Ik sta op en loop om het bureau heen. Ellie heeft een kleine koelkast, die onder het raamkozijn staat. Ik vraag me nog steeds af waarom mevrouw Wells me via Ellie heeft benaderd, maar er zijn nu dringender dingen die mijn aandacht opeisen. Ik open de koelkast, zie de flesjes water keurig naast elkaar liggen en pak er een voor haar.

'Dank je,' zegt ze.

Ze draait de dop eraf en neemt een gulzige teug, als... nou ja... de alcoholist die ze is. 'U drinkt niet meer,' zeg ik.

'Een alcoholist ben je voor altijd,' zegt ze. 'Maar inderdaad, het is dertien jaar geleden dat ik mijn laatste glas heb gedronken.'

Ik knik goedkeurend, hoewel ze daar niet op zit te wachten.

'Dat heb ik aan Bernadette te danken. Zij is mijn rots in de branding. Ik was op mijn diepste dieptepunt toen ik haar leerde kennen. We zijn twee jaar geleden wettig getrouwd.'

Ik weet niet wat ik daarop moet zeggen – ik wil terug naar ons onderwerp – dus ik knik en zeg: 'Oké.' En daarna: 'Hoelang duurde het voordat u weer iets van Maura hoorde?'

Ze neemt nog een slok uit het flesje en draait de dop er weer op.

'Er gingen dagen voorbij. Daarna weken. Elke keer als de telefoon ging, sprong ik een meter de lucht in. Ik wilde het aan iemand vertellen, maar aan wie? Maura had gezegd dat ik niet naar de politie moest gaan, en na wat ik met de bleke man had meegemaakt... Zoals ik al zei, als je niet weet of je weg A of weg B moet nemen, moet je blijven waar je bent. Maar ik was bang. Ik had de meest gruwelijke dromen. Ik hoorde alsmaar die fluisterstem, die me keer op keer vroeg waar Maura was. Ik wist niet wat ik moest doen. De hele stad was in rouw vanwege je broer en Diana. Diana's vader, de korpschef, is ook een keer langs geweest. Ook hij wilde weten waar Maura was.'

'Wat hebt u tegen hem gezegd?'

'Hetzelfde wat ik iedereen heb verteld. Dat Maura kapot was van wat er was gebeurd. Dat ze een tijdje bij een neef in Milwaukee logeerde en daarna naar een andere school zou gaan.'

'Bestond die neef in Milwaukee?'

Ze knikt. 'Hij was bereid voor mijn alibi te zorgen.'

'Maar wanneer hebt u weer iets van Maura gehoord?'

Ze kijkt naar het flesje water, met de vingers van haar ene hand op de witte dop en haar andere hand plat onder de bodem. 'Drie maanden later.'

Ik sta naast mijn stoel en probeer niet al te verbaasd te kijken. 'Dus drie maanden lang...'

'... had ik geen idee waar ze was. Ik heb al die tijd geen contact met haar gehad. Helemaal niks van haar gehoord.'

Ik weet niet wat ik moet zeggen. Mijn telefoon trilt weer.

'Ik heb me zo ontzettend veel zorgen om haar gemaakt. Maura was intelligent en heel vindingrijk, dus weet je wat ik dacht?'

Ik schud mijn hoofd.

'Ik dacht dat ze dood was. Ik dacht dat die bleke man met zijn fluisterstem haar had gevonden en had vermoord. Ik probeerde mijn kalmte te bewaren, en trouwens, wat kon ik doen? Als ik naar de politie stapte, wat moest ik dan zeggen? Wie zou me geloven als ik het verhaal over die verdwenen week en de rest vertelde? Wie die vier mannen ook waren – of ze hadden haar vermoord, of ze zouden haar alsnog vermoorden als ik me niet stilhield. Ik had weinig keus, begrijp je? Naar de politie stappen was te riskant. Dus Maura was op zichzelf aangewezen, of...'

'Of ze was dood,' zeg ik.

Lynn Wells knikt.

'Bent u Maura ook weer tegengekomen?'

'In een Starbucks in Ramsey. Ik ging naar de toiletten, achterin, en zij kwam daar meteen na mij binnen.'

'Wat? Had ze u niet eerst gebeld?'

'Nee.'

'Ze dook opeens op?'

'Ja.'

Ik probeer dit te begrijpen.
'En toen?'
'Ze zei dat ze in gevaar was, maar dat ze zich wel zou redden.'
'Wat nog meer?'
'Verder niks.'
'Was dat alles wat ze zei?'
'Ja.'
'En u hebt haar niet gevraagd...'
'Natuurlijk heb ik dat gedaan.' Het is voor het eerst dat Lynn Wells haar stem verheft. 'Ik heb haar bij haar arm gepakt, haar stevig vastgehouden en haar gesmeekt me meer te vertellen. Ik heb me verontschuldigd voor alles wat ik in het verleden fout had gedaan. Ze omhelsde me en heeft me daarna van zich af geduwd. Voordat ik kon reageren was ze de toiletten uit en door de achterdeur naar buiten gerend. Ik ben haar achternagegaan, maar... je begrijpt het niet.'
'Leg het me dan uit.'
'Toen ik de toiletten uit kwam, waren die mannen er weer.'
Even betwijfel ik of ik het wel goed heb verstaan. 'Diezelfde mannen?'
'Misschien niet letterlijk hetzelfde, maar... Eentje kwam me achterna toen ik naar buiten ging. En toen ik bij mijn auto kwam...'
Als Lynn Wells naar me opkijkt, als ik de tranen in haar ogen zie en haar hand weer naar haar hals gaat, heb ik het gevoel dat mijn hart een vrije val in een mijnschacht maakt. 'Veel mensen zouden denken dat de schrik van het weerzien met mijn dochter me weer aan de drank heeft gebracht.'
Ik buig naar voren en pak haar hand vast. 'Hoelang heeft het deze keer geduurd?'
'Drie dagen. Maar je begrijpt het nu, hè?'
Ik knik. 'Maura wist het.'
'Ja.'

'Ze wist dat ze u zouden ondervragen. Waarschijnlijk met behulp van drugs. Of een hardhandiger aanpak. En als u niks wist...'

'Kon ik ze ook niks vertellen.'

'Niet alleen dat,' zeg ik.

'Wat bedoel je?'

'Het ging Maura om uw veiligheid,' zeg ik tegen haar. 'Als u wist waarom ze op de vlucht was geslagen, zou u ook in gevaar zijn.'

'O, mijn god...'

Ik probeer me te concentreren. 'En toen?' vraag ik.

'Toen niks.'

'Wilt u zeggen dat u Maura sinds die dag in Starbucks niet meer hebt gezien?'

'Nee. Ik heb haar in totaal zes keer gezien.'

'In de afgelopen vijftien jaar?'

Lynn Wells knikt. 'Steeds op onverwachte momenten. Steeds heel kort, alleen om me te laten weten dat alles in orde was met haar. Ze heeft een keer een e-mailaccount voor ons geopend. We verstuurden onze mails niet, maar we bewaarden ze als concepten. Alleen wij hadden het wachtwoord en ze had een VPN gebruikt om de anonimiteit te garanderen. Maar algauw begon ze zelfs dat te riskant te vinden. En het vreemde was dat ze me eigenlijk nooit iets te vertellen had. Ik vertelde haar wel over mijn leven. Dat ik van de drank af was en dat ik Bernadette had ontmoet. Maar zij vertelde me nooit iets over haar leven. Het was een martelgang voor me.' Ze knijpt iets te hard in het waterflesje. 'Dus ik heb geen idee waar ze uithangt of wat ze doet.'

Mijn telefoon trilt weer.

Deze keer haal ik hem tevoorschijn. Het is Augie. Ik houd het toestel bij mijn oor. 'Hallo?'

'We hebben Hank gevonden.'

17

Herinner je je het feestje van Hanks tiende verjaardag, Leo?

Het was het jaar van de laserzwaarden, Nerf Wars en feestjes met sportthema's. Eric Kuby had dat voetbalfeestje in die opblaasbare tent. Alex Cohen in de mall, met midgetgolf en het Rainforest Café daarna. Michael Stotter had videogames en virtualrealitybrillen. Ze bonden ons vast op onze stoel en schudden die heen en weer terwijl wij naar de beelden keken. Het was alsof je echt in een achtbaan zat. Jij bent toen nog misselijk geworden.

Hanks feestje was anders, net als Hank zelf. Het werd gehouden in het scheikundelaboratorium van Reston University. Een of andere man met een witte jas en een bril met jampotglazen liet ons een hele reeks experimenten doen. We mochten groen slijm maken van boraxpoeder en lijm. We maakten doorzichtige kogels die heel hoog opstuitten en reusachtige ijskristallen. En we deden laboratoriumproeven met chemische reacties, vuur en statische elektriciteit. Het feestje was veel leuker dan iedereen had verwacht, en zelfs de sportjongens vonden het prachtig. Maar wat me het meest is bijgebleven, is de uitdrukking op Hanks gezicht, de dromerige blik in zijn grote ogen, en zijn gelukzalige glimlach. Zelfs toen al, als jongetje van tien, begreep ik hoe zielsgelukkig Hank op dat moment was, hoezeer hij – ja, haha – in zijn element was, en hoe bijzonder dit was... Iets wat we zelf maar zelden zouden meemaken. Zelfs toen al – en ik betwijfel of ik het had kunnen verwoorden – had ik de tijd voor hem willen stilzetten, om hem in dit moment te laten blijven, in dit laboratorium, met zijn vriendjes en zijn hobby's, in plaats van drie kwartier vermaak gevolgd door een kwartier taart eten. Ik denk nu terug aan dat verjaardagsfeestje, aan de puurheid van dat moment voor Hank, aan de weg die ons leven vervolgens aflegde en aan de tijdlijn tussen dat moment en het nu, de link tussen de jongen met die gelukzalige glimlach op zijn gezicht en de naakte, verminkte dode man die met een touw om zijn nek aan een boomtak hangt.

Als ik naar het gezicht kijk – opgezet, misvormd, misschien al in staat van ontbinding – kan ik het jongetje op zijn verjaardagsfeestje nog steeds zien. Raar dat je dat kunt met mensen met wie je bent opgegroeid. De stank houdt de anderen op afstand, maar om de een of andere reden doet die me niets. Ik heb in de loop der jaren al heel wat doden gezien. Hanks naakte lijk ziet eruit alsof iemand zijn botten uit zijn lijf heeft gerukt, als een marionet die nog maar aan één touwtje hangt. Zijn bovenlichaam zit vol snijwonden, zo te zien toegebracht met een scherp mes, maar wat het meest de aandacht trekt, is de wond daaronder.

Hank is gecastreerd.

Ik word geflankeerd door mijn twee superieuren. Aan mijn ene zijde staat Loren Muse, officier van justitie van Essex County. Aan mijn andere zijde staat Augie. We staren zwijgend naar het lijk.

Uiteindelijk wendt Muse zich tot mij. 'Ik dacht dat je om een paar vrije dagen had gevraagd.'

'Nu niet meer. Ik wil deze zaak.'

'Je hebt het slachtoffer gekend, hè?'

'Ja. Van vroeger.'

'Maar toch... je krijgt hem niet.' Muse is zo'n kleine vrouw die pure kracht uitstraalt. Ze knikt naar de man die de heuvel af komt lopen. 'Manning doet deze zaak.'

Augie heeft nog geen woord gezegd. Ook hij heeft de nodige lijken gezien, maar zijn gezicht is asgrauw. Moordzaken komen bij de county terecht. De stad Westbridge – Augies jurisdictie – verleent alleen assistentie. Ik treed op als bemiddelaar tussen de twee.

Muse kijkt naar de heuveltop. 'Zie je al die nieuwsbusjes?'

'Ja.'

'Weet je waarom het er zo veel zijn?'

Dat weet ik. 'Door die video.'

Muse knikt. 'Een man wordt op internet als seksueel gevaarlijk neergezet. De video krijgt – hoeveel? – drie of vier miljoen hits. Dan wordt deze man hangend aan een boomtak in het bos aangetroffen. Als bekend wordt dat hij is gecastreerd...'

Ze hoeft haar zin niet af te maken. We weten het alle drie. Dan breekt de hel los. Ik ben nu bijna blij dat ik de leiding van het onderzoek niet krijg.

Alan Manning loopt langs ons heen alsof we er niet zijn. Hij gaat bij Hanks licht heen en weer deinende lijk staan en bekijkt het overdreven zorgvuldig. Ik ken Manning. Hij is geen slechte rechercheur. Maar ook geen goede.

Muse doet een stap achteruit. Augie en ik volgen haar voorbeeld.

'Augie zegt dat je de vrouw hebt gesproken die de video online heeft gezet,' zegt ze tegen me.

'Ja. Suzanne Hanson.'

'Wat had ze te zeggen?'

'Ze heeft toegegeven dat ze heeft gelogen. Dat Hank zijn broek niet heeft laten zakken.'

Langzaam draait Muse zich naar me om. 'Pardon?'

'Mevrouw Hanson vond het gewoon niet prettig dat hij in de buurt van de school rondhing.'

'En nu is hij dood,' zegt Muse hoofdschuddend.

Ik zeg niets.

'Wat een stompzinnige, achterlijke...' Ze schudt haar hoofd weer. 'Ik ga kijken of ik haar kan vervolgen.'

Daar heb ik niets over te zeggen.

'Denk je dat mevrouw Hanson bij de feitelijke moord betrokken kan zijn?' vraagt Muse.

Nee, dat denk ik niet. En ik wil eerlijk zijn. Ik wil Manning geen overbodig werk laten doen, maar ik wil vooral wat het beste is voor de zaak, en een beetje extra werk hoort daar soms bij. Dus zeg ik: 'Een gesprekje met mevrouw Hanson lijkt me een goed startpunt.'

We staren weer naar het lijk. Manning loopt er nog steeds omheen, met zijn hoofd achterover. Zijn manier van doen is puur show, iets wat hij op tv heeft gezien, en het zou me niet verbazen als hij à la Sherlock Holmes ineens een reusachtig vergrootglas uit zijn zak haalde.

Augies blik blijft op het lijk gericht. 'Ik ken Hanks vader.'

'Misschien moet jij hem dan maar het slechte nieuws gaan vertellen,' zegt Muse. 'En met al die persmensen hier, hoe eerder hoe beter.'

'Vind je het goed als ik met hem meega?' vraag ik.

Muse haalt haar schouders op alsof ze wil zeggen: wat jij wil.

Augie en ik lopen weg. Franco Cadeddu, de patholoog-anatoom van Essex County en een aardige kerel, is zojuist gearriveerd. Met een ernstig hoofdknikje loopt hij ons voorbij. Op plaatsen delict is Franco een en al zakelijkheid. Ik knik terug. Augie niet. We lopen door. De mannen van het forensisch team, in hun witte pakken, met hun handschoenen aan en hun maskers voor hun mond en neus, lopen ons voorbij. Augie kijkt ze amper aan. Zijn gezicht staat strak; hij ziet op tegen zijn taak.

'Er klopt iets niet,' zeg ik.

Het duurt een paar seconden voordat Augie reageert. 'Wat klopt niet?'

'Hanks gezicht.'

'Wat is daarmee?'

'Het is niet paars, of zelfs niet roder dan de rest van zijn lichaam.'

Augie zegt niets.

'Dus hij is niet door verstikking of een gebroken nek om het leven gekomen,' zeg ik.

'Dat mag Franco voor ons uitzoeken.'

'Iets anders: de stank... Die is erger dan normaal. En op sommige plekken is de ontbinding al ingezet.'

Augie loopt door.

'Hank is drie weken geleden vermist geraakt,' zeg ik. 'Ik denk dat hij al zo lang dood is.'

'Nogmaals, laten we wachten op wat Franco zegt.'

'Wie heeft het lijk gevonden?'

'David Elefant,' zegt Augie. 'Hij had zijn hond hier van de lijn gelaten. De hond is hiernaartoe gerend en begon te janken.'

'Hoe vaak doet Elefant dat?'

'Wat?'

'Zijn hond hier uitlaten. Dit ravijn ligt vrij afgelegen, maar er komen toch wel eens mensen?'

'Dat weet ik niet. Hoezo?'

'Laten we eens aannemen dat ik gelijk heb. Dat Hank al drie weken dood is.'

'Oké.'

'Als Hank daar al die tijd heeft gehangen, dan zou iemand dat toch wel gezien hebben? Of de stank hebben geroken? Ik bedoel, zo ver zijn we toch niet van de bewoonde wereld?'

Augie zegt niets.

'Augie?'

'Ik heb je gehoord.'

'Er zit iets goed fout.'

Uiteindelijk blijft Augie staan en draait zich om naar de plaats delict in de verte. 'Een man is gecastreerd en aan een boomtak opgehangen,' zegt hij. 'Dus we kunnen wel zeggen dat er iets fout zit.'

'En ik geloof ook niet dat het allemaal door die video is veroorzaakt,' zeg ik.

Augie blijft zwijgen.

'Ik denk dat het te maken heeft met de Conspiratie Club en de oude legerbasis. Dat het met Rex, Leo en Diana te maken heeft.'

Ik zie hem ineenkrimpen als hij de naam van zijn dochter hoort.

'Augie?'

Hij draait zich om en loopt door. 'Later,' zegt hij.

'Wat?'

'We praten er later over,' zegt Augie. 'Eerst moet ik Tom gaan vertellen dat zijn jongen dood is.'

Tom Stroud staart naar zijn handen. Zijn onderlip trilt. Hij heeft nog niets gezegd, nog geen woord, nadat hij heeft opengedaan. Hij wist het. Meteen. Hij zag onze gezichten en wist het meteen. Dat gebeurt vaker. Er wordt wel gezegd dat ontkenning de eerste stap van het rouwproces is. Ik, als veelvuldig brenger van nieuws dat levens ruïneert, heb echter ontdekt dat het tegendeel waar is. De eerste stap is onmiddellijk en algeheel begrip. Je hoort het nieuws en weet meteen hoe rampzalig en onomkeerbaar het is. Je weet hoe definitief de dood is, dat je wereld aan flarden is gescheurd en dat je nooit meer dezelfde zult zijn. Je beseft dat in een tijdsbestek van enkele seconden, meer niet. Het besef verspreidt zich via je aderen door je lichaam en neemt je helemaal in bezit. Je hart breekt. Je knieën knikken. Elk deel van je wil bezwijken en zich overgeven. Je wil in een hoekje kruipen en je oprollen tot een bal. Je wil je in die mijnschacht storten en eeuwig blijven vallen.

Dan grijpt de ontkenning in.

Ontkenning is je redding. Die bouwt een beschermend hek om je heen. Ontkenning houdt je tegen voordat je je in de diepte kunt storten. Jij houdt je hand boven de vlam. Ontkenning trekt hem terug.

Herinneringen aan die avond overvallen me als we Tom Strouds huis binnengaan en diep in mijn hart verlang ik naar dat beschermende hek. Ik had gedacht dat het een goed idee was om met Augie mee te gaan, maar nu ik hem dat slechte nieuws hoor brengen – het slechtst mogelijke nieuws, net als die avond toen jij de dood vond – raakt het me harder dan ik had verwacht. Ik knipper met mijn ogen, en soms verandert Tom Stroud in pa. Net als pa staart hij naar het tafelblad. Ook hij krimpt ineen alsof hij klappen incasseert. Augies stem, die zowel vastberaden als teder, zowel meelevend als afstandelijk klinkt, voert me meer terug naar toen dan welk beeld of welke geur ook, als een déjà vu van een nachtmerrie, terwijl het toch een andere vader is die hij vertelt dat zijn kind dood is.

De twee oudere mannen zitten aan de keukentafel. Ik houd me op de achtergrond, sta een meter of drie achter Augie en houd me klaar om van de reservebank te komen, hoewel ik intens hoop dat de coach mijn nummer niet zal roepen. Ik sta niet al te vast op mijn benen. Ik probeer de verschillende elementen in elkaar te passen, maar het lukt niet en het wordt alsmaar vreemder. Het officiële onderzoek, door Manning en de politie van Essex County, zal zich – daar ben ik van overtuigd – concentreren op de video. Zij zullen de logica er wel van zien: de video gaat viral, het publiek wordt woedend en iemand neemt het recht in eigen hand.

Het klinkt logisch. Begrijpelijk. Misschien zelfs politiek correct.

Ik blijf echter vasthouden aan de andere theorie. Iemand vermoordt leden van de vroegere Conspiratie Club. Van de zes vermeende leden zijn er vier die hun vijfendertigste verjaardag niet hebben gehaald. Hoe groot is de kans dat dit toevallig is? Eerst Leo en Diana. Toen Rex. En nu Hank. Ik weet niet waar Beth is. En dan hebben we natuurlijk Maura nog, die die avond iets heeft gezien wat haar voor altijd op de vlucht heeft gejaagd.

Alleen…

Waarom nu? Stel dat ze die avond allemaal iets hebben gezien wat niet voor hun ogen bestemd was. Ook dit klinkt tamelijk paranoïde, zelfs al heette de club de Conspiratie Club, maar ik mag deze mogelijkheid niet negeren.

Stel dat ze die avond alle zes iets hebben gezien.

Zijn ze op de vlucht geslagen en hebben de klootzakken alleen Leo en Diana kunnen pakken? Oké, laten we hier nog even aan vasthouden. Vervolgens hebben ze Leo en Diana meegenomen naar de andere kant van de stad en op de spoorbaan gegooid om het erop te doen lijken dat ze door een trein zijn overreden. Oké, best. Laten we aannemen dat de anderen erin geslaagd zijn om te vluchten. Maura konden ze niet vinden. Dat kan.

Maar hoe zit het dan met Rex, Hank en Beth?

Die zijn nooit ondergedoken. Ze hebben gewoon hun school afgemaakt, net als wij.

Waarom hebben de mensen van de basis hen dan niet vermoord?

Waarom hebben ze vijftien jaar gewacht?

En over toevallige timing gesproken, waarom hebben de klootzakken Hank uiteindelijk vermoord toen de video viral was gegaan? Sloeg dat ergens op?

Nee.

Wat is dan de plek van de video in dit hele gebeuren?

Ik zie iets over het hoofd.

Tom Stroud begint eindelijk te huilen. Zijn kin raakt zijn borst. Zijn schouders schokken. Augie steekt zijn hand uit en legt die op Toms bovenarm. Het is niet genoeg. Augie schuift zijn stoel naar hem toe. Tom drukt zijn gezicht tegen Augies schouder en gaat door met snikken. Ik zie Augie nu van opzij. Hij knijpt zijn ogen dicht en ik zie de pijn op zijn gezicht. Toms gesnik wordt luider. Seconden tikken voorbij. Het gesnik wordt minder. Uiteindelijk houdt het op. Tom Stroud gaat rechtop zitten en kijkt Augie aan.

'Bedankt,' zegt hij. 'Ik stel het op prijs dat je het me zelf komt vertellen.'

Augie knikt.

Tom Stroud veegt met zijn mouw de tranen van zijn gezicht en dwingt zijn mond in een soort glimlach. 'We hebben nu iets gemeen.'

Augie kijkt hem vragend aan.

'Iets afschuwelijks, bedoel ik,' vervolgt Tom. 'We hebben allebei een kind verloren. Ik weet nu welke pijn je lijdt. Alsof... alsof we lid zijn van dezelfde club.'

Nu is het Augie die ineenkrimpt alsof hij klappen krijgt.

'Denk je dat die vreselijke video er iets mee te maken heeft gehad?' vraagt Tom.

Ik wacht op Augies antwoord, maar hij reageert niet. Ik beantwoord de vraag voor hem.

'Dat gaat zeker onderzocht worden,' zeg ik.

'Hank heeft dit niet verdiend. Zelfs als hij exhibitionist was...'

'Dat was hij niet.'

Tom Stroud kijkt me aan.

'Dat was gelogen. De moeder van een meisje vond het gewoon niet prettig dat hij in de buurt van de school rondhing.'

Tom Strouds ogen worden groot. Ik denk weer aan de stappen in het rouwproces. Ontkenning kan ook overgaan in woede. 'Heeft ze het uit haar duim gezogen?'

'Ja.'

Zijn gezichtsuitdrukking verandert niet, maar je voelt dat zijn lichaamstemperatuur omhoogschiet. 'Hoe heet die vrouw?'

'Dat kunnen we je niet vertellen.'

'Denk je dat zij het heeft gedaan?'

'Dat ze Hank heeft vermoord?'

'Ja.'

'Nee,' antwoord ik naar waarheid.

'Wie heeft het dan gedaan?'

Ik leg hem uit dat het politieonderzoek nog maar net is begonnen en geef hem het gebruikelijke cliché: 'We doen wat we kunnen'. Ik vraag of hij iemand kan bellen om bij hem te zijn. Hij heeft een broer. Augie zegt nauwelijks iets, staat al bij de deur en wiegt voor- en achteruit op zijn hielen. Ik laat Tom zo goed mogelijk verzorgd achter, maar ik ben geen babysitter. Augie en ik zijn hier lang genoeg geweest.

'Nogmaals bedankt,' zegt Tom Stroud als hij ons uitlaat.

En voor het geval ik nog niet genoeg clichés heb gebruikt, zeg ik: 'Gecondoleerd met je verlies.'

Augie loopt als eerste naar buiten. Ik moet me haasten om hem in te halen.

'Wat is er?' vraag ik.

'Niks.'

'Je was zo stil binnen. Ik dacht dat je misschien een update over het onderzoek op je telefoon had ontvangen.'

'Nee.'

Augie komt bij de auto en opent het portier. We stappen in.

'Wat is er dan?' vraag ik weer.

Augie staart door de voorruit naar Tom Strouds huis. 'Hoorde je wat hij tegen me zei?'

'Tom, bedoel je?'

Hij blijft naar het huis staren. 'Hij zei dat hij en ik nu iets gemeen hadden.' Ik zie een zenuwtic op zijn gezicht. 'Dat hij weet welke pijn ik lijd.'

Zijn stem klinkt schor van verontwaardiging. Ik hoor dat hij sneller ademhaalt. Ik weet niet precies wat ik moet doen of zeggen, dus ik wacht af.

'Ik heb een beeldschone, levenslustige dochter van zeventien verloren, een meisje dat nog een heel leven vol beloften voor zich had. Ze was alles voor me, Nap. Begrijp je dat? Zij was mijn leven.'

Hij kijkt me aan, met dezelfde verontwaardigde blik. Ik kijk hem aan en verroer me niet.

'Ik wekte Diana elke ochtend voor school. Elke woensdag bakte ik pannenkoeken met chocoladechips voor haar. Toen ze klein was gingen we elke zaterdagochtend naar de Armstrong Diner, wij samen, en daarna naar Silverman's om elastiekjes en plastic knijpertjes en speldjes met schelpen voor haar haar te kopen. Ze spaarde die dingen. Ik was haar vader, een man, dus wist ik veel? Ik kwam al die dingen weer tegen toen ik haar kamer leegruimde. Ik heb alles weggegooid. Toen ze in groep zeven met acute reuma naar Saint Barnabus moest, heb ik acht nachten naast haar bed in een stoel geslapen. Ik ben in het ziekenhuis gebleven, heb naar haar zitten kijken en heb God gesmeekt haar geen pijn te doen. Ik ben naar al haar hockeywedstrijden geweest, al haar kerstconcerten, dansuitvoeringen, diploma-uitreikingen en ouderdagen. Toen ze voor het eerst met een jongen uitging, ben ik ze stiekem naar de bioscoop gevolgd omdat ik het doodeng vond. Daarna, toen ze vaker uitging, ben ik altijd wakker gebleven totdat ik wist dat ze veilig thuis was. Ik heb haar geholpen met haar schrijfproject voor school, het opstel dat nooit iemand heeft gelezen omdat ze omkwam voordat ze het kon inleveren. Ik heb met elke cel van mijn lichaam van haar gehouden, elke dag van haar leven, en hij…' Augie spuugt het laatste woord bijna in de richting van Tom Strouds huis. '… hij denkt dat we iets gemeen hebben? Hij, die zijn zoon heeft laten barsten toen het hem allemaal te moeilijk werd, denkt dat hij weet welke pijn *ík* lijd?'

Bij het woord 'ik' slaat hij zichzelf hard op zijn borst. Daarna zwijgt hij en sluit hij zijn ogen.

Eigenlijk zou ik tegen Augie willen zeggen dat Tom Stroud net zijn zoon heeft verloren, dus dat we hem een beetje moeten ontzien. Maar tegelijkertijd begrijp ik precies wat Augie bedoelt.

Als Augies ogen uiteindelijk opengaan, staart hij weer naar het huis. 'Misschien moeten we dit eens van een andere kant bekijken,' zegt hij.

'Hoe bedoel je?'

'Waar is Tom Stroud al die jaren geweest?'

Ik zeg niets.

'Hij beweert dat hij naar het westen was gegaan,' vervolgt Augie. 'Dat hij een winkeltje in visartikelen is begonnen.'

'Met een schietbaan achter het huis,' voeg ik eraan toe.

Nu staren we allebei naar het huis.

'Hij beweert ook dat hij af en toe terugkwam. Om voeling te houden met zijn zoon, die niks van hem wilde weten.'

'Dus?'

Augie zegt enige tijd niets. Dan slaakt hij een diepe zucht en zegt: 'Misschien is hij vijftien jaar geleden ook wel teruggekomen.'

'Dat lijkt me vergezocht,' zeg ik.

'Ja, dat is het,' beaamt Augie. 'Toch kan het geen kwaad om eens na te gaan waar hij al die tijd heeft uitgehangen.'

18

Als ik thuiskom, zijn Tammy en Ned Walsh in de tuin aan het werk. Ik werp ze een brede glimlach toe. Kijk eens hoe onschuldig de alleenstaande buurman is. Ze zwaaien naar me.

Ze kennen natuurlijk het verhaal van je tragische dood. Dat is hier algemeen bekend, zoals ze dat zeggen. Het verbaast me dat de plaatselijke Springsteens nog geen 'Ode aan Leo en Diana' hebben geschreven. Ze denken nog steeds dat het hun niet kan overkomen. Zo zijn mensen nu eenmaal. Ze willen alle details weten, niet alleen uit sensatiezucht – hoewel die er zeker een deel van vormt – maar om zichzelf ervan te overtuigen dat het hun niet kan overkomen. Die tieners hadden te veel gedronken. Ze hadden drugs gebruikt. Ze hadden te grote risico's genomen. Hun ouders hadden ze niet goed opgevoed. Ze hadden te weinig aandacht gekregen. En ga zo maar door. Het kan ons niet gebeuren.

Ontkenning is niet alleen iets voor mensen die rouwen.

Ik heb nog steeds niets van Beth Lashley gehoord. Dat zit me dwars. Ik bel de politie van Ann Arbor en word doorverbonden met een rechercheur die Carl Legg heet. Ik leg hem uit dat ik op zoek ben naar Beth Fletcher, meisjesnaam Lashley, een cardioloog, en dat ik steeds word afgepoeierd door de mensen van het ziekenhuis.

'Wordt ze van een misdaad verdacht?' vraagt Legg.

'Nee. Ik wil haar alleen spreken.'

'Ik rijd zelf wel even naar het ziekenhuis,' zegt Legg.

'Bedankt.'

'Geen probleem. Ik bel je zodra ik meer weet.'

Het is stil in huis, alle geesten slapen. Ik loop de trap naar de bovenverdieping op en trek aan de hendel op de overloop. De zoldertrap glijdt langzaam omlaag. Ik klim hem op en probeer me te herinneren wanneer ik voor het laatst op zolder ben geweest. Ik neem aan dat ik heb meegeholpen om je spullen naar zolder te brengen, maar als dat zo is, kan ik het me niet herinneren. Misschien heeft pa me willen ontzien en heeft hij alles alleen gedaan. Jouw dood was plotseling. Pa's dood niet. Hij en ik hadden de tijd om ons voor te bereiden. Hij had zijn lot geaccepteerd, ook al ontkende ik het nog. Tegen de tijd dat zijn lijf het begaf, had hij zichzelf – en daarmee ook mij – bevrijd van zijn aardse bezittingen. Hij heeft zelf zijn kleren weggegeven. Zelf zijn kamer leeggeruimd.

Alles was spic en span toen de Dood arriveerde, zodat ik niets hoefde te doen.

Het is warm en bedompt op zolder, wat geen verrassing is. Ademhalen kost moeite. Ik had een hele batterij dozen en hutkoffers verwacht, zoals je in films ziet, maar er staat heel weinig. Pa heeft een aantal planken op de dwarsbalken gelegd, waartussen ik het roze isolatiemateriaal zie. Dat herinner ik me het meest. Dat jij en ik hier als kinderen kwamen spelen en dat we op de planken moesten blijven, want als we op het roze stapten, zouden we erdoorheen zakken en op de bovenverdieping terechtkomen. Ik weet niet of het waar was, maar dat had pa altijd tegen ons gezegd. Ik herinner me dat ik er als kind bang van was, alsof het isolatiemateriaal een soort drijfzand was en dat ik, als ik erop ging staan, erin zou wegzakken en voor altijd zou verdwijnen.

In het echte leven ren je nooit het drijfzand in, hè? In films en op tv wordt het altijd zo opgeblazen, maar in het echte leven hoor je nooit dat iemand in drijfzand is gezakt en is omgekomen.

Dat is het uitstapje dat mijn geest maakt als ik de doos in de hoek zie staan. Dat is alles. Eén doos, Leo. Je weet dat pa niet van de aardse bezittingen was. Je kleren zijn weg. Je speelgoed ook. Opruimen vormde voor hem een deel van zijn rouwproces, hoewel ik niet zeker weet in welk stadium het past. Misschien bij acceptatie, hoewel acceptatie de laatste fase zou moeten zijn en pa nog veel meer heeft moeten doormaken nadat hij je spullen had opgeruimd. We weten dat pa een emotioneel mens was, maar als ik hem luidkeels zag snikken – met schokkende schouders en borstkas, en de klaaglijke geluiden die hij uitstootte – werd ik er soms bang van. Er waren momenten dat ik dacht dat hij psychisch zou knakken, letterlijk, dat zijn onbeschrijflijke verdriet hem in tweeën zou breken.

En nee, van ma hebben we nooit iets gehoord.

Heeft pa contact met haar gezocht om het haar te vertellen? Ik weet het echt niet. Ik heb het hem nooit gevraagd. Hij heeft het me nooit verteld.

Ik ga naar de doos om te zien wat pa heeft bewaard. En ik bedenk iets waaraan ik nooit eerder heb gedacht: pa wist dat jij niet meer in staat was om in de doos te kijken. Hij wist ook dat hij dat zelf ook niet zou doen. Dat houdt in dat wat er in deze doos zit, wat hij heeft uitgekozen om te bewaren, alleen voor mij waarde heeft. Wat het ook is wat hij heeft bewaard, hij moet gedacht hebben dat er ooit een dag zou komen dat ik er misschien iets aan zou hebben.

De doos is dichtgeplakt met brede plastic tape, die moeilijk los te krijgen is. Ik haal mijn sleutels uit mijn zak, steek er een in de sleuf en snijd de tape door. Daarna trek ik het karton omhoog en kijk in de doos. Ik weet niet wat ik moet verwachten. Ik ken je door en door. Ik weet wat voor leven je leidde. We hebben ons hele leven samen op één kamer geslapen. Het is niet zo dat ik grote verrassingen verwacht.

Maar als ik de foto bovenop zie liggen, raak ik toch van de wijs. Het is een foto van ons vieren: jij en Diana, Maura en ik. Natuurlijk herinner ik me deze foto. Hij is genomen in Diana's achtertuin. Op haar zeventiende – en laatste – verjaardag. Het was een zwoele avond in oktober. We waren die dag naar het Six Flags Avonturenpark geweest. Augie had een vriend, een gepensioneerde smeris, die voor een van de sponsoren van het park werkte, en die voor ons polsbandjes had geregeld waarmee we onbeperkt in alle attracties konden en nergens in de rij hoefden te gaan staan. Stel je voor, niet in de rij voor de achtbaan. Weet je nog? Ik heb niet veel herinneringen aan jou en Diana van die dag. We gingen ieder onze eigen weg: jij en Diana bleven vooral bij de speelautomaten – ik herinner me dat jij een Pickachu voor haar won – en Maura en ik deden alle achtbanen. Maura droeg een topje waar ik een droge mond van kreeg. Jij en Diana lieten je fotograferen met een van de Looney Tunes-figuren. Welke was het ook alweer? Ik durf te wedden dat… ja hoor, de tweede foto. Ik houd hem voor me. Jij en Diana aan weerszijden van Tweety, met de Six Flags-fontein op de achtergrond.

Twee weken later waren jullie allebei dood.

Ik bekijk de foto van ons vieren nog eens. Die is 's avonds genomen. We worden omringd door de andere feestgangers. We zijn alle vier moe, want het is een lange dag geweest. Maura zit bij me op schoot en onze lichamen lijken één geheel te vormen, zoals dat alleen met verliefde tieners mogelijk is. Jij zit naast Diana. Ze glimlacht niet. Jij ziet er stoned uit. Je hebt een glazige, benevelde blik in je ogen. Je gezichtsuitdrukking is… bezorgd. Dat is me destijds niet opgevallen. Ik ging mijn eigen weg, nietwaar? Maura en ijshockey en het vooruitzicht van de universiteit. Mijn toekomst zag er rooskleurig uit, daar was ik van overtuigd, hoewel ik nog geen echte plannen had en niet wist wat ik wilde worden. Ik wist alleen dat ik buitengewoon succesvol zou zijn.

De deurbel gaat.

Ik leg de foto terug in de doos en wil opstaan, maar het schuine dak is te laag. Voorovergebogen haast ik me naar het trapgat. Ik ben halverwege de trap als er weer wordt gebeld. En daarna nog een keer. Een ongeduldige bezoeker.

'Ik kom eraan!' roep ik.

Ik storm de trap af en zie door het raam dat het mijn oude klasgenoot David Rainiv is. Zijn grijze zakenpak is van een buitenaardse perfectie. Ik open de voordeur. Zijn gezicht is asgrauw en staat gepijnigd, maar in zijn Hermès-das zit een volmaakte dubbele windsor.

'Ik heb het gehoord van Hank.'

Ik neem niet de moeite om te vragen hoe dat kan. Het oude gezegde dat slecht nieuws zich snel verspreidt, is nog nooit zo waar geweest als in het internettijdperk.

'Is het waar?'

'Ik mag er eigenlijk niet over praten.'

'Ze zeggen dat hij aan een boomtak hing.'

Zijn verdriet tekent diepe groeven in zijn gezicht. Ik herinner me dat hij zijn hulp aanbood toen ik bij de basketbalcourt naar Hank informeerde. Hij verdient het niet dat ik het hem moeilijk maak. 'Ik vind het heel erg voor je.'

'Heeft Hank zich opgehangen,' vraagt David, 'of heeft iemand hem vermoord?'

Ik wil weer tegen hem zeggen dat ik er niet over mag praten, maar ik zie een onverwachte wanhoop op zijn gezicht. Waardoor ik me afvraag of hij naar me toe is gekomen om het slechte nieuws bevestigd te horen, of voor iets anders.

'Hij is vermoord,' zeg ik.

Hij sluit zijn ogen.

'Weet jij wat er gebeurd kan zijn?' vraag ik.

Zijn ogen blijven gesloten.

'David?'

'Ik weet het niet zeker,' zegt hij uiteindelijk. 'Maar misschien wel.'

19

De Rainivs wonen aan het eind van een doodlopende weg, in zo'n McMansion-villa met een binnenzwembad, een balzaal, achthonderd badkamers en een vloeroppervlak van een miljoen vierkante meter, voor het merendeel ongebruikt. Alles aan het huis schreeuwt nouveaux riches. De poort aan het begin van de oprijlaan toont een paar vliegerende kinderen in smeedijzer. Het wil er allemaal oud uitzien, maar het nieuw schijnt erdoorheen. Het is het allemaal net niet, of veel te veel van het goede. Maar dat is mijn mening. Ik ken David al lang. Hij is altijd een goed mens geweest. Hij geeft veel geld aan goede doelen. Hij stopt veel tijd en energie in de stad. Ik heb hem met zijn kinderen gezien. Hij is niet zo'n showvader, je kent ze wel, die aan iedereen in de mall of het park moeten laten zien hoe goed hij met zijn kinderen omgaat. Zo is David niet. Als ik nu zijn zwaar aangeslagen gezicht zie, denk ik vooral aan zijn oude vriend Hank, die hij altijd trouw is gebleven. Dat soort loyaliteit siert een mens. Dus misschien hebben hij of zijn vrouw wat huizen betreft een andere smaak dan ik. Nou en? Laten we ophouden met veroordelen.

We parkeren in een garage met de afmetingen van een sporthal – is dat veroordelen? – en stappen uit. Hij gaat me voor door een zijdeur en we komen in wat in sommige huizen een souterrain wordt genoemd, alleen heeft dit souterrain een filmtheater en een wijnkelder, dus misschien moeten we er een andere naam voor bedenken. De onderbouw? Hij opent de deur van een kleine kamer en doet het licht aan. In de rechterachterhoek staat een ouderwetse, anderhalve meter hoge kluis met een groot draaiwiel op de deur.

'Jij hebt niet de leiding van het onderzoek, hè?'

Het is al de derde keer dat David me dat vraagt. 'Nee. Waarom is dat zo belangrijk?'

Hij zakt door zijn knieën en voert een of andere code in. 'Hank heeft me gevraagd iets voor hem te bewaren.'

'Recentelijk?'

'Nee. Acht, negen jaar geleden. Hij zei dat als hij ooit werd vermoord, ik het moest geven aan iemand die ik vertrouw. Ik moest hem beloven dat ik het niet zou geven aan iemand van het openbare gezag of iemand die bij het politieonderzoek betrokken was.' David kijkt naar me om. 'Begrijp je mijn dilemma?'

Ik knik. 'Ik werk voor het openbare gezag.'

'Dat bedoel ik. Maar ik heb het over acht, negen jaar geleden. Hank was toen al de weg aan het kwijtraken. Ik ging ervan uit dat het niks was, een of ander waanidee dat aan zijn verwarde geest was ontsproten. Maar hij was er heel stellig over. Dus heb ik hem beloofd dat als hem iets overkwam, ik er het juiste mee zou doen. Ik heb nooit gedacht dat dat nodig zou zijn, want we kennen hem, nietwaar? Maar nu...'

Hij draait het wiel een laatste keer rond. Ik hoor een klik. Zijn hand gaat naar de hendel en als hij die vastpakt, draait hij zijn hoofd om en kijkt naar me op. 'Ik vertrouw jou, Nap. Je bent wel van het openbare gezag, maar ik denk dat Hank het wel oké gevonden zou hebben als ik het aan jou geef.'

Hij opent de kluisdeur, steekt zijn hand naar binnen en tast er wat rond. Ik durf niet mee te kijken, maar even later komt zijn hand er weer uit met een videocassette die me als déjà vu een dreun voor mijn hoofd geeft. Duizelend herinner ik me dat pa jou als laatstejaars een Canon PV1-camcorder cadeau had gegeven. Je was buiten zinnen van blijdschap. De eerste weken filmde je alles wat je tegenkwam. Je wilde filmregisseur worden, Leo. Je wilde documentaires maken. De pijn laait weer op als ik eraan terugdenk.

De cassette die David me geeft, zit in een rood plastic doosje met de tekst MAXELL – 60 MINUTES, dezelfde die jij altijd gebruikte. Natuurlijk was je toentertijd niet de enige die Maxell-cassettes gebruikte. Ze werden veel verkocht in die tijd. Maar nu ik er weer een zie, na al die jaren...

'Heb je hem bekeken?' vraag ik.

'Hank had gezegd dat ik dat niet moest doen.'

'Enig idee wat erop staat?'

'Nee. Hank had me alleen gevraagd hem goed voor hem te bewaren.'

Ik sta nog steeds naar de videocassette te staren.

'Waarschijnlijk heeft het niks met zijn dood te maken,' zegt David. 'Ik bedoel, ik heb het gehoord van die virale video waarop hij de exhibitionist uithangt.'

'Dat was gelogen.'

'Gelogen? Waarom zou iemand daar in hemelsnaam over liegen?'

Hank was Davids vriend. Ik vind dat ik David een antwoord schuldig ben. Ik vertel hem in het kort over Suzanne Hansons gestoorde beweegredenen. David knikt, duwt de kluisdeur dicht en draait het wiel rond.

'Ik neem aan dat je niet iets hebt waarop we dit ding kunnen afspelen,' zeg ik.

'Nee, dat heb ik niet.'

'Dan gaan we iemand zoeken die wel zo'n speler heeft.'

Ellie, aan de telefoon, zegt: 'Bob heeft een oude Canon in de kelder. Volgens hem moet hij het nog doen. Waarschijnlijk moeten we hem opladen.'

Het nieuws verbaast me niet. Ellie en Bob gooien nooit iets weg. Sterker nog, ik weet vrijwel zeker dat de oude videocamera, die al ruim een decennium het daglicht niet heeft gezien, keurig in de originele doos met de handleiding en de aansluitkabels uit de kelder tevoorschijn zal komen.

'Ik kan over tien minuten bij je zijn.'

'Blijf je eten?'

'Hangt ervan af wat er op de tape staat,' zeg ik.

'Uiteraard, dom van me.' Maar Ellie kent me door en door, en ze heeft waarschijnlijk iets in mijn stem gehoord. 'Verder alles oké?' vraagt ze.

'Ik spreek je straks.'

Ik beëindig het gesprek.

David Rainiv rijdt, met zijn handen op tien voor twee op het stuur. 'Ik wil me niet opdringen,' zegt hij, 'maar als er geen nabestaanden zijn, kun je het stoffelijk overschot, als jullie ermee klaar zijn, naar Feeney's Funeral Home laten brengen en zeggen dat ze de rekening naar mij sturen.'

'Zijn vader is terug in de stad,' herinner ik hem.

'Ah, natuurlijk,' zegt David met een frons. 'Dat was ik vergeten.'

'Je gelooft niet dat hij de verantwoordelijkheid op zich zal nemen?'

David haalt zijn schouders op. 'Hij heeft Hank zijn hele leven laten barsten. Ik zie geen reden waarom hij nu ineens wel over de brug zal komen.'

Goed punt. 'Ik zal het navragen en het je laten weten.'

'Ik zou het het liefst anoniem doen, als dat kan. Dan laten we de jongens van het basketbal komen. Om hun respect te betuigen. Hank verdient dat.'

Ik weet niet wat mensen wel of niet verdienen, maar ik ga ermee akkoord.

'Het zou veel voor hem betekenen,' vervolgt David. 'Hank vond het erg belangrijk om de nagedachtenis aan gestorvenen in ere te houden.' Zijn stem wordt zachter van toon. 'Aan zijn moeder, aan je broer en Diana...'

Ik zeg niets. We rijden een tijdje door. Ik heb de cassette in mijn hand. Dan moet ik opeens denken aan wat hij zonet heeft gezegd en ik vraag: 'Wat bedoel je daarmee?'

'Waarmee?'

'Met Hanks nagedachtenis aan gestorvenen. Aan mijn broer en Diana.'

'Meen je dat?'

Ik kijk hem van opzij aan.

'Hank was kapot van wat er met Leo en Diana was gebeurd.'

'Dat is niet hetzelfde als hun nagedachtenis in ere houden.'

'Weet je het echt niet?'

Een retorische vraag, neem ik aan.

'Hank liep vrijwel elke dag dezelfde route, dat weet je toch?'

'Ja,' zeg ik. 'Die begon bij het Pad bij de school.'

'Maar weet je ook waar die route eindigde?'

Ik heb opeens het gevoel of er een ijskoude vinger langs mijn nek strijkt.

'Bij de spoorbaan,' zegt David. 'Hank liep door tot aan de plek waar... nou, je weet wel.'

Er zit een zacht zoemend geluid in mijn oren. Mijn eigen stem lijkt van ver weg te komen. 'Dus elke dag weer begon Hank zijn wandeling bij de oude legerbasis...' Ik doe mijn best om niet te stotteren. '... en eindigde die op de plek waar Leo en Diana zijn omgekomen?'

'Ik dacht dat je dat wist.'

Ik schud mijn hoofd.

'Soms timede hij de wandeling,' vervolgt David. 'En een paar keer... dat vond ik wel vreemd...'

'Wat?'

'Hij heeft mij een paar keer gevraagd hem ernaartoe te rijden, zodat hij kon timen hoelang een auto erover deed.'

'De rit van de oude legerbasis naar de spoorbaan aan de andere kant van de stad?'

'Ja.'

'Waarom?'

'Dat heeft hij nooit gezegd. Hij zat naast me te mompelen en allerlei berekeningen te maken.'

'Wat voor berekeningen?'

'Dat weet ik niet.'

'Maar hij was dus geïnteresseerd in de vraag hoelang het duurde om van de ene plek naar de andere te gaan?'

'Geïnteresseerd?' David blijft even zwijgen. Dan zegt hij: 'Geobsedeerd, kun je beter zeggen. Ik heb hem maar – ik weet het niet – drie of vier keer langs het spoor zien staan. Als ik de trein naar de stad nam en we hem passeerden. Al die keren stond hij te huilen. Hij vond het zo erg, Nap. Hij wilde de slachtoffers zijn respect tonen.'

Ik probeer dit allemaal tot me te laten doordringen. Ik vraag David naar meer details, maar die heeft hij niet voor me. Ik vraag hem of hij zich misschien iets anders herinnert wat Hank in verband brengt met Leo, of met de Conspiratie Club, of met Rex, Maura of Beth, of wie ook uit het verleden. Maar ook hierop is het antwoord nee.

David Rainiv stopt voor het huis van Ellie en Bob. Ik bedank hem. We schudden elkaar de hand. Hij herinnert me er nog eens aan dat als er iets nodig is om Hank een fatsoenlijke begrafenis te geven, hij graag bereid is de kosten te betalen. Ik knik. Ik zie aan zijn gezicht dat hij me nog iets wil vragen, maar hij doet het niet.

'Ik hoef niet te weten wat er op die tape staat,' zegt hij.

Ik stap uit en kijk hem na tot hij uit het zicht is verdwenen.

Ellie en Bobs gazon ziet er zo strak uit dat je erop kunt golfen. De bloembedden zijn aangelegd en beplant met een dusdanig symmetrische precisie dat de rechterhelft van de tuin het exacte spiegelbeeld van de linkerhelft is. Bob doet open met een brede glimlach en een stevige handdruk.

Bob doet iets in commercieel vastgoed, hoewel ik nooit helemaal heb begrepen wat precies. Maar ik vind hem een prachtkerel en als er iemand op hem zou schieten, zou ik bereid zijn me in de baan van het schot te werpen. We zijn een paar keer samen op stap geweest, naar de Yag's Sportbar om naar de March Madness van het basketbal of de ijshockey-play-offs te kijken – mannen onder elkaar – maar we merkten algauw dat ons contact zonder Ellie vastloopt. We weten het allebei en hebben er vrede mee. Er wordt wel eens gezegd dat mannen en vrouwen niet bevriend kunnen zijn zonder een of andere seksuele component, maar – sorry dat ik het zeg – dat is je reinste bullshit.

Ellie kijkt bezorgder dan normaal als ze naar me toe komt en me op de wang kust. Ik denk dat zij ook weet dat er na de ontmoeting met Lynn Wells nog het een en ander uitgesproken moet worden, maar ik heb nu belangrijker dingen aan mijn hoofd.

'De videocamera ligt in mijn werkplaats,' zegt Bob. 'Hij is nog niet opgeladen, maar zolang de stekker in het stopcontact zit, moet hij het doen.'

'Geweldig. Bedankt.'

'Oom Nap!'

Hun twee meisjes, Leah van negen en Kelsi van zeven, komen de hoek om stormen zoals alleen meisjes van die leeftijd dat kunnen. Ze klemmen hun armen om me heen, ook zoals alleen jonge meisjes dat kunnen, met zo'n kracht dat ik bijna omval. Voor Leah en Kelsi zou ik veel meer doen dan alleen een kogel opvangen... Ik zou terugschieten tot ik door mijn patronen heen was.

Als peetvader van beiden – en iemand die zelf geen familie meer heeft – aanbid ik Leah en Kelsi, en verwen ik ze zo erg dat Ellie en Bob me soms moeten intomen. Ik vraag ze hoe het op school gaat en dat vertellen ze me vol enthousiasme. Maar ik ben niet van gisteren. Ze worden snel ouder en er komt een moment dat ze niet meer op me af zullen komen stormen, maar daar heb ik geen problemen mee.

Mensen vragen zich wel eens af of het geen pijn doet dat ik zelf nog geen gezin heb, of dat ik geen oom voor jouw kinderen kan zijn, Leo.

Wij zouden geweldige ooms voor elkaars kinderen zijn.

Ellie bevrijdt me. 'Oké, meisjes, zo is het genoeg. Oom Nap moet met papa iets doen in de werkplaats.'

'Wat moet hij doen?' vraagt Kelsi.

'Iets voor zijn werk,' zegt Bob tegen haar.

Leah: 'Wat voor iets?'

Kelsi: 'Politiewerk, oom Nap?'

Leah: 'Gaan jullie boeven vangen?'

'Nee, veel minder dramatisch,' zeg ik, waarna ik me meteen afvraag of ze wel weten wat 'dramatisch' betekent, en of ik de waarheid wel spreek als ik dat zeg, dus voeg ik eraan toe: 'Ik moet alleen deze video bekijken.'

'O, mogen wij ook kijken?' vraagt Leah.

Ellie redt me weer uit de brand. 'Absoluut niet. Jullie gaan de tafel dekken.'

Zonder al te veel protesten gaan ze doen wat hun is opgedragen. Bob en ik gaan naar de werkplaats in de garage. Boven de deur hangt een bordje met de woorden BOBS WERKPLAATS. De letters zijn in het hout gekerfd en hebben allemaal een andere kleur. Zoals je zou verwachten heerst hier orde. Het gereedschap hangt op grootte gerangschikt en op gelijke afstanden van elkaar. Hout en bouwmaterialen liggen in keurige stapels tegen de achterwand. Aan het plafond hangen tl-buizen. Plastic bakjes, allemaal van een etiket voorzien, met spijkers, schroeven, pluggen en stekkers, staan netjes naast elkaar. De vloer is van rubbertegels. Alle kleuren in de werkplaats zijn neutraal en ik zie nergens stof of zaagsel of rommel… Helemaal niets wat de relatieve rust kan verstoren.

Ik ben niet zo'n doe-het-zelver, maar ik kan begrijpen dat Bob hier graag is.

De camera op de werkbank is precies dezelfde als die van jou, een

Canon PV1, en even vraag ik me af of het de jouwe niet is. Zoals ik al zei heeft pa vrijwel al je spullen weggedaan. Misschien is je camera op de een of andere manier wel bij Ellie en Bob terechtgekomen, wie zal het zeggen? De Canon PV1 staat rechtop en de lens en zoeker zitten aan de bovenkant. Bob draait hem een kwartslag en drukt op EJECT. Hij houdt zijn hand op voor de cassette. Ik geef hem de cassette en hij schuift hem in de camera.

'Klaar,' zegt Bob. 'Je hoeft alleen op PLAY te drukken...' Hij wijst naar het knopje. '... en dan kun je hier kijken.' Aan de zijkant zit een beeldschermpje, dat Bob openklapt.

Al deze handelingen herinneren me aan jou. Niet op een leuke manier.

'Als je hulp nodig hebt, ben ik in de keuken,' zegt Bob.

'Bedankt.'

Bob loopt de werkplaats uit en doet de deur achter zich dicht. Het heeft geen zin om het langer uit te stellen. Ik druk op PLAY. De video begint met sneeuw en wordt daarna donker. Het enige wat ik zie is de datum.

Een week voordat jij en Diana de dood vonden.

Het beeld schokt, alsof degene die de camera vasthoudt ermee loopt. Het schokken wordt heviger, alsof er nu met de camera wordt gerend. Verder kan ik nog niets onderscheiden. Alles is nog zwart. Ik hoor wel iets, maar heel zacht.

Ik zoek de volumeknop en draai hem helemaal open.

Het schokken houdt op, maar het beeld blijft te donker om iets te onderscheiden. Ik druk op het knopje om het lichter te zetten, maar dat helpt niet, dus doe ik de tl-lampen uit, voor het contrast. Het wordt griezelig donker in de werkplaats en het gereedschap krijgt iets dreigends. Ik tuur naar het schermpje.

Dan hoor ik een stem uit het verleden zeggen: 'Staat hij aan, Hank?'

Mijn hart houdt op met kloppen.

De stem die ik hoor is de jouwe.

Hank zegt: 'Ja, hij staat aan.'

Dan zegt een andere stem: 'Richt hem omhoog, Hank.'

Het is Maura. Mijn hart, dat niet meer klopt, explodeert in mijn borstkas.

Ik grijp de rand van de werkbank vast om overeind te blijven. Maura's stem klinkt opgewonden. Ik herinner me die toon nog zo goed. Ik zie de camera nu omhooggaan. Hank had hem op de grond gericht. Terwijl de camera omhoog wordt gericht, herken ik de lichten van de legerbasis.

Jouw stem weer, Leo. 'Horen jullie het nog?'

'Ja, maar heel zacht.'

Dat is Rex, zo te horen.

Jij zegt: 'Oké, we moeten ons stilhouden.'

Dan hoor ik Maura zeggen: 'Jezus, kijk! Net als vorige week.'

'Mijn god.' Jij weer. 'Je had gelijk, Maura.'

Wat volgt is een kakofonie van gedempte maar opgewonden stemmen. Ik probeer ze te herkennen... de jouwe, natuurlijk, die van Maura, Rex en Hank... nog een vrouwenstem. Diana? Beth? Ik zal het later nog eens terug moeten luisteren. Ik tuur weer naar het schermpje, hoop te zien waar zij zo verbaasd over zijn.

Dan zie ik het ook, in de lucht, waar het langzaam in beeld komt schuiven. Net als zij hap ik naar adem.

Het is een helikopter.

Ik wil het volume verder opendraaien om de rotoren te horen, maar het staat al helemaal open. Hank, die mijn gedachten schijnt te lezen, schiet me te hulp.

'Het is een Sikorsky Black Hawk,' zegt Hank. 'Een stealth. Maakt bijna geen geluid.'

'Ik kan het niet geloven.' Dat klinkt als Beth.

Het beeldschermpje is maar klein, en zelfs met het licht van Bobs werkplaats uit is het moeilijk om te zien wat er precies gaande is.

Maar één ding is duidelijk: er hangt een helikopter boven de oude legerbasis.

Als de helikopter begint te dalen fluistert Maura: 'Kom mee, we kunnen dichterbij komen.'

Rex: 'Straks zien ze ons.'

Maura: 'Nou en?'

Beth: 'Ik weet het niet, hoor...'

Maura: 'Kom mee, Hank.'

Het beeld begint weer te schokken als Hank, neem ik aan, naar de basis toe rent. En dan struikelt. De camera ligt op de grond. Er wordt een hand uitgestoken om Hank overeind te helpen, en dan zie ik... de witte mouw van mijn sportjack. En als de camera wordt opgeraapt, wordt de lens even op Maura's gezicht gericht. Mijn hele lichaam verstijft. Haar donkere haar is die heerlijke warboel, haar ogen fonkelen van opwinding en haar glimlach is absoluut onweerstaanbaar.

'Maura...'

Ik ben het die het zegt. Hardop.

En dan zeg jij vanuit het piepkleine speakertje: 'Stil. Blijf daar.'

De helikopter landt. Het is niet goed te zien, maar de rotoren draaien nog rond. Het is bijna niet te geloven hoe geruisloos ze zijn. Ik weet niet precies wat ik zie... Een schuifdeur aan de zijkant, die opengaat, denk ik. Een feloranje vlek. Het zou een mens kunnen zijn. Moeilijk te zeggen, maar het moet eigenlijk wel.

De feloranje kleur doet me denken aan gevangenisoveralls.

Ik hoor het geluid van iemand die op een takje gaat staan. De camera zwenkt naar rechts. Rex roept: 'Schiet op! We moeten hier weg!'

Daarna wordt het beeld zwart.

Ik druk op FAST FORWARD, maar het beeld blijft zwart. Meer staat er niet op de tape. Ik spoel terug en bekijk de scène met de helikopter nog een keer. En daarna een derde keer. Het blijft moeilijk om jouw stem te horen en Maura's gezicht te zien.

Als ik de scène voor de vierde keer bekijk, probeer ik iets nieuws. Ik probeer me te herinneren waar ik die avond was. Ik was geen lid van de Conspiratie Club. Ik kon er niet voor warmlopen, voor jullie 'geheime genootschap' dat ik soms grappig en soms kinderachtig vond, ergens tussen onschuldig en – als ik een minder goed humeur had – stompzinnig in. Jullie hadden je geheimen en speelden je spelletjes. Prima, tot zover.

Maar een geheim als dit voor me achterhouden?

Je vertelde me toch altijd alles?

Ik ga terug in de tijd en probeer het me te herinneren. Waar was ik die avond? Het was net als op de avond toen je stierf, een vrijdagavond. Ik had een ijshockeywedstrijd. Tegen wie we speelden? Dat weet ik niet meer. Hadden we gewonnen? Had ik jou die dag gezien? Ook dat weet ik niet meer. Ik was later met Maura samen geweest, dat weet ik nog wel. We waren naar de open plek in het bos gegaan. Ik zie haar wilde haar, onweerstaanbare glimlach en fonkelende ogen weer voor me. Maar er was ook iets veranderd die avond, iets wat ons liefdesspel nog intenser maakte dan anders. Ik geloof niet dat ik me toen heb afgevraagd wat dat andere was, want Maura ging graag tot het uiterste, en ik denk – zelfingenomen als ik was – dat ik het gewoon toeschreef aan mijn eigen onweerstaanbaarheid. Zo vol was ik, de grote sportheld, destijds van mezelf.

En mijn tweelingbroer?

Ik denk weer aan de foto die ik op zolder heb gevonden. Waar we met z'n vieren op staan. Aan de benevelde, verloren blik in je ogen. Er was toen al iets met je aan de hand, Leo. Iets belangrijks wat me niet had mogen ontgaan, wat echter wel gebeurde omdat ik zo'n zelfingenomen eikel was, iets wat jou het leven heeft gekost.

Ik trek het snoer van de oplader uit de camera. Bob vindt het vast wel goed als ik die even van hem leen. Want ik moet hier eerst over nadenken. Ik mag nu geen overhaaste beslissingen nemen. Hank heeft deze video verborgen gehouden omdat, wat zijn problemen ook waren, hij vond dat hij iets belangrijks had gezien. Hij mocht dan paranoïde en geestelijk niet helemaal in orde zijn, als hij dat vond, zou ik dat respecteren.

Dus wat nu?

Moet ik ermee naar de autoriteiten stappen? Moet ik het Muse of rechercheur Manning vertellen? Moet ik het Augie vertellen?

Maar laat ik niet op de zaak vooruitlopen. Ik moet eerst een paar kopieën maken en het origineel veilig opbergen.

Ik laat alles de revue nog eens passeren en probeer te bedenken hoe het in elkaar past. De oude raketbasis was onder overheidsbeheer gebleven. Onder het mom van een of ander onschuldig agrarisch proefstation om de ware bezigheden te verhullen. Oké, tot zover is het duidelijk. Ik neem zelfs aan dat jullie die avond iets hebben gezien wat het daglicht niet kon verdragen.

Ik ben zelfs in staat nog een stap verder te gaan. Ik kan me zelfs voorstellen waarom zij – en met 'zij' bedoel ik de klootzakken die op de basis werkten – het nodig vonden om jou en Diana het zwijgen op te leggen, hoewel ik Diana's stem niet op de video heb gehoord. Was ze erbij? Dat weet ik niet. Ik weet alleen dat jullie beiden kort daarna de dood vonden.

Vraag: waarom mochten de anderen gewoon in leven blijven?

Mogelijk antwoord: 'zij' wisten niet van het bestaan van Rex, Hank en Beth. 'Zij' wisten alleen van jouw en Diana's bestaan. Goed dan, dat klinkt een heel klein beetje aannemelijk. Niet veel, maar ik zal het ermee moeten doen. En Maura past ook in deze theorie. Want op de een of andere manier wisten 'zij' ook van Maura's bestaan. Daarom was ze op de vlucht geslagen en ondergedoken. Op de video zijn Maura en jij duidelijk de leiders van de groep. Dus misschien zijn jullie nog een keer teruggegaan en hebben jullie iets onvoorzichtigs gedaan. Jij bent gepakt. Zij is op de vlucht geslagen.

Dat klinkt niet onredelijk.

Maar nogmaals: hoe zit het dan met de anderen? Met Rex en Hank en Beth, die in eerste instantie van niemand iets te vrezen hadden. Geen van hen is ooit ondergedoken. Maar misschien zijn 'zij' vijftien jaar later toch weer gaan zoeken. Of misschien is er vijftien jaar later iets gebeurd waardoor ze het ineens wisten.

Maar wat zou dat dan moeten zijn?

Ik heb geen idee. Maar misschien had Augie wel gelijk toen hij zijn vraagtekens bij Tom Stroud zette. Misschien heeft het zin om uit te zoeken wanneer Tom Stroud precies naar Westbridge is teruggekomen.

Maar genoeg gespeculeerd. Er ontgaat me nog steeds iets. En er is iets wat ik eerst moet doen.

Ik moet met Ellie gaan praten.

Het kan geen toeval zijn dat Maura's moeder me via Ellie op het spoor is gekomen. Ellie weet iets. Dit is een besef dat ik liever uit de weg ga. Ik heb vandaag verdorie al genoeg dreunen geïncasseerd, maar als ik Ellie niet kan vertrouwen – als ze tegen me heeft gelogen en niet meer aan mijn kant staat – wat heb ik dan nog?

Ik haal een keer diep adem en open de deur van de werkplaats. Het eerste wat ik hoor, is het gelach van Leah en Kelsi. Ik weet dat ik dit gezin een beetje onrealistisch maak, een beetje te mooi om waar te zijn, maar toch is het wat ik hier zie. Ik heb Ellie ooit gevraagd hoe Bob en zij dat deden, en toen zei ze: 'We hebben allebei de nodige oorlogen uitgevochten, en nu strijden we om dit in stand te houden.' Ik denk dat ik het begrijp, maar helemaal zeker ben ik daar niet van. De scheiding van Ellies ouders op latere leeftijd heeft haar flink aangegrepen. Misschien komt het daardoor, ik weet het echt niet. Of misschien kennen we elkaar helemaal niet zo goed.

Ik zoek naar de scheurtjes in Ellies en Bobs leven. Ik zie ze niet, maar dat betekent niet dat ze er niet zijn. En als Ellie en Bob ze verbergen, maakt dat geen mindere mensen van hen.

Pa's motto: ieder mens heeft hoop en dromen.

Ik loop de keuken in, maar Ellie is er niet. Er is één stoel onbezet. Bob kijkt op en zegt: 'Ellie moest weg. Ze heeft voor je gedekt.'

Door het raam zie ik Ellie naar haar auto lopen. Ik verontschuldig me snel bij Bob en ga haar achterna. Ze heeft het portier al geopend en wil net instappen als ik roep: 'Weet jij waar Maura is?'

Dat brengt haar tot staan. Ellie draait zich om. 'Nee.'

Ik kijk haar recht aan. 'Om mij te spreken te krijgen is haar moeder naar jou toe gekomen.'

'Ja.'

'Waarom naar jou, Ellie?'

'Ik heb haar beloofd dat ik niks zou zeggen.'

'Wie?'

'Maura.'

Ik wist dat ik die naam te horen zou krijgen, maar toch komt hij aan als een mokerslag. 'Dat heb je...' Ik heb even wat tijd nodig. '... Maura beloofd?'

Mijn telefoon zoemt. Het is Augie. Ik neem het gesprek niet aan. Wat er nu ook gaat gebeuren, wat het ook is wat Ellie me gaat vertellen, ik weet dat het tussen ons nooit meer hetzelfde zal zijn. Ik heb geen familie. Ik laat weinig mensen toe in mijn leven. Er is maar weinig in het leven wat me met de voeten op de grond houdt.

En degene die me het dierbaarst is, heeft zonet het spreekwoordelijke kleedje onder mijn voeten vandaan getrokken.

'Ik moet gaan,' zegt Ellie. 'We hebben een spoedgeval in het opvanghuis.'

'Al die jaren,' zeg ik, 'heb je tegen me gelogen.'

'Nee.'

'Maar je hebt het voor me verzwegen.'

'Dat had ik beloofd.'

Ik probeer niet te gekwetst te klinken. 'Ik dacht dat we vrienden waren.'

'Dat zijn we ook. Maar dat betekent niet dat ik anderen moet verraden.'

Mijn telefoon blijft maar trillen. 'Hoe heb je iets als dit voor me kunnen verzwijgen?'

'We vertellen elkaar niet alles,' zegt ze.

'Waar heb je het over? Ik zou je mijn leven toevertrouwen.'

'Maar jij vertelt me ook niet alles, is het wel, Nap?'

'Natuurlijk wel.'

'Onzin.' Ellies stem klinkt als een gefluisterde schreeuw, wat ouders soms doen als ze boos zijn en de kinderen niet willen wekken. 'Je verzwijgt genoeg voor me.'

'Waar heb je het over?'

Er fonkelt iets in haar ogen. 'Wil je me vertellen over Trey?'

Even heb ik de neiging om te zeggen: *Wie?* Ik ben zo gefocust op dit onderzoek, op de mogelijkheid om de waarheid te weten te komen over die avond, en bovendien voel ik me verraden door de vrouw die me het dierbaarst van alle mensen op deze wereld is. Maar het pak slaag met de honkbalknuppel herinner ik me natuurlijk ook.

Ellie kijkt me recht aan.

'Ik heb niet tegen je gelogen,' zeg ik.

'Je hebt het alleen niet verteld.'

Ik zeg niets.

'Denk je dat ik niet weet dat jij het was die Trey het ziekenhuis in heeft geslagen?'

'Dat had niks met jou te maken,' zeg ik.

'Ik ben medeplichtig.'

'Nee, dat ben je niet. Ik ben degene die het heeft gedaan, niet jij.'

'Ben je echt zo kortzichtig? Er is een grens tussen goed en kwaad, Nap. Daar heb je mij overheen getrokken. Je hebt de wet overtreden.'

'Om een stuk tuig af te straffen,' zeg ik. 'Om een slachtoffer te helpen. Dat is toch het werk dat we doen?'

Ellie schudt haar hoofd en haar wangen gloeien van boosheid. 'Je begrijpt het echt niet, hè? Als de politie naar me toe komt omdat ze vermoeden dat er een verband bestaat tussen een gewonde man en een mishandelde vrouw, dan moet ik tegen ze liegen. Dat weet jij toch ook? Dus of je het leuk vindt of niet, ik ben wel degelijk medeplichtig. Je betrekt mij erbij en je hebt niet het fatsoen om me te vertellen dat je dat doet.'

'Ik verzwijg het om jou niet in de problemen te brengen.'

Ellie schudt haar hoofd. 'Is dat echt zo, Nap?'

'Hoe bedoel je?'

'Misschien verzwijg je het wel omdat je weet dat ik je zou tegenhouden. Of omdat je weet dat het fout is wat je doet. Ik ben dat opvanghuis begonnen om de slachtoffers te helpen, niet om de daders te straffen.'

'Dat is niet aan jou,' zeg ik weer. 'Ik ben degene die dat heeft beslist.'

'We nemen allemaal beslissingen.' Haar stem heeft een zachtere klank gekregen. 'Jij hebt besloten dat Trey een afstraffing verdient. Ik heb besloten dat ik me aan mijn belofte aan Maura houd.'

Ik schud mijn hoofd als mijn telefoon begint te zoemen. Het is Augie weer.

'Je kunt dit niet voor me verzwijgen, Ellie.'

'Laat het los,' zegt ze.

'Wat?'

'Jij hebt het voor me verzwegen om mij niet in gevaar te brengen.'

'Ja. En?'

'Misschien doe ik wel hetzelfde voor jou.'

Mijn telefoon blijft maar overgaan. Ik moet het gesprek aannemen. Zodra ik het toestel naar mijn oor breng, springt Ellie in de auto. Ik wil haar tegenhouden, maar op dat moment zie ik Bob met een merkwaardige gezichtsuitdrukking in de deuropening staan.

Het zal moeten wachten.

'Wat is er?' roep ik in de telefoon.

'Ik heb Andy Reeves eindelijk te pakken gekregen,' zegt Augie.

De commandant van het 'agrarische proefstation'. 'En?'

'Ken je de Rusty Nail Tavern?'

'Die gribuskroeg in Hackensack, bedoel je?'

'Dat was het vroeger. Over een uur heb je daar een afspraak met hem.'

20

Ik kopieerde de video op de minst geavanceerde maar wel de snelst mogelijke manier. Ik speelde hem gewoon af op de camera en nam alles op met mijn smartphone. De kwaliteit was minder slecht dan ik had verwacht, hoewel ik er geen Oscar voor cinematografie mee zou winnen. Ik uploadde een kopie van de video op mijn cloud en stuurde er voor de zekerheid nog een naar mijn eigen e-mailadres.

Moest ik er ook een naar iemand anders sturen, om helemaal zeker te zijn?

Ja. De vraag is echter: naar wie? Ik denk aan David Rainiv, maar als er een spoor naar hem leidt – en ja, ik ben inmiddels paranoïde – breng ik hem misschien in gevaar, en dat wil ik niet. Voor Ellie geldt hetzelfde verhaal. Bovendien moet ik eerst nadenken over wat er tussen ons is voorgevallen, en hoe ik dat moet rechtzetten.

Het voor de hand liggende antwoord is Augie, maar kan ik die video zomaar, zonder waarschuwing, naar zijn computer sturen?

Ik bel Augie.

'Ben je al in de Rusty Nail Tavern?' vraagt hij.

'Nee, ik ga zo. Ik wil je een video mailen.'

Ik vertel hem over het bezoek van David Rainiv en de rest van het verhaal. Hij luistert zwijgend toe. Als ik uitgepraat ben, vraag ik of hij nog aan de lijn is.

'Mail hem niet naar mijn werk,' zegt Augie.

'Oké.'

'Heb je mijn privé-mailadres?'

'Ja.'

'Stuur hem daarnaartoe, wil je?' Het blijft lange tijd stil. Dan schraapt Augie zijn keel en vraagt: 'Diana... Zei je dat ze niet op de video staat?'

Ik hoor het elke keer weer als hij haar naam uitspreekt. Ik heb jou verloren. Mijn broer. Mijn tweelingbroer. Afschuwelijk, absoluut. Maar Augie heeft zijn enige kind verloren. Elke keer als hij Diana's naam uitspreekt, klinkt zijn stem schor en gepijnigd, alsof iemand hem knijpt terwijl hij het doet. Elke lettergreep bevat nog steeds evenveel pijn.

'Ik heb Diana niet gezien of gehoord op de video,' zeg ik. 'Maar de kwaliteit is niet best. Misschien hoor of zie jij iets wat mij is ontgaan.'

'Ik denk nog steeds dat je op de verkeerde weg bent.'

Ik denk erover na en zeg: 'Ik ook.'

'Dus?'

'Het is de enige weg die ik heb. Dus ik kan net zo goed doorlopen en zien waar die weg me brengt.'

'Klinkt als een plan.'

'Maar geen goed plan.'

'Nee, geen goed plan,' zegt Augie.

'Wat heb je tegen Andy Reeves gezegd?' vraag ik.

'Over jou?'

'Ja, en de reden van mijn verzoek.'

'Niks. Wat zou ik moeten zeggen? Ik weet het zelf niet eens.'

'Het maakt deel uit van mijn plan,' zeg ik. 'Dat niet goede plan.'

'Beter dan helemaal geen plan, neem ik aan. Ik ga de video bekijken. Als ik iets zie, bel ik je.'

De Rusty Nail Tavern is een omgebouwd woonhuis met kunststof buitenpanelen in een houtmotief en een rode deur. Ik parkeer tussen een gele Ford Mustang met een nummerplaat waarop EBNY-IVRY staat en een busje met de woorden BERGEN COUNTY SENIOR CENTER. Ik weet niet wat Augie bedoelde met de opmerking dat het 'vroeger' een gribuskroeg was. Aan de buitenkant te zien is het dat nog steeds. De enige verandering die ik waarneem is de lange rolstoeloprit bij de deur. Die was er vroeger niet. Ik loop de treden op en open de zware rode deur.

Eerste observatie: het publiek is oud.

Heel oud. Ik schat de gemiddelde leeftijd op een jaar of tachtig. Zo te zien zijn ze rechtstreeks uit het bejaardenhuis hiernaartoe gekomen. Interessant. Senioren maken uitstapjes naar supermarkten, renbanen en casino's.

Waarom niet naar kroegen?

Een tweede observatie: in het midden van de ruimte staat een reusachtige witte vleugel met zilveren sierlijsten die zelfs Liberace te protserig zou vinden, met een fooienglas erop. Puur Billy Joel. Je zou bijna verwachten dat Paul de schrijver en Davy uit de Navy aan de bar zouden zitten. Maar ik zie niemand die aan die beschrijving voldoet. Wat ik wel zie is een ruime keuze aan wandelstokken, rollators en rolstoelen.

De pianist zit 'Sweet Caroline' te spelen. 'Sweet Caroline' is zo'n nummer geworden dat op elke bruiloft en bij elke sportgebeurtenis wordt gespeeld en geliefd is bij jong en oud. Alle ouderen zingen vol enthousiasme mee. Voor het merendeel vals en uit de maat, maar wat kan het ze schelen? Het levert een leuke aanblik op.

Ik heb nog niet kunnen ontdekken wie Andy Reeves zou moeten zijn. Bijna automatisch verwacht ik iemand van ongeveer vijfenzestig, met stekeltjeshaar en een kaarsrecht militair postuur. Er zijn wel een paar oudere mannen die aan dat signalement voldoen. Ik ga naar binnen. Ik zie nu ook een paar jongere mannen, die er sterk uitzien en een waakzame blik in hun ogen hebben, alsof ze lijfwachten zouden kunnen zijn, maar ik denk dat het de barkeepers of de begeleiders van de senioren zijn.

De pianist kijkt op en knikt naar me. Hij heeft geen stekeltjeshaar of militair postuur. Hij heeft sluik blond haar en zijn gezicht heeft de wasachtige glans die een kosmetische behandeling verraadt. Hij knikt naar de bar en zijn oude publiek brult: 'Ba-ba-ba, good times never seemed so good... so good, so good, so good...'

Ik ga aan de bar zitten. Een van de oude mannen slaat zijn arm om mijn schouders en moedigt me aan om mee te zingen. Ik doe dat heel even, zonder enig enthousiasme, en zing 'I've been inclined' terwijl ik wacht tot iemand anders – Andy Reeves bij voorkeur – me benadert. Niemand doet dat. Ik laat mijn blik door het vertrek gaan. Er hangt een poster met vier van de gezondste en gelukkigst ogende senioren die ik afgezien van in een viagra-advertentie ooit heb gezien, met de tekst DINSDAGMIDDAG BINGO – ALLE DRANKJES $3 dwars over hun borst. Aan de bar schenken enkele van de begeleiders of barkeepers een rode vloeistof in klaargezette plastic bekers.

Als 'Sweet Caroline' ten einde is, barst er een luid applaus en gejuich los. Ik verheug me bijna op de volgende tophit en geniet van het quasi-normale dat ik hier meemaak, maar de pianist met het sluike haar staat op en zegt dat hij een korte pauze neemt.

De oldtimers steken hun teleurstelling niet onder stoelen of banken.

'Vijf minuten,' zegt de pianist. 'Bestel wat te drinken. En bedenk een paar verzoeknummers, oké?'

Dat bedaart de gemoederen weer enigszins. De pianist haalt het geld uit het grote cognacglas dat als fooienpot dienstdoet, komt naar me toe en zegt: 'Rechercheur Dumas?'

Ik knik.

'Ik ben Andy Reeves.'

Het eerste wat me opvalt is dat zijn stem een beetje schor klinkt.

Of fluisterzacht.

We gaan aan een tafeltje zitten. Ik probeer zijn leeftijd te raden. Wat hij ook aan dat glimmende gezicht heeft laten doen, ouder dan een jaar of vijfenvijftig kan hij niet zijn. Aan de andere kant, de raketbasis is pas vijftien jaar geleden gesloten, dus waarom zou hij oud moeten zijn?

Ik kijk om me heen. 'Deze tent,' zeg ik.

'Wat is daarmee?'

'Iets heel anders dan het ministerie van Landbouw.'

'Ja, ik weet het.' Hij houdt zijn handen op. 'Wat kan ik ervan zeggen? Ik had behoefte aan iets anders.'

'Dus je werkt niet meer voor de overheid?'

'Ik ben een jaar of zeven geleden met pensioen gegaan. Ik had vijfentwintig jaar voor Landbouw gewerkt, had een leuk pensioen opgebouwd en vond dat het tijd was voor mijn ware passie.'

'Pianospelen.'

'Ja. Ik bedoel, niet hier. Maar je moet ergens beginnen, nietwaar?'

Ik bekijk zijn gezicht van opzij. Het bruin komt uit een potje of van de zonnebank, niet van de zon. Bij zijn haarlijn is de huid ineens een stuk bleker.

'Op ons kantoor in Westbridge stond een piano waar ik dagelijks op speelde. Voor een beetje ontspanning als we te hard hadden gewerkt.' Reeves schuift heen en weer op zijn kruk, glimlacht en toont een stel tanden zo groot en zo wit dat ze als pianotoetsen kunnen dienstdoen. 'Maar wat kan ik voor je doen, rechercheur?'

Ik ga recht op mijn doel af. 'Wat voor werk deden jullie op de legerbasis?'

'Legerbasis?'

'Dat is het vroeger geweest,' zeg ik. 'Een raketbasis.'

'O ja, dat weet ik.' Hij schudt zijn hoofd van ontzag. 'Wat een verhaal is dat, hè?'

Ik zeg niets.

'Maar dat was jaren voordat wij er introkken. Toen was het gewoon een kantorencomplex, geen legerbasis.'

'Voor het ministerie van Landbouw,' zeg ik.

'Dat klopt. Het was onze taak om een voortrekkersrol te spelen in de agrarische voedselvoorziening, behoud van milieu en natuurlijke bronnen, verbetering van voedingswaarden en dat soort dingen, alles gebaseerd op een wetenschappelijke aanpak en efficiënt management.'

Het klinkt ingestudeerd, en dat is het waarschijnlijk ook.

'Waarom daar?' vraag ik.

'Sorry?'

'Het ministerie van Landbouw heeft een kantoor op Independence Avenue in Washington.'

'Ja, het hoofdkantoor. Wij waren een dependance.'

'Maar waarom daar, midden in het bos?'

'Waarom niet?' zegt hij, en hij houdt zijn handen op. 'Het was een prima locatie. En een deel van het werk dat we deden, ik wil niet opscheppen of het mooier maken dan het was, maar veel van onze onderzoeken waren topgeheim.' Hij buigt zich naar voren. 'Heb je de film *Trading Places* gezien?'

'Met Eddie Murphy, Dan Aykroyd en Jamie Lee Curtis,' zeg ik.

Het lijkt hem te verheugen dat ik dat weet. 'Ja, die. Dan weet je misschien ook nog dat de gebroeders Duke probeerden de markt voor sinaasappelsap in handen te krijgen?'

'Ja.'

'Weet je nog hoe?' Reeves glimlacht als hij aan mijn gezicht ziet dat ik dat nog weet. 'De Dukes kochten een hoge ambtenaar om voor een gedetailleerd rapport over de maandelijkse sinaasappeloogst. Een hoge ambtenaar van Landbouw. Dat waren wij, rechercheur Dumas. Zo belangrijk waren veel van onze onderzoeken. Dus hadden we behoefte aan privacy en een waterdichte beveiliging.'

Ik knik. 'Vandaar dat hek en al die bordjes met VERBODEN TOEGANG.'

‘Precies.’ Reeves houdt zijn handen weer op. ‘Dus waar konden we ons werk beter doen dan op een voormalige legerbasis?’

‘Werden die bordjes wel eens genegeerd?’

Voor het eerst meen ik een aarzeling in zijn glimlach te zien. ‘Hoe bedoel je?’

‘Hadden jullie wel eens last van indringers?’

‘Ja, soms,’ zegt Reeves, zo achteloos mogelijk. ‘Tieners die in het bos waren om te drinken en stickies te roken.’

‘En dan?’

‘Hoe bedoel je?’

‘Negeerden die tieners de waarschuwingsbordjes?’

‘Ja, soms.’

‘Wat deden ze dan?’

‘Niks. Ze liepen die bordjes voorbij.’

‘En wat deden jullie dan?’

‘Ook niks.’

‘Helemaal niks?’

‘Misschien zeiden we tegen ze dat ze zich op privéterrein bevonden.’

‘“Misschien”?’ zeg ik. ‘Of deden jullie dat?’

‘Dat is wel eens gebeurd, denk ik.’

‘Maar op welke manier werd dat dan gedaan?’

‘Sorry?’

‘Neem het met me door. Een van die tieners loopt de bordjes voorbij. Wat deden jullie dan?’

‘Waarom vraag je dat?’

Ik scherp de toon van mijn stem iets aan. ‘Geef gewoon antwoord op mijn vraag, alsjeblieft.’

‘Dan zeiden we dat hij moest teruggaan. We attendeerden hem erop dat hij zich op verboden terrein bevond.’

‘Wie deed dat?’

‘Ik begrijp de vraag niet.’

'Deed jij dat zelf?'

'Nee, natuurlijk niet.'

'Wie dan wel?'

'Een van onze bewakers.'

'Die patrouilleerden door het bos?'

'Wat?'

'Die bordjes beginnen al een meter of vijftig voor het hek.'

Andy Reeves denkt hierover na. 'Nee, zo ver zouden de bewakers niet gaan. Die controleerden vooral de onmiddellijke omgeving.'

'Dus een eventuele indringer valt niet op totdat hij bij het hek komt, klopt dat?'

'Ik begrijp het nut hiervan niet...'

'Hoe werd een indringer gesignaleerd?' vraag ik, en ik schakel naar een hogere versnelling. 'Alleen door de bewakers, of hadden jullie camera's?'

'Ik geloof dat er wel een paar camera's...'

'Dat geloof je? Weet je dat niet meer?'

Ik kijk hoe ver ik met hem kan gaan. Dat doe ik niet zomaar. Reeves begint met zijn nagel op het tafelblad te tikken. Een lange nagel, zie ik. Dan glimlacht hij al zijn tanden weer bloot en zegt met zijn fluisterstem: 'Hoor eens, rechercheur, je moet niet te ver gaan met je intimidatie.'

'Oké, oké, sorry,' zeg ik. 'Laat me je dan dit vragen: waarom zou een Black Hawk een nachtelijke landing bij...' Ik maak aanhalingstekens met mijn vingers. '... een dependance van het ministerie van Landbouw maken?'

Legt u het daar maar neer, zou mijn ene peetdochter zeggen.

Die vraag heeft Andy Reeves niet verwacht. Zijn mond valt open, maar lang duurt dat niet. De blik in zijn ogen verhardt. De grote, brede glimlach maakt plaats voor een strak reptielenlachje.

'Ik heb geen idee waar je het over hebt,' fluistert hij.

Ik blijf hem recht aankijken, maar daar schijnt hij geen moeite mee te hebben. Dat bevalt me niet. We denken altijd dat oogcontact zo geweldig is, of een teken van eerlijkheid, maar zoals met de meeste dingen: overdaad schaadt.

'Het is vijftien jaar geleden, Reeves.'

Hij blijft me aanstaren.

'Het kan me niet schelen wat jullie daar deden.' Ik probeer de smekende toon buiten mijn stem te houden. 'Ik wil alleen weten wat er met mijn broer is gebeurd.'

Op exact dezelfde fluistertoon, met exact dezelfde dictie zegt hij: 'Ik heb geen idee waar je het over hebt.'

'Mijn broer heette Leo Dumas.'

Reeves doet alsof hij nadenkt, alsof hij de naam uit zijn geheugen probeert op te diepen.

'Hij is overreden door een trein, tezamen met een meisje, Diana Styles.'

'O, Augies dochter.' Andy Reeves schudt zijn hoofd zoals mensen altijd doen als ze het over tragedies van anderen hebben. 'Je broer was de jongeman die tezamen met haar is omgekomen?'

Wat hij allang weet. En hij weet ook dat ik dat weet.

'Gecondoleerd met je verlies.'

De neerbuigendheid druipt van zijn stem als esdoornsiroop van een stapel pannenkoeken. Zo bedoeld, natuurlijk. Om me terug te pakken.

'Ik heb je al verteld dat het me niet interesseert wat jullie op die basis deden,' probeer ik. 'Dus als je liever niet wil dat ik daarin blijf graven, hoef je me alleen maar de waarheid te vertellen. Tenzij...'

'Tenzij wat?'

'Tenzij jij degene bent die mijn broer heeft vermoord,' zeg ik.

Reeves hapt niet. In plaats daarvan kijkt hij met veel vertoon op zijn horloge. Daarna kijkt hij naar de vleugel, waar zijn oude fans zich alweer omheen hebben verzameld. 'Mijn pauze is voorbij.'

Hij staat op.

'Voordat je gaat,' zeg ik.

Ik haal mijn telefoon tevoorschijn. De video staat al klaar, op het moment dat de helikopter in beeld verschijnt. Ik tik op PLAY en houd hem het toestel voor. Zelfs het kunstmatige bruin verdwijnt nu van zijn gezicht.

'Ik weet niet wat dat moet voorstellen,' zegt hij, maar zijn stem werkt niet mee.

'Ja, dat weet je wel. Dit is een Sikorsky Black Hawk stealth-helikopter die stil hangt boven jouw zogenaamde kantorencomplex van het ministerie van Landbouw. Als je nog even blijft kijken, zul je de helikopter zien landen en zul je er een man in een oranje gevangenisoverall uit zien stappen.'

Dat laatste is een tikje overdreven, want je ziet alleen een oranje vlekje. Maar soms is een tikje overdrijving alles wat je nodig hebt.

'Jij kunt niet hardmaken...'

'Jazeker wel. De datum staat erbij vermeld. De gebouwen en het landschap zijn goed herkenbaar. Het geluid staat nu uit, maar de hele video wordt van commentaar voorzien.' Ook een tikje overdreven. 'De tieners die dit hebben gefilmd, zeggen waar ze zijn en wat ze zien.'

De starende blik is terug in zijn ogen.

'Nog één ding,' zeg ik.

'Wat dan?'

'Op de video hoor je de stemmen van drie tienerjongens, die alle drie onder mysterieuze omstandigheden om het leven zijn gekomen.'

Een van de oude mannen roept: 'Hé, Andy, kan ik "Livin' on a Prayer" aanvragen?'

'Ik hou niet van Madonna,' roept een andere man.

'Dat is "Like a Prayer", idioot. "Livin' on a Prayer" is van Bon Jovi.'

'Wie noem jij een idioot?'

Andy Reeves negeert de twee. Hij kijkt me weer aan. De façade is verdwenen. Zijn fluisterstem klinkt scherper. 'Is dat het enige exemplaar van die video?'

'Ja,' zeg ik, en ik blijf hem recht aankijken. 'Ik ben zo onverstandig geweest om geen kopieën te maken voordat ik hiernaartoe kwam.'

Hij zegt tussen zijn opeengeklemde tanden door: 'Als die video is wat jij beweert – met de nadruk op "als" – en je maakt hem openbaar, pleeg je een federale misdaad waar gevangenisstraf op staat.'

'Andy?'

'Ja?'

'Zie ik er bang uit?'

'Het is landverraad als je dat ding openbaar maakt.'

Ik wijs naar mijn uitgestreken gezicht om aan te geven dat zijn dreigement op geen enkele manier indruk op me maakt.

'Als je het waagt om die video aan iemand te laten zien...'

'Ho even, Andy. Voor de duidelijkheid, als jij me niet vertelt wat ik wil weten, zal ik dat zeker doen. Dan zet ik hem op Twitter en Facebook, met jouw naam eronder.' Ik doe alsof ik pen en papier pak en iets wil opschrijven. 'Is dat Reeves met twee e's of met ea?'

'Ik heb niks met de dood van je broer te maken gehad.'

'En mijn vriendin? Maura Wells heet ze. Haar ken je zeker ook niet?'

'Mijn god.' Langzaam schudt Andy Reeves zijn hoofd. 'Je hebt echt geen idee, hè?'

De toon waarop hij het zegt, met een plotseling zelfvertrouwen, bevalt me helemaal niet. Ik weet niet goed hoe ik moet reageren, dus zeg ik alleen: 'Vertel het me dan.'

Een van de stamgasten roept: 'Speel "Don't Stop Believing", Andy. Dat vinden we zo mooi.'

'Sinatra!'

'Journey!'

Instemmend gemompel. Iemand begint te zingen: 'Just a small town girl.' De anderen vallen in: 'Living in a lonely world.'

'Ik kom zo, jongens.' Reeves glimlacht en zwaait, als de populaire jongen die geniet van de aandacht. 'Spaar je energie voor straks.'

Dan draait Andy Reeves zich terug, brengt zijn mond vlak bij mijn oor en fluistert: 'Als jij die video openbaar maakt, rechercheur Dumas, vermoord ik jou en iedereen die je dierbaar is. Is dat duidelijk?'

'Glashelder.' Ik knik. Dan schiet mijn hand uit; ik grijp hem bij zijn ballen en knijp zo hard ik kan.

Zijn kreet overstemt alle gesprekken en kroeggeluiden.

Een paar van de oudere mannen springen geschrokken op. Als ik Reeves loslaat, valt hij om en ligt hij op de vloer te spartelen als een vis op het droge.

De jongere mannen, de verplegers, reageren. Ze komen dreigend op me af. Ik doe een stap achteruit en laat mijn penning zien.

'Blijf waar je bent,' waarschuw ik ze. 'Dit is een politiezaak.'

De oude mannen zijn het er niet mee eens. De drie verplegers ook niet. Ze komen dichterbij en omsingelen me. Ik richt mijn telefoon op ze en maak snel een paar foto's van ze. De oldtimers beginnen op me te schelden.

'Wat krijgen we verdomme nou... Als ik tien jaar jonger was... Dat kun je niet doen! "Living on a Prayer"!'

Een van de oude mannen hurkt neer bij de gewonde Reeves en de verplegers komen steeds dichterbij.

Ik moet hier snel een eind aan maken.

Ik laat de verplegers het dienstwapen in mijn heupholster zien. Ik trek het niet, maar de aanblik is genoeg om ze tot staan te brengen.

Een van de oude mannen balt zijn vuist naar me. 'We dienen een klacht tegen je in!'

'Doe wat je niet laten kunt,' zeg ik.
'Maak dat je wegkomt.'
Ik doe wat hij zegt. Vijf tellen later sta ik buiten.

21

Ik denk niet dat ik door mijn bazen op mijn gedrag zal worden aangesproken. Andy Reeves overleeft het wel, en als het zover is zal hij het niet in zijn hoofd halen om een klacht tegen me in te dienen.

Waar ik me wel zorgen over maak, is Reeves' dreigement. Vier mensen – jij, Diana, Rex en Hank – zijn vermoord. Ja, dat woord durf ik nu wel te gebruiken. Geen ongeluk, geen zelfmoord; je bent vermoord, Leo. En ik zal doodvallen als ik dat over mijn kant laat gaan.

Ik bel Ellie. Ze neemt niet op, waar ik niet blij mee ben. Ik zoek op mijn telefoon de foto op die ik van Reeves heb genomen. Hij ligt op de grond met een van pijn vertrokken gezicht, maar het is goed genoeg zichtbaar. Ik schrijf een sms, doe de foto erbij en stuur hem naar Ellie. De tekst luidt:

Vraag Maura's moeder of ze hem herkent.

Ik stap in de auto en ga naar huis, maar onderweg bedenk ik dat ik nog niets heb gegeten. Dus sla ik rechts af en rijd naar de Armstrong Diner. Die is vierentwintig uur per dag open. Ik zie door het raam dat Bunny dienst heeft. Als ik uit de auto stap, gaat mijn telefoon. Het is Ellie.

'Hé,' zegt ze.

'Hé.'

Onze manier om het bij te leggen, neem ik aan.

'Waar ben je?' vraagt ze.

'De Armstrong.'

'Over een half uur ben ik bij je.'

De verbinding wordt verbroken. Ik sluit het portier en loop naar de deur. Twee meisjes van om en nabij de twintig staan voor de deur te roken. De ene blond, de andere brunette, en ze zien eruit als 'internetmodellen', of toekomstige realitysterren. Dat is de look van tegenwoordig, blijkbaar. Als ik langsloop, nemen ze een diepe haal van hun sigaret. Ik blijf staan en draai me om. Ik wacht tot ze mijn starende blik voelen. Ze praten nog even door en kijken dan om. Ik verroer me niet. Uiteindelijk sterven hun stemmen weg.

Het blonde meisje trekt een gezicht naar me. 'Is er iets?'

'Ik zou gewoon naar binnen moeten gaan,' zeg ik. 'Ik zou me met mijn eigen zaken moeten bemoeien. Maar eerst wil ik iets tegen jullie zeggen.'

Ze kijken me allebei aan alsof ik gek ben.

'Rook alsjeblieft niet,' zeg ik.

De brunette zet haar handen in haar zij. 'Kennen we jou?'

'Nee,' zeg ik.

'Ben je van de politie of zoiets?'

'Ja, maar dat heeft er niks mee te maken. Mijn vader is gestorven aan longkanker omdat hij rookte. Dus ik kan jullie gewoon voorbijlopen, of ik kan proberen jullie leven te redden. De kans is groot dat jullie niet naar me zullen luisteren, maar als ik dit maar vaak genoeg blijf doen, dan misschien, heel misschien, zal er een keer iemand gaan nadenken en misschien zelfs stoppen met roken. Daarom vraag ik het – smeek ik het jullie bijna: rook alsjeblieft niet.'

Daar laat ik het bij.

Ik ga naar binnen. Stavros zit achter de kassa. Hij geeft me een high five en knikt naar het tafeltje in de hoek. Ik ben een alleenstaande man die niet graag kookt, dus ik eet hier vaak. Zoals in de meeste diners in New Jersey is het menu vuistdik. Bunny geeft me het specialiteitenmenu. Ze wijst naar de zalm met couscous en knipoogt.

Ik kijk uit het raam. De twee meisjes staan er nog. De brunette met haar rug naar me toe en een sigaret tussen haar vingers. Het blonde meisje werpt me een vuile blik toe, maar ik zie geen sigaret meer tussen haar vingers. Ik steek mijn duim naar haar op. Ze keert me haar rug toe. Waarschijnlijk was haar sigaret gewoon op, maar ik koester elke overwinning, hoe minuscuul ook.

Ik ben net klaar met eten als Ellie binnenkomt. Stavros' gezicht licht op als hij haar ziet. Het is een cliché om te zeggen dat de zon begint te schijnen wanneer iemand de kamer binnenkomt, maar als Ellie dat doet gebeurt er in elk geval iets... dan wordt alles net iets mooier, beter of aangenamer.

Het is voor het eerst dat ik dat niet als vanzelfsprekend beschouw.

Ze schuift op de bank tegenover me en vouwt haar onderbeen onder zich.

'Heb je die foto naar Maura's moeder gestuurd?' vraag ik.

Ellie knikt. 'Maar ze heeft nog niet geantwoord.'

Ik zie dat ze tranen in haar ogen heeft.

'Ellie?'

'Er is nog iets wat ik je nooit heb verteld.'

'Wat?'

'Twee jaar geleden, toen ik een maand in Washington was.'

Ik knik. 'Voor die conferentie over daklozen.'

Ze maakt een geluid dat als 'ja-ja' klinkt. 'Een conferentie...' Ze pakt een servet en bet haar ogen. '... die een maand duurt?'

Ik weet niet wat ik daarvan moet denken, dus wacht ik af.

'Dit heeft trouwens niks met Maura te maken. Het is alleen zo...'

Ik buig me naar voren en leg mijn hand op haar arm. 'Wat wil je zeggen?'

'Jij bent de beste vriend die ik heb, Nap. Ik zou je mijn leven toevertrouwen. Maar toch heb ik het je niet verteld.'

'Wat heb je me niet verteld?'

'Over Bob.'

Ik verroer me niet.

'En die vrouw op zijn werk. Hij begon later thuis te komen. Op een avond heb ik ze verrast. Ze waren met elkaar aan het...'

Ik voel mijn hart ineenkrimpen. Ik weet niet wat ik moet zeggen, en of ze wel wil dat ik iets zeg, dus geef ik alleen een kneepje in haar arm. Om haar toch iets van troost te bieden. Hoewel een paar jaar te laat.

Een conferentie van een maand. Jezus.

Mijn beste vriendin had ondraaglijke pijn geleden. En dat was mij ontgaan.

Geweldige rechercheur ben ik, hè?

Ellie droogt haar ogen en forceert een glimlach. 'Het gaat nu beter. Bob en ik hebben de lucht geklaard.'

'Wil je erover praten?'

'Nee, niet nu. Ik ben gekomen om over Maura te praten. Over mijn belofte aan haar.'

Bunny komt naar ons tafeltje, laat een menu voor Ellie neervallen en geeft haar een knipoog. Als ze is weggelopen, weet ik niet hoe ik de draad weer moet oppakken. Ellie blijkbaar ook niet. Dus zeg ik: 'Je had Maura iets beloofd.'

'Ja.'

'Wanneer?'

'Op de avond dat Leo en Diana omkwamen.'

Weer een rechtse directe.

Bunny komt terug en vraagt Ellie of ze iets wil bestellen. Ze neemt cafeïnevrije koffie. Ik bestel muntthee. Bunny vraagt of we de bananenpudding willen proberen. Die is goddelijk, zegt ze. We bedanken allebei.

'Die avond,' zeg ik. 'Heb je Maura toen gezien voordat Leo en Diana omkwamen of erna?'

Haar antwoord brengt me verder in verwarring. 'Allebei.'

Ik weet niet wat ik moet zeggen, of misschien ben ik wel bang dat ik iets verkeerds zeg. Ze kijkt uit het raam naar het parkeerterrein.

'Ellie?'

'Ik sta op het punt mijn belofte aan Maura te breken,' zegt ze. 'Maar, Nap?'

'Ja?'

'Je zult dit niet leuk vinden.'

'Laat me beginnen met het erna,' zegt Ellie.

De diner is aan het leeglopen, maar dat vinden we prima. Nieuwkomers worden door Bunny en Stavros naar de andere kant van de diner gedirigeerd, zodat wij wat privacy hebben.

'Maura was naar mijn huis gekomen,' zegt ze.

Ik wacht tot Ellie meer zegt. Dat doet ze niet.

'Die avond?'

'Ja.'

'Hoe laat?'

'Laat. Om een uur of drie 's nachts. Mijn ouders waren gescheiden en papa... Om me een plezier te doen had hij de garage omgebouwd tot een soort appartementje voor mij, wat voor een tiener heel cool was. Mijn vrienden konden komen en gaan wanneer ze wilden zonder iemand te storen.'

Ik had de geruchten gehoord over Ellies deur die altijd openstond, maar dat was voordat Ellie en ik echt bevriend raakten, voordat mijn broer en Ellies beste vriendin Diana dood op de spoorbaan waren gevonden. Wat me nu aan iets herinnert. Dat de twee beste en degelijkste relaties in mijn volwassen leven, met Ellie en Augie, in die rampzalige nacht waren begonnen.

'Hoe dan ook, toen er op de deur werd geklopt, was dat de normaalste zaak van de wereld. Mijn vrienden en vriendinnen wisten dat als ze om de een of andere reden niet naar huis konden – omdat ze te dronken of wat ook waren – ze bij mij op de bank konden slapen.'

'Had Maura dat wel eens eerder gedaan?' vraag ik.

'Nee, nooit. Zoals je weet heb ik altijd tegen Maura opgekeken. Ze leek altijd – hoe zeg je dat? – cooler dan de rest. Volwassener, alsof ze meer van de wereld had gezien dan wij. Begrijp je wat ik bedoel?'

Ik knik. 'Waarom was ze nu wel naar je toe gekomen?'

'Dat heb ik haar gevraagd, maar toen ze binnenkwam, zat ze er helemaal doorheen. Ze huilde en was hysterisch. Wat me natuurlijk opviel, omdat ze altijd de indruk wekte dat ze boven dat soort dingen stond en dat niets haar kon deren. Het kostte me minstens vijf minuten om haar te kalmeren. Ze zat onder het vuil en de aarde. Ik dacht dat ze misschien was aangerand en had gevochten. Ik heb zelfs haar kleding gecheckt om te zien of die was gescheurd, of dat er iets ontbrak. Dat had ik gelezen in een cursus over verkrachtingstrauma. Maar toen ze uiteindelijk kalmeerde, gebeurde dat heel abrupt, van het ene moment op het andere. Ik weet niet hoe ik het anders zou moeten zeggen. Het leek wel alsof iemand haar een klap in haar gezicht had gegeven en had geroepen: "Hou daarmee op!"'

'Wat heb je toen gedaan?'

'Ik heb de fles Fireball-whisky gepakt die ik onder mijn bed had verstopt.'

'Jij? Whisky?'

Ze schudt haar hoofd. 'Je denkt echt dat je alles van me weet, hè?'

Blijkbaar niet, besef ik.

'Hoe dan ook, Maura wilde geen whisky. Ze moest haar hoofd erbij houden, zei ze. Ze vroeg of ze een tijdje kon blijven. Ik heb natuurlijk ja gezegd. Eerlijk gezegd was ik best trots dat ze mij daarvoor had uitgekozen.'

'En dit speelt zich allemaal om drie uur 's nachts af?'

'Ja, omstreeks die tijd.'

'Dus je wist het nog niet van Leo en Diana,' zeg ik.

'Nee.'

'Heeft Maura het je verteld?'

'Nee. Ze heeft alleen gezegd dat ze een plek nodig had om tijdelijk onder te duiken.' Ellie buigt zich naar me toe. 'En toen heeft ze me recht in de ogen gekeken en het me laten beloven. Je weet hoe intens ze kon zijn, hè? Ik moest haar beloven dat ik tegen niemand zou zeggen waar ze was, ook tegen jou niet.'

'Zei ze dat er apart bij?'

Ellie knikt. 'Ik dacht eerst dat jullie misschien een heftige ruzie hadden gehad, maar daarvoor was ze veel te bang. Ze was naar mij toe gekomen omdat... Nou ja, ik was betrouwbare Ellie, weet je nog? Terwijl er mensen waren die dichter bij haar stonden. Waarom ik? Dat bleef ik me maar afvragen. Nu weet ik het.'

'Wat weet je?'

'Waarom ze naar mij toe is gekomen. Je hebt haar moeder gehoord. Er waren mensen naar haar op zoek. Ik wist dat toen niet. Maar Maura moet gedacht hebben dat haar dierbaren gevolgd en uitgehoord zouden worden.'

Ik knik. 'Dus ze kon niet naar huis.'

'Nee. En ze heeft waarschijnlijk gedacht dat ze jou in de gaten zouden houden, of dat ze je vader misschien vragen zouden stellen. Als ze haar wilden vinden, moesten ze zich concentreren op de mensen die het dichtst bij haar stonden.'

Nu begrijp ik het. 'En jullie waren niet echt bevriend.'

'Dat bedoel ik. Ze ging ervan uit dat ze mij met rust zouden laten.'

'Maar wat wilden ze van haar? Waarom waren ze naar haar op zoek?'

'Dat weet ik niet.'

'Heb je er niet naar gevraagd?'

'Jawel. Maar ze wilde het niet zeggen.'

'En daar heb jij genoegen mee genomen.'

Ellie glimlacht even. 'Herinner je je niet hoe overtuigend Maura kon zijn?'

Nou en of. Ik begrijp het.

'Later kwam ik te weten dat ze mij niks wilde vertellen om dezelfde reden als waarom ze haar moeder niks heeft verteld.'

'Om je in bescherming te nemen.'

'Precies.'

'Als je niks wist,' vervolg ik, 'kon je ze ook niks vertellen.'

'En toen heeft ze me die belofte afgedwongen, Nap. Ik moest haar zweren dat ik, totdat ze uit zichzelf zou terugkomen, tegen niemand zou zeggen dat ze bij me was geweest. Ik heb geprobeerd me aan mijn belofte te houden, Nap. Ik weet dat je boos bent omdat ik het voor je heb verzwegen. Maar door de manier waarop Maura het tegen me zei, wilde ik me echt aan mijn belofte houden. Ik was doodsbang dat er een ramp zou plaatsvinden als ik me er niet aan zou houden. En om je de waarheid te zeggen, zelfs nu nog, terwijl we hier zitten, denk ik dat het fout is om mijn belofte te breken.'

'Waarom ben je van gedachten veranderd?'

'Er gaan te veel mensen dood, Nap. En ik begin me af te vragen of Maura niet een van hen is.'

'Denk je dat ze dood is?'

'Haar moeder en ik... We zijn in de loop der jaren met elkaar bevriend geraakt. Dat eerste telefoontje naar Bennigan's. Dat was mijn idee. Lynn heeft dat verzwegen toen ze met jou praatte, om mij in bescherming te nemen.'

Ik ben sprakeloos. 'Je hebt al die jaren tegen me gelogen.'

'Je was geobsedeerd.'

Daar heb je dat woord weer. Ellie zegt dat ik geobsedeerd was. David Rainiv zegt dat Hank geobsedeerd was.

'Als ik je had verteld over mijn belofte,' zegt Ellie, 'nou, dan had ik geen idee hoe je zou reageren.'

‘Het was niet aan jou om vooruit te lopen op mijn reactie.’

‘Misschien niet. Maar het was ook niet aan mij om mijn belofte te breken.’

‘Ik begrijp het nog steeds niet. Hoelang is Maura uiteindelijk gebleven?’

‘Twee dagen.’

‘En toen?’

Ellie haalt haar schouders op. ‘Ik kwam thuis en ze was weg.’

‘Geen briefje of zoiets?’

‘Nee, niks.’

‘En daarna?’

‘Ook niks. Sindsdien heb ik haar niet meer gezien en niks meer van haar gehoord.’

Ik begrijp het niet. ‘Wacht. Wanneer hoorde je het over Leo en Diana?’

‘De dag nadat ze waren gevonden. Ik belde Diana thuis en…’ De tranen schieten weer in haar ogen. ‘… haar moeder. Mijn god, haar stem.’

‘Heeft Audrey Styles het je telefonisch verteld?’

‘Nee. Ze zei dat ik naar het huis moest komen. Maar ik hoorde het al aan haar stem. Ik heb de hele weg gerend, van school naar Diana’s huis. Haar moeder nam me mee naar de keuken en daar zijn we aan tafel gaan zitten. Daarna ben ik naar huis gegaan, om aan Maura te vragen wat ze ervan wist. Maar ze was er niet meer.’

Ik begrijp het nog steeds niet. ‘Maar, ik bedoel… je moet toch wel gedacht hebben dat er een verband was?’

Ellie zegt niets.

‘Maura komt naar je toe op de avond dat Leo en Diana om het leven komen,’ zeg ik. ‘Je moet toch iets vermoed hebben?’

Uiteindelijk knikt Ellie. ‘Ik bedacht dat het geen toeval kon zijn, dat klopt.’

‘En toch heb je het niemand verteld?’

‘Ik had het Maura beloofd, Nap.’

‘Je beste vriendin was om het leven gekomen,’ zeg ik. ‘En jij houdt je mond dicht?’

Ellie buigt haar hoofd. Ik neem wat gas terug.

‘Jij stond bekend als het betrouwbaarste meisje van de school,’ zeg ik. ‘Het is logisch dat je je aan je belofte wilde houden. Dat begrijp ik. Maar toen je wist dat Diana dood was...’

‘We dachten allemaal dat ze door een ongeluk om het leven waren gekomen, weet je nog? Of dat het een bizarre, dubbele zelfmoord was, hoewel ik daar nooit in heb geloofd. Maar ik geloofde ook niet dat Maura er iets mee te maken had gehad.’

‘Kom op, Ellie, zo naïef kun je toch niet zijn? Waarom heb je het niemand verteld?’

Ze buigt haar hoofd weer. Nu weet ik het. Ze verbergt iets.

‘Ellie?’

‘Ik heb het wel aan iemand verteld.’

‘Aan wie?’

‘Dat was een deel van Maura’s slimme aanpak, als ik erop terugkijk. Want wat kon ik nu helemaal zeggen? Ik had geen idee waar ze was.’

‘Aan wie heb je het verteld?’

‘Aan Diana’s ouders.’

Ik verstrak. ‘Aan Augie en Audrey?’

‘Ja.’

‘Augie...’ Ik had gedacht dat niets me nog kon verbazen, maar dat gebeurt nu wel. ‘Augie wist dat Maura bij je had gelogeerd?’

Ze knikt en ik verbaas me opnieuw. Wie kun je op deze wereld nog vertrouwen, Leo? Ellie heeft tegen me gelogen. Augie heeft tegen me gelogen. Wie nog meer? Ma, natuurlijk. Toen ze zei dat ze snel weer thuis zou komen.

Heeft pa ook gelogen?

Jij?

‘Wat heeft Augie tegen je gezegd?’ vraag ik.

‘Hij bedankte me. En hij zei dat ik me verder aan mijn belofte moest houden.’

Ik moet met Augie gaan praten. Ik moet naar zijn huis gaan en hem vragen wat er verdomme aan de hand is. Maar dan herinner ik me iets anders wat Ellie heeft gezegd.

‘Je had het over een ervoor en erna.’

‘Wat?’

‘Ik vroeg je of je Maura voor of na de dood van Leo en Diana had gezien. Je zei “zowel ervoor als erna”.’

Ellie knikt.

‘Het erna heb je me net verteld. Hoe zit het met het ervoor?’

Ze wendt haar blik af.

‘Wat is er?’ vraag ik.

‘Dit,’ zegt Ellie, ‘is het deel dat je nog minder leuk zult vinden.’

22

Ze stond aan de overkant van de Armstrong Diner en zag ze door het raam.

Vijftien jaar geleden, nadat de schoten de nachtelijke stilte hadden verscheurd, was ze op de vlucht geslagen en had ze zich twee uur lang in het bos verstopt. Toen ze uiteindelijk tevoorschijn was gekomen en de geparkeerde auto's met de mannen erin had gezien, had ze het zeker geweten. Ze ging op weg naar het busstation. Het maakte niet uit welke bus ze nam. Zolang ze hier maar weg was. Alle bussen vanuit Westbridge gingen of naar Newark of naar New York. Eenmaal daar kon ze op zoek gaan naar vrienden en hulp. Maar het was laat. Er vertrokken 's nachts maar heel weinig bussen. En wat veel erger was, toen ze het busstation op Karim Square naderde, zag ze ook daar geparkeerde auto's met mannen erin. Dus was ze naar Ellie gegaan en had ze daar een paar dagen gelogeerd. Daarna was ze drie dagen ondergedoken in het atelier van haar kunstdocent Hugh Warner, in een souterrain in Livingston. Meneer Warner was single, had een paardenstaartje en stonk als een bunzing. Daarna trok ze weer verder. Meneer Warner had een vriend in Alphabet City. Daar bleef ze twee dagen. Ze knipte haar haar kort en blondeerde het. Een paar weken lang rolde ze de zakken van buitenlandse toeristen in Central Park, maar toen ze bijna werd gepakt door een smeris buiten diensttijd uit Connecticut, wist ze dat ze hiermee moest ophouden. Een bedelaar vertelde haar over iemand in Brooklyn die in valse identiteitskaarten deed. Ze kocht vier nieuwe namen. De identiteitskaarten waren niet perfect, maar goed genoeg om er tijdelijk werk mee te kunnen vinden. De daaropvolgende drie jaar trok ze van de ene stad naar de andere. In Cincinnati werkte ze als serveerster in een lunchroom. In Birmingham zat ze achter de kassa bij Piggly Wiggly. In Daytona Beach verkocht ze timeshares in bikini, wat haar een nog slechter gevoel gaf dan zakkenrollen. Ze sliep op straat, in openbare parken, in goedkope motels – die altijd schoon waren – en in de huizen van mannen die ze niet kende. Ze wist dat zolang ze in beweging bleef, haar weinig kon gebeuren. Ze konden geen opsporingsbevel voor haar uitvaardigen. Posters met gezocht evenmin. Ze zochten nog wel naar haar, maar hun mogelijkheden waren beperkt. Het publiek kon ze niet helpen. Ze sloot zich aan bij diverse religieuze groeperingen, praatte het superego dat zich als leider zag naar de mond en wist op die manier onderdak, voedsel en bescherming te versieren. Ze danste in afgelegen 'herenclubs' – een vreemder eufemisme kom je zelden tegen – waar het geld goed was maar de aandacht een beetje te veel. Ze werd twee keer beroofd en in elkaar geslagen, en op een avond werd ze verkracht. Ze stopte dat weg en ging door met haar leven. Wel had ze voortaan een mes in haar tas. Op een parkeerterrein aan de rand van Denver werd ze aangevallen door twee mannen. Ze stak de ene in zijn buik. Zo diep dat er zelfs bloed uit zijn mond kwam. Daarna zette ze het op een lopen. Het was mogelijk dat ze de man had doodgestoken. Dat was ze nooit te weten gekomen. Ze hing soms rond op universiteiten waar de beveiliging niet al te strikt was, en volgde er zelfs colleges. In Milwaukee probeerde ze zich een tijdje te settelen, haalde er zelfs haar makelaarsdiploma, maar tijdens een van de overdrachten constateerde een advocaat dat er iets mis was met haar identiteitsbewijs. In Dallas vond ze een baan op een administratiekantoor – ze zeiden dat er alleen gediplomeerde accountants werkten, maar na een drieweekse cursus in het Courtyard Marriott werd ze toch aangenomen – en voor het eerst, misschien omdat de eenzaamheid toch wel erg lang begon te duren, sloot ze vriendschap met een collega die Ann Hanon heette. Ann was een vrolijke, lieve meid en ze werden kamergenoten. Ze gingen met z'n vieren uit, met twee jongens, of samen naar de bioscoop, en ze gingen zelfs een keer op vakantie naar San Antonio. Ann was de eerste die ze voldoende vertrouwde om haar de waarheid te vertellen, maar omwille van zowel haar eigen veiligheid als die van Ann deed ze dat natuurlijk niet. Toen ze op een dag de straat naar haar kantoor overstak, zag ze door de ruiten twee mannen in pak in de wachtruimte zitten, allebei met een krant in hun handen. Er zaten zo vaak mensen in de wachtruimte. Maar deze mannen zagen er fout uit. Ze kon haar vriendin ook door de ruiten zien. Ann, die altijd lachte, deed dat vandaag niet. Dus sloeg ze weer op de vlucht. Zonder Ann te bellen om afscheid te nemen. Die zomer werkte ze in een conservenfabriek in Alaska. Daarna werkte ze drie maanden op een cruiseschip, dat van Skagway naar Seattle voer, waar ze excursies verkocht. Ze kwam wel eens aardige mannen tegen. Maar de meesten waren dat niet. Zelfs verre van dat. Naarmate de jaren verstreken kwam ze twee keer iemand tegen die haar als Maura Wells herkende... één keer in Los Angeles en één keer in Indianapolis. Als ze er nu op terugkijkt, moest dat natuurlijk een keer gebeuren. Als je vooral op straat of in parken leeft, dan zien mensen je. Dat is logisch. Ze had beide keren niet gedaan alsof die mensen zich vergisten en alsof ze iemand anders was. Ze had altijd een verhaal klaar, dat meestal met een studie te maken had. Zodra die persoon uit het zicht was verdwenen, verliet ze de stad.

Ze had altijd een plan voor noodsituaties en wist altijd waar de dichtstbijzijnde truckstop was, want dat was de snelste manier om de stad uit te komen als je er zo uitzag als zij. De chauffeurs gaven haar maar al te graag een lift. Soms, als ze bijtijds bij de truckstop was, observeerde ze ze eerst, keek ze hoe ze aten en met elkaar praatten, om te bepalen welke chauffeur er het minst riskant uitzag. Je kon het zien. Maar je kon er ook naast zitten. Vrouwelijke chauffeurs vroeg ze nooit om een lift, zelfs niet als ze er vriendelijk uitzagen, want vrouwen op de snelweg hadden geleerd om argwanend te zijn, en ze wilde niet het risico lopen dat ze haar zouden aangeven. Ze had inmiddels een reeks pruiken en diverse brillen met glazen zonder sterkte. Als vermomming was dat voldoende.

Er bestaan diverse theorieën over waarom de jaren sneller lijken te verstrijken naarmate je ouder wordt. De populairste is ook de meest logische. Naarmate je ouder wordt, vormt een jaar een steeds kleiner percentage van je leven. Als je tien bent, is een jaar tien procent van je leven. Ben je vijftig, dan is een jaar nog maar twee procent. Maar ze had ook een theorie gelezen die die verklaring weerspreekt. Deze theorie stelt dat de tijd sneller verstrijkt als we in een routine terechtkomen, als we niets nieuws meer leren en in een vast patroon blijven steken. De sleutel om de tijd langzamer te laten verstrijken is nieuwe ervaringen opdoen. Je kunt wel gekscherend zeggen dat die week vakantie veel te snel voorbij is gegaan, maar als je er echt over nadenkt, heeft die juist langer geduurd dan een saaie week op je werk. Je beklaagt je dat die week zo snel is omgegaan omdat je er zo van hebt genoten, niet omdat de tijd sneller is verstreken. Dus als je wil dat de tijd langzamer verstrijkt, moet je volgens deze theorie iets anders gaan doen. Op reis gaan naar exotische locaties. Iets nieuws leren.

Zo had haar leven er ongeveer uitgezien.

Totdat dat met Rex gebeurde. Totdat er weer werd geschoten. Tot Hank werd vermoord.

Door het raam zag ze de verslagenheid op Naps gezicht. Het was de eerste keer in vijftien jaar dat ze hem zag. Nap was de grootste 'stel dat' van haar leven. De weg die ze nooit had bewandeld. Emoties schoten als flipperkastballen door haar heen. Ze liet ze, verzette zich er niet tegen.

Op een zeker moment kwam ze zelfs uit de schaduw tevoorschijn.

Ze ging onder de lantaarnpaal op het parkeerterrein staan, duidelijk zichtbaar, en verroerde zich niet. Het lot mocht beslissen of Nap naar buiten zou kijken en haar zou zien.

Ze gaf hem tien tellen. Er gebeurde niets. Ze gaf hem nog eens tien tellen.

Maar Nap keek niet naar buiten.

Maura draaide zich om en ging op in het nachtelijke duister.

23

'Diana en ik hadden plannen gemaakt,' begint Ellie.

Er zijn nog maar twee tafeltjes bezet, en die zijn helemaal aan de andere kant van de diner. Ik doe mijn best om niet op de zaken vooruit te lopen, om eerst het hele verhaal aan te horen voordat ik mijn conclusies trek, om de informatie eerst te absorberen en er dan pas mee aan de slag te gaan.

'We waren allebei zo braaf, als je erop terugkijkt. Ik was voorzitter van de leerlingenraad. Diana was vicevoorzitter. We waren de aanvoerders van het voetbalteam. Onze ouders waren bevriend met elkaar. Ze gingen vaak met z'n vieren uit eten.' Ze kijkt naar me op. 'Heeft Augie nog wel eens dates?'

'Niet echt.'

'Je zei dat hij onlangs met een vriendin naar het zuiden was geweest.'

'Met Yvonne. Naar Hilton Head.'

'Ligt dat in Georgia?'

'Nee. Dat is een eiland voor de kust van South Carolina.'

'Hoe is het gegaan?' vraagt Ellie.

Hoe had Augie het geformuleerd? 'Hij gelooft niet dat het iets gaat worden, zei hij.'

'Jammer.'

Ik zeg niks.

'Hij heeft iemand nodig. Diana zou niet gewild hebben dat hij alleen bleef.'

Bunny kijkt even mijn kant op maar wendt dan haar blik af. Ze respecteert onze privacy. Iemand heeft geld in de oude jukebox gedaan. Tears for Fears herinnert ons eraan dat 'Everybody Wants to Rule the World'.

'Je zei dat je Maura had gezien voordat Leo en Diana stierven,' zeg ik, om het gesprek weer op koers te krijgen.

'Daar kom ik zo aan toe.'

Ik wacht af.

'Diana en ik zitten dus in de schoolbibliotheek. Jij weet dit waarschijnlijk niet meer – waarom zou je? – maar we hadden de week daarna ons grote dansfeest. Diana was hoofd van de organisatiecommissie. Ik was haar rechterhand.'

Ellie heeft gelijk. Ik herinner het me inderdaad niet. Het jaarlijkse dansfeest, altijd in het najaar. Maura zou er niet naartoe gewild hebben. Het zou mij niet uitgemaakt hebben of we wel of niet gingen.

'Ik vertel het niet goed,' zegt Ellie.

'Dat geeft niet.'

'Hoe dan ook, dat feest was erg belangrijk voor Diana. Ze was al een maand bezig met de planning. Maar ze kon niet kiezen tussen de twee thema's. Het ene was Kermis, en het andere noemde ze Sterke Verhalen, en Diana stelde voor dat we ze allebei zouden doen.' Ellie kijkt in de verte en er verschijnt een half glimlachje om haar mond. 'Ik was faliekant tegen dat idee. Ik zei tegen Diana dat we echt, absoluut voor één thema moesten gaan, omdat het anders een zooitje zou worden. En omdat ik zo'n stomme perfectionist was, is dit – de keuze van het thema – het laatste wat mijn beste vriendin en ik ooit met elkaar hebben besproken.'

Ellie stopt met praten. Ik geef haar de tijd om tot zichzelf te komen.

'Dus wij zitten daarover te ruziën, en dat loopt best hoog op, als Maura de bibliotheek binnenkomt en tegen Diana begint te praten. Ik was nog steeds pisnijdig over het idee van die twee thema's, dus het eerste deel van het gesprek heb ik niet echt gevolgd. Maar waar het op neerkwam was dat Maura en Diana die avond ergens naartoe zouden gaan, of dat Maura wilde dat ze met haar meeging, en dat Diana toen zei: "Nee. Ik heb er genoeg van."'

'Waar had ze genoeg van?' vraag ik.

'Dat zei ze niet. Maar wat Diana daarna zei...'

Ellie stopt weer met praten en kijkt me aan.

'Wat zei ze?' vraag ik.

'Ze zei dat ze de hele groep zat was.'

'En met "groep" bedoelde ze?'

'Hoor eens, dat kon me op dat moment niet echt schelen. Wat mij bezighield, was hoe iemand het in godsnaam in haar hoofd kon halen om een dansfeest twee thema's te geven, en hoe je het kermisthema, wat ik best leuk vond, met spelletjes, pinda's en popcorn, moest combineren met die sterke verhalen. Ik wist niet eens wat ze daarmee bedoelde. Maar nu, na wat we in het jaarboek hebben gezien... misschien had Diana het wel over de Conspiratie Club. Dat weet ik niet. Maar dat is niet het deel dat jij niet leuk zult vinden.'

'Wat is dat wel?'

'Wat Diana daarna zei.'

'Ga door.'

'Diana zei dat ze nog een paar weken zou wachten, of in elk geval tot na het dansfeest, maar ze zei dat ze schoon genoeg had van je broer en zijn vrienden. We moesten zweren dat we tegen niemand iets zouden zeggen, maar ze zei dat ze van plan was het uit te maken met Leo.'

Mijn reactie volgt onmiddellijk. 'Wat een onzin.'

Nu is het Ellies beurt om te zwijgen.

'Het ging prima tussen Leo en Diana,' zeg ik. 'Ik bedoel, oké, het was een schoolliefde, maar...'

'Hij was veranderd, Nap.'

Ik schud mijn hoofd.

'Leo was humeuriger geworden. Dat is wat Diana zei. Dat hij haar soms afsnauwde. Luister, veel laatstejaars experimenteerden met van alles, op feestjes en zo...'

'Dat deed hij ook. Er was niks aan de hand met Leo.'

'Ja Nap, er was wel iets met hem aan de hand.'

'We sliepen op dezelfde kamer. Ik wist alles van hem.'

'En toch wist je niks van de Conspiratie Club. En dat hij en Diana een moeilijke tijd doormaakten vanwege de club. Daar kun jij niks aan doen. Jij had Maura en je ijshockey. Je was jong...'

Haar stem sterft weg als ze mijn gezicht ziet.

'Wat er die avond ook is gebeurd,' begint Ellie.

Ik onderbreek haar. 'Hoe bedoel je, "wat er ook is gebeurd"? Op die legerbasis werden dingen gedaan die het daglicht niet konden verdragen. Leo en Maura en ik weet niet wie nog meer waren erachter gekomen wat voor dingen dat waren. Het kan me niet schelen of Leo op dat moment stoned was en of Diana heel misschien van plan was het een week later met hem uit te maken. Ze hebben die avond allemaal iets gezien. Ik heb er bewijs van.'

'Dat weet ik,' zegt Ellie vriendelijk. 'Ik sta aan jouw kant.'

'Zo klink je anders niet.'

'Nap?'

Ik kijk haar aan.

'Misschien moet je dit laten rusten,' zegt ze uiteindelijk.

'Nou, dat gaat niet gebeuren.'

'Misschien wil Maura niet gevonden worden.'

'Ik doe het niet voor Maura,' zeg ik. 'Ik doe dit voor Leo.'

Maar eenmaal op het parkeerterrein, als ik Ellie op haar wang heb gekust en ze veilig in haar auto zit, dient zich een gedachte aan die zich niet zomaar laat wegwuiven. Misschien heeft Ellie gelijk. Misschien moet ik dit laten rusten.

Ik kijk Ellie na als ze wegrijdt. Ze draait zich niet om om nog even naar me te zwaaien. Dat heeft ze tot nu toe altijd wel gedaan. Het is maar een detail, maar toch. Waarom vandaag niet, vraag ik me af. En ze mocht het dan beloofd hebben, ze heeft vijftien jaar lang iets voor me verzwegen. Je zou toch denken dat, nu ze zich van die last heeft bevrijd, het onderlinge vertrouwen daar juist van zou groeien.

Dat schijnt niet het geval te zijn.

Ik kijk om me heen, zoek naar de rokende meisjes, maar die zijn allang weg. Ik heb het gevoel dat er naar me wordt gekeken. Geen idee door wie. Het kan me niet schelen. Ellies woorden echoën als krijsende meeuwen door mijn hoofd.

Misschien moet je dit laten rusten. Misschien wil Maura niet gevonden worden.

Wat probeer ik precies te bereiken?

Zeggen dat ik bereid ben alles te doen om het recht te doen zegevieren klinkt misschien nobel en moedig. Maar maakt dat het ook goed? Hoeveel mensen moeten er nog sterven voordat ik het opgeef? Breng ik Maura en anderen niet in gevaar door mijn hardnekkigheid?

Ik ben koppig en vastbesloten, maar niet rücksichtslos of suïcidaal.

Moet ik er een punt achter zetten?

Ik heb nog steeds het gevoel dat er naar me wordt gekeken, dus draai ik me om. Bij Jersey Mike's Sub Shop verderop in de straat staat iemand achter een boom. Zo bijzonder is dat niet, maar ik ben zo paranoïde als wat, dus gaat mijn hand naar de holster op mijn heup. Ik trek mijn wapen niet; ik wil alleen weten of het er nog zit.

Als ik naar de boom begin te lopen, gaat mijn telefoon. Een afgeschermd nummer. Ik loop terug naar mijn auto. 'Hallo?'

'Rechercheur Dumas?'

'Yep.'

'Je spreekt met Carl Legg van de politie van Ann Arbor. Je had me gevraagd ene dokter Fletcher, een cardioloog, op te sporen.'

'Ja. Is het gelukt?'

'Nee. Maar er zijn wel een paar dingen die je moet weten. Hallo, ben je er nog?'

Ik stap in mijn auto. 'Ja. Ik luister.'

'O. Ik dacht even dat de verbinding werd verbroken. Ik ben naar dokter Fletchers afdeling in het ziekenhuis gegaan en heb daar gesproken met de officemanager.'

'Cassie.'

'Jep,' zegt Legg. 'Ken je haar?'

'Ze was niet erg mededeelzaam over de telefoon.'

'In het echt was ze ook geen kampioen gastvrijheid, maar we hebben een beetje druk uitgeoefend.'

'Bedankt, Carl.'

'Mannenbroeders en dat soort dingen. Hoe dan ook, dokter Fletcher heeft een week geleden gebeld om te zeggen dat ze een sabbatical nam. Ze heeft zo veel mogelijk afspraken overgedaan aan ene dokter Paul Simpson, dat is haar collega.'

Ik kijk naar de boom. Geen beweging. 'Had ze zoiets al eens eerder gedaan?'

'Nee. Volgens Cassie is dokter Fletcher iemand die heel teruggetrokken leeft, maar die honderd procent toegewijd is aan haar patiënten. Opeens een sabbatical nemen was absoluut niets voor haar. Daarna ben ik met haar man gaan praten.'

'Wat had die te zeggen?'

'Dat ze inmiddels gescheiden zijn en dat hij geen idee heeft waar ze uithangt. Ze had hem gebeld en hem hetzelfde over de sabbatical verteld. Hij was het ermee eens dat het niks voor haar was, maar dat ze zich sinds hun scheiding – en ik citeer hem – aan het herontdekken was.'

Ik start de auto en rijd het parkeerterrein af. 'Oké, Carl, bedankt.'

'Je kunt het natuurlijk naar een hoger niveau tillen, als je wil. Haar telefoongegevens, creditcardaankopen, dat soort dingen.'

'Ja, misschien doe ik dat wel.'

Dat houdt echter in dat ik gerechtelijke bevelen moet aanvragen, en ik weet niet of ik die weg wel wil gaan. Ik bedank Carl Legg nogmaals en beëindig het gesprek. Ik ga op weg naar Augies huis in Oak Street. Ik rijd langzaam, want ik moet nadenken.

Augie had te horen gekregen dat Maura die nacht naar Ellie was gegaan om daar onder te duiken.

Wat betekende dat precies? Dat weet ik niet. Had Augie hierop gereageerd? Had hij iets met die informatie gedaan?

En wat belangrijker is: waarom had Augie me dit niet verteld?

Mijn telefoon gaat weer en deze keer is het mijn baas, Loren Muse.

'Morgenochtend,' zegt Muse. 'Negen uur. Mijn kantoor.'

'Waar gaat het over?'

'Negen uur.'

Muse verbreekt de verbinding.

Geweldig. Ik vraag me nu af of een van de oldtimers in de Rusty Nail Tavern alsnog de politie heeft gebeld om te zeggen dat ik Andy Reeves enigszins heb mishandeld. Maar het heeft weinig zin om me daar nu zorgen over te maken. Ik klik Augies nummer aan. Hij neemt niet op. Het verbaast me trouwens dat hij me nog helemaal niet heeft gebeld nadat ik hem een kopie van Hanks video heb gestuurd.

De bocht naar Oak Street doemt al voor me op. Tot zover het nadenken. Ik rijd door naar het parkeerterrein aan de achterkant en zet de motor af. Ik zit enige tijd door de voorruit in het niets te staren. Het helpt niet. Ik stap uit en loop om het gebouw heen naar de voorkant. De straatlantaarns verspreiden een zwak oranje licht. Honderd meter verderop laat een oudere vrouw een enorme hond uit. Een Deense dog, of zoiets. Ik zie alleen haar silhouet. Als ik in haar hand iets zie wat op een sigaret lijkt, slaak ik een zucht en overweeg ik haar aan te spreken.

Nee. Ik mag dan een bemoeizuchtige lastpak zijn, ik ben geen wereldverbeteraar.

Als ik haar zie bukken met een plastic zakje in haar hand om de hondenpoep op te ruimen, zie ik nog iets.

Een gele auto.

Tenminste, hij lijkt geel. Ik heb eerder meegemaakt dat die oranje straatlantaarns rare trucs kunnen uithalen met witte, crèmekleurige of zelfs metallic grijze tinten. Ik kom bij de stoep en haast me in de richting van de auto. Als ik de oudere vrouw nader, bedenk ik dat het me niets extra's kost om de totale hypocriet uit te hangen.

'Rook alsjeblieft niet,' zei ik.

De vrouw kijkt me alleen maar aan en zegt niets, wat ik prima vind. Ik heb heel verschillende reacties gehad. Een van de rokers was een veganist die zei dat mijn eetgewoonten meer schade aanrichtten dan wat tabak en nicotine met me konden doen. Misschien had hij wel gelijk.

De auto is geel. En het is een Ford Mustang.

Net als de auto die voor de Rusty Nail Tavern geparkeerd stond.

Ik loop door totdat ik de letters op de nummerplaat kan onderscheiden. EBNY-IVRY.

Ik heb er toen niet over nagedacht, maar nu begrijp ik het.

Ebony and ivory, de zwarte en witte pianotoetsen.

Deze gele Ford Mustang is van Andy Reeves.

Weer gaat mijn hand naar de holster op mijn heup. Ik weet niet precies waarom. Soms doe ik dat. Als ik me afvraag waar Andy Reeves nu is, is het antwoord wel duidelijk, denk ik.

Bij Augie.

Ik haast me terug naar Augies appartement. Als ik de oudere vrouw weer nader, zegt ze: 'Dank je.'

Haar stem klinkt als een schor gerochel. Ik blijf staan.

'Voor mij is het te laat,' zegt ze, en ik zie gelatenheid in haar ogen. 'Maar ik stel je bezorgdheid op prijs. Blijf het vooral doen.'

Ik zou diverse dingen tegen haar kunnen zeggen, maar geen ervan is gepast, en bovendien zouden ze het moment alleen maar verpesten, dus knik ik alleen en loop door.

Dit woonproject is sober en ouderwets, en de diverse gebouwen hebben geen chique namen. De drie aan de weg, van links naar rechts, heten A, B en C. De drie daarachter D, E en F. En de laatste drie – je raadt het al – G, H en I. Elk gebouw telt vier appartementen: twee op de begane grond, 1 en 2, en twee op de eerste verdieping, 3 en 4. Augie woont in gebouw G, appartement 2. Ik ren het pad op en sla links af.

En ik loop bijna tegen hem op.

Andy Reeves komt Augies gebouw uit, doet met zijn rug naar me toe de deur achter zich dicht. Ik draai me om en ren de andere kant op. Hij mag me niet zien. Maar ik bedenk vrijwel meteen dat hij ook deze kant op zal komen en me toch zal zien.

Ik ga het pad af en duik achter een bosje. Als ik naar het raam achter me kijk – van gebouw E, appartement 1 – word ik aangestaard door een zwarte vrouw met een grote bos haar.

Geweldig.

Ik glimlach geruststellend naar haar. Ze lijkt niet overtuigd.

Ik maak me klein en sluip naar gebouw D. Ik maak me niet al te veel zorgen dat iemand de politie zal bellen. Tegen de tijd dat die reageert, ben ik allang binnen. Bovendien ben ik zelf van de politie, en is Augie onze korpschef.

Andy Reeves loopt inderdaad het pad af waar ik zo-even heb gestaan. Als hij naar rechts kijkt, is er een kleine kans dat hij me ziet, hoewel ik me deels kan verbergen achter een lantaarnpaal met een lamp die het niet doet. Ik pak mijn telefoon en bel Augies nummer weer. Zijn toestel schakelt meteen door naar de voicemail.

Dat bevalt me helemaal niet.

Stel dat Andy Reeves Augie iets heeft aangedaan. En dat ik hem gewoon laat ontsnappen.

Ik aarzel. Ik moet kiezen: of bij Augie gaan kijken, of Andy Reeves tegenhouden. Ik maak mijn keuze, ren om gebouw D heen en haast me naar Augies appartement. Mijn redenering is als volgt: als ik snel naar binnen ga en ik tref Augie in een of andere ongewenste toestand aan, heb ik nog genoeg tijd om weer naar buiten te rennen en Andy Reeves in zijn kraag te pakken voordat hij bij zijn auto is. Lukt dat niet en ben ik te laat, dan rijdt die gast in een felgele Ford Mustang. Moet ik nog meer zeggen?

De ramen van Augies appartement zijn donker, wat inhoudt dat het licht niet brandt. Ook dat bevalt me niet. Ik kom bij de deur en bons er hard op.

'Ho, rustig aan. De deur is open.'

Opluchting alom. Het is Augies stem.

Ik draai de deurknop om en duw de deur open. Er brandt binnen geen licht. Augie zit in het donker, met zijn rug naar me toe. Zonder zich om te draaien zegt hij: 'Hoe heb je dat in godsnaam kunnen doen?'

'Wat?'

'Is het waar dat je Reeves hebt mishandeld?'

'Het is mogelijk dat ik hem even in zijn ballen heb geknepen.'

'Jezus. Ben je niet goed bij je hoofd?'

'Hij bedreigde me. Jou ook.'

'Wat zei hij?'

'Dat hij mij en iedereen die me dierbaar was zou vermoorden.'

Augie zucht. Hij heeft zich nog steeds niet omgedraaid. 'Ga zitten, Nap.'

'Mag het licht aan? Ik vind dit een beetje eng.'

Augie steekt zijn hand uit en doet het leeslampje naast zijn stoel aan. Het geeft niet veel licht, maar het is genoeg. Ik loop naar mijn vertrouwde stoel en ga zitten. Augie blijft in de zijne zitten.

'Hoe weet je dat van Reeves' ballen?' vraag ik.

'Hij was net hier. Hij was erg van streek.'

'Dat zal best.'

Ik zie nu dat Augie een glas in zijn hand heeft. Augie ziet dat ik het zie. 'Schenk zelf maar iets in,' zegt hij.

'Nee, dank je.'

'Die video die je me hebt gestuurd,' zegt hij. 'Van die helikopter.'

'Ja?'

'Die mag je aan niemand laten zien.'

Onnodig om te vragen waarom, dus zeg ik: 'Je hebt hem bekeken, neem ik aan?'

'Ja.'

'Ik wil graag weten wat jij ervan denkt.'

Augie slaakt een diepe zucht. 'Een stel tieners negeert een hele reeks officiële verbodsborden en filmt een helikopter die op een overheidslocatie landt.'

'Dat is alles?'

'Is me iets ontgaan?'

'Heb je aan de stemmen kunnen horen wie erbij waren?' vraag ik.

Hij denkt er even over na. 'De enige stem waar ik zeker van ben is die van je broer.'

'En Diana?'

Augie schudt zijn hoofd. 'Diana staat niet op de video.'

'Je lijkt nogal zeker van je zaak.'

Augie brengt het glas naar zijn lippen, bedenkt zich en zet het naast zich neer. Hij kijkt langs me heen, tuurt in de verte, naar het verleden. 'Het weekend voordat ze omkwam, was Diana in Philadelphia om universiteiten te bekijken. We waren met z'n drieën: Diana, Audrey en ik. We hebben Villanova, Swarthmore en Haverford bezocht. Het waren alle drie prima universiteiten, hoewel Diana dacht dat Haverford misschien wat klein en Villanova misschien erg groot was. Toen we die zondag thuiskwamen, zou ze kiezen tussen Swarthmore en Amherst, waar we eerder die zomer waren geweest.' Hij staart nog steeds in de verte en er klinkt nauwelijks emotie door in zijn stem. 'Als Diana haar keus had gemaakt, heeft ze niet de kans gekregen om die aan me te vertellen. Beide aanvraagformulieren lagen op haar bureau op de avond dat ze omkwam.'

Nu pakt hij zijn glas en neemt een flinke slok. Ik geef hem even de tijd.

'Augie, ze hadden iets te verbergen op die basis.'

Ik verwacht een ontkenning, maar hij knikt. 'Daar lijkt het wel op.'

'Dat verbaast je niet?'

'Dat een dependance van de overheid midden in een bos met een prikkeldraadhek eromheen een dekmantel voor iets was? Nee Nap, dat verbaast me niet.'

'Ik neem aan dat Andy Reeves je naar de video heeft gevraagd,' zeg ik.

'Ja.'

'En?'

'Hij zei dat ik ten koste van alles moest voorkomen dat jij die openbaar maakt. Hij zei dat dat landverraad zou zijn, dat je de nationale veiligheid daarmee in gevaar zou brengen.'

'Er moet een verband zijn met de dood van Leo en Diana.'

Hij sluit zijn ogen en schudt zijn hoofd.

'Kom op, Augie. Ze doen die ontdekking en een week later zijn ze dood.'

'Nee,' zegt Augie. 'Er is geen verband. Of in elk geval niet het verband dat jij noemt.'

'Dat meen je toch niet, hè? Dus jij denkt dat het allemaal één groot toeval is geweest?'

Augie staart in zijn glas alsof het antwoord op de bodem is geschreven. 'Je bent een uitstekend rechercheur, Nap. En dat zeg ik niet omdat ik je zelf heb opgeleid. Jouw geest... Je hebt op diverse manieren een briljante geest. Jij ziet dingen die anderen ontgaan. Maar soms moet je terug naar de basis, naar wat je werkelijk weet. Geen paardensprongen maken. Alleen naar de feiten kijken. Naar wat je zeker weet.'

Ik wacht.

'Ten eerste: de plek waar Leo en Diana op de spoorbaan zijn omgekomen, ligt op kilometers afstand van de legerbasis.'

'Daar heb ik wel een verklaring voor.'

Hij steekt zijn hand op om me te doen zwijgen. 'Natuurlijk heb je een verklaring. Je kunt zeggen dat ze ernaartoe zijn gebracht. Maar laten we ons tot de feiten beperken. Geen misschiens.' Hij steekt zijn vinger op. 'Feit één: hun lichamen zijn op kilometers afstand van de basis gevonden.' Hij steekt nog een vinger op. 'Feit twee: de patholoog-anatoom heeft vastgesteld dat ze door de botsing met een rijdende trein om het leven zijn gekomen, niet door iets anders. Voordat ik verderga, zijn we het hierover eens?'

Ik knik, niet omdat ik het er helemaal mee eens ben – de vernietigende verwondingen van de botsing kunnen eerder trauma aan het zicht onttrekken – maar omdat ik wil weten wat hij nog meer te zeggen heeft.

'Dan gaan we door met de video die je hebt gevonden. Aangenomen dat die authentiek is – en er zijn geen redenen om aan te nemen dat dat niet zo zou zijn – dan heeft een van de overledenen, Leo, een week voor hun dood een helikopter boven de basis gezien.

Jouw theorie, heb ik begrepen, is dat dit tot zijn dood heeft geleid. Houd in gedachten dat Diana niet bij hen was toen de video werd gefilmd.'

'Leo zou het haar verteld hebben,' werp ik tegen.

'Nee,' zegt Augie.

'Nee?'

'Nogmaals, laten we ons bij de feiten houden, Nap. Als je dat doet, zul je net als ik tot de conclusie komen dat Diana nooit van de helikopter heeft geweten.'

'Ik kan je niet volgen,' zeg ik.

'Het is doodsimpel.' Hij kijkt me aan. 'Heeft Leo jou over de helikopter verteld?'

Ik open mijn mond en zeg niets. Ik begrijp waar hij naartoe wil. Langzaam schud ik mijn hoofd.

'En je vriendin Maura? Zij staat ook op de video, klopt dat?'

'Ja.'

'Heeft Maura het jou verteld?'

'Nee,' zeg ik.

Augie laat dat even bezinken voordat hij doorgaat. 'En dan hebben we nog het toxicologisch rapport.'

Ik weet wat er in het rapport staat... Hallucinogenen, alcohol en marihuana in hun bloed. 'Wat is daarmee?' vraag ik.

Augie probeert analytisch te klinken – 'Alleen de feiten, mevrouw' – maar het verdriet is hoorbaar in zijn stem. 'Jij kende mijn dochter ook al heel lang.'

'Ja.'

'We zouden zelfs kunnen zeggen dat jullie bevriend waren.'

'Ja.'

'Het is zelfs zo...' Hij begint nu een beetje als een advocaat tijdens een kruisverhoor te klinken. '... dat jij Diana en Leo bij elkaar hebt gebracht.'

Dat is niet helemaal waar. Ze hebben elkaar wel via mij leren kennen, maar het is nu niet het moment om over nuances te steggelen. 'Waar wil je naartoe, Augie?'

'Alle vaders zijn naïef als het om hun kleine meid gaat. Ik was geen uitzondering. Ik dacht dat de zon 's morgens alleen voor haar opkwam. Diana voetbalde tot in het najaar. 's Winters was ze cheerleader. Ze was betrokken bij talloze buitenschoolse activiteiten.' Hij buigt naar voren, brengt zijn gezicht meer in het licht. 'Ik ben politieman, en ik ben niet van gisteren. Ik weet heus wel dat al deze dingen niet betekenen dat je kind nooit aan de drugs of in de problemen zal raken, maar heb jij Diana ooit gezien als een feestbeest?'

Ik hoef niet na te denken over het antwoord. 'Nee.'

'Nee,' herhaalt hij. 'Vraag het Ellie. Vraag haar hoe vaak ze Diana drugs of drank heeft zien gebruiken voor...' Hij stopt met praten. Sluit zijn ogen. 'Die avond, als Leo haar komt halen, ben ik thuis. Ik ben degene die de deur voor hem opendoet. We geven elkaar een hand en ik zie het.'

'Je ziet wat?'

'Hij is stoned. En niet voor het eerst. Ik wil er iets van zeggen. Ik wil niet dat ze met hem meegaat. Maar Diana kijkt me aan met die smekende blik van "maak nou geen scène, papa". Dus ik houd me in. Ik laat haar gaan.'

Augie is daar als hij dit zegt. Hij geeft je een hand, kijkt naar zijn dochter, ziet de uitdrukking op haar gezicht. Die spijt, van 'stel dat ik haar niet had laten gaan', blijft hem altijd achtervolgen.

'Dus vertel mij eens, Nap, nu we de feiten op een rij hebben: wat acht jij waarschijnlijker? Een grote samenzwering, met CIA-agenten en weet ik veel, die twee tieners kidnappen omdat een van de twee een week daarvoor een helikopter had gefilmd – trouwens, als de CIA dat wist, waarom hebben ze dan een week gewacht voordat ze ze vermoordden? – door ze naar de andere kant van de stad te slepen en ze voor een aanstormende trein te gooien? Of is het waarschijnlijker dat een meisje is uitgegaan met een jongen die wel een drankje en een stickie lustte? Dat ze samen te veel hebben gedronken en gerookt, zich het verhaal van Jimmy Riccio herinnerden en samen, zo dronken en high als wat, hebben geprobeerd voor de trein langs te rennen en zijn gestruikeld?'

Hij kijkt me aan en wacht op mijn reactie.

'Je laat een hoop dingen weg,' zeg ik.

'Nee Nap, jij haalt er te veel dingen bij.'

'En Rex dan? En Hank?'

'Dat is van vijftien jaar later.'

'En je wist dat Maura die avond is ondergedoken. Dat heeft Ellie je verteld. Waarom heb je dat niet aan mij verteld?'

'Wanneer had ik dat moeten doen? Je was een jongen van achttien. Toen je negentien werd? Toen je van de academie kwam? Toen je promotie kreeg en voor de county ging werken? Wanneer had ik je iets volstrekt irrelevants moeten vertellen als "je vroegere vriendin durfde niet naar huis, dus ze is bij Ellie blijven logeren"?'

Ik kan mijn oren niet geloven. 'Maura was doodsbang en is op de vlucht geslagen,' zeg ik, en ik moet me inhouden om niet te gaan schreeuwen, 'voor iets wat ze heeft gezien op de avond dat Leo en Diana zijn vermoord.'

Hij schudt zijn hoofd. 'Je moet dit laten rusten. Voor ieders bestwil.'

'Ja, dat hoor ik steeds.'

'Je bent me heel dierbaar, Nap. Dat meen ik. Ik hou van je als van… nee, ik zal niet zeggen "als van een zoon". Dat zou te aanmatigend zijn. Het zou een belediging zijn voor wat jij had met je vader, een geweldige kerel die ik heel erg mis, en voor mijn kleine meid. Maar ik geef heel veel om je. Ik heb mijn best gedaan om een goede mentor voor je te zijn, en een goede vriend.'

'Dat ben je geweest, en meer dan dat.'

Augie leunt achterover. Zijn glas is leeg. Hij zet het op het tafeltje naast zijn fauteuil. 'Geen van ons beiden heeft nog veel mensen om wie we geven. Ik zou het niet kunnen verdragen als er iets gebeurde... Je bent nog jong, Nap. Je bent intelligent en goedhartig en zorgzaam... Shit, ik klink als zo'n profiel op een datingsite.'

Hij glimlacht. Ik glimlach terug.

'Je moet doorgaan met je leven. Wat de uitkomst ook zal zijn, je hebt hier te maken met heel gevaarlijke mensen. Ze deinzen nergens voor terug. Met jou niet, met mij niet. Je hebt gehoord wat Reeves zei. Ze vermoorden iedereen die je dierbaar is. Laten we zeggen dat jij gelijk hebt en ik niet. Laten we aannemen dat Diana en Leo iets gezien hebben... ik heb geen idee wat, maar dat ze daarom zijn vermoord. Waarom? Om ze tot zwijgen te brengen, neem ik aan. Vervolgens wachten ze vijftien jaar – nogmaals, waarom zouden ze dat doen? – en nemen ze een huurmoordenaar in de arm, die Rex twee kogels in zijn achterhoofd schiet. Daarna vermoorden ze Hank en brengen dat heel handig in verband met een belastende video die viral is gegaan. Klinkt dat allemaal echt geloofwaardiger dan mijn theorie dat ze te veel pot hebben gerookt? Ik weet het niet. Misschien wel. Maar stel dat Reeves en zijn mannen echt van die gevaarlijke, nietsontziende mensen zijn en dat zij al die moorden hebben gepleegd. Laten we ervan uitgaan dat jouw theorie waar is, oké?'

Ik knik.

'Vergeet jou en mij, Nap... Maar denk je niet dat ze zich aan Ellie zullen vergrijpen om ons tot staan te brengen? Of aan haar twee meisjes?'

Ik zie Leah en Kelsi voor me. Ik zie en hoor ze lachen, voel hun armen om me heen.

Dit brengt me tot staan. Ik was in volle vaart heuvelafwaarts gerend, zonder me om mijn snelheid te bekommeren, maar Augies woorden hebben de rem erop gezet. Ik denk aan wat ik mezelf eerder heb voorgehouden. Handel niet overhaast. Denk eerst goed na.

'Het is al laat,' zegt Augie. 'Vanavond gaat er niks meer gebeuren. Ga naar huis, ga slapen. Morgen praten we verder.'

24

Ik ga naar huis, maar slapen zit er voorlopig niet in.

Ik denk aan wat Augie heeft gezegd over de mogelijkheid dat ik Ellie en de meisjes in gevaar breng, en ik weet niet goed wat ik daaraan moet doen. Het is gemakkelijk om te zeggen dat ik me niet laat intimideren, maar je moet ook reëel blijven. Hoe groot is de kans dat ik de zaak echt ga oplossen?

Moeilijk te zeggen.

Hoe groot is de kans dat ik niet alleen de waarheid over Leo en Diana boven water krijg, maar dat ik ook genoeg bewijs vind om de daders aan te klagen en te laten veroordelen?

Nog moeilijker te zeggen.

Waar tegenover staat: hoe groot is de kans dat ikzelf of iemand die me dierbaar is de prijs moet betalen voor de nietsontziende drammerigheid waarmee ik deze missie tot een eind wil brengen?

Een vraag die geen antwoord behoeft.

Is het het waard om de beer te wekken?

Dat weet ik eigenlijk niet. Het zou het verstandigst zijn om het te laten rusten. Je bent dood, Leo. Wat ik ook doe, welke schokkende bewijzen ik ook weet op te diepen, daar komt geen verandering in. Je bent dood en je blijft dood. Verstandelijk weet ik dat. Maar toch…

Ik pak mijn laptop en open de internetbrowser. Ik typ Andy Reeves' naam en New Jersey in en voeg er 'piano' aan toe. Meteen raak.

Welkom op de fanclubsite van PianoManAndy.

Fanclubsite. Ik klik de link aan. En ja hoor, net als vrijwel iedere andere artiest heeft Andy Reeves zijn eigen website. Boven aan de startpagina staat zijn portret, in soft focus, en hij heeft een glitterjasje aan.

De wereldbekende pianist Andy Reeves is een begaafd zanger, humorist en allround entertainer die door zijn fans liefkozend 'De PianoMan' wordt genoemd...

Toe maar.

Ik scrol omlaag. Andy is eventueel op afspraak beschikbaar voor 'feesten van niveau', zoals trouwerijen, bedrijfsfeestjes, verjaardagen en bar mitswa's. Onderaan staat in lichtgevende letters:

Lid worden van de fanclub van De PianoMan? Meld je aan voor onze nieuwsbrief.

Daaronder is een kadertje waarin ik mijn e-mailadres zou moeten typen. Ik doe dat nog maar niet.

Aan de linkerzijkant staan een paar knoppen met de tekst: HOME, BIO, FOTO'S, REPERTOIRE, TOURSCHEMA...

Ik klik TOURSCHEMA aan en scrol omlaag tot ik vandaag heb gevonden. Zijn optreden in de Rusty Nail Tavern duurde tot 18.00 uur. Maar daaronder staat dat hij vandaag nog een keer optreedt, van 22.00 uur tot middernacht in een club die de Hunk-A-Hunk-A heet.

Mijn telefoon zoemt. Een sms van Ellie.

Ben je nog wakker?

Met mijn duim toets ik in: *Het is pas 10 uur. Ja.*

Zin in een ommetje?

Best. Haal ik je op?

De stipjes bewegen. Dan verschijnt Ellies bericht:

Ik ben al onderweg. Kom naar het parkeerterrein van het Benjamin Franklin.

Vijf minuten later rijd ik het verlaten parkeerterrein van de school op. Ellie en Bob wonen hier niet ver vandaan, dus ik neem aan dat ze ernaartoe is gelopen. Zoals de parkeerterreinen van de meeste scholen is dit goed verlicht, maar ik zie Ellie nergens. Ik parkeer de auto en stap uit.

'Hier.'

Aan de uiterste linkerkant is een ouderwetse speeltuin. Met schommels, een glijbaan, klimrekken, klimnetten, ladders en een evenwichtsbalk, allemaal met houtsnippers eronder. Ellie zit op een van de schommels. Ze zet zich af met haar voeten, heel licht, zodat het meer deinen dan schommelen is wat ze doet.

De cedergeur van houtsnippers wordt sterker als ik haar nader. 'Alles oké met je?'

Ellie knikt. 'Ik had alleen nog geen zin om naar huis te gaan.'

Ik weet niet hoe ik daarop moet reageren, dus ik knik alleen.

'Als kind was ik dol op speeltuinen,' zegt Ellie. 'Ken je het spel *four square*?'

'Nee,' zeg ik.

'Maakt niet uit. Ik klets maar wat. Maar ik kom hier wel vaker.'

'Hier in de speeltuin?'

Ze knikt. 'Alleen 's avonds. Ik weet niet precies waarom.'

Ik ga op de schommel naast die van haar zitten. 'Dat wist ik niet.'

'Zo komen we steeds meer over elkaar te weten,' zegt Ellie.

Daar denk ik even over na. 'Dat denk ik niet.'

'Hoe bedoel je?'

'Je weet alles van me, Ellie. Goed, ik had je misschien niet verteld dat ik Trey een pak slaag had gegeven, maar je wist heus wel dat ik het was geweest.'

Ze knikt. 'Ja.'

'En van die andere keren. Met Roscoe en Brandon en Alicia's vriend... ik ben zijn naam vergeten.'

'Colin.'

'O ja, Colin.'

Ellie zegt niets.

'Dus je weet alles van me. Letterlijk alles.'

'En daarmee impliceer je dat je niet alles van mij weet?'

Nu zeg ik niets.

'Maar je hebt gelijk,' zegt Ellie. 'Ik vertel je niet alles.'

'Vertrouw je me niet?'

'Je weet wel beter.'

'Wat is het dan?'

'Ik heb recht op mijn eigen geheimen. Ik had het je niet moeten vertellen van Bob. Want nu heb je een hekel aan hem en krijg je al zin om hem af te tuigen.'

'Een klein beetje wel,' geef ik toe.

Ze glimlacht. 'Niet doen. Hij is dezelfde man die je vanochtend nog bewonderde.'

Daar ben ik het niet mee eens, maar ik vind het niet nodig om dat uit te spreken.

Ellie kijkt omhoog naar de donkere lucht. Er staan wel wat sterren aan de hemel, maar je hebt het gevoel dat het er meer zouden moeten zijn. 'Ik heb antwoord gehad van Maura's moeder. De man op de foto die jij had gestuurd? Het is dezelfde man die haar heeft ondervraagd. Die bleke man met die fluisterstem.'

Het is geen verrassing voor me.

'Ik heb hem eerder vandaag gezien,' zeg ik.

'Wie is die man?'

'Hij heet Andy Reeves.' Ik gebaar met mijn kin naar het Pad. 'Hij had de leiding op de legerbasis toen Leo en Diana werden vermoord.'

'Heb je hem gesproken?'

Ik knik.

'Wat zei hij?'

'Hij heeft me bedreigd, zei dat hij iedereen zou vermoorden die ik liefheb.'

'De zoveelste die je adviseert het te laten rusten,' zegt Ellie.

Ik kijk haar aan. 'Noem je dat adviseren?'

Ze haalt haar schouders op.

'Maar inderdaad. Na jou en Augie is hij de derde.'

'Augie. Ook iemand die je heel dierbaar is.'

Ik knik.

'En? Ga je het doen?'

'Wat? De zaak laten rusten?'

'Ja.'

'Ik denk het wel.'

Ellie kijkt naar het Pad. De blik in haar ogen is scherper geworden.

'Wat is er?' vraag ik.

'Ik zou er nog eens over nadenken.'

'Hoe bedoel je?'

'Ik denk niet dat je nu nog kunt stoppen.'

'Wel als ik jou of de meisjes in gevaar breng.'

'Nee, juist niet.'

'Ik kan je niet volgen,' zeg ik.

'Ik weet dat ik de eerste was die tegen je heeft gezegd dat je het moet laten rusten. Maar dat was voordat die griezel mijn kinderen bedreigde. Nu wil ik niet meer dat we het opgeven. Als we dat doen, blijft die griezel altijd een dreiging. Dan moet ik de rest van mijn leven over mijn schouder kijken.'

'Als ik de handdoek in de ring gooi, zal hij jou niet lastigvallen.'

'Nee,' zegt Ellie snuivend. 'Net zomin als Rex en Hank.'

Ik zou tegen haar kunnen zeggen dat Rex en Hank een directere dreiging vormden omdat ze vijftien jaar geleden ooggetuigen waren geweest van de helikopter die op de basis landde, maar ik denk dat het niet veel zal uitmaken. Ik begrijp wat Ellie bedoelt. Ze wil niet voortdurend in die angst leven. Ze wil dat ik er een stokje voor steek, en ze hoeft niet te weten hoe.

Ellie zet zich nu harder af met haar voeten. Ze zwaait achteruit, maakt vaart als ze weer naar voren komt, en als de schommel op zijn hoogste punt is springt ze er gracieus van af, met haar handen triomfantelijk in de lucht, als een turnster die haar afsprong heeft gemaakt. Ik geef zo veel om haar, en toch besef ik voor het eerst dat ik haar maar voor een deel ken, waardoor ik nóg meer om haar geef.

'Ik sta niet toe dat iemand je iets aandoet,' zeg ik.

'Dat weet ik.'

Ik denk aan de info die ik eerder vanavond op de website van Andy de PianoMan heb gezien. Dat hij vanavond in Club Hunk-A-Hunk-A speelt, wat dat ook mag zijn.

Ik ga ernaartoe en ga de confrontatie met hem aan.

'Nog één ding,' zegt Ellie.

'Ja?'

'Ik heb misschien een spoor dat ons bij Beth Lashley kan brengen. Ik herinner me van school dat Beths ouders een kleine bioboerderij in Far Hills hadden gekocht. Mijn nicht Merle woont daar niet ver vandaan. Ik heb haar gevraagd er eens langs te rijden en er aan te kloppen. Dat heeft ze gedaan, maar ze kwam niet verder dan een hek met een poort, die op slot zat.'

‘Dat hoeft niks te betekenen te hebben.’

‘Nee, ik weet het. Maar ik rijd er morgen zelf naartoe en laat het je weten.’

‘Dank je.’

‘Graag gedaan.’ Ellie slaakt een diepe zucht en kijkt naar de school. ‘Is het echt zo lang geleden dat we hier op school hebben gezeten?’

Ik kijk met haar mee. ‘In een ander leven,’ zeg ik.

Daar kan Ellie wel even om lachen. ‘Ik kan beter naar huis gaan.’

‘Zal ik je afzetten?’

‘Nee,’ zegt ze. ‘Ik loop liever.’

25

Hunk-A-Hunk-A ziet zichzelf als een 'betere gelegenheid met mannelijke erotische dansers voor vrouwelijke clientèle van niveau', omdat niemand tegenwoordig nog 'striptent' durft te zeggen. De ster van vanavond is Dick Shaftwood, wat – vermoed ik – zijn artiestennaam is. De gele Ford Mustang staat achteraan op het parkeerterrein van de club. Ik voel er niets voor om naar binnen te gaan, dus ik zet mijn auto op een plek waar ik zowel de uitgang als de gele Mustang kan zien. Er staan twee touringcars en een paar busjes op het parkeerterrein, alsof de club een of andere toeristische attractie is.

Wat ik te weten kom door naar de in- en uitgang te kijken, ligt voor de hand. De vrouwen komen niet alleen hiernaartoe. Ik zie ze in elk geval niet alleen naar binnen gaan of naar buiten komen, zoals mannen dat doen bij striptenten. De vrouwelijke clientèle arriveert hier in groepen, meestal grotere groepen, die al heel luidruchtig en opgewonden zijn voordat ze naar binnen gaan. De meesten komen hier een vrijgezellenfeestje vieren, wat de touringcars en de busjes verklaart. En ze doen dat op een verantwoordelijke manier… ondeugend, sexy vertier, maar wel onder leiding van een professionele chauffeur.

Het wordt laat. De vrouwen die nu naar buiten komen zijn behoorlijk dronken – luidruchtig, onvast op de benen en tegen elkaar aan vallend – maar ze blijven dicht bij elkaar en wachten tot de achterblijvers zich weer bij de kudde hebben aangesloten. Ook de eerste mannelijke strippers gaan al naar huis. Zelfs met hun kleren aan zijn ze gemakkelijk te herkennen. Ze kijken allemaal nors en hebben dat typerende 'kijk mij eens'-loopje. De meesten dragen ruimvallende flanellen shirts, amper dichtgeknoopt, zodat hun gewaxte borstspieren glanzen in het licht van de straatlantaarns.

Ik kan me nauwelijks voorstellen waarom Hunk-A-Hunk-A een pianist nodig zou hebben, maar een korte blik op mijn telefoon – Hunk-A-Hunk-A heeft niet alleen een website maar zelfs zijn eigen app – leert me dat ze af en toe 'klassieke' avonden houden, met dansers in jacquet, begeleid door een pianist op een Steinway-vleugel.

Ik veroordeel niet, Leo.

Het is kort na middernacht als Andy Reeves, in een smoking gekleed, naar buiten komt. Er is geen reden om dit langer te laten duren dan nodig is. Ik stap uit mijn auto en loop op de zijne af. Als Reeves me ziet, is hij niet blij.

'Wat kom jij hier doen, Dumas?'

'Ik noem mezelf tegenwoordig Dick Shaftwood,' zeg ik.

Reeves kan er niet om lachen. 'Hoe heb je me gevonden?'

'Via je website. Ik ben nu officieel lid van de Andere Piano-Man-fanclub.'

Ook hier kan Reeves niet om lachen. Hij versnelt zijn pas. 'Ik heb je niks te zeggen.' Dan bedenkt hij zich. 'Tenzij je de video voor me hebt meegebracht.'

'Nee,' zeg ik. 'Ik kom je vertellen dat ik er genoeg van heb, Andy.'

'En wat wil je daarmee zeggen?'

'Daar wil ik mee zeggen dat als je me niet vertelt wat ik wil weten, ik nu die video openbaar maak.' Ik houd mijn telefoon op, met mijn duim boven de verzendknop. Het is pure bluf. 'Ik stuur hem eerst naar een oude vriend bij de *Washington Post* en doe de rest daarna.'

Reeves' ogen spuwen vuur.

Ik zucht. 'Wat je wil.' Ik doe alsof ik op het schermpje van mijn telefoon ga drukken.

'Wacht!'

Mijn duim komt tot stilstand.

'Als ik je de waarheid over de basis vertel, heb ik dan je woord dat je de rest laat rusten?'

'Ja,' zeg ik.

Hij doet een stap naar me toe. 'Je moet het zweren, op de nagedachtenis van je broer.'

Niet slim van hem, om jou hierbij te betrekken, maar ik doe wat hij zegt en zweer het. Ik zou hem ook kunnen waarschuwen. Ik zou tegen hem kunnen zeggen dat als hij en zijn mensen iets met jullie dood te maken hebben gehad, ik niet alleen zal praten met iedereen die naar me wil luisteren, maar er persoonlijk voor zal zorgen dat hij en zijn club daarvoor zullen boeten.

Over het zweren zelf maak ik me geen zorgen. Als iets van wat hij me nu vertelt openbaar moet worden gemaakt, zal ik dat met alle plezier doen.

'Goed dan,' zegt Andy Reeves. 'Laten we ergens naartoe gaan waar we kunnen praten.'

'Dat kan hier ook.'

Hij kijkt om zich heen, is een en al argwaan. Er zijn wel een paar achterblijvers, maar die zullen weinig belangstelling hebben voor wat hij te zeggen heeft. Waarschijnlijk heeft hij het grootste deel van zijn leven bij een of andere undercover overheidsdienst gewerkt, de CIA of zo'n soort club, dus ik kan de paranoia wel begrijpen.

'Laten we dan tenminste in mijn auto gaan zitten,' stelt Reeves voor.

Ik trek de sleutels uit zijn handen en ga op de passagiersstoel zitten. Hij gaat achter het stuur zitten. We kijken allebei recht vooruit. Ons uitzicht bestaat uit een houten schutting die betere tijden heeft gekend. Sommige planken zijn gebarsten of ontbreken helemaal, als het gebit van een bokser na te veel verliespartijen.

'Ik wacht,' zeg ik.

'We maakten geen deel uit van het ministerie van Landbouw,' zegt hij.

Als hij daarna blijft zwijgen, zeg ik: 'Nee, dat had ik al begrepen.'

'Dan is de rest doodsimpel. Alles wat er op die basis gebeurde was topgeheim. Dat weet je nu, want dat heb ik zonet toegegeven. Dus dat moet genoeg zijn.'

'Niet voor mij,' zeg ik.

'We hebben niks van doen gehad met de dood van je broer en van Diana Styles.'

Ik kijk hem aan alsof ik wil zeggen: ga door en kom ter zake. Andy Reeves doet alsof hij diep moet nadenken over wat hij nu gaat zeggen. Hij laat me nog een keer beloven dat ik er tegen niemand iets over mag zeggen, nooit, dat hij alles glashard zal ontkennen en dat niets van wat hij zegt buiten de auto mag komen, enzovoort.

Ik ga met alles akkoord, zodat we door kunnen.

'Je weet over welke tijd we het hebben,' begint Andy Reeves. 'Vijftien jaar geleden. Na 11 september. De oorlog in Irak. Al Qaida. Al die dingen. Je moet het in die context zien.'

'Oké.'

'Herinner je je ene Terry Fremond?'

Ik zoek in mijn databank en vind hem. 'Een rijke blanke jongen uit de buitenwijken van Chicago, die zichzelf tot terrorist had omgeturnd. Uncle Sam Al Qaida noemden ze hem. Stond op de FBI-toptienlijst van meest gezochte mensen.'

'Daar staat hij nog steeds op,' legt Andy Reeves uit. 'Fremond kwam vijftien jaar geleden terug naar de VS en heeft hier een terroristische cel opgezet. Het was ze bijna gelukt om 11 september, de ergste aanslag die ooit in de VS is gepleegd, te evenaren.' Reeves draait zijn hoofd om en kijkt me van opzij aan. 'Herinner je je de officiële lezing van wat er met hem gebeurd is?'

'Hij kreeg er lucht van dat de feds hem op de hielen zaten en is via Canada naar Syrië of Irak gevlucht.'

'Ja,' zegt Reeves langzaam en met zorg. 'Dat is de officiële lezing.'

Reeves blijft me van opzij aankijken. Ik denk aan de oranje schim die ik op de video heb gezien, waarvan ik dacht dat het een gevangenisoverall was. Ik denk aan de beveiligde locatie. Ik denk aan de noodzaak van geheimhouding. Ik denk aan de helikopter, die geruisloos en beschermd door het duister op de basis landt.

'Jullie hebben hem gepakt en naar de basis gebracht.'

We hadden de geruchten toen al gehoord, weet je nog? En ik herinner me ook nog iets anders… iets wat jij me hebt verteld, Leo, hoewel ik niet meer precies weet wanneer dat was. We zaten nog op school, denk ik. Jij werd gefascineerd door wat de media de 'Oorlog tegen het Terrorisme' noemden. Je vertelde me erover… de duistere oorden overzee, waar ze vijandelijke strijders naartoe brachten om ze tot praten te dwingen… geen gewone kampen voor krijgsgevangenen, maar…'

Ik zeg het hardop. 'De basis was een *black site*.'

Andy Reeves kijkt weer door de voorruit naar buiten. 'We hadden black sites in landen als Afghanistan, Litouwen en Thailand, met codenamen als de Zoutmijn, Fel Licht en Kwarts…' Zijn stem sterft weg. 'Er is een CIA-gevangenis op een eiland in de Indische Oceaan, een in een voormalige paardenmanege, er was er zelfs een in een winkelpand, waar je gewoon naar binnen kon kijken. Ze waren van groot belang voor onze strijd tegen het terrorisme. Het waren deze locaties waar onze militairen belangrijke buitenlandse gevangenen naartoe brachten voor intensieve ondervraging.'

Intensieve ondervraging.

'Het had zo zijn voordelen om dat in deze buitenlandse gevangenissen te doen,' vervolgt Reeves. 'De meeste van deze vijanden waren immers buitenlanders, dus waarom zouden we ze naar de VS halen? Juridisch is het heel complex, maar als je een vijandelijke verdachte op niet-Amerikaanse bodem ondervraagt, dan kan de wet... laten we zeggen... worden verfijnd. Je kunt voor of tegen intensieve verhoormethodes zijn. Dat mag iedereen voor zichzelf bepalen. Maar trap niet in de leugen dat ze ons nooit goede inlichtingen opgeleverd zouden hebben, of dat ze nooit levens hebben gered. Want dat hebben ze wel degelijk gedaan. Dat is de moraal die mensen zichzelf wijsmaken, waar of niet? "Ik ben tegen martelingen," zeggen ze. "O ja? Stel dat het aftuigen van een monster dat duizenden mensen heeft afgeslacht het leven van je kind zou redden, zou je het dan doen?" Daar weten ze geen antwoord op. Ze kunnen niet zeggen: "Ik ben bereid mijn kind op te offeren voor mijn morele standpunt." Dus proberen ze slim te zijn en bedenken een soort schijnoplossing. "Het werkt niet," zeggen ze.'

Andy Reeves kijkt me aan met een loodzware blik. 'Martelen werkt. Dat is het enge ervan.'

Ik voel de kilte, hier in deze donkere auto, naast deze man, die blijkbaar toch zijn verhaal kwijt wil. Ik heb het eerder meegemaakt. Mensen die zo'n groot geheim met zich meedragen, die zo'n gruwelijke bekentenis moeten doen, en toch: als ze over dat dode punt heen zijn, als ze beginnen te praten en de opluchting voelen, zijn ze bijna niet meer te stoppen.

'Het probleem laat zich raden. Vergeet overzee. Er waren hier in de VS terroristische cellen; die zijn er nog steeds. Meer dan je je kunt voorstellen. De meesten zijn Amerikaanse burgers, zielige nihilisten die kicken op geweld en grote aantallen slachtoffers. Maar als we ze hier in de Verenigde Staten arresteren, hebben ze rechten en advocaten en al die dingen. En als ze niet bereid zijn te praten, dan kan de grote aanval misschien niet worden voorkomen.'

'Dus jullie pakken een verdachte,' zeg ik, 'gooien hem in een stealth-helikopter, brengen hem naar de basis en verhoren hem daar.'

‘Kun jij een betere plek voor een black site bedenken?’

Ik zeg niets.

‘Die verdachten… ze bleven nooit lang bij ons. Daarom noemden we de basis het Vagevuur. Eenmaal daar konden we besluiten of je naar de hemel mocht of dat we je naar de hel overzee stuurden.’

‘Hoe bepaalden jullie die keuze?’

Reeves draait zijn hoofd om en kijkt dwars door me heen. Dat is het enige antwoord dat hij zal geven, en ook het enige dat ik nodig heb.

‘Nu komen we bij het deel over mijn broer,’ zeg ik.

‘Er bestaat geen deel over je broer. Dit is het eind van het verhaal.’

‘Nee, beste vriend, dat is het niet. Ik weet nu dat hij en zijn vrienden hebben gefilmd dat een Amerikaans staatsburger op illegale wijze van zijn vrijheid werd beroofd.’

Reeves begint te blozen. ‘We redden levens.’

‘Niet dat van mijn broer,’ zeg ik. ‘Of dat van Diana.’

‘Daar hebben we niks mee te maken gehad. Ik wist niet eens van het bestaan van die video voordat jij die aan me liet zien.’

Ik zoek naar de leugen op zijn gezicht, maar Andy Reeves is geen amateur. Hoe dan ook, ik zie helemaal niets. Is het mogelijk dat Reeves het niet wist van de video? Hoe kon dat dan? Maar als hij er wel van wist… nou, dan begrijp ik het evenmin. Waarom heeft hij die vijftien jaar geleden dan niet teruggehaald? Waarom is hij niet achter Rex of Hank of Beth aan gegaan?

Ik weet het niet.

Ik ben weer in verwarring. Ik heb nog één kaart die ik kan uitspelen, en dat doe ik.

‘Als je het niet wist van de video,’ zeg ik, ‘waarom was je dan naar Maura op zoek?’

‘Wie?’

Deze keer is het minder moeilijk om te zien dat hij liegt. Ik trek een gezicht.

'Je hebt haar moeder verhoord,' zeg ik. 'En ik denk zelfs dat je haar hebt meegenomen naar die black site van je. Dat je iets met haar hebt gedaan zodat ze zich niks meer herinnert.'

'Ik weet niet waar je het over hebt.'

'Ik heb haar je foto laten zien, Andy. Ze heeft bevestigd dat jij het was die haar heeft ondervraagd.'

Hij staart voor zich uit en schudt langzaam zijn hoofd. 'Je begrijpt er niks van.'

'We hadden afgesproken dat je over de brug zou komen,' zeg ik. 'Als je blijft proberen me te misleiden...'

'Open het dashboardkastje,' zegt hij.

'Wat?'

Andy Reeves slaakt een zucht. 'Open het dashboardkasje, oké?'

Ik steek mijn hand uit naar het dashboardkastje, draai mijn hoofd iets om te zien waar de knop zit, maar dat is genoeg. Zijn vuist – tenminste, ik neem aan dat het zijn vuist is, want ik krijg hem niet te zien – raakt me op de plek tussen mijn linkerslaap en mijn kaak. Door de impact schiet mijn hoofd naar rechts en rammelen mijn tanden in mijn mond. Mijn wang en mijn nek worden gevoelloos.

Zijn hand gaat in het dashboardkastje.

Mijn hoofd duizelt, maar één gedachte blijft recht overeind.

Een pistool. Hij probeert een pistool te pakken.

Zijn hand komt eruit met iets van metaal erin. Ik kan niet zien wat het is, maar is dat nodig? Het enige wat ik kan bedenken is dat ik zijn pols met beide handen moet vastgrijpen. Ik doe dat, maar nu heeft hij nog één hand vrij en ik niet. Hij gebruikt die hand om me hard en herhaaldelijk op mijn ribben te slaan.

Ik laat niet los.

Hij begint zijn pols te draaien en los te wringen... of nee, hij probeert de loop op me te richten. Ik schuif mijn ene hand omlaag totdat die zich om zijn vingers sluit. Geen van zijn vingers is om de trekker gekromd. Ik knijp zo hard ik kan. Hij kan de loop wel op me richten, maar zonder zijn vinger om de trekker kan dat geen kwaad.

Dat is wat ik op dit moment denk: dat me, zolang ik zijn vingers vasthoud, niks kan gebeuren.

En dat blijkt een compleet verkeerde inschatting.

Hij draait zijn hand nog eens om. Heel even voel ik het kille metaal op de rug van mijn hand. Heel even maar. Ik zie nu dat het geen pistool is. Daar is het te lang voor. Het heeft de vorm van een cilinder. Ik hoor het geknetter van elektriciteit en op hetzelfde moment voel ik een pijn die al het andere uitsluit.

De stroom schiet door mijn arm omhoog en maakt die onbruikbaar.

Andy Reeves bevrijdt zijn pols moeiteloos uit mijn krachteloze greep. Met een zelfingenomen glimlach zet hij het wapen – een stroomstok, een taser, ik weet het niet – op mijn borst en haalt de trekker over.

Ik begin te schokken.

Hij haalt de trekker nog een keer over. Mijn spieren functioneren niet meer.

Hij buigt zich over de leuning en pakt iets van de achterbank. Ik kan niet zien wat het is. Misschien een bandenlichter. Of een honkbalknuppel. Ik heb geen idee. Ik zal het ook niet te weten komen.

Hij slaat me ermee op mijn hoofd, eerst één en dan twee keer, en daarna is er niets meer.

26

Op de merkwaardigste manier, half zwemmend, kom ik weer bij kennis.

Ken je die dromen waarin je helemaal niets kunt? Je wil wegrennen voor het gevaar, maar elke stap voelt alsof je tot je middel in de sneeuw staat. Zo voel ik me nu ook. Ik wil me bewegen, wegrennen, ontsnappen, maar er drukt een loden last op mijn hele lichaam.

Als ik uiteindelijk mijn ogen open, lig ik op mijn rug. Ik zie kale balken en leidingen. Een plafond. Van een kelder, zo te zien. Ik probeer kalm te blijven, geen onverwachte bewegingen te maken.

Ik wil mijn hoofd opzijdraaien om te zien waar ik ben.

Maar dat kan ik niet.

Ik kan mijn hoofd helemaal niet bewegen, nog geen centimeter. Het voelt alsof het in een klem zit. Ik probeer het nog een keer, met meer kracht. Niets. Geen centimeter. Ik probeer overeind te komen. Maar ik lig vastgebonden op een of andere tafel. Mijn armen zijn met riemen langs mijn zijden gebonden. Mijn benen zijn strak tegen elkaar gesnoerd.

Ik kan me niet verroeren. Ik ben compleet hulpeloos.

Reeves zegt met zijn fluisterstem: 'Je moet me vertellen waar die video is, Nap.'

Praten zal me niet helpen. Dat besef ik meteen. Dus zonder een woord te zeggen begin ik om hulp te schreeuwen, zo hard als ik kan. Ik blijf schreeuwen tot hij een lap in mijn mond propt.

'Dat heeft geen zin,' zegt hij.

Reeves doet iets en neuriet er zachtjes bij, maar ik kan mijn hoofd niet draaien, dus ik kan het niet zien. Ik hoor het geluid van een kraan die wordt opengedraaid en een emmer – of zoiets – die met water wordt gevuld. Na een tijdje wordt de kraan weer dichtgedraaid.

'Weet je waarom de Navy SEALS waterboarding als onderdeel van hun training hebben geschrapt?' vraagt Reeves. Als ik geen antwoord geef – dat gaat ook niet met die prop in mijn mond – zegt hij: 'Omdat de rekruut zo snel brak dat het als slecht voor het moreel werd gezien. Rekruten van de CIA houden het gemiddeld veertien seconden vol voordat ze hun instructeur smeken ermee op te houden.'

Andy Reeves staat over me heen gebogen. Ik zie dat hij glimlacht, dat hij hiervan geniet.

'Soms deden we eerst het hele psychologische spel met de gevangene... je weet wel, blinddoeken, hem door gewapende bewakers naar binnen laten brengen... Of soms gaven we hem hoop, die we dan meteen weer de grond in boorden. Of soms maakten we hem duidelijk dat er geen ontsnappen mogelijk was. Je kunt het op allerlei manieren doen, afhankelijk van de gevangene, of van de situatie. Maar vanavond heb ik geen tijd voor dat soort toneelstukjes, Nap. Ik vind het erg van Diana, echt waar, maar daar kon ik niks aan doen. We moeten door. Je ligt al op de tafel en je weet dat dit heel vervelend gaat worden.'

Hij loopt naar het voeteneind. Ik volg hem met mijn ogen, totdat hij uit mijn blikveld verdwijnt. Ik probeer niet in paniek te raken. Ik hoor een zoemend geluid en de tafel begint langzaam achterover te kantelen. Het zou leuk zijn als ik eraf gleed, ook al viel ik dan op mijn hoofd, maar ik lig er zo strak op vastgebonden dat de zwaartekracht geen enkel effect op me heeft.

'Voeten omhoog en hoofd omlaag,' legt Reeves uit. 'Dan blijft de keel open en stroomt het water gemakkelijker de neusgaten binnen.

Je denkt dat dit heel akelig gaat worden. Maar het wordt veel en veel erger dan alleen akelig.'

Hij verschijnt weer in mijn blikveld en trekt de lap uit mijn mond.

'Ga je me vertellen waar de videocassette is?'

'Ik zal je ernaartoe brengen,' zeg ik.

'Nee, zo gaan we het niet doen.'

'Je kunt hem niet zelf gaan halen.'

'Dat lieg je. Ik heb al deze verhalen al eerder gehoord, rechercheur Dumas. Je ligt dit ter plekke te verzinnen. En als we straks bezig zijn, bedenk je nog wel een paar nieuwe varianten. Daarom noemen de criticasters martelen onbetrouwbaar. Je bent zo wanhopig dat je bereid bent alles te zeggen om er een eind aan te maken. Maar daar trap ik niet in. Ik ken alle trucs. Uiteindelijk zul je breken en me de waarheid vertellen.'

Misschien wel, maar één ding weet ik zeker: zodra hij de video heeft, vermoordt hij me. Net zoals hij de anderen heeft vermoord. Dus hoe moeilijk het ook wordt, ik kan hem niet zijn zin geven.

Alsof hij mijn gedachten kan lezen zegt hij: 'Uiteindelijk zul je me vertellen wat ik wil weten, ook al kost het je je leven. Wat jij gaat meemaken, is door een soldaat in de Filipijns-Amerikaanse oorlog ooit omschreven als: "Zijn lijden is dat van de drenkeling die maar niet kan verdrinken."'

Andy Reeves laat me de handdoek zien. 'Klaar?' Dan legt hij de handdoek op mijn gezicht, waardoor ik niets meer zie.

De handdoek ligt alleen nog maar op mijn gezicht en is nog niet strakgetrokken, maar ik heb nu al het gevoel dat ik geen adem krijg. Ik probeer mijn hoofd te schudden, maar het is zinloos. Ik krijg een jeukend gevoel in mijn borstkas.

Kalm blijven, zeg ik tegen mezelf.

Ik probeer kalm te blijven. Ik probeer langzamer te ademen en bereid me voor op wat komen gaat. Ik weet dat ik op een zeker moment mijn adem zal moeten inhouden.

Er gaan een paar seconden voorbij. Er gebeurt niets.

Mijn ademhaling wordt niet regelmatiger. Die blijft oppervlakkig en gejaagd. Ik doe mijn best iets te horen, maar Andy Reeves zegt niets, doet niets en verroert zich niet.

Er gaan nog meer seconden voorbij. Hoeveel? Dertig? Veertig?

Misschien is het allemaal bluf, begin ik te denken. Misschien is het een psychologisch spel, een manier om me...

Op dat moment hoor ik water klotsen. Een seconde later, meer niet, is het water door de handdoek gedrongen.

Als ik het vocht op mijn lippen voel, knijp ik ze op elkaar, sluit mijn ogen en houd mijn adem in.

Er dringt meer water door de handdoek, eerst langzaam, daarna sneller.

Ik voel het nu ook in mijn neus. Ik span mijn spieren en houd mijn mond stijf dicht.

Er komt nog meer water door de doek. Ik probeer mijn hoofd te bewegen, het weg te draaien of wat ook te doen om eraan te ontkomen. Maar ik kan me niet verroeren. Mijn neus zit nu vol water. Ik begin in paniek te raken. Ik kan mijn adem niet veel langer inhouden, en ik moet dat water uit mijn neus en mond zien te krijgen. Dat kan maar op één manier. Het uitblazen. Maar die handdoek ligt op mijn gezicht. Toch probeer ik het, uitademen om het water uit mijn neus en mond te krijgen, en een of twee seconden lukt dat ook. En ik blijf uitademen, pers alle lucht uit mijn longen om weerstand te bieden tegen het water. Maar er wordt steeds meer water over mijn gezicht gegoten, en er dient zich een groot probleem aan: een mens kan niet eeuwig blijven uitademen.

En als het kantelpunt komt en ik alle lucht heb uitgeademd, dan komt het vervelende deel, het moment dat je weer wil inademen.

Dat moment is nu voor mij aangebroken.

Zodra ik niets meer heb om uit te ademen, begint het water mijn mond en neusgaten weer binnen te dringen. Ik kan er niets aan doen.

Ik krijg geen lucht meer, en dat is erger dan alle andere ongemakken. Mijn adem inhouden wordt alsmaar moeilijker, en ik weet wat me nu te wachten staat. Ik moet inademen, lucht in mijn longen zuigen, maar er is geen lucht. Alleen water. Massa's water. Het inademen opent de sluizen en het water stroomt mijn neus en mond binnen. Het is niet meer tegen te houden. Door in te ademen komt het water via mijn mond in mijn luchtpijp terecht.

Geen lucht.

Mijn lichaam raakt in een spastische toestand. Ik begin te schokken, wil om me heen schoppen en mijn hoofd van links naar rechts slaan, maar ik zit vast. Ik kan niet aan het water ontsnappen. Iets van opluchting of een korte pauze wordt me niet gegund. Het wordt alleen maar erger.

Je wil niet alleen dat het stopt. Het móét stoppen.

Het is alsof ik onder water word gehouden, maar dan erger. Ik kan me niet bewegen. Ik zit muurvast in een blok beton. Ik verdrink, Leo. Ik stik en verdrink. Rationeel denken kan ik niet meer. Mijn gezonde verstand, of wat er nog van over is, begint het te begeven. Er wordt een deuk in mijn psyche geslagen die nooit meer hersteld zal kunnen worden.

Elke cel van mijn lichaam smeekt om zuurstof, om dat ene gulpje lucht. Maar dat is er niet. Ik kokhals en krijg nog meer water binnen. Ik wil dat het ophoudt, maar het kokhalzen gaat vanzelf en het dwingt me om in te ademen. Steeds meer water dringt mijn keel en luchtpijp binnen.

Alstublieft, God, geef me wat lucht…

Ik ben aan het doodgaan. Dat weet ik nu. Het primitieve deel van me heeft het al opgegeven, heeft zich erbij neergelegd en hoopt dat de dood snel zal intreden. Maar dat doet de dood niet. Ik stik, kokhals en lijd.

Ik begin te hallucineren.

Ik hallucineer een stem die schreeuwt dat hij moet ophouden, dat hij bij me weg moet gaan. Als niet al mijn cellen om zuurstof smeekten en elke vezel van mijn wezen maar aan één ding dacht, aan hoe ik hieraan kan ontsnappen, zou ik zelfs horen dat het een vrouwenstem is. Ik voel hoe mijn ogen beginnen weg te draaien en ergens in mijn brein, op een onbekende plek, hoor ik de knal.

En dan zie ik licht.

Ik ben aan het sterven, Leo. Ik ben bijna dood en ik hallucineer, en het laatste wat ik zie is het mooiste gezicht dat ik kan bedenken.

Maura's gezicht.

27

De riemen worden losgemaakt en ik rol op mijn zij.

Ik hap naar lucht, dat is het enige wat ik op dat moment kan. Ik zuig lucht naar binnen en probeer niet te slikken. Uit mijn neus en mond komt water, dat zich op de vloer vermengd met het donkerrode bloed uit Andy Reeves' hoofd. Daar heb ik nu geen belangstelling voor. Het enige waarin ik geïnteresseerd ben, is lucht.

Het duurt niet eens zo lang voordat mijn kracht begint terug te keren. Ik kijk op om te zien wie me heeft gered, maar misschien ben ik dood of hebben mijn hersenen het te lang zonder zuurstof moeten doen. Of misschien word ik nog steeds gewaterboard en verkeer ik in een of andere staat tussen leven en dood, want de hallucinatie is er wonder boven wonder nog steeds.

Maura.

'We moeten hier weg,' zegt ze.

Ik kan mijn ogen niet geloven. 'Maura? Ik...'

'Niet nu, Nap.'

En mijn oren – dat ze mijn naam zegt – geloof ik evenmin.

Ik probeer de stukjes in elkaar te passen en te bedenken wat ik nu moet doen, maar van enige logica is geen spoor meer te bekennen.

'Kun je lopen?'

Ik knik. Tegen de tijd dat we bij de trap zijn, kan ik weer een beetje nadenken. Eén ding tegelijk, zeg ik tegen mezelf. We moeten hier weg. Als we op de begane grond komen, zie ik dat we in een of andere loods zijn. Ik verbaas me over de stilte, maar waarschijnlijk is het... Hoe laat is het eigenlijk? Het was na middernacht toen Reeves naar buiten kwam. Dus het moet diep in de nacht of vroeg in de ochtend zijn.

'Deze kant op,' zegt Maura.

We lopen het nachtelijke duister in. Ik merk dat ik nog steeds een beetje gejaagd ademhaal, gretiger dan normaal, alsof iemand de zuurstofkraan ieder moment weer kan dichtdraaien. Ik zie Reeves' gele Mustang geparkeerd staan, maar Maura – ik kan nog steeds niet geloven dat zij het is – gaat me voor naar een andere auto. Ze richt de elektronische sleutel erop met haar linkerhand. In haar rechterhand heeft ze een pistool, zie ik.

Ik stap in aan de passagierskant, zij aan de bestuurderskant. Ze start de motor en zet de auto in zijn achteruit. Twee minuten later rijden we in noordelijke richting op de Garden State Parkway. Ik kijk naar haar profiel en bedenk dat ik nog nooit zo'n mooi gezicht heb gezien.

'Maura?'

'Later, Nap.'

'Wie heeft mijn broer vermoord?'

Ik zie een traan over die prachtige wang lopen.

'Het is mogelijk,' zegt Maura, 'dat ik dat heb gedaan.'

28

We komen terug in Westbridge. Maura parkeert de auto bij de Benjamin Franklin Middle School.

'Geef me je telefoon,' zegt ze.

Het verbaast me dat die nog steeds in mijn zak zit. Ik ontgrendel het toestel met mijn vingerafdruk en geef het aan Maura. Haar duimen dansen over het schermpje.

'Wat doe je?'

'Je bent van de politie,' zegt ze. 'Je weet dat telefoons getraceerd kunnen worden, hè?'

'Ja.'

'Ik zet er een VPN-antitracker op, waardoor het lijkt alsof je in een andere staat bent.'

Ik wist niet dat die technologie bestond, maar het verbaast me niet. Haar duimen voltooien hun dansje. Ze geeft me het toestel terug, opent het portier en stapt uit. Ik stap ook uit.

'Wat komen we hier doen, Maura?'

'Ik wil het nog eens zien.'

'Wat?'

Maar ze loopt het Pad op en ik ga haar achterna. Ik probeer niet naar haar panterachtige manier van lopen te staren, maar ik kan er niets aan doen. Op een zeker moment blijft ze staan, draait zich om, zegt: 'God, wat heb ik je gemist', en loopt dan weer door.

Zomaar.

Ik reageer er niet op. Dat kan ik niet. Maar ik voel me alsof ik uiteen word gescheurd.

Ik versnel mijn pas om haar bij te houden.

De volle maan geeft genoeg licht. De schaduwen bewegen over ons gezicht als we de bekende weg naar boven nemen. We zwijgen, zowel omdat het duister daarom vraagt en, nou ja, omdat dit bos ons privéplekje was. Je zou denken dat juist vannacht het verleden me zou achtervolgen. Dat de geesten van het verleden me juist vannacht, nu ik hier met Maura loop, op mijn schouder zouden tikken en me van achter de bomen en de rotsen zouden uitlachen.

Maar dat doen ze niet.

Vannacht val ik niet terug; ik hoor geen gefluister en de geesten houden zich gedeisd.

'Je weet het van de video,' zegt Maura, deels als vraag, maar vooral als statement.

'Hoelang volg je me al?' vraag ik.

'Twee dagen.'

'Ja, ik weet het van de video,' zeg ik. 'Jij ook?'

'Ik sta erop, Nap.'

'Nee, ik bedoel, wist je dat Hank hem had? Of dat hij hem aan David Rainiv had gegeven om hem voor hem te bewaren?'

Ze schudt haar hoofd. Verderop zien we het oude hek. Maura slaat rechts af en verlaat het Pad. Ze doet een paar stappen heuvelafwaarts en blijft bij een boom staan. Ik loop naar haar toe. We zijn niet ver van de oude legerbasis.

Ze staart in de richting van het hek. Ik blijf staan en kijk naar haar gezicht.

'Hier heb ik die avond gewacht. Bij deze boom.' Ze kijkt naar de grond. 'Ik ben ertegenaan gaan zitten en heb het hek in de gaten gehouden. Ik had een joint van je broer gehad. En ik had mijn drankflacon, die ik van jou had gekregen.' Ze kijkt me aan, en als het de geesten niet zijn die mijn hart fijnknijpen, dan is het iets anders. 'Weet je nog?'

Ik had hem gekocht op een garage sale van de Siegels. De flacon was oud en er zat een deuk in. De kleur was matzwart en er stond iets in gegraveerd: A MA VIE DE COEUR ENTIER, een vijftiende-eeuwse Franse spreuk die stond voor: *Mijn hele hart, mijn hele leven, voor jou.* Ik had meneer Siegel gevraagd waar hij de flacon vandaan had, maar dat kon hij zich niet herinneren. Hij had mevrouw Siegel erbij geroepen, maar zij wist het ook niet. Ze wisten niet eens dat ze het ding hadden gehad. De flacon had daardoor iets magisch gekregen, als een wonderlamp die per se gevonden moest worden, dus ik had hem gekocht voor drie dollar en hem aan Maura gegeven.

'Een romantisch cadeau waar drank in kan?' had ze lachend gezegd.

'Ben ik de perfecte vriend of niet?'

'Absoluut,' had ze gezegd. Daarna had ze haar armen om mijn nek geslagen en me stevig op mijn mond gekust.

'Ja, ik weet het nog,' zeg ik nu tegen haar. En daarna: 'Dus je zat hier bij de boom met je flacon en je joint. Wie waren er nog meer?'

'Niemand. Ik was alleen.'

'En de Conspiratie Club?'

'Wist jij daarvan?'

Ik haal net zichtbaar mijn schouders op.

Maura kijkt om in de richting van de basis. 'We hadden niks afgesproken voor die avond. Ik denk dat die helikopter en het filmen ervan sommige leden de stuipen op het lijf hebben gejaagd. Daarvóór was het allemaal een spel geweest. Die avond is het echt geworden. Trouwens, ik was niet eens echt lid van "de club".' Ze maakt aanhalingstekens met haar vingers. 'Leo was mijn enige echte vriend. Maar hij had die avond met Diana afgesproken. Dus ben ik alleen hiernaartoe gekomen en tegen de boom gaan zitten. Met mijn joint en mijn flacon whisky.'

Maura laat zich op de grond zakken en leunt tegen de boom, net zoals ze – neem ik aan – die avond had gedaan. Er verschijnt een vage glimlach op haar gezicht. 'Ik zat aan jou te denken. Ik wou dat ik met je mee was gegaan naar je wedstrijd. Voordat ik jou leerde kennen had ik de pest aan al dat sportgedoe, maar ik vond het prachtig om je te zien schaatsen.'

Ik weet niet wat ik daarop moet zeggen, dus houd ik mijn mond.

'Ik kon alleen mee naar de thuiswedstrijden, maar jullie speelden die avond uit. Om de eerste plaats, geloof ik.'

'Tegen Parsippany Hills.'

Ze grinnikt. 'Ik wist wel dat je dat zou onthouden. Maar goed, het maakte niet uit. Over een paar uur zouden we samen zijn. Ik was gewoon alvast naar het bos gegaan. Om een beetje in te drinken – zoals ze dat tegenwoordig noemen – en op je te wachten. Maar hoe meer ik dronk, hoe verdrietiger ik werd.'

'Waarom was je verdrietig?'

Ze schudt haar hoofd. 'Dat doet er niet toe.'

'Ik wil het graag weten.'

'Het vooruitzicht dat het allemaal voorbij zou zijn.'

'Wat?'

Vanaf haar plek op de grond kijkt ze naar me op. 'Tussen jou en mij.'

'Wacht, dat wist je al toen je hier zat?'

Maura schudt haar hoofd. 'Wat kun je soms toch traag van begrip zijn, Nap. Ik had geen idee wat er te gebeuren stond.'

'Maar...'

'Wat ik bedoel is dat ik wist dat jij en ik niet bij elkaar zouden blijven. Niet voor altijd in elk geval. Het laatste jaar nog wel, misschien nog de zomervakantie...'

'Ik hield van je!'

Ik heb het gezegd voordat ik er erg in heb. Even lijkt ze ervan te schrikken, maar lang duurt dat niet.

'En ik hield van jou, Nap. Maar jij zou naar een dure universiteit gaan, een druk leven tegemoet waarin voor mij geen plaats meer zou zijn, en... God, wat een cliché, vind je niet?' Maura stopt met praten, sluit haar ogen en roept zichzelf tot de orde. 'Het heeft geen zin om dat nu allemaal uit de kast te halen.'

Ze heeft gelijk. Ik stuur haar voorzichtig terug naar het onderwerp. 'Dus je zat hier te drinken en te roken.'

'Ja. En ik begon al aardig aangeschoten te raken. Niet heel erg, maar toch. Ik zit naar die oude legerbasis te staren. Het is daar altijd doodstil, maar opeens hoor ik rumoer.'

'Wat voor rumoer?'

'Dat weet ik niet precies. Roepende mannenstemmen. Een motor die wordt gestart. Dus ik sta op...' Maura komt overeind, laat haar rug langs de boomstam omhoogglijden. '... en ik denk: nu is het genoeg geweest. Ik ga dit tot op de bodem uitzoeken. Ik word de grote held van de Conspiratie Club. Dus ik begin richting het hek te lopen.'

Opnieuw voegt Maura de daad bij het woord. Ik haast me achter haar aan.

'Wat zag je?' vraag ik.

'Nog meer waarschuwingsborden. Massa's, alsmaar meer. Met die felrode letters, weet je nog?'

'Ja.'

'En die teksten als "laatste waarschuwing: ga terug anders schieten we je dood". We waren ze nooit voorbijgelopen omdat we dan te dicht bij het hek zouden komen. Maar die avond liet ik me door niks tegenhouden. Sterker nog, ik begon te rennen.'

We zijn nu terug in het verleden, op die bewuste avond, en ik aarzel bijna als we de lijn passeren waar al die waarschuwingsbordjes hingen. We overschrijden een onzichtbare grens en lopen recht op het verroeste hek af. Maura wijst naar de top van de hoekpaal.

'Daar hing een camera. Ik weet nog dat ik dacht: misschien kunnen ze me zien. Maar ik was hartstikke high, dus wat kon het me schelen? Ik rende gewoon door, totdat...'

Ze stopt met praten. Haar hand gaat naar haar keel.

'Maura?'

'Ik was ongeveer hier toen de lichten aangingen.'

'De lichten?'

'Schijnwerpers. Zoeklichten met een heel brede lichtstraal. En zo fel dat ik mijn hand voor mijn ogen moest houden.' Ze doet het voor, beschermt haar ogen tegen het denkbeeldige licht. 'Ik kon niks meer zien. Ik stond min of meer gevangen in het licht en wist niet wat ik moest doen. Op dat moment hoorde ik de schoten.'

Maura laat haar hand zakken.

'Schoten ze op jou?'

'Ja. Ik denk het wel.'

'Hoe bedoel je, "dat denk je"?'

'Nou, daar was het mee begonnen, of niet soms?' Maura's stem klinkt bijna een octaaf hoger. Ik hoor de angst, de spijt. 'Door mij. Ik was als een idioot naar dat hek toe gerend. Ik was degene die de waarschuwingsbordjes had genegeerd. Ik was over een of andere detectiedraad gestruikeld, of ze hadden me met de camera gezien, en ze hadden gedaan waar ze op hun bordjes voor hadden gewaarschuwd. Ze begonnen te schieten. Dus ja, ik denk dat ze op mij schoten.'

'Wat heb je toen gedaan?'

'Ik heb me omgedraaid en ben weggerend. Ik herinner me dat ik een kogel vlak naast mijn hoofd in een boomstam hoorde inslaan. Maar zoals je ziet hebben ze me niet geraakt en ben ik er levend uit gekomen.'

Ze doet haar hoofd achterover en kijkt me recht aan.

'Leo,' zeg ik.

'Ik bleef rennen en zij bleven schieten. En toen...'

'Wat?'

‘Ik hoorde een vrouw gillen. Ik ren zo hard ik kan, zoek dekking achter de bomen, maak mezelf klein om een zo klein mogelijk doelwit te zijn... Maar als ik die gil hoor, blijf ik staan en draai me om. Het is een vrouw die gilt. Ik zie iemand, een man, denk ik, maar alleen een silhouet in dat felle licht... en dan wordt er weer geschoten. Ik hoor de vrouw weer gillen, alleen deze keer... deze keer denk ik dat ik de stem herken. “Leo!” roept ze. “Leo, help!” Maar dan hoor ik weer een schot en valt ze abrupt stil.’

Ik merk dat ik mijn adem inhoud.

‘En dan hoor ik iemand roepen dat ze moeten ophouden met schieten. Er volgt een stilte, een doodse stilte... Of misschien roept er iemand: “Wat hebben jullie in godsnaam gedaan?” En roept er iemand anders: “Er was hier nog een meisje... We moeten haar zien te vinden.” Maar ik weet niet of ik dat goed heb gehoord. Ik weet niet eens of die stem echt was of in mijn hoofd zat, want ik ren weer. Ik ren zo hard ik kan...’

Ze kijkt me aan alsof ze dringend mijn hulp nodig heeft en tegelijkertijd met rust wil worden gelaten.

Ik verroer me niet. Ik denk niet dat ik me kán verroeren.

‘Ze... ze hebben ze gewoon doodgeschoten?’

Maura zegt niets.

En dan zeg ik iets doms. ‘En jij bent gewoon weggerend?’

‘Wat?’

‘Ik bedoel, ik begrijp wel dat je bent weggerend, weg van het gevaar, maar toen je in veiligheid was, heb je toen niet de politie gebeld?’

‘Om ze wat te vertellen?’

‘Wat dacht je van: “Hallo, ik heb net gezien dat er twee mensen zijn doodgeschoten.” Zoiets?’

Ze wendt haar blik af. ‘Misschien had ik dat moeten doen,’ zegt ze.

‘Dat is wel een heel mager antwoord, vind je niet?’

‘Ik was dronken en stoned en doodsbang, oké? Het is niet zo dat ik echt wist dat ze waren doodgeschoten. Ik heb Leo niet gezien of gehoord. Alleen Diana. Ik was in paniek. Dat begrijp je toch wel? Dus ik heb me een tijdje verstopt.'

'Waar?'

'Herinner je je dat bakstenen huisje achter het zwembad?'

Ik knik.

'Ik heb daar een tijd in het donker gezeten. Ik weet niet hoelang. Je kunt Hobart Avenue daar zien. Ik heb een paar grote zwarte auto's langzaam voorbij zien rijden. Misschien was ik paranoïde, maar ik dacht dat ze naar mij op zoek waren. Op een zeker moment heb ik besloten om naar jouw huis te gaan.'

Dit heb ik nooit geweten, maar dat geldt eigenlijk voor alles wat ik vandaag hoor. 'Ben je naar mijn huis gegaan?'

'Dat was de bedoeling, ja, maar toen ik bij jouw straat kwam, zag ik een grote zwarte auto op de hoek staan. Met twee mannen, in pak, na middernacht, die naar je huis zaten te kijken. Dus toen wist ik het zeker. Ze zochten me.' Ze komt dichter bij me staan. 'Stel dat ik dit allemaal aan de politie had verteld. Ik bel ze op en zeg dat ik dénk dat de mensen van de legerbasis misschien op iemand hebben geschoten. Details kan ik ze niet geven. Maar ik moet ze wel vertellen wie ik ben. En als ze vragen wat ik bij de legerbasis deed, moet ik liegen of zeggen dat ik daar een joint zat te roken en Jack Daniel's zat te drinken. Tegen de tijd dat ze überhaupt naar me zouden luisteren, hadden de mannen van de basis zich allang ingedekt. Begrijp je dat dan niet?'

'Dus ben je er weer vandoor gegaan,' zeg ik.

'Ja.'

'Naar Ellie.'

Ze knikt. 'Op een zeker moment heb ik tegen mezelf gezegd: "Geef het een paar dagen de tijd en kijk wat er gebeurt. Misschien vergeten ze je wel." Maar dat gebeurde natuurlijk niet. Ik heb van een afstand gezien dat ze mijn moeder hebben ondervraagd. En toen ik in het nieuws zag dat de lijken van Leo en Diana waren gevonden, wist ik het zeker. Er werd natuurlijk niet gezegd dat ze waren doodgeschoten. Ze waren aan de andere kant van de stad door een trein overreden. Dus wat kon ik toen nog doen? Er was geen bewijs meer. Wie zou me nog geloven?'

'Ik,' zeg ik. 'Waarom ben je niet naar mij toe gekomen?'

'O Nap, dat meen je toch niet, hè?'

'Ik zou wel naar je geluisterd hebben, Maura.'

'En wat had je dan moeten doen? Als onbezonnen jongen van achttien?' Ze blijft me enige tijd aankijken. 'Als ik het je had verteld, zou jij nu ook dood zijn.'

We staan tegenover elkaar en laten die waarheid in de lucht hangen.

Uiteindelijk rilt Maura en zegt: 'Kom mee. We moeten hier weg.'

29

Als we bij de auto terugkomen zeg ik: 'Mijn auto staat nog bij die club.'

'Ze zijn op de hoogte,' zegt Maura.

'Wat bedoel je daarmee?'

'Ik heb ze gebeld, het merk en het kentekennummer van je auto gegeven en gezegd dat ik te veel had gedronken om naar huis te rijden. Dat ik hem morgen kom ophalen.'

Ze heeft aan alles gedacht.

'Je kunt nu niet naar huis gaan, Nap.'

Daar had ik nog niet aan gedacht. Ze start de auto.

'Waar gaan we naartoe?' vraag ik.

'Ik weet een plek waar we veilig zijn,' zegt ze.

'Dus sinds die nacht...' Ik weet niet eens hoe ik het moet formuleren. '... ben je op de loop?'

'Ja.'

'Maar waarom nu, Maura? Waarom begint iemand vijftien jaar na dato de overige leden van de Conspiratie Club uit te moorden?'

'Dat weet ik niet.'

'Maar je was erbij toen Rex werd doodgeschoten?'

Ze knikt. 'Eindelijk, sinds een jaar of drie, vier, begon ik me een beetje te ontspannen. Ik dacht: waarom zouden ze nog steeds naar me op zoek zijn? Er was nul bewijs. De basis was allang dicht. Niemand zou me geloven. Ik zat slecht in mijn geld en probeerde een veilige manier te bedenken om… om te zien hoe de zaken ervoor stonden. Ik nam wel een risico, maar algauw bleek dat Rex het verleden net zozeer achter zich wilde laten als ik. Hij had mijn hulp nodig voor iets anders.'

'Automobilisten dronken voeren.'

'Hij noemde het anders, maar ja, daar kwam het op neer.'

Bij Jim Johnston's Steakhouse slaan we af van Eisenhower Parkway.

'Ik heb de beelden van de straatcamera gezien van de avond dat Rex werd doodgeschoten,' zeg ik.

'Die gast was een ijskoude prof.'

'En toch,' zeg ik, 'ben je ontsnapt.'

'Misschien.'

'Hoe bedoel je?'

'Toen ik Rex zag neergaan, dacht ik: ze hebben ons gevonden, ik ben er geweest. Je weet wel. Ik was er die nacht bij geweest – ik was het werkelijke doelwit, dacht ik – maar misschien waren ze het te weten gekomen van de Conspiratie Club en wilden ze die helemaal laten verdwijnen. Dat klonk logisch. Dus zodra ik Rex zag vallen, reageerde ik zo snel als ik kon. Maar die gast richtte zijn pistool al op me. Ik schoof snel achter het stuur, startte en zette mijn voet op het gaspedaal…'

'Maar?'

'Maar zoals ik al zei, die gast was een prof.' Maura haalt haar schouders op. 'Waarom schoot hij mij niet ook dood?'

'Denk je dat hij je heeft laten gaan?'

Dat weet ze niet. Ze zet de auto bij een goedkoop motel in East Orange. Ze heeft daar geen kamer. Het is een oude truc, zegt ze. Ze parkeert de auto bij het motel, dus als de politie of iemand anders de auto herkent en daar gaat zoeken, vinden ze haar niet. Haar motelkamer is bijna een halve kilometer verderop. De auto is gestolen. Zodra ze onraad ruikt, laat ze hem staan en steelt ze een andere.

'Ik verander elke twee dagen van locatie.'

In de kamer die ze heeft gehuurd, zitten we op de rand van het bed.

'Ik wil je de rest van het verhaal vertellen,' zegt Maura.

Ik kijk haar aan terwijl ze dat doet. Het is geen déjà vu dat ik ervaar. Ik ben niet de tiener die in het bos de liefde met haar bedreef. Ik doe mijn best om niet te verdwalen in haar ogen. Maar het is er allemaal, in die ogen van haar... het verhaal, de dingen die hadden kunnen zijn, de zijdeuren. Ik zie jou in haar ogen, Leo. Ik zie het leven zoals ik het ooit heb gekend en dat ik zo heb gemist.

Maura vertelt waar ze is geweest sinds de nacht dat je bent vermoord. Het is pijnlijk om te horen hoe haar leven eruit heeft gezien, maar ik luister zonder haar te onderbreken. Ik weet niet meer wat ik voel. Het is alsof al mijn zenuwuiteinden blootliggen. Het is drie uur in de ochtend als ze uitgepraat is.

'We moeten gaan slapen,' zegt ze.

Ik knik. Ze gaat naar de badkamer en neemt een douche. Als ze de kamer weer in komt, heeft ze een badjas aan en een handdoek om haar haar gewikkeld. Het maanlicht geeft haar een zachte glans, en ik geloof niet dat ik ooit iets mooiers heb gezien. Ik ga naar de badkamer, kleed me uit en neem een douche. Met alleen een handdoek om mijn middel kom ik de kamer weer in. Er brandt alleen een zwak lampje op het nachtkastje. Maura staat naast het bed. Ze heeft de handdoek niet meer om haar hoofd. De badjas heeft ze nog wel aan. Ze kijkt me aan. Het is zover. Ik loop snel op haar toe. We weten het allebei. We zeggen het geen van beiden. Ik neem haar in mijn armen en kus haar hard. Zij beantwoordt mijn kus en haar tong dartelt door mijn mond. Ze trekt de handdoek van me af. Ik ruk haar badjas open.

Dit is met niets te vergelijken. Het is alles tegelijk: hongerig, schrijnend en helend. Het is ruw en liefhebbend. Het is teder en wild. Het is een dans, een aanval. Het is intens, nietsontziend, roofdierachtig en bijna ondraaglijk zacht.

Als het voorbij is, liggen we happend naar adem op het bed, nagloeiend, gesloopt, alsof we nooit meer dezelfde zullen zijn, wat misschien ook zo is. Uiteindelijk verroert ze zich, maar alleen om haar hoofd op mijn borst en haar hand op mijn buik te leggen. We zeggen niets. We staren naar het plafond tot onze ogen dichtvallen.

Mijn laatste gedachte voordat ik in slaap val is heel primitief.

Ga nooit meer bij me weg. Laat me niet meer alleen.

30

Kort na zonsopgang doen we het nog eens over.

Maura komt boven op me zitten. We blijven elkaar de hele tijd aankijken. We doen het langzamer deze keer, met meer bezieling, op ons gemak en kwetsbaar. Na afloop, als we weer naast elkaar naar het plafond liggen te staren, laat mijn mobiele telefoon de *ping* van een sms horen. Die is van Muse en heel kort.

Niet vergeten. 9 uur precies.

Ik laat hem aan Maura zien. 'Mijn baas.'

'Het kan een val zijn.'

Ik schud mijn hoofd. 'Muse had de afspraak al met me gemaakt voordat ik naar Reeves ging.'

Ik lig nog steeds op mijn rug. Maura kruipt op me totdat haar kin op mijn borst rust. 'Denk je dat ze Reeves al hebben gevonden?'

Dat heb ik me ook afgevraagd. Ik weet hoe dat ongeveer zal gaan. Iemand ziet die gele Mustang staan, belt misschien de politie, en als die komt, gaan ze naar binnen en vinden ze hem. Had Reeves een identiteitsbewijs bij zich? Waarschijnlijk wel. Of anders kunnen ze zijn naam via het kentekennummer van zijn auto opvragen, en kunnen ze op zijn website zien dat hij die avond in de Hunk-A-Hunk-A heeft gewerkt. Een club als de Hunk-A-Hunk-A heeft zeker camera's op het parkeerterrein.

Camera's die mij hebben gefilmd.

Mij en mijn auto. Camera's die hebben vastgelegd dat ik samen met het slachtoffer in de gele Mustang heb gezeten.

Ik zal de laatste persoon zijn die hem in leven heeft gezien.

'We kunnen er straks langs rijden,' zeg ik. 'Kijken of de politie er al bezig is.'

Maura laat zich van me af rollen en gaat naast het bed staan. Ik ben van plan hetzelfde te doen, maar ik neem even de tijd om naar haar te kijken met iets wat aan puur ontzag grenst. 'Waar wil je baas je over spreken?'

'Daar speculeer ik liever niet over,' zeg ik. 'Maar iets goeds zal het waarschijnlijk niet zijn.'

'Ga dan niet,' zegt ze.

'Wat moet ik dan doen?'

'Ga met mij mee, er samen vandoor.'

Een mooier voorstel heeft niemand me ooit gedaan. Maar ik ben niet van plan om op de vlucht te slaan. Of niet nu in elk geval. Ik schud mijn hoofd. 'We moeten dit eerst afhandelen.'

Haar antwoord is dat ze zich aankleedt. Ik kleed me ook aan. We gaan naar buiten. Samen lopen we terug naar het parkeerterrein van het motel. We verkennen de omgeving, zien nergens verdachte auto's en wagen de gok. We nemen dezelfde auto als de afgelopen nacht en zetten koers naar Route 280.

'Weet je nog waar het is?' vraag ik.

Maura knikt. 'De loods is in Irvington, niet ver van de begraafplaats langs de Parkway.'

Ze neemt de 280 naar de Garden State Parkway en rijdt bij de volgende afrit de South Orange Avenue op. We rijden voorbij een rijtje winkels dat zijn beste tijd heeft gehad, een industriegebied in dat, net als veel van de industriegebieden in New Jersey, ook betere tijden heeft gekend. De industrie vertrekt, fabrieken worden gesloten. Zo gaat dat nu eenmaal. Meestal grijpt de vooruitgang in en wordt er iets nieuws opgebouwd, maar soms, zoals hier, blijven de pakhuizen en de fabrieken gewoon staan en vervallen ze langzaam tot er nog slechts ruïnes zijn die herinneren aan een ooit glorieus verleden.

Er zijn geen mensen in de buurt, geen auto's, er is geen enkele activiteit. Het heeft veel weg van de set van een dystopische film, nadat de bom is gevallen. We rijden langs de gele Mustang zonder gas terug te nemen.

Er is hier nog niemand geweest. We zijn veilig. Voorlopig.

Maura stuurt de auto weer de Parkway op. 'Waar is je afspraak?'

'Newark,' zeg ik. 'Maar ik wil eerst onder de douche en andere kleren aantrekken.'

Ze glimlacht samenzweerderig en zegt: 'Ik vind dat je er fantastisch uitziet.'

'Ik zie er verzadigd uit,' zeg ik. 'Dat is iets anders.'

'Oké.'

'Het wordt een serieus gesprek.' Ik wijs naar mijn gezicht. 'Dus ik moet iets doen om die grijns van mijn gezicht te halen.'

'Toe maar, probeer het maar.'

We glimlachen allebei als verliefde pubers. Ze legt haar hand op de mijne en houdt hem daar. 'Dus waarnaartoe?' vraagt ze.

'De Hunk-A-Hunk-A,' zeg ik. 'Om mijn auto op te halen, en dan rijd ik naar huis.'

'Oké.'

We genieten even van de stilte. Dan zegt Maura met een klein stemmetje: 'Je hebt geen idee hoe vaak ik de telefoon heb gepakt om je te bellen.'

'Waarom heb je dat niet gedaan?'

'Waar zou dat toe geleid hebben, Nap? Een jaar later, vijf jaar later, tien jaar later? Als ik je had gebeld en je de waarheid had verteld, waar zou jij dan nu zijn geweest?'

'Dat weet ik niet.'

'Ik ook niet. Dus dan zat ik daar met de telefoon in mijn hand en liet ik het allemaal weer door mijn hoofd gaan. Als ik het jou zou vertellen, wat zou jij dan doen? Waar zou je zijn? Ik wilde dat jij veilig was. En als ik naar huis terug zou komen en de waarheid zou vertellen, wie zou me dan geloven? Niemand. En als iemand me wel zou geloven – als de politie me serieus zou nemen – dan zouden die lui op de basis me het zwijgen moeten opleggen, toch? En toen begon ik er anders over te denken. Ik was die avond alleen in het bos. Ik ben op de vlucht geslagen en heb me jarenlang schuilgehouden. Dus misschien zouden die lui op de basis mij de schuld in de schoenen schuiven voor de dood van Leo en Diana. Dat zou ze niet zo veel moeite kosten.'

Ik denk daarover na. Dan zeg ik: 'Wat houd je voor me achter?'

Ze geeft iets te voorzichtig richting aan, legt haar handen opnieuw op het stuur en blijft door de voorruit naar de weg voor de auto kijken. 'Het is een beetje moeilijk uit te leggen.'

'Probeer het eens.'

'Ik heb heel lang rondgezworven. Onderweg, schuilen, op mijn hoede. Zo ongeveer mijn hele leven als volwassene. Het is het enige leven dat ik kende. Altijd haast. Ik was zo gewend aan al dat vluchten en verstoppen dat ik me niet meer kon ontspannen. Ik kende geen rust. Op mijn eigen manier had ik me daarmee wel gered, overleven onder dreiging. Maar toen ik gas terugnam, toen ik er scherper naar kon kijken...'

'Toen wat?'

Ze haalt haar schouders op. 'Het was leeg. Ik had niets, niemand. Het voelde een beetje alsof dat mijn noodlot was. Er was niets aan de hand zolang ik maar in beweging bleef. Het begon pijn te doen als ik ging nadenken over hoe anders het had kunnen zijn.' Ze greep het stuur verbetener vast. 'En jij, Nap?'

'Wat?'

‘Hoe is jouw leven geweest?’

Ik wil zeggen: het zou beter zijn geweest als jij was gebleven, maar dat zeg ik niet. In plaats daarvan zeg ik dat ze me twee straten voor de club moet afzetten, zodat ik ernaartoe kan lopen zonder dat iemand haar op de beelden van de bewakingscamera kan zien. Natuurlijk bestaat de kans dat we te zien zijn op beelden van andere camera’s in de buurt, maar tegen die tijd is dit allemaal allang voorbij, hoe het ook zal aflopen.

Voordat ik uit de auto stap, laat Maura me nog een keer zien hoe ik haar kan bereiken met de nieuwe app. Die zou het onmogelijk moeten maken de bron op te sporen van berichten, terwijl alle berichten vijf minuten na aankomst permanent worden verwijderd. Als ze daarmee klaar is, geeft ze me de telefoon. Ik steek mijn hand uit naar de deurkruk. Ik sta op het punt haar te vragen me te beloven dat ze er niet vandoor zal gaan, dat ze me niet weer in de steek zal laten, wat er ook gebeurt. Maar zo ben ik niet. Ik kus haar. Een lange, zachte kus.

‘Er is zo veel wat ik voel,’ zegt ze.

‘Ik ook,’ zeg ik.

‘En dat wil ik allemaal voelen. Ik wil bij jou niet op mijn hoede zijn.’

We ondergaan allebei die verbondenheid en openheid naar elkaar toe. We zijn geen kinderen meer, en ik begrijp dat die krachtige mix van lustgevoelens, honger naar elkaar, dreiging en nostalgie ons een verwrongen kijk op de werkelijkheid zou kunnen geven, maar ik weet dat dat niet het geval is. Dat weet ik en zij weet het ook.

‘Ik ben blij dat je terug bent,’ zeg ik. Het kan rustig worden weggeschreven als het grootste understatement van mijn leven.

Maura kust me opnieuw, dit keer harder, zodat ik het overal voel. Daarna duwt ze me weg, net als in dat oude liedje: *And sometimes when we touch the honesty’s too much…*

‘Ik wacht op je bij dat kantoor in Newark,’ zegt ze.

Ik stap uit de auto. Maura rijdt weg. Mijn auto staat op de plek waar ik hem heb achtergelaten. Hunk-A-Hunk-A is natuurlijk gesloten. Er staan twee andere auto's op het parkeerterrein en ik vraag me af of de respectieve eigenaren ook hebben beweerd dat ze te veel hadden gedronken. Ik moet Augie op de hoogte brengen van de terugkeer van Maura en het heengaan van Reeves.

Als ik naar huis rijd, bel ik hem op. Als Augie de telefoon aanneemt, zeg ik: 'Muse wil me spreken om negen uur.'

'Waarover?' vraagt Augie.

'Dat wilde ze niet zeggen, maar er zijn een paar dingen die ik jou voor die tijd moet vertellen.'

'Ik luister.'

'Kunnen we om kwart voor negen afspreken bij Mike's?'

Mike's is een koffietentje in de buurt van het Openbaar Ministerie van de county.

'Ik zal zorgen dat ik er ben.'

Augie verbreekt de verbinding op het moment dat ik mijn oprit op draai en de auto stilzet. Ik slaag erin de auto uit te struikelen als ik iemand hoor lachen. Ik draai me om en zie mijn buurvouw Tammy Walsh.

'Kijk eens wie we daar hebben,' zegt ze.

Ik zwaai naar haar. 'Hoi, Tammy.'

'Zware nacht achter de rug?'

'Gewoon werk.'

Maar Tammy glimlacht alsof het op mijn voorhoofd te lezen staat. 'Ja... tuurlijk, Nap.'

Ik kan er niets aan doen. Ik moet ook glimlachen. 'Geloof je me niet?'

'Ik geloof er geen snars van,' zegt ze. 'Maar ik gun het je wel.'

'Dank je.'

Er gebeurt heel wat in vierentwintig uur, toch?

Ik ga onder de douche en probeer alles weer op een rijtje te krijgen. Ik heb nu een vrij goed beeld van wat er gebeurd is, nietwaar? Maar toch mis ik nog iets, Leo. Alleen, wat? Of zoek ik er te veel achter? Ze hielden een vreselijk geheim verborgen op die basis – dat het een black site was voor extreem gevaarlijke terroristen. Zou de overheid mensen vermoorden om dat geheim te houden? Het antwoord is zo voor de hand liggend dat de vraag op voorhand retorisch is. Natuurlijk doet ze dat. Dus die avond heeft iets of iemand het alarm doen afgaan. Misschien was het Maura die naar het hek rende. Misschien ontdekten ze jou en Diana eerst. Hoe dan ook, ze raakten in paniek.

Er werd geschoten.

Ze schoten jou en Diana dood. Dus wat konden Reeves en zijn handlangers doen? Ze konden de politie niet bellen en vertellen wat er was gebeurd. Onmogelijk. Dan zou de hele geheime operatie in de openbaarheid komen. Ze konden jullie beiden ook niet zomaar laten verdwijnen. Dat zou te veel vragen oproepen. De politie – en zeker Augie – zou de zaak nooit laten rusten. Nee, ze hadden een goeie, ouderwetse doofpot nodig. Iedereen kende de verhalen over de spoorbaan. Natuurlijk ken ik alle details niet, maar ik vermoed dat ze de kogels uit jullie lichamen hebben verwijderd en jullie daarna naar de spoorbaan hebben gebracht. De klap van de trein zou de lichamen zo verminken dat geen enkele patholoog-anatoom nog sporen van wat dan ook zou kunnen vinden.

Dat verhaal sluit aan alle kanten. Ik heb nu alle antwoorden, toch?

Behalve.

Behalve het feit dat vijftien jaar later Rex en Hank worden vermoord.

Hoe past dat in het verhaal?

Er zijn nu nog maar twee leden van de Conspiratie Club in leven. Beth, die zich schuilhoudt, en Maura.

Wat heeft dat te betekenen? Ik weet het niet; misschien heeft Augie een idee.

Mike's Coffee Shop & Pizzeria slaagt er op de een of andere manier in om er niet uit te zien als een koffietentje en evenmin als een pizzeria. Het is midden in Newark, op de hoek van Broad en William, met een grote rode luifel aan de gevel. Augie zit bij het raam. Hij zit te staren naar een man die voor negen uur 's ochtends pizza eet. De pizzapunt is zo obsceen groot dat het papieren bord waarvan hij eet een schoteltje lijkt. Augie staat op het punt er een cynische opmerking over te maken als hij mijn gezicht ziet. Hij houdt zich in.

'Wat is er gebeurd?'

Er is geen reden om er doekjes om te winden. 'Leo en Diana zijn niet door een trein overreden,' zeg ik. 'Ze zijn doodgeschoten.'

Het pleit in zijn voordeel dat Augie niet begint met: 'Wat?' of: 'Hoe kun je dat nu zeggen?' of: 'Ze hebben nooit kogels gevonden' – de standaardontkenningen. Hij weet dat ik zoiets niet zomaar zeg.

'Leg uit.'

Ik leg het hem uit. Ik vertel hem eerst het verhaal over Andy Reeves. Ik zie dat hij me wil tegenhouden, dat hij wil tegenwerpen dat dat alles niet betekent dat Reeves en zijn mannen Diana en Leo hebben doodgeschoten, dat Reeves me martelde omdat hij nog steeds dat geheim van die black site wilde beschermen. Maar hij onderbreekt me niet. Opnieuw: hij kent me goed genoeg om dat niet te doen.

Dan kom ik op het punt waar Maura me redt. Voorlopig sla ik over hoe Reeves doodgaat. Ik vertrouw Augie blindelings, maar er is geen reden hem op te zadelen met een situatie waarin hij misschien moet getuigen over wat ik hier heb gezegd. Als ik hem niet vertel dat Maura Reeves heeft doodgeschoten, kan Augie daar ook geen verklaring onder ede over afleggen.

Ik ga verder. Ik zie dat mijn woorden mijn oude mentor diep in zijn ziel treffen. Ik wil even ophouden, hem tijd geven om diep adem te halen en weer tot zichzelf te komen, maar ik weet dat ik het daarmee alleen maar erger zou maken en dat hij het niet zou willen. Dus ga ik door met deze verwoestende aanslag.

Ik vertel Augie van de gil die Maura hoorde.

Ik vertel hem over de schoten en de stilte daarna.

Augie leunt achterover als ik uitgesproken ben. Hij kijkt uit het raam en knippert twee keer met zijn ogen.

'Dus nu weten we het,' zegt hij.

Ik zeg niets. We zitten stil bij elkaar. Nu we de waarheid kennen, zou er iets veranderd moeten zijn, zouden we iets anders moeten voelen. Maar die man eet nog steeds van zijn enorme pizzapunt. Er rijden nog altijd auto's over Broad Street. Er gaan nog steeds mensen naar hun werk. Er is niets veranderd.

Jij en Diana zijn nog altijd dood.

'Is het nu voorbij?' vraagt Augie.

'Is wat voorbij?'

Hij spreidt zijn armen breeduit alsof hij alles wil omvatten.

'Het voelt niet alsof het voorbij is,' zeg ik.

'Wat bedoel je daarmee?'

'Er moet gerechtigheid komen voor Leo en Diana.'

'Ik dacht dat je zei dat hij dood was.'

Hij. Augie noemde Andy Reeves niet bij naam. Voor het geval dat.

'Er waren die avond andere mensen op de basis.'

'En die wil je allemaal pakken.'

'Jij niet?'

Augie keert zich van me af.

'Iemand heeft de trekker overgehaald,' zeg ik. 'Waarschijnlijk niet Reeves. Iemand heeft ze van de grond getild en, weet ik veel, in een auto gelegd of op de laadvloer van een pick-up. Iemand heeft de kogels uit hun lichaam gehaald. Iemand heeft het lichaam van jouw dochter op de spoorbaan gegooid en...'

Augie krimpt in elkaar met gesloten ogen.

'Je was inderdaad een fantastische mentor, Augie. En daarom kan ik niet gewoon verdergaan alsof het nu klaar is. Jij was degene die fulmineerde tegen onrechtvaardigheid. Jij, meer dan wie ook, stond erop dat de smeerlappen de prijs betalen voor wat ze hebben aangericht. Jij hebt me geleerd dat er nooit een evenwicht kan zijn zolang er geen gerechtigheid is, zolang niemand gestraft is.'

'Jij hebt Reeves gestraft,' zegt hij.

'Dat is niet voldoende.'

Ik buig me voorover. Ik heb Augie op meer hoofden zien slaan dan ik zou kunnen tellen. Hij was degene die me hielp af te rekenen met mijn eerste 'Trey', een onmenselijk stuk slijm dat ik had gearresteerd voor het aanranden van een meisje van zes, de dochter van zijn vriendin. De zaak werd geseponeerd vanwege een vormfout en hij was op weg terug naar huis, terug naar dat kleine meisje. Daar staken Augie en ik een stokje voor.

'Wat houd je voor me achter, Augie?'

Hij verbergt zijn hoofd in beide handen.

'Augie?'

Hij wrijft over zijn gezicht. Als hij me weer aankijkt, zijn zijn ogen rood. 'Je zei dat Maura het zichzelf kwalijk neemt dat ze naar dat hek rende.'

'Voor een deel, ja.'

'Ze zei zelfs dat het misschien haar schuld was.'

'Maar dat is het niet.'

'Maar zo voelt ze het wel, toch? Omdat ze, als ze niet stoned was geweest en zo hard die kant op was gerend... Dat zei ze toch?'

'Wat wil je zeggen?' vraag ik.

'Wil je Maura straffen?'

Ik kijk hem recht in de ogen. 'Wat is er goddomme aan de hand, Augie?'

'Ja? Wil je dat?'

'Natuurlijk niet.'

'Ook al is ze misschien deels verantwoordelijk?'

'Dat is ze niet.'

Hij leunt achterover. 'Maura heeft je verteld van die grote schijnwerpers, en al dat lawaai. En toen heb jij je afgevraagd waarom niemand de politie heeft gebeld?'

'Precies.'

'Ik bedoel, je kent die omgeving. De Meyers wonen in de buurt van die basis. In dat doodlopende straatje. En de Carlino's en de Brannums.'

'Wacht.' Ik begrijp het ineens. 'Jullie zijn wel gebeld.'

Hij kijkt een andere kant op. 'Dodi Meyer. Ze zei dat er iets aan de hand was op de basis. Ze vertelde het van die schijnwerpers. Ze dacht... ze dacht dat er misschien pubers hadden ingebroken en dat die de schijnwerpers hadden aangezet en dat ze vuurwerk hadden afgestoken.'

Ik voel dat er een kleine steen in mijn borst groeit. 'En wat hebben jullie gedaan, Augie?'

'Ik zat in mij kantoor. De agent achter de balie vroeg of ik het gesprek wilde aannemen. Het was laat. De andere patrouillewagen was druk met een geval van huisvredebreuk. Dus ik zei ja.'

'Wat gebeurde er?'

'De schijnwerpers waren uit tegen de tijd dat ik er aankwam. Ik zag... Ik zag een pick-up bij het hek. Hij stond op het punt van vertrekken. Er lag een zeil over de laadbak. Ik belde aan bij de poort. Andy Reeves kwam naar buiten. Het was laat op de avond, maar ik vroeg me geen moment af waarom er nog zo veel mensen waren op het terrein van het ministerie van Landbouw. Wat jij zei over een black site verbaast me niet. Ik wist niet precies wat daar gebeurde, maar ik vertrouwde er toen nog steeds als een hopeloze dwaas op dat mijn eigen overheid deed wat goed was. Dus Andy Reeves kwam bij het hek en ik vertel hem dat we waren gebeld over een verstoring van de openbare orde.'

'En wat zegt hij?'

'Dat er een hert tegen het hek was gesprongen. Dat dat het alarm had doen afgaan en dat daardoor de schijnwerpers waren gaan branden. Hij zei dat een van de mannen van de bewaking in paniek was geraakt en was gaan schieten. Dat waren de schoten. Hij zei dat de bewaker het hert had doodgeschoten. Hij wees naar het zeil op de pick-up.'

'En geloofde jij dat?'

'Ik weet het niet. Niet echt. Maar ik liet het verder voor wat het was.'

'En wat heb je toen gedaan?'

Zijn stem komt nu van mijlenver weg. 'Ik ben naar huis gegaan. Mijn wacht zat erop. Ik ben naar bed gegaan en een paar uur later...' Hij haalt zijn schouders op om de rest van die gedachte van zich af te laten glijden, maar ik kan het nog niet loslaten.

'... werd je gebeld over Diana en Leo.'

Augie knikt. Zijn ogen zijn vochtig.

'Maar je zag geen verband?'

Daar denkt hij over na. 'Misschien wilde ik geen verband zien. Op die manier, net zoals toen ik je vroeg over Maura, was het niet mijn schuld. Misschien probeerde ik gewoon mijn eigen fout goed te praten, maar ik heb nooit veel verband gezien.'

Mijn telefoon gaat over. Ik zie dat het tien over negen is, zelfs nog voordat ik het sms-bericht van Muse lees:

Waar ben je gvd??!!

Ik stuur een bericht terug: *Ben er zo.*

Ik sta op. Hij kijkt naar de vloer.

'Je komt te laat op je afspraak,' zegt hij. 'Ga maar.'

Ik aarzel. Op een bepaalde manier verklaart dit allemaal heel veel – Augies gereserveerdheid door de jaren heen, zijn onwrikbare mening dat het gewoon om twee pubers ging die stoned waren en iets stoms hadden gedaan, zijn weigering verbanden te zien. Hij stond zichzelf niet toe het verband te leggen tussen de moord op zijn eigen dochter en zijn bezoek aan de basis die nacht, omdat hij dan zou moeten leren leven met de extra schuldgevoelens omdat hij helemaal niets had ondernomen. En als ik me omdraai en op weg ga naar de deur, pieker ik daarover. Ik vraag me af of hij vanaf nu, nu ik hem dit allemaal voor de voeten werp en hem van zijn stuk breng, iedere avond als hij zijn ogen sluit om te gaan slapen het beeld voor zich zal zien van dat zeil over de laadbak van die pick-up en zich zal afvragen wat daaronder heeft gelegen. Of heeft hij dat in zijn onderbewuste allang gedaan? Accepteerde hij de meer voor de hand liggende verklaring voor de dood van zijn dochter zo gemakkelijk omdat hij niet kon leven met zijn eigen kleine rol in het hele verhaal?

Mijn telefoon gaat over. Het is Muse. 'Ik ben er bijna,' zeg ik.

'Wat heb je verdomme gedaan?'

'Hoezo? Wat is er aan de hand?'

'Schiet nou maar op.'

31

Het Openbaar Ministerie van Essex County ligt aan Market Street in wat eenvoudigweg Veterans Courthouse wordt genoemd. Ik werk er, dus ik ken het gebouw behoorlijk goed. Het zoemt er altijd van de bedrijvigheid – meer dan een derde van alle misdrijven in de hele staat komt er voor de rechter. Als ik naar binnen loop, produceert mijn telefoon een mij onbekend geluidssignaal. Ik realiseer me dat het de nieuwe app is die Maura heeft geïnstalleerd. Ik lees het bericht:

Weer langsgereden. Politie heeft gele Mustang gevonden.

Dat was natuurlijk niet goed, maar het zou in ieder geval nog een tijd duren voordat de gebeurtenissen de politie mijn kant op zouden sturen. Ik had nog tijd. Waarschijnlijk. Ik typte terug:

Oké. Ga nu naar de afspraak.

Loren Muse staat me bij de deur op te wachten. Als blikken konden doden. Ze is een kleine vrouw en ze wordt geflankeerd door twee lange mannen in pak. De jongste van de twee is mager en pezig en heeft een harde oogopslag. De oudere heeft een krans van te lang haar rond zijn kale schedel. De knoopjes van zijn shirt zijn in een constante strijd verwikkeld met zijn uitpuilende buik.

Als we het kantoor binnenlopen, zegt de oudere man: 'Ik ben special agent Rockdale en dit is special agent Krueger.'

We schudden elkaar de hand. Krueger probeert natuurlijk mijn hand fijn te knijpen om te laten zien wie er hier de baas is. Ik kijk hem fronsend aan.

Als dat achter de rug is, wendt Rockdale zich tot Muse en zegt: 'Hartelijk dank voor uw medewerking, mevrouw. We zouden het op prijs stellen als u ons nu alleen zou willen laten.'

Daar heeft Muse geen zin in. 'Alleen laten?'

'Ja, mevrouw.'

'Dit is mijn kantoor.'

'Het bureau stelt uw medewerking in dat opzicht ook zeer op prijs, maar wij moeten echt alleen met rechercheur Dumas spreken.'

'Nee,' zeg ik.

Ze keren zich naar mij. 'Pardon?'

'Ik wil dat officier van justitie Muse bij mijn verhoor aanwezig is.'

'U wordt niet verdacht van een misdrijf,' zegt hij.

'Toch wil ik dat ze aanwezig is.'

Rockdale keert zich weer naar Muse.

Muse zegt: 'Je hebt hem gehoord.'

'Mevrouw...'

'Hou op mevrouw tegen me te zeggen.'

'Mevrouw Muse, mijn excuses. U bent gebeld door uw leidinggevende, is het niet?'

Met de tanden op elkaar geklemd, zegt Muse: 'Ja.'

Haar leidinggevende is, dat weet ik, de gouverneur van de staat New Jersey.

'En hij heeft u gevraagd om uw medewerking te verlenen aan het onderzoek in een zaak waarbij de nationale veiligheid op het spel staat, is het niet?'

Mijn telefoon trilt. Ik kijk even snel op het scherm en zie dat het een sms is van buurvrouw Tammy.

Busje met kerels. Doorzoeken je huis. Dragen jackjes met FBI.

Het verbaast me niks. Ze zoeken de oorspronkelijke tape. Die zullen ze bij mij thuis niet vinden. Ik heb hem begraven in de bossen, in de buurt van de oude basis – waar anders?

'De gouverneur heeft me gebeld,' zegt Muse, 'maar rechercheur Dumas heeft nu om juridische bijstand...'

'Niet relevant.'

'Pardon?'

'Dit is een zaak van nationale veiligheid. Het gesprek dat wij gaan voeren is uiterst geheim.'

Muse kijkt me aan. 'Nap?'

Ik denk erover na. Ik denk over wat het gesprek met Augie teweeg heeft gebracht, over wat we geheim moeten houden, over wie er verantwoordelijk is voor wat er met Leo is gebeurd en hoe ik de onderste steen boven kan krijgen om hier voor eens en voor altijd een punt achter te kunnen zetten.

De deur van Muse' kantoor staat nog open en haar staf, vier man in totaal, pretendeert niet te luisteren. Ik kijk naar de beide special agents. Rockdale kijkt me uitdrukkingsloos aan, Krueger balt en ontspant zijn vuisten ritmisch en staart me aan alsof ik zojuist uit het achterste van een hond ben gevallen.

Ik ben er helemaal klaar mee.

Dus ik keer me naar Muse en zeg luid genoeg zodat haar staf het kan horen: 'Vijftien jaar geleden was de oude Nike-raketbasis in Westbridge een illegale black site waar Amerikaanse staatsburgers werden opgesloten en verhoord, als ze ervan werden verdacht samen te spannen met terroristen. Een stelletje pubers, onder wie mijn overleden tweelingbroer, maakte opnamen van een Black Hawk die daar op een avond landde. Zij willen die tape van mij.' Ik maak een gebaar naar de beide agenten. 'Hun collega's doorzoeken in feite op ditzelfde moment mijn huis. Die tape is daar trouwens niet.'

Krueger staat geschokt en woedend met opengesperde ogen voor me. Hij springt op me af en zijn hand komt omhoog om me bij de keel te grijpen. Je moet begrijpen, Leo, dat ik goed ben met mijn vuisten. Ik heb hard getraind en ben behoorlijk atletisch. Ik denk echter dat die kerel me onder normale omstandigheden moeiteloos de baas zou zijn. Ik kan dus maar moeilijk verklaren wat er gebeurt. Hoe moet ik uitleggen dat ik snel genoeg reageer om zijn aanval met mijn onderarm te pareren? Eigenlijk is het doodeenvoudig.

Hij heeft het op mijn keel gemunt.

Dat deel van mij waarmee ik ademhaal.

Na gisteravond, na te hebben vastgelegen op die tafel, heeft zich iets primitiefs in mij ontwikkeld wat dat niet zal toestaan. Iets wat instinctief is en misschien bovennatuurlijk zal dat deel van mijn lichaam beschermen.

Het probleem is natuurlijk wel dat het blokkeren van een aanval niet het einde van het gevecht betekent. Je moet terugslaan. Ik sla hem met de rug van mijn hand op zijn middenrif. De klap komt vol aan. Krueger laat zich op een knie vallen, alle lucht wordt uit zijn longen geperst. Ik spring achteruit, mijn vuisten in de aanslag, voor het geval Rockdale wil meedoen. Dat wil hij niet. Hij staart geschokt naar zijn jongere collega.

'Je hebt zojuist een federale special agent geslagen,' zegt Rockdale tegen me.

'Het was zelfverdediging,' roept Muse. 'Wat mankeert jullie?'

Hij buigt zich naar haar toe. 'Jouw man heeft zojuist vertrouwelijke informatie openbaar gemaakt. Dat is onwettig, zeker als het leugens zijn.'

'Hoe kan iets in vredesnaam vertrouwelijk zijn,' schreeuwt Muse terug, 'als het leugens zijn?'

Mijn telefoon trilt opnieuw en als ik het bericht van Ellie lees, weet ik dat ik als de sodemieter hier weg moet:

HEB BETH GEVONDEN.

'Luister,' zeg ik. 'Het spijt me, oké? Laten we met zijn allen om de tafel gaan zitten om dit uit te praten.' Ik reik Krueger mijn hand om hem weer overeind te helpen. Dat wil hij niet, hij duwt mijn hand weg, maar er is niets over van zijn vechtlust. Ik heb een plan, een belachelijk eenvoudig plan, maar soms zijn dat de beste plannen. Op het moment dat iedereen een plaats heeft gevonden en op een stoel zit, sta ik weer op en zeg ik: 'Ik, eh... heb even twee minuten nodig.'

Muse vraagt: 'Wat is er?'

'Niets.' Ik probeer een beetje schaapachtig te kijken. 'Ik moet naar de wc. Zo terug.'

Ik wacht niet echt tot ik toestemming krijg. Ik ben volwassen, toch? Ik loop het kantoor van Muse uit, de gang in. Niemand komt achter me aan. Voor me is de deur van de herentoiletten. Ik loop erlangs naar de trap. Ik ren de treden af naar de begane grond, waar ik verder loop in een tempo dat het midden houdt tussen wandelen en draven.

Minder dan een minuut nadat ik het kantoor van Muse uit ben gelopen, sta ik buiten en vergroot ik met iedere stap de afstand tussen mij en die federale agenten.

Ik bel Ellie. 'Waar is Beth?' vraag ik.

'Op de boerderij van haar ouders in Far Hills. Ik denk tenminste dat zij het is. Waar ben jij?'

'Newark.'

'Ik stuur je een sms met het adres. Het is minder dan een uur rijden.'

Ik verbreek de verbinding. Ik loop zo snel ik kan door Market Street. Ik sla af, University Avenue in en gebruik de nieuwe app om

Maura te bellen. Ik ben bang dat ze niet zal opnemen, dat ze opnieuw is verdwenen, in rook is opgegaan, maar ze neemt meteen op.

'Hoe gaat het?' vraagt ze.

'Waar ben je?'

'Ik sta dubbelgeparkeerd voor het Openbaar Ministerie in Market Street.'

'Rij naar het westen en sla af naar University Avenue. We moeten op bezoek bij een oude vriendin.'

32

Als Maura me heeft opgepikt, stuur ik Muse een sms:

Sorry. Leg het later uit.

'Waar gaan we heen?' vraagt Maura.

'We gaan Beth opzoeken.'

'Heb je haar gevonden?'

'Ellie.'

Ik voer in mijn navigatieapp het adres in dat Ellie me heeft gestuurd. Volgens de app duurt de rit achtendertig minuten. We koersen de stad uit, Route 78 op, naar het westen.

'Heb jij een idee welke rol Beth Lashley in het hele verhaal speelt?' vraagt Maura.

'Zij waren er die avond ook,' zeg ik. 'Bij de basis. Rex, Hank en Beth.'

Maura knikt. 'Dat lijkt logisch. We hadden dus allemaal een reden om op de vlucht te slaan.'

'Behalve dan dat die anderen dat niet hebben gedaan. Niet meteen in ieder geval. Ze hebben hun school afgemaakt. Ze zijn gaan studeren. Twee van hen, Rex en Beth, zijn niet teruggekomen. Ze hielden zich niet echt schuil, maar het lijkt me duidelijk dat ze niets meer te maken wilden hebben met Westbridge. Hank... tja, hij was anders. Hij liep iedere dag het hele eind van de oude basis naar de spoorbaan, alsof hij de route wilde verkennen. Alsof hij erachter probeerde te komen hoe Leo en Diana daar terecht waren gekomen. Ik denk dat ik dat nu begrijp. De laatste keer dat hij ze had gezien, net als jij, was immers toen ze bij de basis werden doodgeschoten.'

'Ik heb niet echt gezien dat ze werden doodgeschoten.'

'Dat weet ik. Maar laten we eens aannemen dat de hele Conspiratie Club daar was, behalve jij – Leo, Diana, Hank, Beth en Rex. Laten we eens aannemen dat ze die schijnwerpers zagen en die schoten hoorden en op de vlucht sloegen. Misschien hebben Hank en de anderen gezien dat Leo en Diana werden doodgeschoten. Ze waren net als jij doodsbang. De volgende dag komen ze erachter dat de lichamen helemaal aan de andere kant van de stad bij de spoorbaan zijn gevonden. Daar moeten ze geen bal van hebben begrepen.'

Maura knikt. 'Waarschijnlijk hebben ze wel begrepen dat die lui van de basis de lichamen hebben verplaatst.'

'Precies.'

'Maar ze zijn gebleven.' Maura stuurt de auto de snelweg op. 'Daaruit moeten we dus concluderen dat Reeves en zijn handlangers niet wisten dat Hank, Rex en Beth daar ook waren geweest. Misschien kwamen alleen Leo en Diana te dicht bij het hek.'

Dat klinkt logisch. 'Afgaand op Reeves' reactie wist hij ook niets van die tape.'

'En dus dachten ze dat ik de enige was die het had gezien,' zegt ze, 'tot voor kort.'

'Precies.'

'Wat heeft ze dan nu verraden? Het is vijftien jaar geleden.'

Daar denk ik hard over na en er komt een mogelijk antwoord bij me op. Maura ziet het gebeuren vanuit een ooghoek. 'Wat?' vraagt ze.

'Die virale video.'

‘Welke virale video?’

‘Hank zou een exhibitionist zijn geweest.’

Ik vertel haar het verhaal over de video met Hank, hoe die viral is gegaan en dat de meeste mensen denken dat iemand het recht in eigen hand heeft genomen om Hank te straffen voor zijn vermeende wandaden. Als ik uitgesproken ben, vraagt Maura: ‘Dus jij denkt dat, eh... iemand van de basis die video heeft gezien en hem herkende van die avond, of zo?’

Ik schud mijn hoofd. ‘Dat is niet logisch. Als ze Hank die avond hadden gezien...’

‘Zouden ze hem wel eerder hebben herkend.’

Er ontbreekt nog steeds iets, maar ik kan me niet losmaken van de gedachte dat het iets te maken heeft met die virale video. Vijftien jaar lang zijn ze met z’n drieën veilig, en dan duikt die video met Hank op. Dat heeft met elkaar te maken.

Op een bruin bord met een in het rood geklede springruiter staat WELKOM IN FAR HILLS. Dit is geen boerenland. Niet echt. Dit deel van Somerset County is voor de welgestelden, voor diegenen die een gigantisch huis willen op een stuk grond zo groot dat er vrijwel geen buren te zien zijn. Ik ken een filantroop hier in de buurt die een golfbaan met drie holes op zijn land heeft. Ik weet van anderen dat ze paarden hebben of appelboomgaarden om cider te maken, of andere activiteiten ontplooien als hobbyboer.

Ik kijk weer naar Maura’s gezicht en onderga weer dat overweldigende gevoel. Ik pak haar hand. Maura glimlacht naar me, een glimlach die me diep in mijn ziel raakt, die mijn bloed doet zoemen, die mijn zenuwen op de best denkbare manier in vuur en vlam zet. Ze brengt mijn hand naar haar lippen en drukt er een kus op.

‘Maura?’

‘Ja?’

‘Als jij opnieuw moet vluchten, ga ik mee.’

Ze legt mijn hand tegen haar wang. ‘Ik laat je niet meer alleen,

Nap. Het is maar dat je het weet. Vertrek, blijf, leven of dood, ik laat je niet meer in de steek.'

Verder zeggen we niets. We begrijpen het. We zijn geen door hormonen opgejaagde pubers, we zijn niet verblind door verliefdheid. We zijn oude krijgers met oorlogswonden, we zijn op onze hoede, en dus weten we wat dit betekent. Geen valse voorwendsels, geen reserves, geen spelletjes.

Ellie staat om de bocht bij het adres waar Beth verblijft. We stoppen achter haar auto en stappen uit. Ellie en Maura omhelzen elkaar. Ze hebben elkaar vijftien jaar niet gezien, niet sinds die twee dagen dat Ellie Maura onderdak heeft verleend na die avond in het bos. Als ze elkaar weer loslaten, gaan we met z'n drieën in de auto van Ellie zitten. Ellie aan het stuur, ik naast haar en Maura achterin. We rijden naar het hek dat de oprit afsluit.

Ellie drukt op de bel bij de intercom. Geen reactie. Ze drukt opnieuw. Nog steeds geen reactie.

In de verte zie ik de witte boerenwoning. Net als elke andere witte boerenwoning die ik ooit heb gezien, is ook dit huis verbijsterend mooi en roept het nostalgie op. Je kunt je meteen voorstellen dat je een veel eenvoudiger, gelukkiger leven kunt leiden onder dat dak. Ik stap uit de auto en trek aan het hek. Er zit geen beweging in.

Het is ondenkbaar dat ik nu weer vertrek. Ik loop naar het spijltjeshek naast de oprit, trek mezelf op en laat mezelf aan de andere kant weer zakken in de tuin. Ik maak een gebaar naar Ellie en Maura dat ze moeten wachten. Het huis staat aan het einde van de oprit van bijna tweehonderd meter. Er zijn geen bomen of andere zaken waarachter ik me zou kunnen verschuilen, dus doe ik niet eens mijn best. Ik loop gewoon open en bloot over de oprit.

Als ik dichter bij het huis kom, zie ik een Volvo-stationcar in de garage. De kentekenplaat maakt duidelijk dat hij uit Michigan komt. Beth woont in Ann Arbor. Je hoeft geen bijster knappe speurder te zijn om te concluderen dat het waarschijnlijk haar auto is.

Ik bel niet meteen aan. Als Beth binnen is, weet ze al dat we er zijn. Ik begin aan een tocht om het huis en kijk door ramen naar binnen. Ik begin aan de achterkant.

Als ik door het keukenraam kijk, zie ik Beth. Voor haar op tafel staat een bijna lege fles Jameson. Het glas dat voor haar staat is halfvol.

Op haar schoot ligt een geweer.

Ik zie hoe ze naar het glas reikt, het met een trillende hand naar haar lippen brengt en leegdrinkt. Ik bestudeer hoe ze zich beweegt. Alles wat ze doet, doet ze traag en alsof ze erover moet nadenken. Zoals ik al zei is de fles bijna leeg, en het glas dus nu helemaal. Ik overweeg hoe ik het zal aanpakken, maar ik ben opnieuw niet in de stemming om me door iets te laten ophouden. Ik sluip naar de achterdeur, til mijn voet op en trap net boven de deurkruk. Het hout van de deur versplintert als een brosse tandenstoker. Ik aarzel geen moment. Ik laat me voortdragen door de beweging waarmee ik de deur heb ingetrapt en leg de afstand van een paar meter van keukendeur tot aan de tafel af in minder dan twee seconden.

Beth reageert traag. Ze tilt nog maar net het geweer op om aan te leggen als ik het uit haar handen graai met evenveel gemak als waarmee je een baby snoepgoed kunt ontfutselen.

Ze staart me een tijdje aan. 'Hallo, Nap.'

'Hallo, Beth.'

'Toe maar,' zegt ze dan, 'schiet me maar neer.'

33

Ik haal de kogels uit het geweer, gooi ze in de ene hoek en zet het geweer in een andere hoek. Met de app van Maura geef ik aan Ellie en Maura door dat alles in orde is, dat ze moeten wachten waar ze zijn. Beth staart me uitdagend aan. Ik trek de stoel tegenover haar van onder de keukentafel en ga zitten.

'Waarom zou ik jou moeten doodschieten?' vraag ik.

Beth is niet zo veel veranderd sinds onze tijd op school. Het is me opgevallen dat de vrouwen bij wie ik in de klas zat, die nu halverwege de dertig zijn, met de jaren aantrekkelijker zijn geworden. Ik weet niet precies waarom, of het iets met volwassenheid of zelfvertrouwen te maken heeft, of meer met iets tastbaars als steviger spieren of een strakkere huid over jukbeenderen. Ik weet alleen dat het me geen enkele moeite kost om als ik nu naar Beth kijk, in haar het meisje te herkennen dat eerste viool speelde in het schoolorkest en een prijs won omdat ze de beste was in biologie.

'Wraak,' zegt ze. Ze heeft moeite om duidelijk te spreken.

'Wraak? Waarvoor?'

'Om ons het zwijgen op te leggen. Om de waarheid stil te houden. En dat is stom, Nap. Vijftien jaar lang hebben we onze mond gehouden. Ik zou nooit iets zeggen, dat zweer ik.'

Ik heb geen idee hoe ik dit moet aanpakken. Moet ik tegen haar zeggen dat ze niet bang hoeft te zijn, dat ik hier niet ben om haar pijn te doen? Zal ze dan gaan praten? Of moet ik haar juist bang maken en haar de indruk geven dat ze zich alleen het vege lijf kan redden door te praten?

'Je hebt een gezin,' zeg ik.

'Twee jongens. Ze zijn acht en zes.'

Ze kijkt me nu met doodsangst in haar ogen aan, alsof ze met de seconde nuchterder wordt. Dat wil ik niet. Ik wil alleen de waarheid horen.

'Vertel me wat er die avond is gebeurd.'

'Weet je dat echt niet?'

'Ik weet het niet.'

'Wat heeft Leo je verteld?'

'Wat bedoel je?'

'Jij had die avond een ijshockeywedstrijd, toch?'

'Ja.'

'Nou, en voordat je die avond van huis ging, wat heeft Leo je toen verteld?'

De vraag verbaast me. Ik probeer in gedachten terug te gaan naar dat moment eerder op de avond. Ik ben thuis. Ik heb mijn sporttas ingepakt. De hoeveelheid spullen die je nodig hebt, is belachelijk: schaatsen, stick, elleboogbeschermers, scheenbeschermers, schouderpads, handschoenen, borstbeschermer, nekband, helm. Pa had uiteindelijk een checklist gemaakt, omdat we anders keer op keer bij de ijsbaan aangekomen zouden bellen omdat we zoiets als de gebitbeschermer vergeten waren.

Waar was jij, Leo?

Wat ik me kan herinneren, nu ik eraan terugdenk, is dat jij niet bij ons was in de hal bij de voordeur. Meestal was je erbij als pa en ik de checklist afwerkten. Jij reed me dan naar school en zette me af bij de bus. Dat was min of meer de gewoonte.

Pa en ik deden de checklist en jij reed me naar de bus bij school.

Maar niet die avond. Ik kan me niet meer herinneren waarom niet. Alleen dat pa vroeg waar jij was toen we klaar waren met de checklist. Waarschijnlijk heb ik mijn schouders opgehaald, dat weet ik niet meer. Daarna ben ik naar onze kamer gelopen om te zien of je daar was. Het licht was uit, maar je lag op het bovenste bed van het stapelbed.

'Rijd jij mij naar de bus?' vroeg ik je.

'Kan pa je rijden? Ik wil hier even een tijdje liggen.'

Dus reed pa. Dat was het. Dat was het laatste gesprek dat we voerden. Ik heb er destijds geen moment bij stilgestaan. Toen mensen het hadden over een dubbele zelfmoord is het misschien even door mijn hoofd gegaan – niet zozeer jouw woorden, als wel die somberheid, dat je in het donker op bed lag – maar ik heb er nooit veel gedachten aan vuilgemaakt. Of misschien heb ik het wel verdrongen, net als Augie deed met zijn bezoek aan de basis die avond. Ik wilde niet dat jouw dood zelfmoord was, dus heb ik mezelf gedwongen het te vergeten, denk ik. Zo zijn we allemaal. We besteden alleen aandacht aan wat in ons verhaal past. We hebben de neiging alles te negeren wat er niet in past.

'Leo heeft me niets verteld,' zeg ik nu tegen Beth.

'Niets over Diana? Niets over zijn plannen voor die avond?'

'Niets.'

Beth schenkt whisky in haar glas. 'En ik maar denken dat jullie alles deelden.'

'Wat is er gebeurd, Beth?'

'Waarom is het plotseling zo belangrijk?'

'Niet plotseling,' zeg ik. 'Het is altijd belangrijk geweest.'

Ze heft het glas en bestudeert de whisky.

'Wat is er gebeurd, Beth?'

'De waarheid helpt je niet verder, Nap. De waarheid maakt het alleen maar erger.'

'Dat interesseert me niet,' zeg ik. 'Vertel.'

Beth begint te vertellen.

'Ik ben de enige die nog over is, toch? De anderen zijn allemaal dood. Ik denk dat we allemaal op onze eigen manier probeerden er iets van te maken. Rex ging bij de politie werken. Ik ben cardioloog, maar ik werk voor het grootste deel voor mensen die niet verzekerd zijn. Ik heb een kliniek opgericht om arme mensen met hartproblemen te helpen – preventieve zorg, behandeling, medicijnen, chirurgie als het nodig is. Ze denken dat ik heel zorgzaam en onzelfzuchtig ben, maar de waarheid is dat ik denk dat ik al dat goede doe omdat ik een tegenwicht nodig heb voor wat ik die avond verkeerd heb gedaan.'

Beth staart lange tijd naar de tafel.

'We zijn allemaal schuldig, maar we hadden een aanvoerder. Het was zijn idee. Hij heeft het plan in gang gezet. De rest, wij allemaal, waren te slap om iets anders te doen dan meelopen. Dat maakt het in zekere zin nog erger. Toen ik klein was, had ik een hekel aan pestkoppen, maar weet je aan wie ik een nog veel grotere hekel had?'

Ik schud mijn hoofd.

'Aan de kinderen die achter de pestkop stonden toe te kijken en meegenoten. Dat waren wij.'

'Wie was de aanvoerder?' vraag ik.

Ze trekt een grimas. 'Dat weet je wel.'

Ik weet het natuurlijk. Dat was jij, Leo. Jij was de aanvoerder.

'Leo had er lucht van gekregen dat Diana het uit wilde maken. Ze wachtte alleen nog tot dat stomme dansfeest voorbij zou zijn. Dat vond ik een rotstreek van haar. Ze maakte misbruik van Leo. Jezus, ik klink als een puber, vind je niet? Hoe dan ook, Leo was eerst verdrietig en daarna werd hij woest. Je weet dat je broer vaak stoned was, toch?'

Ik knik zo half en half.

'Wij allemaal, denk ik, maar ook in dat opzicht liep hij voorop. Persoonlijk denk ik dat dat een wig heeft gedreven tussen Diana en hem. Leo hield van een feestje, Diana was de dochter van een smeris en hield er niet zo van. Hoe dan ook, Leo raakte steeds opgefokter.

Hij liep te ijsberen en te roepen dat Diana een kutwijf was, en dat hij het haar betaald zou zetten en dat soort dingen. Je weet ook van de Conspiratie Club, toch?'

'Ja.'

'Leo, Rex, Hank, Maura en ik. Hij zei dat de Conspiratie Club wraak moest nemen op Diana. Ik geloof niet dat wij dat serieus namen. We hadden afgesproken bij Rex thuis, maar Maura kwam niet eens opdagen. Dat was gek, want zij was degene die die avond is verdwenen. Ik heb me altijd afgevraagd waarom Maura is gevlucht terwijl ze helemaal niet meer betrokken was bij het plan.'

Beth laat haar hoofd zakken.

'Wat was het plan?' vraag ik.

'We moesten allemaal iets doen. Hank zorgde voor de lsd.'

Dat verrast me. 'Waren jullie met lsd bezig?'

'Nee, tot aan die avond niet. Dat was een deel van het plan. Hank kende iemand bij scheikunde die het in vloeibare vorm voor hem maakte. En Rex, nou ja, goed, Rex zorgde voor het huis. We zouden bij elkaar komen in de kelder bij hem thuis. Ik moest ervoor zorgen dat Diana het spul kreeg.'

'Die lsd?'

Beth knikt. 'Diana zou dat spul natuurlijk nooit in haar eentje slikken, maar ze dronk altijd cola light. Dus moest ik het in de cola stoppen. Zoals ik al zei, we moesten allemaal iets doen. We zaten allemaal te wachten toen Leo Diana van huis ging halen.'

Ik herinner me dat Augie daarover vertelde, dat hij had gedacht dat Leo stoned was, dat hij zo graag terug had willen gaan in de tijd om Diana te kunnen tegenhouden.

'En wat gebeurde er toen?' vraag ik.

'Diana was een beetje op haar hoede toen ze met Leo bij de kelder bij Rex thuis aankwam. Kijk, daarom was ik daar ook. Een tweede meisje tussen de jongens. Zodat ze zou ontspannen. We beloofden elkaar allemaal dat we niet zouden drinken die avond. We gingen tafeltennissen. We keken naar een film. En natuurlijk dronken we allemaal frisdrank. Die van ons hadden we gemixt met wodka. In die van Diana had ik dat lsd-goedje gedaan dat Hank had meegenomen. We zaten allemaal te giechelen en vermaakten ons zo goed dat ik bijna vergeten was waarom we daar eigenlijk waren. Ik weet nog dat ik op een gegeven moment naar Diana keek en dat ze bijna van de wereld was. Ik vroeg me af of ik misschien te veel spul in haar cola had gedaan. Ik bedoel, ze was echt ver weg. Hoe dan ook, dacht ik, oké, missie volbracht. Het was voorbij.'

Ze valt stil en kijkt wezenloos voor zich uit. Ik probeer haar weer aan de praat te krijgen. 'Maar het was dus niet voorbij.'

'Nee,' zegt Beth, 'het was niet voorbij.' Ze kijkt nu langs me heen, over mijn schouder, alsof ik niet meer tegenover haar zit. Misschien is ze hier zelf ook niet meer. 'Ik weet niet wie met het idee kwam. Ik denk Rex. Hij had als leider gewerkt in een zomerkamp. Hij vertelde verhalen over hoe vast de kinderen daar sliepen. Zo vast dat ze soms voor de grap een kind met bed en al in het bos zetten. Dan verstopten ze zich en wachtten ze tot dat kind wakker zou worden en keken ze hoe dat kind helemaal hysterisch werd. De verhalen die Rex daarover vertelde waren altijd heel grappig. Eén keer had Rex zich onder het bed verstopt en duwde hij onder tegen de matras aan tot het kind gillend wakker werd. Een andere keer hadden ze de hand van het kind in een emmer warm water gehangen. Dan zou dat kind in bed gaan plassen of zo, maar in plaats daarvan stapte hij uit bed alsof hij naar de wc ging, en liep zo de bosjes in. Dus toen zei Leo… ja... het was zeker weten Leo: "Laten we Diana meenemen naar het bos bij de basis."'

O, nee...

'Hoe dan ook, dat hebben we gedaan. Het was daar heel donker. We sleepten met z'n allen Diana dat pad op. Ik zat maar steeds te wachten tot iemand er een eind aan zou maken. Maar niemand deed dat. Achter die oude rotspartij is een open plek. Je weet wel waar.

Daar wilde Leo haar achterlaten, want dat was de plek waar ze altijd "rotzooiden". Zo zei hij dat, tussen aanhalingstekens, een beetje spottend. Omdat hij van Diana nooit verder mocht gaan, dat zei hij. Dus daar hebben we haar gedumpt. Gewoon zoals ik het zeg, gedumpt als een oude vuilniszak. Ik herinner me hoe Leo op haar neerkeek, alsof... Ik weet het niet. Alsof hij haar alsnog zou aanranden of zo. Maar dat deed hij niet. Hij zei dat we ons moesten verstoppen om te kijken wat er zou gebeuren. Dat hebben we gedaan. Rex zat te giechelen. Hank ook. Ik denk dat ze gewoon zenuwachtig waren en niet wisten hoe ze zou reageren op de lsd. Leo zat alleen maar woest naar haar te staren. Ik... ik wilde eigenlijk alleen maar dat het zou ophouden. Ik wilde naar huis. Ik zei: "Misschien is het nu wel genoeg." Ik herinner me dat ik me naar Leo keerde en zei: "Weet je zeker dat je dit wil?" Toen keek Leo alleen maar heel triest voor zich uit. Alsof hij zich plotseling realiseerde wat hij deed. Ik zag een traan over zijn wang rollen. Ik zei: "Het is oké, Leo, laten we Diana nu maar naar huis brengen." Leo knikte. Hij zei tegen Rex en Hank dat ze moesten ophouden met lachen. Hij stond op. Hij begon naar Diana toe te lopen, en toen...'

De tranen biggelen nu over haar wangen.

'Wat gebeurde er toen?' vraag ik.

'Toen gebeurde er ineens van alles,' zegt Beth. 'Het begon met enorme schijnwerpers. Toen ze op ons schenen, schoot Diana overeind alsof iemand een emmer water over haar heen had gegooid. Ze begon te gillen en in de richting van die schijnwerpers te rennen. Leo rende achter haar aan. Rex, Hank en ik stonden aan de grond genageld. Ik zag het silhouet van Diana tegen het licht van die schijnwerpers. Ze gilde steeds harder en rukte zich de kleren van het lichaam. Alles. En toen... toen hoorde ik geweervuur. En ik zag Diana... ik zag haar vallen. Leo keerde zich naar ons om. "Maak dat je wegkomt," schreeuwde hij. En ik bedoel, dat hoefde hij niet te herhalen. We renden als idioten weg, het hele eind terug naar de kelder bij Rex thuis. Daar hebben we de hele nacht in het donker zitten wachten op Leo, of... ik weet het niet. We hebben een soort verbond gesloten. Dat we nooit iets zouden zeggen over wat er gebeurd was. Nooit. We zijn daar gewoon in die kelder blijven zitten, terwijl de uren voorbijgingen, en het enige wat we konden doen was hopen. We wisten niet wat er was gebeurd. Toen niet, en zelfs de volgende ochtend niet. Misschien lag Diana in het ziekenhuis en was er verder niets aan de hand. Maar toen... toen hoorden we over Leo en Diana bij de spoorbaan... toen wisten we meteen wat er was gebeurd. De klootzakken hadden hen doodgeschoten en de sporen uitgewist. Hank wilde zijn mond opendoen, naar de politie gaan, maar Rex en ik hebben hem tegengehouden. Wat moesten we zeggen? Dat we de dochter van de hoofdinspecteur lsd hadden gegeven, haar naar het bos hadden gebracht en dat toen die kerels waren gekomen om haar dood te schieten? Dus hielden we ons aan ons verbond. We hebben er nooit meer over gepraat. We hebben de school afgemaakt en zijn uit de stad vertrokken.'

Beth vertelt verder. Ze vertelt over het leven in angst, geplaagd door zelfhaat, over depressies, over eetstoornissen, schuldgevoelens en de afgrijselijke gebeurtenissen van die nacht, de nachtmerries, dat ze Diana naakt ziet, daarover droomt, dat ze Diana in die dromen probeert te waarschuwen, dat ze naar haar toe rent, dat ze haar probeert te grijpen voordat ze naar die schijnwerpers rent. Ze gaat maar door. Ze begint te huilen en smeekt om vergeving en zegt dat ze al die afgrijselijke dingen die haar zijn overkomen heeft verdiend.

Maar ik luister nog maar half.

Want mijn hersens slaan op hol en voeren me langs een gedachtegang die ik nooit heb willen volgen. Weet je nog dat ik zei dat we alleen aandacht besteden aan wat in ons verhaal past en dat we de neiging hebben alles te negeren wat er niet in past? Dat probeer ik nu te vermijden. Ik probeer me te concentreren, ook al wil ik dat niet. Wat ik het liefste wil, is sommige dingen negeren. Beth heeft me gewaarschuwd. Ze zei dat ik de waarheid niet zou willen weten. Ze had gelijk, maar op een manier waar ze zelf geen weet van heeft. Voor een deel zou ik willen dat ik terug kon gaan in de tijd, naar het moment dat Bates en Reynolds voor mijn deur stonden, zodat ik tegen ze kon zeggen dat ze moesten ophoepelen, dat ik nergens van af wist. Maar het is nu te laat. Ik kan niet langer de andere kant op kijken. Dus hoe je het ook wendt of keert, er zal, koste wat het kost, gerechtigheid zijn.

Want nu weet ik het. Ik ken de waarheid.

34

'Heb je een laptop?' vraag ik Beth.

Ze schrikt van mijn woorden. Ze heeft meer dan vijf minuten lang zonder onderbreking een monoloog afgestoken. Ze staat op en haalt een laptop die ze op tafel zet. Ze zet hem aan en keert hem om, zodat ik voor het scherm zit. Ik open haar webbrowser en typ het adres in van de website. Ik zet het e-mailadres in het veld voor gebruikersnaam en doe een gok bij het wachtwoord. Bij de derde poging is het raak. Ik ga door de privéberichten en vind het bericht met de naam die ik zoek. Ik schrijf de volledige naam op en het bijbehorende telefoonnummer.

Op mijn telefoon staan tientallen gemiste gespreksoproepen – Muse, Augie, Ellie, en misschien ook wel de FBI. En een heleboel voicemailberichten en sms'jes. Ik snap het. De FBI zit waarschijnlijk achter me aan vanwege die tape. De politie heeft waarschijnlijk beelden van bewakingscamera's gezien met de gele Mustang bij de Hunk-A-Hunk-A.

Ik negeer het allemaal.

Ik begin zelf telefoongesprekken te voeren. Ik bel het politiebureau in Westbridge en daar heb ik geluk. Ik bel naar het zuiden. Ik bel het nummer van de naam die ik op de website heb gevonden in mijn hoedanigheid van politiebeambte. Ik bel inspecteur Stacy Reynolds in Pennsylvania.

‘Ik wil graag dat je iets voor me doet,’ zeg ik.

Reynolds luistert, en als ik uitgesproken ben, zegt ze heel eenvoudig: ‘Oké, ik zal de video over tien minuten versturen.’

‘Bedankt.’

Voordat ze ophangt, zegt ze: ‘Weet je wie opdracht heeft gegeven voor de moord op Rex?’

Dat weet ik, maar dat vertel ik haar nog niet. Het is nog steeds mogelijk dat ik me vergis.

Ik bel Augie. Als hij opneemt, zegt hij: ‘Misschien luisteren de feds mijn telefoon af.’

‘Dat maakt niet uit,’ zeg ik. ‘Over een paar minuten kom ik terug die kant op. Als ik daar ben, zal ik ze te woord staan.’

‘Wat is er aan de hand?’

Ik weet niet precies wat ik tegen deze vader, die al zo lang verdriet heeft, moet zeggen. Maar ik besluit er niet omheen te draaien. Er is al zo veel gelogen, er is al zo veel geheimgehouden.

‘Ik heb Beth Lashley gevonden,’ zeg ik.

‘Waar?’

‘Ze houdt zich schuil op de boerderij van haar ouders in Far Hills.’

‘Wat heeft ze gezegd?’

‘Diana...’

Ik heb tranen in mijn ogen. God, Leo, wat heb je gedaan? Toen ik je de laatste keer op dat stapelbed zag liggen, lag je toen te piekeren over Diana? Lag je te broeden op wraak? Waarom praatte je niet tegen mij? Je vertelde me altijd alles, Leo. Waarom nam je afstand? Of lag het aan mij? Was ik zo vol van mezelf – van ijshockey, school, Maura – dat ik jouw pijn niet zag en niet tegen je kon zeggen dat je druk bezig was jezelf kapot te maken?

Er zijn zo veel mensen die schuld dragen. Hoor ik daar ook bij?

‘Wat is er met Diana?’ vraagt Augie.

‘Ik vertrek hier over een paar minuten,’ zeg ik. ‘Ik denk dat ik het beter persoonlijk kan vertellen.’

'Zo erg is het.'

Augie vraagt het niet. Hij zegt het.

Ik geef geen antwoord. Ik vertrouw mijn eigen stem niet.

'Ik ben thuis,' zegt Augie. 'Kom naar me toe zodra je kunt.'

Als ik Augie zie, verlies ik het laatste sprankje hoop.

Ik heb hier het afgelopen uur zitten wachten. Ik heb genoeg ervaring om niet net als Beth bij een raam te gaan zitten. Ik heb een plekje gevonden in de hoek van de woonkamer vanwaar ik alle mogelijkheden om het huis binnen te komen in de gaten kan houden. Niemand kan me verrassen.

Ik weet wat er is gebeurd, maar ik hoop nog steeds dat het niet zo is. Ik hoop dat ik hier mijn tijd zit te verdoen, dat ik de rest van de dag hier in de hoek van deze kamer in deze boerderij zit, en de hele nacht, en dat ik morgenvroeg zal bedenken dat ik me vergist moet hebben, dat ik ergens verkeerd geredeneerd heb, dat ik er hopeloos naast zat en dat ik daar blij om zal zijn.

Maar ik zit er niet naast. Ik ben een goede rechercheur. Ik ben door de beste opgeleid.

Augie ziet me nog niet.

Ik richt mijn pistool en doe het licht aan. Augie keert zich razendsnel naar mij om. Ik wil zeggen dat hij zich niet moet verroeren, maar ik krijg het niet over mijn lippen, en dus zit ik daar met mijn pistool op hem gericht, en hoop ik maar dat hij niet naar zijn eigen pistool zal grijpen. Hij ziet mijn gezicht. Ik weet het. Hij weet het.

'Ik heb ingebroken op je datingsite,' zeg ik.

'Hoe?'

'Je gebruikte je e-mailadres als gebruikersnaam.'

Hij knikt, nog altijd de mentor. 'En het wachtwoord?'

'Eén-vier-één-één-acht-vier,' zeg ik. 'Diana's geboortedatum.'

'Slordig van me.'

'Ik heb je berichten gelezen. Er was maar één vrouw die Yvonne heette. Yvonne Shifrin. Haar telefoonnummer stond er ook.'

'Je hebt haar gebeld?'

'Ja. Jullie hebben maar één date gehad. Om te lunchen. Je was aardig, zei Yvonne Shifrin, maar je ogen stonden te triest.'

'Yvonne leek me een goede vrouw,' zegt hij.

'Maar toch... Ik heb het Sea Pine Resort in Hilton Head gebeld. Om het zeker te weten. Je hebt er nooit een kamer gereserveerd.'

'Ik kon me vergist hebben met het hotel.'

'Wil je echt die kant op, Augie?'

Hij schudt zijn hoofd. 'Heeft Beth je verteld wat ze met Diana hebben gedaan?'

'Ja.'

'Dus je begrijpt het.'

'Heb jij mijn broer gedood, Augie?'

'Ik heb gerechtigheid gezocht voor mijn dochter.'

'Heb jij Leo vermoord?'

Augie is echter niet van plan het me zo gemakkelijk te maken. 'Ik had die avond kip met Parmezaanse kaas opgehaald bij Nellie's. Audrey was naar een vergadering van de ouderraad, dus Diana en ik waren alleen thuis. Ik zag aan haar dat haar iets dwarszat. Ze zat maar een beetje te knoeien met haar eten, terwijl ze het normaal gesproken verslond.' Hij houdt zijn hoofd scheef en graaft in zijn geheugen. 'Ik vroeg haar of er iets aan de hand was. Ze zei dat ze het uit wilde maken met Leo. Gewoon pats-boem, zo. Zo gingen wij met elkaar om, Nap.'

Hij kijkt me aan. Ik zeg niets.

'Ik vroeg Diana wanneer ze dat wilde doen. Dat wist ze nog niet precies, zei ze, maar ze wilde eigenlijk wachten tot na het dansfeest. Ik...' Hij sluit zijn ogen. 'Ik zei dat ze daar zelf over moest beslissen, maar dat ik het niet eerlijk zou vinden naar Leo toe. Als ze niet meer met hem wilde omgaan, moest ze hem niet aan het lijntje houden. Dus zie je, Nap? Misschien, als ik mijn mond had gehouden, als ik me met mijn eigen zaken had bemoeid... Ik zag je broer toen hij Diana kwam halen, zo vreselijk stoned, en ik, idioot die ik was... O, jezus, waarom heb ik haar laten gaan? Er gaat geen nacht voorbij dat ik me dat niet afvraag als ik in bed wakker lig. Elke nacht van mijn afgrijselijke, lege leven. Ik lig daar en het gaat weer door mijn hoofd. Ik heb God duizenden keren verteld wat ik hem zou geven, wat ik voor hem zou doen, welke martelingen ik bereid was te ondergaan om één keer terug te kunnen keren naar die avond om alles over te doen. God is soms zo wreed. Hij heeft me gezegend met de mooiste dochter op de hele wereld. Dat wist ik. Ik wist hoe fragiel het allemaal was. Ik heb zo vreselijk mijn best gedaan om het evenwicht te bewaren tussen strengheid en genoeg vrijheid voor mijn kind, als een koorddanser.'

Zijn handen trillen. Ik houd mijn pistool op hem gericht.

'Wat heb je gedaan, Augie?'

'Wat ik je eerder heb verteld. Ik ben naar de basis gegaan na een melding. Andy Reeves heeft me meegenomen naar binnen. Het was duidelijk dat er iets ergs was gebeurd. Iedereen liep lijkbleek rond. Reeves liet me eerst het lichaam zien in de laadbak van die pick-up. Het was het lichaam van iemand die ze daar gevangen hadden gehouden. Een Amerikaan met een hoog risicoprofiel, legde hij uit. De man was erin geslaagd over de hekken te klimmen. Ze mochten het risico niet lopen om hem te laten ontsnappen. Officieel was hij daar niet, dus zouden ze zijn lijk opruimen en verklaren dat hij was gevlucht naar Irak of zo. Dat vertelde Reeves me allemaal in vertrouwen. Maar ik begreep het. Het ging om staatsgeheimen. Hij wilde zeker weten dat hij me kon vertrouwen. Ik stelde hem gerust. En toen... toen zei hij dat hij me iets vreselijks moest laten zien.'

Alle vastberadenheid trekt langzaam weg uit het gezicht van Augie.

'Reeves neemt me mee naar het bos. Twee van zijn mannen komen achter ons aan. Twee anderen zijn al op de plek. Voor ons, verderop. Reeves schijnt met zijn zaklantaarn die kant op en daar, op de grond, naakt...'

Hij kijkt op en ik zie de razernij in zijn ogen.

'... en daar, naast het lichaam van mijn dochter, zit Leo. Hij houdt haar hand vast en zit hysterisch te snikken. Ik staar omlaag, volledig verdoofd, terwijl Reeves begint uit te leggen. De gevangene in de pick-up was ontsnapt. Ze hadden de schijnwerpers aangezet. De mannen op de wachttorens hadden het vuur geopend en het bos in geschoten. Er had niemand moeten zijn. Het was nacht. Overal hingen die waarschuwingsborden. De wachten schieten de gevangene dood, maar zonder het te willen, in het heetst van de strijd... ik bedoel, Diana rende recht op hen af, gillend, naakt, en toen is een van die wachten, een nieuwe, in paniek geraakt en heeft hij de trekker overgehaald. Hem valt niets te verwijten, denk ik. Dus wij staan daar. Mijn lieve kleine meisje ligt dood op de grond en het enige wat ik wil, is eigenlijk op de grond naast haar gaan liggen en haar vasthouden en huilen, urenlang. Maar dat doe ik niet.'

Augie kijkt me aan. Ik weet niet wat ik moet zeggen en zeg dus niets.

'Leo zit nog steeds te snotteren. Ik vraag hem, zo kalm als ik kan, wat er is gebeurd. Reeves gebaart zijn mannen terug naar de basis. Leo veegt met zijn mouw zijn gezicht af. Hij vertelt me dat Diana en hij in het bos aan het rotzooien waren, en dat ze verdergingen, je weet wel, dat ze zich begonnen uit te kleden. Hij zegt dat Diana overeind sprong en in paniek raakte toen de schijnwerpers aangingen. Reeves staat te luisteren. Ik kijk hem aan. Hij schudt zijn hoofd. Hij weet wat ik kan zien op het gezicht van je broer. Leo liegt. "We hebben videobeelden," fluistert Reeves tegen me. Ik help je broer overeind. We gaan naar de basis om naar de tape van de bewakingscamera's te kijken. Eerst laat Reeves me de tape zien waarop jouw vriendin staat. Ze hebben ook opnamen van haar. Reeves vraagt me of ik haar ken. Ik ben te aangeslagen om geen antwoord te geven. Ik zeg, dat is Maura Wells. Hij knikt en laat me een andere tape zien. Ik zie Diana. Ze rent en ze gilt. Haar ogen zijn opengesperd alsof ze doodsangst uitstaat en ze rukt zich de kleren van het lichaam alsof ze in brand staat. Dat waren de laatste ogenblikken van mijn kleine meisje, Nap. Gillend en doodsbang. Ik zie daadwerkelijk dat ze door de kogel in de borst wordt getroffen. Ze zakt in elkaar op de grond. En dan komt achter haar Leo eraan. Reeves zet de tape stil. Ik keer me om naar Leo. Hij huilt. Hij begint aan een verhaal over hoeveel ze van elkaar hielden. Maar weet je, ik wist dat Diana het wilde uitmaken. Dan word ik heel rustig. Ik begin hem te begrijpen. Ik ben de politieman en hij is degene die een misdrijf heeft gepleegd. Ik bewerk hem. Vanbinnen ga ik kapot – mijn hart bloedt – maar ik zeg: "Het is oké, Leo, vertel me maar de waarheid. Ze zullen sectie verrichten. Welke drugs heeft ze gehad?" Ik blijf hem voeren. Het is maar een puber. Het duurt maar even voordat zijn weerstand gebroken is.'

'Wat heeft hij je verteld?'

'Het was alleen maar een grap, zei hij maar steeds. Hij wilde haar niet kwetsen of pijn doen. Een stomme grap. Om quitte te staan.'

'Wat heb je gedaan?'

'Ik keek Reeves aan. Hij knikte alsof we elkaar begrepen. Want ik begreep het. De basis was een black site. Ze zouden dat in Washington in geen geval aan het licht laten komen, ook al moest dat burgerlevens kosten. Reeves verliet het vertrek. Leo huilde nog steeds. Ik zei tegen hem dat hij zich geen zorgen hoefde te maken, dat het allemaal goed zou komen. Ik zei dat het verkeerd was geweest wat hij had gedaan, maar wat zouden nou helemaal de juridische consequenties zijn? Gering. Uiteindelijk was het enige wat hij had gedaan een meisje lsd geven zonder dat ze het wist. Zo erg was dat nu ook weer niet. Het ergste wat hem zou kunnen gebeuren, en dat was wel heel onwaarschijnlijk, was een aanklacht wegens doodslag, met een voorwaardelijke straf. Dat zei ik allemaal, omdat het waar was. Maar terwijl ik het zei, pakte ik mijn pistool, drukte de loop tegen zijn voorhoofd en haalde de trekker over.'

Ik krimp in elkaar alsof ik erbij ben, Leo. Alsof ik pal naast Augie sta terwijl hij jou in koelen bloede vermoordt.

'Reeves komt het vertrek weer binnen en zegt dat ik naar huis moet gaan, dat hij het verder zal afhandelen. Maar ik ga niet weg, ik blijf erbij. Ik zoek de kleren van mijn dochter. Ik kleed haar aan. Ik wil niet dat ze naakt wordt gevonden. We leggen hun lichamen achter in de pick-up. We rijden de stad door naar de spoorbaan. Ik ben degene die Diana op de spoorbaan sjort. Ik kijk toe als de enorme locomotief over mijn prachtige dochter dendert. Ik knipper niet eens met mijn ogen. Ik deins niet terug. Voor mij moet het afgrijselijk zijn. Hoe afgrijselijker hoe beter. Daarna ga ik naar huis. Ik wacht tot ik gebeld word. Dat is het.'

Ik wil hem uitschelden. Ik wil hem pijn doen, maar het lijkt allemaal zo zinloos, zo volstrekt overbodig.

'Je beheerst je verhoortechnieken goed,' zeg ik, 'maar Leo heeft je niet alles verteld, of wel?'

'Nee,' zegt Augie. 'Hij nam zijn vrienden in bescherming.'

Ik knik. 'Ik heb ook het bureau in Westbridge gebeld. Ik kreeg Jill Stevens aan de lijn. Het heeft me steeds verbaasd dat ze het dossier van Hank op jouw bureau heeft gelegd en dat jij er niets mee hebt gedaan. Dat is alleen niet zo – je hebt er wel iets mee gedaan, toch?'

'Ik trof Hank aan bij de basketbalveldjes. Hij was erg van zijn stuk door die toestand met die video die viral was gegaan. Ik heb altijd een zwak voor hem gehad, dus ik zei dat hij maar mee moest komen, dan kon hij de nacht bij mij thuis doorbrengen. We hebben samen op tv naar de wedstrijd van de Knicks gekeken. Toen die afgelopen was, heb ik een bed voor hem klaargemaakt in de logeerkamer. Toen hij de kamer binnenliep, zag hij de foto van Diana op het bureautje en raakte hij helemaal van slag. Hij begon te snikken en te huilen en te smeken om vergeving. Hij bleef maar zeggen dat het zijn schuld was. Eerst wist ik niet waar hij het over had, dat hij gewoon een of andere manische aanval had, maar toen zei hij: "Ik had nooit voor die lsd moeten zorgen."'

'En toen wist je het?'

'Hij schrok min of meer van zichzelf. Alsof hij zich plotseling realiseerde dat hij te veel had gezegd. Dus moest ik hem onder druk zetten. Onder zware druk. En uiteindelijk heeft hij me zijn verhaal van die avond verteld, wat hij en Rex en Beth hadden gedaan. Jij bent geen vader, dus ik neem aan dat jij het niet begrijpt. Ze hebben Diana met z'n allen vermoord. Ze hebben met z'n allen mijn kleine meisje vermoord. Mijn dochter. Mijn leven. Zij drieën mochten nog eens vijftien jaar verder leven. Ademhalen, lachen, volwassen worden, terwijl mijn kindje, mijn alles, in de grond lag te rotten. Begrijp je echt niet waarom ik het deed?'

Die kant wil ik niet op. 'Je hebt Hank eerst vermoord.'

'Ja. Ik heb het lijk ergens opgeborgen waar niemand het zou vinden. Maar toen gingen we bij zijn vader op bezoek. Het leek me dat Tom verdiende te weten wat er was gebeurd met zijn zoon. Daarom heb ik Hank opgehangen. Hem gecastreerd zodat het leek alsof het met die virale video te maken had.'

'En daarvóór was je al in Pennsylvania geweest,' zeg ik. Augie was goed, hij ging grondig te werk. Hij had ongetwijfeld het terrein in kaart gebracht, hij had achtergrondgegevens over Rex opgezocht, diens zwendel ontdekt en er gebruik van gemaakt. Ik herinner me hoe de barkeeper, Hal, de moordenaar had beschreven: een woeste baard, lang haar en een gezwollen neus. Maura, die Augie slechts één keer had gezien, op het laatste verjaardagsfeestje van Diana, had hem op dezelfde manier beschreven. 'Je had je vermomd, je had zelfs je manier van lopen aangepast. Maar toen ze de videobanden van het autoverhuurbedrijf analyseerden, klopten lichaamslengte en gewicht met jou. En je stem.'

'Wat is er met mijn stem?'

De deur van de keuken gaat open. Maura en Ellie lopen de kamer in. Ik wilde niet dat ze zouden blijven, maar zij stonden erop. Ellie merkte op dat ik niet zo mijn best zou doen om ze daar weg te krijgen als ze allebei een man waren geweest. Daar had ze gelijk in. Dus nu zijn ze hier.

Maura knikt naar mij. 'Zelfde stem.'

'Maura zegt dat de man die Rex neerschoot een beroeps was,' zeg ik, want ik wil dat hier een einde aan komt. 'Toch liet die professional haar ontsnappen. Dat was mijn eerste aanwijzing. Jij wist dat Maura niets te maken had gehad met wat Diana was overkomen. Dus wilde je haar niet doden.'

Dat was het. Verder viel er eigenlijk niets meer te zeggen. Ik zou hem kunnen vertellen over de andere dingen die in zijn richting wezen, hoe Augie wist dat Rex twee keer in het achterhoofd is geschoten – wat ik hem nooit heb verteld – of dat Reeves, toen hij mij op die marteltafel had vastgebonden, het wel betreurde dat hij Diana had vermoord, maar met geen woord over Leo repte. Maar dat is allemaal niet belangrijk.

'En wat nu, Nap?'

'Ik neem aan dat je gewapend bent.'

'Jij gaf me dit adres,' zegt Augie met een hoofdknik. 'Je wist waarom ik hiernaartoe zou komen.'

Om Beth te vermoorden, de laatste die hij verantwoordelijk hield voor de dood van zijn dochter.

'Wat ik voor jou voelde, Nap – wat ik voor je voel – is echt. Wij deelden ons verdriet – jij, ik, jouw vader. Ik weet dat het niet logisch klinkt, bijna ziekelijk, maar...'

'Nee, ik begrijp het.'

'Ik hou van jou.'

Het verdriet zwelt op in mijn borst. 'En ik hou van jou.'

Augies hand gaat in de richting van zijn broekzak.

'Niet doen,' zeg ik.

'Ik zou nooit op jou schieten,' zegt Augie.

'Dat weet ik,' zeg ik, 'maar niet doen.'

'Laat me er een einde aan maken, Nap.'

Ik schud mijn hoofd. 'Nee, Augie.'

Ik loop door de kamer, reik in zijn zak, haal er zijn pistool uit en gooi het in een hoek. Voor een deel wil ik hem helemaal niet tegenhouden. Laat het maar eindigen met een mooie zelfmoord. Mooi en keurig opgelost. Rust in vrede. Er zijn er die zouden zeggen dat ik het nu eindelijk begrijp, dat Augie me onterecht heeft geleerd het recht in eigen hand te nemen, dat, ook al zegeviert het recht niet altijd, je niet zelf voor rechter mag gaan spelen, dat het verkeerd is wat ik met Trey heb gedaan, net zoals het verkeerd is wat Augie met Leo, Hank en Rex heeft gedaan. Er zijn er die zouden zeggen dat ik Augie tegenhoud omdat ik vind dat het recht zijn loop moet hebben, dat ik eindelijk heb begrepen dat er wetten zijn voor deze zaken en dat we het niet aan de passie van bepaalde mensen mogen overlaten.

Of misschien ook wel, terwijl ik hem de handboeien omdoe, omdat ik besef dat zelfmoord te gemakkelijk zou zijn, dat het voor hem voorbij zou zijn als hij zichzelf zou doodschieten, dat een oude smeris dwingen in een cel weg te kwijnen met alle geesten uit het verleden, een veel zwaarder lot zou zijn dan een snelle kogel.

Maakt het wat uit wat mijn motieven zijn?

Ik ben kapot, gebroken. Heel even denk ik aan het pistool dat ik vasthoud en denk ik hoe gemakkelijk het zou zijn om me bij jou te voegen, Leo. Maar dat is maar heel even.

Ellie heeft de politie al gebeld. Als ze Augie meenemen, kijkt hij naar me om. Misschien wil hij iets zeggen, maar dat wil ik niet horen. Ik kan het niet verdragen hem nog iets te horen zeggen. Ik ben Augie kwijt. Daar verandert niets wat hij kan zeggen nog iets aan. Ik keer me om en loop de achterdeur uit.

Daar staat Maura. Ze staart over het veld. Ik blijf achter haar staan.

'Er is nog iets wat ik je moet vertellen,' zegt ze.

'Het is niet belangrijk,' zeg ik.

'Ik was Ellie en Diana eerder die dag tegengekomen in de schoolbibliotheek.'

Dat weet ik al. Ellie heeft het me verteld.

'Diana vertelde toen dat ze het uit wilde maken met Leo na het dansfeest. Toen had ik niets moeten zeggen. Hoe belangrijk was het eigenlijk? Ik had het voor me moeten houden.'

Dat deel had ik zelf al beredeneerd. 'Je hebt het Leo verteld.'

Zo was je het te weten gekomen, Leo, toch?

'Hij werd zo kwaad. Hij praatte over dat hij haar terug wilde pakken, maar ik wilde daar niets mee te maken hebben.'

'En daarom kwam je uiteindelijk in je eentje in het bos terecht,' zeg ik.

'Als ik niets tegen hem had gezegd... zou het allemaal niet zijn gebeurd. Het is mijn schuld.'

'Nee,' zeg ik, 'het is niet jouw schuld.'

Dat meen ik. Ik trek haar tegen me aan en kus haar. We kunnen wel eindeloos doorgaan met dit spelletje, Leo, waarbij iedereen wel iets kan vinden om zich schuldig over te voelen, toch? Het is haar schuld omdat ze jou heeft verteld dat Diana het uit wilde maken, het is mijn schuld omdat ik er niet voor jou was, het is de schuld van Augie, Hank, Rex, Beth, en shit, van de president van de Verenigde Staten. Die had nooit die black sites mogen goedkeuren.

Maar weet je, Leo? Dat interesseert me allemaal niet meer. Ik praat niet echt tegen jou. Je bent dood. Ik hou van je en ik zal je altijd missen, maar je bent al vijftien jaar dood. Dat is een heel lange rouw, vind je ook niet? Dus ik laat je nu gaan en ga me bezighouden met iets tastbaarders. Ik ken de waarheid nu. En misschien, denk ik als ik deze prachtige, sterke vrouw die ik in mijn armen houd, aankijk, heeft de waarheid me wel eindelijk bevrijd.

DANKWOORD

Als je het voorwoord hebt gelezen, weet je dat ik voor dit boek ben teruggegaan naar mijn kindertijd. De herinneringen op de Facebookpagina 'Livingston – 60s and 70s' waren van onschatbare waarde, maar mijn speciale dank gaat uit naar Don Bender, een geduldig man en expert op het gebied van de oude raketbases van New Jersey. Andere mensen die ik wil bedanken, in willekeurige volgorde: Anne-Sophie Brieux, dr. Anne Armstrong-Coben, Roger Hanos, Linda Fairstein, Christine Ball, Jamie Knapp, Carrie Swetonic, Diane Discepolo, Lisa Erbach Vance, John Parsley en nog wat mensen die ik vergeet te noemen, maar die me dat zullen vergeven omdat ze zo ruimhartig en geweldig zijn.

Ook wil ik Franco Cadeddu, Simon Fraser, Ann Hannon, Jeff Kaufman, Beth Lashley, Cory Mistysyn, Andy Reeves, Yvonne Shifrin, Marsha Stein en Tom Stroud bedanken. Zij (of de mensen om hen heen) hebben royale bijdragen geleverd aan door mij gekozen liefdadigheidsinstellingen, en in ruil daarvoor heb ik hun namen in het boek opgenomen. Als je dat in de toekomst ook zou willen, ga dan naar www.HarlanCoben.com voor meer details.